rororo

Kjetil Try, geboren 1959, lebt in Oslo und ist in der Werbebranche tätig. In Norwegen veröffentlichte er bereits zwei Kriminalromane. «Denn ihrer ist das Himmelreich» ist der erste Band um Kommissar Rolf Gordon Lykke.

Kjetil Try

Denn ihrer ist das Himmelreich

Kriminalroman

Deutsch von Dagmar Lendt

Rowohlt Taschenbuch Verlag

Die Originalausgabe erschien 2008
unter dem Titel «La de små barn komme til meg»
bei Gyldendal Norsk Forlag AS.

2. Auflage Mai 2010
Deutsche Erstausgabe
Veröffentlicht im Rowohlt Taschenbuch Verlag,
Reinbek bei Hamburg, November 2009

Redaktion Anne Bubenzer
Umschlaggestaltung any.way, Barbara Hanke / Cordula Schmidt
(Foto: neuebildanstalt / Dott; plainpicture / Millenium)
Satz aus der DTL Documenta ST (PageOne)
bei Dörlemann Satz, Lemförde
Druck und Bindung CPI – Clausen & Bosse, Leck
Printed in Germany
ISBN 978 3 499 25231 0

Für Kaya und Jenny

1 Oslo, Heiligabend 2006

Henki Haraldsen zog den Wintermantel fester um die mageren Schultern. Er vertrug die Kälte nicht mehr so gut wie früher. Es war gefährlich, wenn man zu viel Gewicht verlor, und er war dünner geworden.

Er nahm noch einen Schluck, spürte, wie das entzündete Zahnfleisch brannte, hob die Flasche und versuchte, im flackernden Kerzenlicht die verschnörkelten Buchstaben zu entziffern. Guter Stoff. Auch nach fast dreißig Jahren, die er nun auf der Straße lebte, schmeckte er immer noch den Unterschied heraus oder vielleicht gerade deswegen. Er massierte seine steifen Finger und blinzelte die Gestalt an, die ihm gegenüber auf dem Stapel Pappkartons saß. Der Fremde war ungewöhnlich schweigsam. «Bedien dich», hatte er gemurmelt und ihm die beiden Flaschen in den Schoß fallen lassen. Seitdem hatte er kaum mehr ein Wort gesagt. Mittrinken wollte er auch nicht, hatte nur zu dem Auto oben an der Straße gezeigt.

Henki trank wieder einen Schluck, hustete und zwinkerte sich die Tränen aus den Augen. Der alte Labrador, der regungslos zu seinen Füßen gelegen hatte, hob den Kopf. Henki legte eine Hand auf den warmen Rücken des Hundes.

«Sicher, dass du nicht doch einen Kleinen nehmen willst?»

Der Mann schüttelte langsam den Kopf. Sah ihn nur an,

seltsam starr, ohne mit der Wimper zu zucken. Henki fröstelte unter dem Mantel. Wurde er etwa krank? Er trug drei Wollunterhemden und einen dicken Pullover, trotzdem reichte es nicht, um die Kälte abzuhalten. In den letzten Tagen hatte sein Urin dunkelbraune Löcher im Schnee hinterlassen. Das war nicht gut, er wusste, dass es nicht gut war.

Er sah hinunter auf die halbvolle Flasche, mühte sich, scharf zu sehen, und rieb sich mit dreckigen Knöcheln die Augen. Seine Finger waren auf einmal gefühllos, fast taub. Er strich mit den Händen über den warmen Hundekörper, grub die Fingerspitzen in das schwarze Fell. Es nützte nichts. Er starrte auf die unbewegliche Silhouette des Mannes, versuchte, die Konturen in dem überschatteten Gesicht zu erkennen. Der Fremde saß so, dass das flackernde Kerzenlicht sein Gesicht nicht erreichte. Henki spürte leichte Stöße an den Ellbogen.

«Ich hab kein Gefühl mehr in den Fingern», murmelte er, ohne zu merken, wie heiser er klang. «Ich fühle nichts mehr ...»

Der Fremde rührte sich nicht. Henki versuchte, sich aufzurichten, aber sein Körper wollte nicht gehorchen.

«Verflucht, was ...»

Er nuschelte, schaffte es nicht, den Satz zu beenden. Sein Gesicht kribbelte. Er kippte vornüber. Der Mann saß immer noch unbeweglich da und beobachtete ihn. Als ob er auf etwas wartet, dachte Henki, aber auf was?

Fieberhaft suchte er nach einer Antwort, aber die Gedanken glitten einfach weiter, hinein in ein Nebelmeer, so grau, dass Henki nach Atem schnappen musste.

«Lu... Luft ...»

Speichel tropfte auf seinen schmutzigen Parka.

Der Mann beugte sich vor und musterte ihn ein paar Sekunden lang, dann öffnete er eine schwarze Tasche, die zwischen seinen Füßen stand. In einem letzten klaren Moment glaubte Henki, der Kerl würde noch eine Flasche hervorholen, und versuchte den Kopf zu schütteln, der ihm längst auf den mageren Brustkasten gesunken war.

Der Fremde warf einen raschen Blick zur Straße, bevor er ein spitzes Messer aus der Tasche holte und mit der Klinge prüfend über seinen Handrücken strich. Das Messer war aus purem Stahl, aber schwarze Vertiefungen im Schaft sorgten dafür, dass es nicht aus der Hand rutschte. Der Mann beugte sich vor, mit schnellen, sicheren Bewegungen schnitt er Henkis Hosenbeine auf und endete mit einem sauberen Schnitt in die Haut, direkt über dem Knie.

«Erzittere vor Furcht und sündige nicht mehr. Gehe in dich und sei stille. Bringe Opfer der Gerechtigkeit ...»

Die monotone, leiernde Stimme war wegen eines Lastwagens, der neben ihnen vorbeidonnerte, kaum zu hören.

Er richtete sich auf und betrachtete den reglos daliegenden Penner. Nur der schwache Pulsschlag an seinem schmutzigen Hals ließ erkennen, dass Henki lebte.

Anschließend legte er das Messer zurück in die Tasche und holte eine kurze, kräftige Säge heraus, wie Installateure sie für gewöhnlich zum Kürzen von Kupferrohren benutzen. Mit entschlossenen Bewegungen setzte er das Sägeblatt in den Schnitt über dem Knie und begann zu arbeiten. Der Labrador hob den Kopf. Die Tasthaare an der schwarzen Schnauze zuckten.

Menschenhaut besteht aus Millionen von Nervenzellen, und unter der Hautschicht liegen Sehnen und Muskeln, dicht umsponnen und gut geschützt von einem Netzwerk aus Nervenfasern. Das feingezackte Sägeblatt arbeitete sich rasch und ohne nennenswerten Widerstand hindurch. Erst als die Sägezähne auf den kräftigen Schenkelknochen trafen, musste der Fremde Kraft anwenden.

Nachdem er sich halb durch den Knochen gearbeitet hatte, kniete sich der Mann mit seinem ganzen Gewicht auf das ausgestreckte Bein. Es gab einen scharfen Knall, wie wenn ein trockener Ast bricht. Der Labrador bewegte sich unruhig und knurrte leise.

In der Ferne ertönten Geräusche aus einem Fernseher. Der Knabenchor sang das Weihnachtsfest ein.

2 | Nationaltheater, 9. Dezember 2007

«Und sie werden dich nennen ...»

Reidar Dahl ließ den Blick über die Zuschauer in den ersten Reihen wandern und spürte wieder diesen intensiven Genuss.

«... Jesus von Nazareth.»

Er senkte den Kopf. Erst jetzt merkte er, wie trocken sein Mund war, und er dachte an das Glas Wasser, das hinter der abgenutzten Krippe versteckt stand. Der Beleuchter dimmte das Licht. Er zählte die Sekunden. Eins, zwei, drei, vier ... dann brach der Beifall los. Das Publikum erhob sich vor Begeisterung. Sie riefen, einige stampften schon rhythmisch mit den Füßen. Reidar Dahl blieb noch ein paar Sekunden mit gesenktem Kopf sitzen, bevor er übertrieben langsam von seinem Hocker aufstand, drei lange Schritte zum Bühnenrand machte und sich tief verbeugte. Der Applaus hielt an.

Er ließ den Blick über die Sitzreihen schweifen. Hoffte immer, ein paar bekannte Gesichter hinter den bleichen Händen zu entdecken.

Er verbeugte sich noch einmal tief und machte eine generöse Armbewegung zu dem leeren Hocker, als wollte er die Ehre teilen. Der Beleuchter richtete blitzschnell den Scheinwerfer darauf, und das rhythmische Klatschen und Trampeln schien noch stärker zu werden.

Fünfzig Minuten später schloss er seine geräumige Wohnung in der Behrens' gate in Frogner auf. Er hängte seinen pelzgefütterten Mantel über einen Stuhl in der Diele und steuerte auf den hohen Glasschrank im Esszimmer zu. Glenfiddich. Er entkorkte die Flasche und sog den charakteristischen Malzduft ein, während er sich ein Glas eingoss, dann trank er zwei große Schluck, blieb einen Moment stehen und wartete darauf, dass die Wärme sich langsam im Körper verteilte. Er hob das Glas und trank der gerahmten Karikatur eines wesentlich jüngeren Reidar Dahl zu.

«Skål, Reidar», murmelte er und lächelte.

Er schaltete den Fernseher an und nahm auf einem weichen Zweisitzer voller bunter Seidenkissen Platz. Die alte Wanduhr schlug zehn, und auf dem Bildschirm lief der Vorspann irgendeiner Talkshow. Reidar Dahl starrte träge auf den jungen Moderator, leerte sein Glas und überlegte einen Augenblick, ob er die Whiskyflasche noch einmal aus dem Schrank holen sollte, beließ es dann aber bei dem Gedanken. Es war in der letzten Zeit ein bisschen viel geworden mit den Drinks, vor allem seit der Premiere. In den vergangenen Wochen hatte er eine bisher unbekannte Müdigkeit verspürt, die vorher nicht da gewesen war. Er hatte es in einem Telefonat mit seinem Sohn angesprochen, der kurz davorstand, seinen Turnusdienst als Distriktsarzt auf den Lofoten zu beenden, und war ermahnt worden, ein bisschen vorsichtiger mit dem Alkohol zu sein. Das hatte ihm einen Stich versetzt. Alte Bilder von lautstarken Auseinandersetzungen mit Ragnhild waren in ihm hochgekommen. Sein Blick wanderte automatisch zu ihrem silbergerahmten Foto auf der Anrichte.

Reidar Dahl stand auf, ging zum großen Bücherregal, ließ den Zeigefinger über die Lederrücken wandern, wurde langsamer, als er zum Buchstaben B kam, verharrte bei Beckett, *Murphy*, kippte das dünne Buch hervor, zog es heraus und wog es in der Hand.

In einer Viertelstunde würde er Besuch bekommen, irgend so ein Journalist von einer christlichen Zeitung, deren Namen er vergessen hatte. Es war absolut nicht sein Stil, Journalisten zu Hause zu empfangen, aber der Mann hatte mehrere Male angerufen und sich so gut informiert über Reidar Dahls Leben und Karriere gezeigt, dass er schließlich nachgegeben hatte.

Er platzierte Samuel Beckett auf dem Wohnzimmertisch, nahm einen Stapel alter Rollenbücher aus einer Schublade in der Küche und verteilte sie in angemessen unordentlichen

Haufen auf dem Sofa. Nach kurzem Zögern schenkte er sich doch noch einen Whisky ein, trank ihn mit einem einzigen großen Schluck aus und schob das Glas hinter einige schön gerahmte Familienfotos. Bei christlichen Journalisten weiß man ja nie, dachte er und fühlte sich auf einmal so munter wie schon lange nicht mehr.

Pünktlich auf die Minute klingelte es. Reidar Dahl ließ sich viel Zeit, bevor er hinging und öffnete. Er genoss den Star-Status, den die moderne Interpretation des *Weihnachtsevangeliums* ihm so plötzlich und unerwartet beschert hatte. Nach beinahe vierzig Jahren Schufterei war die Reihe nun endlich an ihm.

Das Erste, was ihm an dem unscheinbaren Mann auffiel, war der intensive Blick. Als müsste der Kerl nie blinzeln. Reidar Dahl ging ins Wohnzimmer voraus und bereute für einen Moment, dass er sich hatte breitschlagen lassen. Das hätte er sich ja denken können. Leute, die spätabends für irgendwelche unbekannten Kirchenblättchen unterwegs waren, konnten nicht ganz astrein sein.

«Wie hieß Ihre Zeitung noch gleich?», fragte er, als sie auf den Stühlen am Wohnzimmertisch Platz genommen hatten.

«Stimme des Lichts», erwiderte der Fremde. «Wir erscheinen monatlich.»

Der Mann zögerte einen Moment. «Ich würde vorweg gern ein paar formale Dinge abhaken», sagte er. «Ist Ihnen das recht?»

«Bitte sehr, nur zu.»

«Wann sind Sie geboren?»

«Am 24. Juli 1949.»

«Ihre Größe?»

«Eins dreiundsiebzig.»

«Gewicht?»

«Schreiben Sie für eine Diätzeitschrift, oder was?»

Reidar Dahl konnte seinen Ärger nicht verhehlen.

«Tut mir leid.» Der Mann sah aufrichtig bekümmert aus. «Wir nehmen diese Angaben bei allen unseren Porträts mit auf, aber wenn es Ihnen unangenehm ist, kann ich das natürlich auch ...»

«Fünfundsiebzig Kilo», unterbrach Reidar Dahl ihn. «Also, weiter.»

Der Journalist saß einige Sekunden lang vollkommen still und starrte auf seine Notizen.

«Sie haben 1969 an der staatlichen Schauspielschule angefangen», sagte er langsam. «Erzählen Sie.»

«Erzählen, was? Warum ich dort angefangen habe?»

«Ja, warum Sie dort angefangen haben. Erzählen Sie, warum Sie dort angefangen haben», wiederholte der Mann und starrte ihn eindringlich an. Reidar Dahl holte tief Luft und beschloss, das Interview so kurz wie möglich zu halten.

«Ich habe wohl dort angefangen, weil ich eine Liebe zu den großen Dramatikern hegte», sagte er. «Shakespeare, Ibsen, Tschechow. Das war ja zu der Zeit eher ungewöhnlich und ist es sicher heute noch, aber mit achtzehn konnte ich *Peer Gynt* auswendig. Alle Rollen.»

«Phantastisch.»

«Ich war einer der wenigen Bewerber, die gleich auf Anhieb genommen wurden», salbaderte Dahl weiter, «und drei Jahre später bekam ich ein Engagement an Den Nationale Scene in Bergen.»

Reidar Dahl bemerkte, dass der Journalist seinen Stift

weggelegt hatte. Es schien beinahe so, als sei er in Gedanken versunken.

«Ich …», hob er an, unterbrach sich aber, als er sah, dass der Mann begann, in einer großen schwarzen Tasche zu kramen.

«Kann ich ein paar Fotos machen?»

Reidar Dahl schlug die Beine übereinander. Höchstens noch zehn Minuten, dachte er.

«Bitte sehr!»

Der Mann fischte eine alte Nikon-Kamera heraus, stand auf und ging ein wenig vor und zurück, bevor er sich für eine Perspektive entschieden hatte.

«Bleiben Sie einfach so sitzen.»

Er stellte das Objektiv ein und knipste los.

Reidar Dahl biss automatisch die Zähne zusammen, um die Kieferknochen und das Grübchen im Kinn zu betonen, und vergaß einen Augenblick lang den grauen Vollbart, den er sich für seine Rolle als Josef zugelegt hatte.

«Können Sie mal das Manuskript dort in die Hand nehmen und darauf blicken?»

Dahl stutzte, griff aber zu den zerfledderten Seiten.

«Das kann ich schon, aber das ist nicht das Stück, das ich im Moment spiele.»

«Das macht nichts. Halten Sie es einfach dicht an den Körper, gut so, und schauen Sie jetzt auf das Manuskript!»

Klick, klick …

Kurz dachte er an Anna. Noch gestern Abend hatte sie auf demselben Stuhl gesessen wie der Journalist. Ihre schweren Brüste hatten zum wer weiß wievielten Mal sein Verlangen geweckt, und sie hatten sich auf dem gebrechlichen

Wohnzimmertisch geliebt. Obwohl, geliebt? Anna war keine Frau, die sich auf traditionelle Art lieben ließ. Er hatte sie schlagen müssen, bis ihre blasse Haut feuerrot war, von den üppigen Schenkeln bis hinauf zum Hals. Das hatte Reidar Dahl ausnehmend gut gefallen.

Er warf einen Blick auf die Wanduhr. Halb elf.

«Ich bin sofort fertig.»

Der Journalist hatte seinen Blick bemerkt.

«Haben Sie einen Küchentisch?»

«Ja.»

«Können wir zum Abschluss ein paar Aufnahmen am Küchentisch machen? Vielleicht tun wir so, als wäre es frühmorgens, mit Kaffeetasse und Zeitung und …»

«Ich dachte, Ihr Blatt ist eine christliche Zeitung.» Reidar Dahl rang sich ein Lächeln ab. «Da dürften Sie mit der Wahrheit eigentlich nicht so schlampig umgehen.»

Das Gesicht des Journalisten versteinerte.

Komischer Kauz, dachte Dahl, während er sich mit einem Seufzen erhob und Richtung Küche ging, zum allerletzten Mal.

3 | Polizeipräsidium Oslo, 12. Dezember

Kommissar Rolf Gordon Lykke blickte von seiner Zeitung auf und direkt in das Gesicht von Polizeidirektorin Anne Breiby. Vermutlich war ihre verkniffene Miene zum einen auf den Artikel im Dagbladet zurückzuführen und zum anderen auf die Tatsache, dass sie sich im selben Zimmer befand wie er. Im Moment war der Zeitungsartikel wahrscheinlich das größere Übel.

«‹Polizei tappt im Dunkeln›. Wie haben wir es geschafft, sie auf diese Idee zu bringen? Musste Viker sich unbedingt so ausdrücken?»

Ihr Stavanger-Dialekt brach durch, was Rolf Lykke aus Erfahrung als schlechtes Zeichen wertete. Er angelte eine halbvolle Packung Extra-Kaugummis aus seiner knittrigen Jackentasche, schüttelte drei Stück heraus und steckte sie sich umständlich in den Mund, einen nach dem anderen.

«Was hätte er denn sagen sollen?», murmelte Lykke durch den Pfefferminzgeschmack. «Er konnte doch schlecht behaupten, dass wir eine eindeutige Spur haben.»

«Wie wär's mit: Kein Kommentar?»

Anne Breiby erhob sich von dem harten Besucherstuhl und ging zum einzigen Fenster in dem engen Büro. «Warum müssen einige Leute in diesem Haus der Presse eigentlich immer wieder Anlass zu Schlagzeilen geben, in denen wir wie die Idioten dastehen?»

Kommissar Lykke schwieg und betrachtete seine sieben Jahre jüngere Kollegin. Vor drei Jahren war sie von ihrem Posten als Abteilungsleiterin im Justizministerium ins Polizeipräsidium gewechselt, und seitdem bestand der Dienstalltag aus einer endlosen Reihe von Umstrukturierungen. Zuletzt war ein neues Polizeidirektorat geschaffen worden – eine Konstruktion, die dafür gesorgt hatte, dass jetzt alle über Kriminalstatistiken und Fallbearbeitungszeiten diskutierten, während bei den Themen, die die alltägliche Polizeiarbeit betrafen, ohrenbetäubendes Schweigen herrschte.

Hinzu kam, dass das neue PoD engeren Kontakt zu einem übereifrigen Justizminister bedeutete, der sich am liebsten noch darüber informieren lassen würde, welchen Belag man auf seinem Pausenbrot hatte. Lykke war das alles so gründlich leid, dass er schon zweimal ernsthaft erwogen hatte, seinen Abschied einzureichen.

«Weil wir manchmal genau das sind», murmelte er schließlich.

«Wie bitte? Ist es etwa in Ordnung, dass wir so dargestellt werden?» Anne Breiby deutete mit einer wütenden Geste auf die Zeitung. «Meinen Sie, das ist vorteilhaft für das Image der Polizei?»

«Ich meine, dass es stimmt», sagte Rolf Lykke. «Wir haben doch keine Ahnung, wo der Mann abgeblieben ist. Wenn einer der bekanntesten Schauspieler Norwegens spurlos verschwinden kann, ohne dass innerhalb von drei Tagen auch nur ein einziger Hinweis aus der Bevölkerung eingeht, tappen wir im Dunkeln. So einfach ist das.»

Polizeidirektorin Breiby seufzte, wandte sich ab und starrte aus dem Fenster.

«Heute Morgen waren draußen in Nordberg minus achtzehn Grad», sagte sie.

Rolf Lykke betrachtete ihren schmalen Rücken. Ein paar dunkle Haarsträhnen hatten sich aus dem strammen Pferdeschwanz gelöst und bewegten sich leicht im Luftzug der Klimaanlage. Auf eine merkwürdige Art machte es sie menschlicher. Plötzlich hob sie die Schultern und drehte sich zu ihm um.

«Es war ein bisschen viel in der letzten Zeit», sagte sie und hielt seinen Blick fest.

Polizeikommissar Lykke räusperte sich ein wenig verlegen, während sich das Bild eines halb verwesten fünfjährigen Mädchenkörpers vor seine Netzhaut schob. Breiby hatte natürlich recht, die letzten Monate waren anstrengend gewesen, selbst nach Maßstäben des rauen Alltags im Dezernat für Gewaltverbrechen.

Einen Augenblick lang überlegte er, ob er sagen sollte, dass das Mädchen, das sie im Hafenbecken gefunden hatten, im gleichen Alter gewesen war wie seine Tochter Ida, dass er seit den Sommerferien keine Nacht länger als fünf Stunden geschlafen hatte, dass er sich vor ein paar Tagen im Dienstwagen erbrochen hatte …

«Es geht mal auf, mal ab, so ist das eben», sagte er.

Anne Breiby sah ihm immer noch in die Augen.

«Denken Sie oft an Ihre Mutter?»

Rolf Lykke strich sich unsicher übers Kinn. Seine Mutter war vor drei Monaten nach fast zwei Jahren schwerer Krankheit gestorben, und er hatte kaum Trauer gespürt, nur Erleichterung. Die eigene Mutter in einem Krankenbett dahinsiechen zu sehen, hatte mehr an seinen Kräften gezehrt, als er zugeben wollte.

«Manchmal …», erwiderte er und hörte selbst, wie gefühllos das klang. «Natürlich denke ich an sie.»

«Passen Sie auf sich auf, Rolf.» Sie lächelte plötzlich. «Legen Sie eigentlich immer noch Ihre Puzzles?»

Überrascht richtete Lykke sich auf, suchte in ihrem Gesicht nach Anzeichen von Sarkasmus. Er nickte kurz.

«Ab und zu», log er.

Die Polizeidirektorin lehnte sich mit dem Rücken gegen den schmalen Fensterrahmen.

«Finden Sie es nicht komisch, dass Sie als Ermittler Puzzles legen?»

Ihr Lächeln blieb.

Lykke spannte die Kiefermuskeln an. Es war nicht das erste Mal, dass jemand sein Hobby kommentierte.

«Nein, eigentlich nicht ...»

«Dass sie absolut immer alle Teile zusammenfügen müssen, auch in Ihrer Freizeit?»

«Ich habe schon als kleiner Junge gepuzzelt. Soll ich damit aufhören, nur weil ich Polizist geworden bin?»

Breiby betrachtete ihn eine Weile stumm.

«Nein, natürlich nicht. Es wirkt nur ein bisschen befremdlich, wenn man Sie nicht kennt.»

«Ich erzähle Leuten, die ich nicht kenne, höchst selten, dass ich Puzzles lege», erwiderte Lykke ruhig. «Das fände ich sehr ungewöhnlich. Sie nicht auch?»

Die Polizeidirektorin zögerte, ihr Blick wanderte unsicher über die Papierstapel auf dem Schreibtisch. Auf einmal war es, als würde sie sich vor seinen Augen verwandeln. Lykke hat das früher schon gesehen. Es war, als hätte sie einen Schalter umgelegt, das Programm gewechselt sozusagen.

«Halten Sie die Presse auf Abstand und finden Sie Reidar Dahl, bevor die Weihnachtsferien anfangen.»

Sie ging Richtung Tür.

«Ganz einfach.»

Die Tür fiel mit einem leisen Klicken hinter ihr ins Schloss.

Rolf Lykke saß da und starrte auf die aufgeschlagene Zeitung. Anne Breiby war gut auf ihrem Gebiet als Juristin und Bürokratin. Sie verstand sich auf das politische Spiel, aber sie wusste wenig oder gar nichts von praktischer Polizeiarbeit. Lykke ließ seinen Blick durch das enge Zimmer wandern, das seit zwölf Jahren der Mittelpunkt seines Lebens war.

War es schon so weit gekommen, dass man ohne praktische Berufserfahrung Polizeichef werden konnte? Bedeutete es nichts mehr, dass jemand, der in einer groß angelegten Ermittlung wichtige Entscheidungen treffen musste, einige Jahre im Außeneinsatz gearbeitet hatte? Manchmal beklagte er sich bei Sonja darüber, dass seine Chefin keine richtige Erfahrung hatte, traf aber nicht immer auf entsprechend großes Verständnis. Sonja war der Ansicht, dass er Breiby nicht akzeptierte, weil sie eine Frau war. Er war daraufhin in sich gegangen und hatte sich gefragt, ob da etwas dran war; Sonja kannte ihn manchmal besser als er sich selbst. Aber in diesem Punkt irrte sie sich. Es lag nicht daran, dass sie eine Frau war. Da war er sich beinahe sicher. Und außerdem war er bisweilen wirklich beeindruckt davon, wie sie zwischen Bürokratie und Bewilligungsinstanzen zu manövrieren wusste. Von derartigen Sachen verstand sie was. Sie hatte nur nicht seinen Hintergrund. Den Hintergrund praktischer Polizeiarbeit.

Er nahm das Kaugummi aus dem Mund, wickelte es in einen Fetzen Zeitungspapier und warf es in den Papierkorb. Dann rief er eine interne Nummer an, verschränkte die Hände hinter dem Kopf und wartete. Eine halbe Minute später klopfte es kurz und ein großer, kräftiger Mann Ende dreißig stand in der Tür. Polizeihauptmeister Lasse Vike war erkältet, er hustete und rieb sich die rotgeränderten Augen. Ein blauweißer Fußballschal war zweimal um seinen kräftigen Hals gewickelt. Als Viker vor fast sechs Jahren von der

Polizeikammer Drammen hierherkam, hatte man ihn für einen ziemlichen Angeber gehalten und seine legere Art für schlampig. Aber Lykke hatte schnell die Erfahrung gemacht, dass Viker, auch wenn er hin und wieder laut und ungeduldig werden konnte, ein paar Eigenschaften besaß, die ansonsten eindeutig Mangelware innerhalb der Polizeibehörde waren. Er war kreativ und entschlussfreudig. Das Einzige, was Lykke manchmal an dem jüngeren Kollegen auf die Nerven ging, war seine alles in den Schatten stellende Begeisterung für Fußball, und besonders für den Verein Strømsgodset. Lykke interessierte sich überhaupt nicht für Sport, vielleicht einmal abgesehen von Curling, das er während der letzten Olympischen Winterspiele zufällig für sich entdeckt hatte und das, wie er meinte, interessante Ähnlichkeiten mit Schach aufwies.

Lykke zeigte zuerst auf den Besucherstuhl, dann auf die Zeitung.

«Nächstes Mal sagst du ‹Kein Kommentar›, verstanden?»

«Aber das ist doch wirklich zum ...»

«Ich weiß.»

Lasse Viker zuckte resigniert mit den Schultern.

«‹Kein Kommentar›», murmelte er und wurde von einer weiteren Hustenattacke geschüttelt.

Lykke faltete die Zeitung zusammen, zum Zeichen, dass die kleine Standpauke beendet war, und stand auf.

«Haben wir gar nichts?»

Polizeihauptmeister Lasse Viker zog einen Block aus der Innentasche seiner abgewetzten Cordjacke und blätterte in seinen Notizen.

«Wir haben die unsichere Zeugenaussage, dass Dahl am

Sonntag um zirka 21.30 Uhr auf dem Weg in seine Wohnung war. Eine Nachbarin meint, gegen Mitternacht Geräusche im Treppenhaus gehört zu haben, aber die Alte ist neunzig ...»

Viker legte den Notizblock weg.

«Der Letzte, der Reidar Dahl hundertprozentig sicher gesehen hat, ist der Bühnenmeister vom National. Er stand vor dem Theater und wartete auf die Straßenbahn, als Dahl direkt nach der Vorstellung herauskam. Vermutlich war es da sieben, acht Minuten nach neun. Sie haben kurz miteinander geredet, bevor Dahl Richtung Drammensveien gegangen ist oder Henrik Ibsens gate, wie er ja jetzt heißt.»

«Worüber haben sie gesprochen?»

«Nichts Wichtiges.»

Viker schnäuzte sich in ein großes blaues Taschentuch. «Er hat Dahl zu seinem Erfolg als Josef gratuliert.»

«Josef?»

«Seine Rolle im *Weihnachtsevangelium*.»

Lykke nickte, als sei ihm etwas eingefallen.

«Ach ja, richtig. Ohne Mitspieler, stimmt's?»

«Japp. Durchgeknalltes Stück. Deutsch. Keine Weisen aus dem Morgenland, keine Maria und kein Jesuskind. Liegt bei mir im Büro, falls du einen Blick drauf werfen willst ...»

«Ja, danke.»

Lykke rieb sich die Stirn.

«Keine Schulden? Keine Feinde?»

Lasse Viker seufzte schwer.

«Nicht die Bohne. Einer seiner Kollegen erwähnte, dass Dahl ein ziemlich gespanntes Verhältnis zu seiner Frau hatte, aber die ist vor vier Jahren gestorben. Krebs. Scheint, als hätte der Knabe in einem Vakuum gelebt.»

Rolf Lykke hatte die Arme verschränkt und wippte auf den Fußballen vor und zurück.

«Straßenbahn», murmelte er. «Finde heraus, ob er nach den Vorstellungen für gewöhnlich mit der Straßenbahn nach Hause gefahren ist. Oder mit dem Taxi.»

Viker notierte.

«Wie lange braucht man zu Fuß vom Nationaltheater bis zur Behrens' gate? Fünfzehn Minuten?» Lykke fuhr sich durch die grau werdenden Haare. «Wie kalt war es Sonntagabend im Zentrum von Oslo? Ich tippe auf zehn, elf Grad unter null. Mindestens. Prüf das auch nach!» Der Kommissar runzelte für einen Moment die Stirn. «Ist dieser Bühnenmeister sicher, dass er Richtung Henrik Ibsens gate ging und nicht schräg hinüber zum Taxistand vor dem Saga-Kino? Das muss auch abgecheckt werden.»

Viker machte den Mund auf, doch das Telefon auf dem Schreibtisch kam ihm zuvor.

Kommissar Lykke ließ sich gereizt auf seinen Bürostuhl fallen und griff zum Hörer.

«Ja, Lykke.»

Das Gespräch war beendet, noch bevor es richtig begonnen hatte.

«Das war sein Sohn, der Arzt. Hat es endlich für nötig befunden, sich herzubemühen. Er ist vor einer halben Stunden in Gardermoen gelandet. Wir treffen uns mit ihm in Dahls Wohnung.»

Rolf Lykke spürte es im Kreuz, als er aufstand.

«Nimm Parisa mit.»

4 | Frogner, am selben Vormittag

Sie parkten den Volvo auf dem Bürgersteig vor einem gelben fünfstöckigen Steinhaus in der Behrens' gate im vornehmen Osloer Westen. Die kleine schattige Querstraße lag eingeklemmt zwischen Oscars gate und Niels Juels gate und war völlig vereist. Sogar in den tiefen Reifenspuren war das Eis mehrere Zentimeter dick, was das Einparken in eine Lücke am Straßenrand fast unmöglich machte, sofern man nicht Schneeketten und Allradantrieb hatte.

Ein pakistanisch aussehender Mann mit einem kleinen schwarzen Hund starrte von der anderen Straßenseite misstrauisch zu ihnen herüber. Der Hund zitterte vor Kälte, während er das Bein an einem frostweißen Zaunpfahl hob. Lykke ließ den seltenen Anblick – ein Pakistaner mit Hund – einen Moment auf sich wirken, bevor er den obersten Mantelknopf schloss und einen raschen Blick die Straße hinunter warf. Als er damals Geschichte studierte, und auch noch im ersten Jahr an der Polizeihochschule, hatte er ein paar Querstraßen weiter in einer kleinen Studentenbude gehaust.

Lasse Viker deutete mit einem Kopfnicken auf die schmiedeeiserne Haustür.

«Kaum weniger als 40000 Kronen pro Quadratmeter.»

Der Atem dampfte in kleinen Wolken aus seinem Mund.

Polizeiobermeisterin Parisa Sadegh, 32 und ursprünglich aus dem Iran, hauchte ihre Finger an und drückte auf den Klingelknopf. Ein Sack Streusand stand ungeöffnet direkt neben dem Eingang. Reidar Dahls Wohnung lag links im Erdgeschoss.

Das Erste, was Rolf Lykke an Mattis Dahl auffiel, war, dass er überhaupt nicht nervös wirkte. Der junge Mann – Lykke schätzte ihn auf Ende zwanzig – strahlte eine innere Harmonie und Gelassenheit aus, die angesichts der Tatsache, dass sein Vater seit fast drei Tagen spurlos verschwunden war, ziemlich erstaunlich schien.

Sie gaben einander höflich die Hand, und der junge Arzt bat sie ins Wohnzimmer. Es roch ungelüftet, ein beinahe süßlicher Geruch, der Rolf Lykke an Dachböden voller Kleidung und Mottenkugeln erinnerte.

«Sie waren schon einmal hier?»

Es lag keine direkte Kritik in der Frage, aber Lykke hörte überrascht einen Unterton von Trotz heraus.

Er nickte und räusperte sich.

«Wir wollten die Wohnung gern mit ihnen zusammen durchgehen. Wann waren Sie das letzte Mal hier?»

«Vergangenes Jahr zu Heiligabend.»

«Aber es würde Ihnen auffallen, wenn etwas verändert wäre oder fehlte?»

Der Sohn strich sich eine dünne Haarsträhne aus der Stirn. Die blauen Augen wirkten viel zu groß für das blasse, spitze Gesicht.

«Wie meinen Sie das?»

«So, wie ich es gesagt habe. Bitte sagen Sie, falls etwas fehlt, Tassen, Bücher, Möbel, Fotos, was auch immer.»

Lykke sah sich im Wohnzimmer um. Es war mindestens dreimal so groß wie sein eigenes. Die Wände waren mit teuren Textiltapeten in matten Grüntönen verkleidet, und die Zimmerdecke wurde von Stuckborten eingerahmt.

Unter seinen Füßen lagen dicke Teppiche. In der Ecke

neben der Tür thronte ein gediegener Schwedenofen, vermutlich genauso alt wie dieses Haus, Anfang zwanzigstes Jahrhundert, schätzte Lykke. Es gab kaum eine Wohnung in Frogner ohne einen solchen Kachelofen.

Sie bewegten sich langsam, zögernd und in versammelter Gruppe über die dicken Teppiche.

«Er … liest gern, Ihr Vater?»

Lykke musste sich bemühen, nicht in der Vergangenheitsform von Reidar Dahl zu sprechen.

«Eigentlich nicht.» Der Sohn musterte die imposante Bücherwand. «Das meiste ist aus dem Antiquariat, ich glaube nicht, dass er viel davon gelesen hat.»

«Und das alles da?»

Lykke nickte in Richtung der Papierstapel auf dem Sofa.

Der junge Arzt nahm ein vergilbtes Manuskript hoch, das von zwei Gummibändern zusammengehalten wurde.

«*Tod eines Handlungsreisenden.* Das hat er vor fünfzehn oder zwanzig Jahren gespielt.»

Lykke runzelte die Stirn. Verschwommene Filmsequenzen von einem jungen Dustin Hoffman in abgetragenem Mantel und mit Koffer schossen ihm durch den Kopf.

«War es seine Art, alte Rollentexte nochmal zu lesen?»

«Nicht dass ich wüsste.»

«Seine Ehefrau?»

Parisa Sadegh hielt das silbergerahmte Foto hoch, und zum ersten Mal bemerkte Lykke einen winzigen Riss in Mattis Dahls Selbstbeherrschung. Der junge Mann schluckte und rieb die Handflächen an der groben Wolljacke.

«Ja, das ist Mama», sagte er leise. «Sie ist vor fast vier Jahren gestorben. Brustkrebs.»

Viker schniefte etwas verlegen. Lykke warf einen Blick auf das Foto. Eine junge Frau mit sanftem Gesicht und blonden Locken lächelte ihn an. Sie erinnerte ihn ein bisschen an Sonja zu der Zeit, als sie sich kennengelernt hatten. Es war nicht leicht, eine Spur der sanften Gesichtszüge bei dem jungen Arzt wiederzufinden.

Ein Glas zog Lykkes Aufmerksamkeit auf sich, halb versteckt hinter einigen Familienfotos.

Er balancierte es zwischen Daumen und Zeigefinger, schnupperte an dem dünnen Belag auf dem Boden.

«Whisky», murmelte er. «Fingerabdrücke sichern.»

Sadegh hatte bereits einen durchsichtigen Plastikbeutel zur Hand.

Sie gingen ins Schlafzimmer, der Sohn voran und die drei anderen einen halben Schritt hinter ihm. Rolf Lykke suchte nach einer Reaktion bei dem jungen Mann, irgendeiner Andeutung, dass nicht alles so war, wie es sein sollte.

Mattis Dahl blieb vor dem ungemachten Doppelbett stehen und drehte sich mit resigniertem Gesichtsausdruck zu ihnen um.

«Ehrlich gesagt, ich erinnere mich nicht, wie das alles hier war.» Er verschränkte die Arme vor der Brust. «Wir hatten kein besonders enges Verhältnis. Ich glaube nicht, dass ich mehr als fünf oder sechs Stunden in dieser Wohnung verbracht habe, seit Mama tot ist.»

Lykke stutzte. Es war das zweite Mal, dass er seine Mutter Mama nannte, aber irgendwie hörte es sich an, als sei das Wort ungewohnt für ihn.

«Wir verlangen nicht, dass Sie sich an alles erinnern», brummte Viker. «Aber falls Ihnen irgendwas komisch vorkommt, müssen Sie uns das sagen, ganz egal, wie unwichtig es Ihnen vielleicht erscheint.»

Der Sohn nickte.

«Ich tue, was ich kann.»

Lykke musste plötzlich an seinen Vater denken, den hölzernen Studienrat mit dem knarrenden Sørlandsdialekt, der zur selben Zeit im Sinsen-Gymnasium am Lehrerpult zusammengebrochen war, als sein Sohn das beste mündliche Examen in Geschichte machte, das jemals an der Osloer Kathedralschule abgelegt worden war. Als hätte der Teufel persönlich Regie geführt. Der achtzehnjährige Rolf Gordon Lykke wusste genau, wie wichtig es für seinen Vater war, dass sein einziges Kind einen akademischen Abschluss schaffte. Als der Prüfer ihm gratuliert hatte, war sein erster Gedanke gewesen, wie das Gesicht seines Vaters nun vor Stolz strahlen würde.

Lykke warf einen heimlichen Seitenblick auf den Arzt. Was für ein Verhältnis hatte *er* zu seinem Vater gehabt?

«Schauen Sie bitte mal.»

Parisa Sadegh hatte den Schlafzimmerschrank geöffnet und zog ein paar Anzüge heraus, die ordentlich auf Kleiderbügeln eines exklusiven Herrenausstatters hingen. «Kennen Sie die?»

Mattis Dahl seufzte leicht.

«Zumindest an den hellen kann ich mich erinnern, den hat er im Sommer oft getragen. Den auch.»

Er zeigte auf einen braunen Cordanzug.

«Bitte schauen Sie nach, ob ein Kleidungsstück fehlt, ein Lieblingsanzug, ein Blazer... Wir würden gerne wissen, was er anhatte, als er verschwand.»

Der Sohn nickte und begann, systematisch Schrankfächer und Schubladen zu durchsuchen.

Lykke starrte währenddessen auf das Bild eines älteren, gebeugten Mannes im großen Schrankspiegel. Es dauerte einen Moment, bis er begriff, dass er es selbst war. Kurzes, ergrauendes Haar und ein scharfes, beinahe mageres Gesicht. Wann war er so dünn geworden? Er straffte die Schultern und strich sich über das unrasierte Kinn. Das letzte Mal hatte er sich beim jährlichen Gesundheits-Check gewogen. Der Zeiger war bei 79 Kilo stehengeblieben. Laut Polizeiarzt viel zu wenig für einen Mann von 188 Zentimetern. Ich muss mich zusammenreißen, dachte er, ich muss wieder mehr schlafen und trainieren. Seit Idas Geburt hatte er keinen Fuß mehr in den Kraftraum des Polizeipräsidiums gesetzt. Das war nächsten Sommer sechs Jahre her.

«Ich weiß nicht, aber es könnte sein, dass ein dunkelblauer Leinenanzug fehlt. Vielleicht hat er ihn in die Altkleidersammlung gegeben, aber hier ist er jedenfalls nicht.»

«Und das war ein Anzug, den er mochte?»

Die Frage kam von Lasse Viker. Er hatte seinen Notizblock wieder hervorgeholt.

«Er hat ihn vor fünf, sechs Jahren oft getragen, aber wohl vorwiegend im Sommer, keine Ahnung ...» Mattis Dahl zuckte resigniert mit den Schultern. «Ehrlich gesagt weiß ich nicht, ob das hier viel bringt, er könnte seine komplette Garderobe mehrmals erneuert haben, ohne dass ich was davon gemerkt hätte.»

Rolf Lykke fixierte ihn mit graublauem Blick. Er war immer alarmiert, wenn Leute ihre Sätze andauernd mit «ehrlich gesagt» begannen.

«Wir machen es trotzdem», sagte er kurz.

Sie verwendeten noch ein paar Minuten auf den Schrank mit Handtüchern und Bettwäsche, bevor sie Kurs auf die Küche nahmen. Auf dem Weg dorthin blieb Mattis Dahl plötzlich mitten im Wohnzimmer stehen und starrte auf das helle Eichenparkett.

«Ja?», sagte Lykke sofort.

«Es ist möglich, dass ich mich irre, aber ich meine mich zu erinnern, dass hier ein Teppich lag.»

Viker und Lykke wechselten einen Blick.

«Ein Teppich?», fragte Viker.

«Ungefähr wie die da.»

Der Sohn zeigte auf ein paar große, an persische Teppiche erinnernde Brücken weiter hinten im Zimmer.

«Sind die echt?»

Rolf Lykke dachte an seinen eigenen «Perser», der bei Ikea achthundert Kronen gekostet hatte.

«Ja, ich glaube schon, sie haben selten Dinge gekauft, die nicht solide waren ... Besonders Mama. Sie hat das meiste hier angeschafft.»

«Können Sie uns zeigen, wo genau er gelegen hat?»

Viker kniete schon auf allen vieren, um nach Farbunterschieden im Parkett zu suchen.

«Vielleicht hat er ihn ja weggegeben oder auf dem Dachboden deponiert», sagte der Sohn, während er mit ein paar Gesten den Umriss auf dem Fußboden andeutete.

«Auf dem Dachboden waren keine Teppiche.»

Parisa Sadegh wandte sich direkt an Lykke. «Nur ein paar Kartons mit Büchern. Und ein altes ... wie heißt das noch ... Schaukelpferd?»

«Das Schaukelpferd steht auf dem Dachboden?» Mattis Dahl wirkte ehrlich überrascht. «Er hat gesagt, er hätte es verschenkt.»

Lykke runzelte die Stirn. Sie gingen weiter in die Küche, einen großen, hellen Raum mit gelb gestrichenen Wänden. Die Einrichtung war typisch achtziger Jahre, braune Hängeschränke mit Messinggriffen und geschnitzten Profilen. Der Fußboden war mit braunem Kork belegt, der vor der Spüle und dem grünen Electrolux-Herd eine Idee abgenutzt war. Ein kleiner Küchentisch stand am einzigen Fenster des Raums, mit Aussicht auf den Hinterhof.

Der Sohn öffnete die Türen der Schränke und sah pflichtschuldig hinein, wühlte in der Besteckschublade und zog ein paar Töpfe aus dem Schrank für Kochgeschirr hervor.

Lykke bemerkte, dass dem Mann die Hände zitterten, als er den Kühlschrank öffnete. Er hat daran gedacht, fuhr es ihm durch den Kopf. Selbstverständlich hat er diesen Gedanken gehabt: Ein Mann ist verschwunden – ebenso ein großer Teppich. Wieso fragt er nicht?

«Hat das hier jemand untersucht?»

Er öffnete den Geschirrspüler und zog einen halbvollen Korb mit Kaffeetassen und Gläsern hervor. Parisa Sadegh schüttelte den Kopf.

«Ich glaube nicht.»

Lykke nahm einen Goldrandteller heraus.

«Hat Ihr Vater selbst gekocht?»

Der junge Arzt zuckte die Schultern.

«Das kann ich mir nicht vorstellen. Er bekommt sein Essen gern fertig serviert. Sind nicht alle Männer über fünfzig so?»

«Ja, das kann ich …» Parisa Sadegh verstummte, als sie Lykkes Blick auffing.

«Ich nehme an, dass er meistens auswärts isst», fuhr Mattis Dahl fort. «Früher ist er gern ins Casino gegangen, ich durfte ein paarmal mitkommen …»

Er stand da und rieb seine Hände an den Hosenbeinen. Um die Beherrschung nicht zu verlieren, dachte Lykke. Der Arzt fuhr fort:

«Wohin er jetzt geht, weiß ich nicht. Ins Theatercafé vielleicht oder in den Håndverkeren.»

Lykke nickte Viker zu, der hustend notierte.

Falls Reidar Dahl sich selbst bekochte, wusste er das zumindest gut zu verbergen. Abgesehen von zwei Flaschen Tonic, einer Zitrone und sechs Dosen Tuborg war der Kühlschrank leer.

«Sieht nicht gerade nach einem Hobbygourmet aus.» Lasse Viker schlug die Kühlschranktür zu und beugte sich hinunter zum Gefrierschrank. «Auch nicht berauschend.» Der Gefrierschrank war so gut wie leer, abgesehen von der untersten großen Schublade. Viker nahm zwei Plastikbeutel mit undefinierbarem Inhalt heraus.

«Sieht irgendwie aus wie Leber.» Er hielt einen der Beutel gegen das Licht des Küchenfensters. «Vielleicht hat er sich doch manchmal was gebrutzelt.»

«Gib mal her.» Zwischen Lykkes Augenbrauen zeigte sich eine tiefe Falte. Er drehte den weißgefrorenen Beutel eine Weile hin und her, dann wandte er sich an Parisa Sadegh. «Messer.»

Parisa Sadegh suchte in der Küchenschublade und zog ein Brotmesser hervor.

Die drei anderen sahen zu, wie Lykke die beiden Beutel vorsichtig an den Rändern auftrennte und langsam das Plastik vom steifgefrorenen Inhalt abzog. Wie zwei unregelmäßige dunkelbraune Handbälle lag das gefrorene Fleisch auf der Anrichte. Der Sohn sah Lykke unsicher an.

«Dann hat er wohl manchmal doch gekocht», sagte er mit leicht fragender Stimme. «Ist das wichtig?»

«Das kann ich noch nicht sagen, ich hoffe nicht ...»

Etwas im Tonfall des Kommissars ließ die anderen wie angewurzelt dastehen.

Lykke stocherte an dem einen Stück, sodass es langsam herumrollte. Parisa Sadegh zuckte zusammen.

«Das sieht ja aus wie ein Herz», sagte sie und zeigte auf die Konturen eines zusammengepressten dunklen Fleischklumpens. «Ob das vom Schwein ist?»

«Könnte gut sein», murmelte Lykke. Die Falte über seiner Nasenwurzel war noch tiefer geworden.

«Lassen Sie mich mal sehen.»

«Moment ...»

Lykke versuchte, ihn daran zu hindern, aber der junge Arzt hatte bereits nach dem gefrorenen Klumpen gegriffen.

«Sieht aus wie ein Schweineherz, ja», sagte er nachdenklich. «Aber ...»

Die nächsten Sekunden würde Lykke nie mehr vergessen: Der junge Arzt, der das Undenkbare denken muss, dass er das Herz und die Eingeweide seines Vaters in den Händen hält. Das Entsetzen, das in seine aufgerissenen Augen kriecht. Der Mund, der sich öffnet, der Schrei, der nicht kommt. Das dumpfe Poltern, mit dem die gefrorene Masse zu Boden fällt, und der anklagende Gesichtsausdruck, als hätte jemand ihn dazu verleitet, die Hand auf eine glühende Herdplatte zu legen.

«Großer Gott!»

Lasse Viker starrte auf den Küchenfußboden, auf dem der Klumpen sich in drei Teile zerlegt hatte. Jetzt sahen sie deutlich, wie sich Därme und andere Organe in der blutigen Masse abzeichneten.

«Ist das nicht die Milz?»

Parisa Sadegh zeigte auf einen helleren Bereich.

«Entschuldigung …»

Mattis Dahl rannte leichenblass aus der Küche.

«Liegen lassen. Sagt der Spurensicherung Bescheid. Falls das die Eingeweide von Reidar Dahl sind …»

Lykke musste sich auf einen Küchenstuhl setzen. «Armer Teufel.» Er nickte in Richtung Bad. «Gehst du mal nachsehen?»

Parisa Sadegh war schon unterwegs.

5

Ich will dir danken, Herr, und mich freuen und fröhlich sein in dir und deinen Namen loben. Ich will von meinem großen Werk erzählen, das ich dir zu Ehren geschaffen habe. Herr, mein Gott – habe ich so gehandelt, dass Unrecht ist an meinen Händen, und meinem Bruder Böses getan ohne Grund, so soll mein Feind mich verfolgen und mich ergreifen und mein Leben in den Staub treten.

Du hast mich aus meiner Mutter Leib gezogen und legtest mich sicher an ihre Brust. Auf dich bin ich geworfen von Mutterleib an, du bist mein Gott von meiner Mutter Schoß an. Darum verlasse mich nicht, denn die Not ist nahe, und es ist hier kein Helfer.

6 | Manglerud, am selben Abend

Es war fast halb zehn, als Lykke die Tür des dunkelbraunen Reihenhauses im Plogveien in Manglerud aufschloss. Aus dem Wohnzimmer drang die monotone Stimme eines englischen Sportkommentators. Sonja liebte Sportsendungen, besonders Fußball und Skispringen. Es ist fast schon eine Ironie des Schicksals, dachte Lykke, dass ausgerechnet ich beinahe den ganzen Tag von Sportverrückten umgeben bin. Er merkte, dass er erschöpft war, und ihm grauste davor, genau das gleich von Sonja zu hören. Er hängte seinen Mantel auf einen freien Bügel an der Garderobe und schob seine Füße in ein Paar abgenutzte Filzpantoffeln. Idas Schneeanzug lag zum Trocknen auf dem Boden, zusammen mit ihren Handschuhen und der Mütze. Der schmale Flur war der einzige Platz im Haus, wo sie Fußbodenheizung hatten. Lykke vermisste die Wohnung in Sagene, vor allem das geräumige Badezimmer mit den beheizten Bodenfliesen. Aber als Ida geboren wurde, gab es kein Pardon, Sonja hatte darauf bestanden, in eine Gegend mit vielen Kindern umzuziehen.

Sie blickte vom Fernseher auf, als er in der Tür stand.

«Hallo», sagte sie lächelnd. «Ida ist gerade eingeschlafen.»

«Aha.»

Lykke blieb abwartend stehen, unsicher, ob in ihrer Stimme ein Vorwurf lag. Wenn, dann hätte er es verstehen können, in den letzten Monaten war er kaum zu Hause gewesen. Zuerst der Fall an der Universität, wo zwei Studenten in ihrem Zimmer ermordet aufgefunden worden waren, ohne dass es eine einzige technische Spur gab, und danach der Mord an dem fünfjährigen Mädchen aus Stovner. Erwürgt und am Akershuskai ins Hafenbecken geworfen. Sonja hatte Geduld bewiesen, sie war praktisch veranlagt und konnte gut organisieren. Ihre Mutter war eine pensionierte Lehrerin und wohnte in Bøler. Sie holte Ida vom Kindergarten in Ekeberg ab, ohne ihre Hilfe wäre es nicht gegangen.

Sonja saß im Schneidersitz im alten Ohrensessel. Sie trug den Jogginganzug, den sie kurz nach ihrer Hochzeit bei Bloomingdale's in New York gekauft hatten. Sie war fast siebzehn Jahre jünger als er und besaß zusammen mit vier Partnern ein Architekturbüro. Es war eine relativ junge Firma, und das erste Jahr war ziemlich hart gewesen. Ende Oktober hatten sie eine Ausschreibung für ein neues Kulturhaus in Askim gewonnen, was auch für sie lange Arbeitstage bedeutete. Lykke fragte sich oft, warum sie sich wohl ausgerechnet für ihn entschieden hatte. Es war eines der wenigen Rätsel, die er nie lösen würde.

Er ging in die Küche, öffnete den Kühlschrank und nahm einen Joghurt heraus, sah, dass «fettarm» darauf stand, und stellte ihn zurück. Eigentlich hatte er gar keinen Hunger. Die Schranktür unter der Spüle stand einen Spalt offen, und am

Inhalt der Mülltüte sah er, dass Sonja und Ida Fischstäbchen mit italienischem Gemüse gegessen hatten. Er nahm sich einen Apfel aus der Plastiktüte auf der Anrichte.

«Hast du Hunger?»

«Ich habe im Büro gegessen.»

Er kam nicht drauf, was es gewesen war. Was Nudelartiges aus der Tüte?

Mein Problem ist, dachte er, dass ich mich nicht hungrig fühle, sondern alt.

«Hast du dir die Haare schneiden lassen?» Lykke betrachtete Sonjas glatte Kurzhaarfrisur.

Das dunkelbraune Haar war scharf nach links gescheitelt, und der Pony verdeckte beinahe komplett ein Auge.

«Ach», lächelte sie. «Nur die Spitzen.»

«Gehört das so?»

Lykke strich mit dem Zeigefinger über den schrägen Pony.

«Gefällt es dir nicht?»

«Doch, sehr, ich dachte nur, es muss lästig sein, ständig Haare im Auge zu haben.»

Sie lächelte strahlend. Ihre weißen Zähne blitzten. Sie hat einen jungen Mund, dachte Lykke, einen Mund aus Zeiten der Fluorzahnpasta und der «Mutti, Mutti, er hat gar nicht gebohrt»-Werbung. Sie stand auf und küsste ihn leicht auf den Mund. Lykke würde sich nie ganz daran gewöhnen, er war immer noch ein wenig überrascht und verlegen, wenn es passierte, aber auch erleichtert. Mein Gott, sie war neununddreißig, intelligent, hübsch und kontaktfreudig. Er würde ihr keinen Vorwurf machen, wenn sie eines regengrauen Tages erkannte, dass er eine taube Nuss war.

«Du siehst erschöpft aus.»

Da war es. Er straffte unwillkürlich den Rücken und versuchte zu lächeln.

«Ein neuer Mordfall. Reidar Dahl, der Schauspieler. Wir haben seine Eingeweide in seinem Gefrierschrank gefunden. Ich hatte bis eben eine Besprechung mit dem Ermittlungsteam.»

«Eingeweide ...?»

Sonja hatte sich wieder hingesetzt.

«Zu Hause in seiner Wohnung. Sein Sohn stand da mit den Innereien in der Hand, als es ihm aufging. Er ist Arzt.»

«Oh mein Gott, wie furchtbar!» Sonja sah zum Fernseher, in dem einem energiegeladenen Kommentator vor lauter Aufregung fast die Stimme versagte. «Warum musst du immer solche Fälle übernehmen? Kannst du nicht ein einziges Mal sagen, dass es dir zu viel wird?»

Lykke blickte auf seine abgetragenen Pantoffeln. Denselben Gedanken hatte er auch schon gehabt, oft sogar.

«Sie meinen wohl, dass ich ...» Er zögerte. «Sie meinen vielleicht, dass ich die meiste Erfahrung habe, deshalb», sagte er leise.

Das war nur die halbe Wahrheit. Es stimmte zwar, dass man ihn für einen der besten und erfahrensten Ermittler des Polizeidistrikts hielt und dass die Polizeiführung ihn so oft wie möglich einsetzen wollte. Die Sache war nur, dass *er* auch wollte – immer. Er fühlte sich beinahe wie ein Süchtiger, wenn er vor einem schwierigen Mordfall stand. Sonja konnte das nicht begreifen. Sie hatte einmal gesagt, er müsse doch niemandem beweisen, wie tüchtig und zäh er sei. Er habe während seiner einunddreißig Jahre im Staatsdienst genug bewiesen. Aber darum ging es gar nicht. Es ging darum, dass er es liebte, ja geradezu besessen davon war, komplizierte Fälle zu lösen.

«Mann! Hast du das gesehen!»

Sonja war einen Schritt zurückgetreten und starrte auf den Bildschirm.

Lykke warf einen widerwilligen Blick in ihre Richtung, ohne wirklich hinzusehen.

Es war, als weigerte sie sich zu akzeptieren, dass nicht alle die gleiche Begeisterung für Männer aufbrachten, die einen Ball auf ein Tor schossen.

«Toll», murmelte er.

Sonja starrte immer noch auf den Bildschirm.

«Bringst du Ida morgen früh in den Kindergarten?», fragte sie.

«Mach ich. Wollte sowieso um halb acht los, damit ich vor dem Dienst noch eine Stunde trainieren kann.»

«Trainieren? Im Präsidium?»

«Ja, ich dachte, ich sollte wieder damit anfangen.»

Er sagte das, als sei Krafttraining am Morgen etwas ganz Selbstverständliches für ihn.

«Lass es langsam angehen. Du bist ja nicht ...» Sie unterbrach sich. «Es ist nicht gut, wenn man sich gleich zu viel zumutet.»

«Nein, nein, ich passe schon auf.»

«Du weißt, was ich von Männern halte, die ihr halbes Leben damit verbringen, ihre Muskeln zu hätscheln.»

Er lächelte matt. Sie hatte gemerkt, dass sie seine Achillesferse gestreift hatte, und jetzt versuchte sie, es wiedergutzumachen. Es war beinahe rührend durchschaubar, aber er liebte sie dafür, dass sie es versuchte.

«Ich gehe hoch und sehe mal nach Ida.»

Sonja blickte ihm leicht besorgt nach, als er die Treppe hinaufging.

Er öffnete vorsichtig die Tür und ließ sie einen Spalt offen stehen, sodass ein schmaler Streifen Licht in das winzige Kinderzimmer fiel. Seine Tochter schlief wie immer auf dem Bauch, neben sich vier der in dieser Woche gerade aktuellen Lieblingsschmusetiere.

Lykke zog vorsichtig die Bettdecke zurecht und betrachtete das kleine Gesicht. Wieder musste er an das Mädchen denken, das sie aus dem Hafenbecken gefischt hatten. Zum dritten Mal hatte er eine Mordfallermittlung geleitet, bei der das Opfer ein kleines Kind war, und diesmal war es besonders schlimm gewesen. Ein kurzes Grunzen aus dem Kinderbett holte ihn in die Gegenwart zurück. Er betrachtete die kleinen Hände mit den nicht ganz sauberen Fingernägeln und dachte zum Gott weiß wievielten Mal an Idas Zukunft. Wenn sie zwanzig war, würde er siebzig sein. Wenn sie dreißig war, lag er rein statistisch gesehen schon zwei Jahre unter der Erde. Wer sollte dann auf sie aufpassen? Wer würde ihren Kindern der Großvater sein?

Er stand da und lauschte auf ihre gleichmäßigen Atemzüge, dachte zurück an damals, als sie zuerst nicht atmen wollte. Die Hebamme hatte sie herausgezogen und wartete auf den kleinen Hickser, der anzeigt, dass die Lungen ihre Arbeit aufgenommen haben, aber er kam nicht. Die folgenden dreißig Sekunden waren die längsten seines Lebens gewesen. Als sie endlich ihren ersten Schrei ausstieß, musste er sich festhalten, so sehr zitterten ihm die Knie. Hinterher hatte man ihm gesagt, so eine Verzögerung sei ganz normal.

Der Lichtstreifen, der durch den Türspalt hinter ihm hereinfiel, wurde breiter. Lykke drehte sich um.

«Weinst du?»

Sonja sah ihn besorgt an.

Er fuhr sich mit der Hand übers Gesicht und merkte, dass seine Wangen feucht waren.

«Hab nur gegähnt», sagte er.

7 | Nationaltheater, 13. Dezember

Von Pomp und Pracht war der Personaleingang des Nationaltheaters an der Stortingsgata nicht gerade geprägt. Niedrige Decken und durchgetretenes Linoleum auf einem welligen Fußboden.

Rolf Lykke und Lasse Viker zückten ihre Dienstausweise und trugen ihr Anliegen vor. Die ältliche Empfangsdame stand hinter einem Tresen, der aussah, als sei er Ende der sechziger Jahre hier vergessen worden.

«Lars Helvik, bitte zur Rezeption. Besuch für Sie!»

Auch die Sprechanlage hatte in den letzten Jahren nicht auf der Liste erneuerungswürdiger Haustechnik gestanden.

Bühnenmeister Helvik erwies sich als ein Mann Ende vierzig mit halblangem Haar, modisch ganz im Stil des Empfangstresens.

«Nehmen Sie doch Platz.»

Der Bühnenmeister deutete mit einer einladenden Geste

auf eine Reihe bequem aussehender Stühle vor einem ramponierten Fernseher.

«Unser Technikerraum. Hier ruhen wir uns zwischen den Proben und den Vorstellungen aus.»

Lykke bemerkte flüchtig eine Kaffeemaschine auf einer Anrichte in der Ecke.

«Sie kommen wegen Reidar?»

Das war mehr eine Feststellung als eine Frage.

«Ja, Sie waren vermutlich der Letzte, der ihn lebend gesehen hat», sagte Lykke. «Es ist sehr wichtig für uns, dass Sie uns so genau wie möglich beschreiben, was Ihnen an dem betreffenden Abend an der Straßenbahnhaltestelle vor dem Theater aufgefallen ist. Die Uhrzeit, was er anhatte, was er gesagt hat.» Lykke zuckte mit den Schultern. «Ob er Kaugummi kaute ...»

Die nächsten zehn Minuten hörte er der Erklärung des Bühnenmeisters zu. Sie war außerordentlich genau, man merkte, dass der Mann einen Blick für Details hatte. Lykke brauchte nur hin und wieder eine Zwischenfrage zu stellen, der Rest kam von allein.

Wenig Neues, aber das ausführlich. Lykke lehnte sich auf dem komfortablen Stuhl zurück und schlug das rechte Bein über das linke.

«Wie war Dahl so als Typ, war er beliebt bei den Kollegen?»

Der freundliche Gesichtsausdruck des Bühnenmeisters wich einer etwas reservierteren Miene.

«Tja, ich weiß nicht, ich möchte eigentlich nicht viel dazu sagen ...»

«Ach, Sie sind Enga-Fan?», fragte Lasse Viker und bewies wieder einmal sein souveränes Gespür für Timing. Er deutete auf einen Vålerenga-Wimpel, der auf einem kleinen Schreibtisch stand.

«Klar. Sie auch?»

Seine Freundlichkeit war plötzlich zurückgekehrt.

«Godset. Wenn man mit Steinar P. als Trainer aufwächst, gibt's gar nichts anderes als Godset. Aber ich habe Respekt vor dem Klan», fügte Viker mit einem Grinsen hinzu.

«Ich war bei Strømsgodset gegen Arsenal im Ullevål-Stadion dabei, Europacup neunzehnsiebzig ...»

«Einundsiebzig», korrigierte Viker.

Kommissar Rolf Lykke versank in Gedanken. Es war ihm in der Vergangenheit schon öfter aufgefallen, und immer hatte er darüber gestaunt, wie Fußball innerhalb von Sekunden zwischen Männern, die sich zuvor nie gesehen hatten, eine Verbindung herstellen konnte. Allein die Tatsache, dass sie dieselben Spiele erlebt und dieselben Tore gesehen oder als Kinder dieselben Fußballkarten gesammelt hatten, reichte aus, damit sie einander plötzlich als Mitglied irgendeiner unsichtbaren Bruderschaft anerkannten. Für Lykke war das ein großes Rätsel, aber er merkte, dass er sie insgeheim um ihre Gemeinsamkeit beneidete.

«Arsenal hat 2:0 gewonnen, stimmt's?»

Die Augen des Bühnenmeisters leuchteten.

«3:1. Steinar P. hat für Godset getroffen ...»

«Ja, richtig, er war verdammt gut in dem Jahr.»

Lasse Viker nickte, überlegte kurz und sah zu dem Wimpel hinüber, dann richtete er seine Augen wieder auf den Bühnenmeister.

«Für uns ist es wichtig herauszubekommen, wie Reidar Dahl als Mensch war», sagte er langsam. «Bisher wissen wir kaum etwas anderes als das, was man jahrelang in der Klatschpresse lesen konnte.»

«Also, ganz ehrlich gesagt …», Lars Helvik warf einen schnellen Seitenblick auf Lykke, bevor er weitersprach, «der Typ war ein Riesenarschloch.»

«Tatsächlich?»

«Es gab Gerüchte, dass er seine Frau verprügelte und was mit einer Inspizientin laufen hatte, die zwanzig Jahre jünger war als er.»

Lykkes Blick wurde unruhig.

«Und Sie glauben die Gerüchte?»

«Ich bin mir ziemlich sicher, dass da was dran war. Diese Inspizientin, sie ist inzwischen nicht mehr hier, hat mir noch was anderes über ihn erzählt, was auch nicht ganz die feine Art ist.»

«Die feine Art?» Lykke zog die Augenbrauen hoch.

«Er war ein bisschen pervers, um es mal so zu sagen.» Der Bühnenmeister machte eine Kunstpause. «Sie hat mir natürlich keine Einzelheiten verraten, ich weiß also nicht genau, was dahintersteckte.»

«Wie heißt diese Inspizientin?»

Lasse Viker hatte seinen Notizblock gezückt.

«Tutta Sætra. Sie ist jetzt freie Mitarbeiterin beim Fernsehen, NRK, glaube ich, jedenfalls hat sie das im Sommer gemacht.»

Nach ein paar weiteren Fragerunden kam das Gespräch wieder auf den Fußball. Lykke merkte, dass er genug hatte.

«Können Sie sagen, wen er hier am Theater am besten gekannt hat?», warf er ein.

Der Bühnenmeister dachte nach.

«Jeppe Storm-Andersen», erwiderte er mit Bestimmtheit. «Die beiden waren ungefähr gleich lange hier. Kannten sich noch von der Schauspielschule her, glaube ich.»

«Ist er heute hier?»

«Müsste bald kommen.» Helvik warf einen Blick auf die Uhr über der Tür. «Er hat in einer Stunde Probe für *Baumeister Solness*. Falls er denn pünktlich ist, was nicht sehr oft passiert.» Der Bühnenmeister wirkte plötzlich verlegen. «Soll ich Ihnen in der Zwischenzeit das Haus zeigen?»

«Gern, danke.»

Lasse Viker warf seinem Chef einen überraschten Blick zu.

Der Bühnenmeister stieg ihnen voran eine enge Wendeltreppe hinauf.

«Wir können in der Kantine nachsehen. Falls er schon da ist, sitzt er entweder dort oder in seiner Garderobe. Das ist gleich hier.»

Lykke merkte, wie es in seinem linken Knie stach. Er fluchte innerlich. Vor zwanzig Jahren hatte er 100 Kilo aus der Kniebeuge gestemmt, aber heute Morgen im Kraftraum hatte er kaum die Hälfte geschafft.

Der Bühnenmeister öffnete eine Tür mit dem Schild ZUTRITT NUR FÜR SCHAUSPIELER.

«Das Schauspielerfoyer», sagte er mit merklichem Stolz. «Alles noch original Jahrhundertwende.»

Lykke ging in den großen Raum hinein und ließ den Blick über die schöne Deckenmalerei wandern. Teppichboden und Möbel waren in dunklem Rot gehalten. Ein großer Flügel verschwand beinahe in einer Ecke. Lasse Viker starrte ungeduldig in die Luft.

«Hier entlang.»

Sie setzten ihren Weg durch das Gebäude fort. «Wir können ja in seine Garderobe schauen», schlug der Bühnenmeister vor. «Die liegt hier drüben auf der Herrenseite.»

«Herrenseite?»

Lasse Viker kratzte sich seinen Dreitagebart.

Lars Helvik lächelte, es war offensichtlich, dass er mit der Frage gerechnet hatte.

«Das Nationaltheater ist, soweit ich weiß, das einzige Theater der Welt, das eine Herren- und eine Damenseite hat», erklärte er. «Weil es hier so viele Ecken und Winkel gibt, ist es schwierig, von rechts und links zu sprechen, deshalb nennen wir es Herren- und Damenseite. Die Damenseite befindet sich an der Stortingsgata», fügte er hinzu. «Früher hatten wir für Herren und Damen jeweils eigene Ankleidehelfer.»

Sie bogen um eine Ecke und befanden sich pötzlich in einem kleinen Raum mit drei Türen. Alle standen halb offen und trugen Schilder mit Namen von Schauspielern.

Der Bühnenmeister steckte den Kopf in das mittlere Zimmer.

«Hier ist er nicht.»

Lykke warf einen Blick hinein.

Die Garderobe war kaum größer als die Umkleidekabine in einem Bekleidungsgeschäft. Sie enthielt ein kleines Bett, einen Tisch, einen Stuhl und einen Spiegel. Das war alles. Auf dem Stuhl lag ein Programmheft. Lykke griff danach. Ein einsamer Mann stand im Gegenlicht, um den Kopf eine Art Glorienschein.

«Das Stück, das Reidar spielte», erklärte Helvik. «Behalten Sie es ruhig.»

Lasse Viker betrat den Raum ebenfalls, und plötzlich wurde es sehr eng.

«Nicht gerade Hollywood», murmelte er mit einem Zahnstocher im Mundwinkel.

«Vielleicht nicht, aber trotzdem ist es etwas Besonderes, eine eigene Garderobe zu haben. Die von Wenche Foss ist in der ersten Etage.»

«Tritt sie noch auf?»

«Nein, es ist schon Jahre her, dass ich sie gesehen habe, aber die Garderobe einer Wenche Foss gibt man doch nicht weg.»

«Nein, das tut man wohl nicht.»

Lykke faltete das Programmheft zusammen und steckte es in die Manteltasche.

«Gibt es Pläne, den *Tod eines Handlungsreisenden* in der nächsten Zeit neu zu inszenieren?»

Helvik schüttelte nachdrücklich den Kopf.

«Im nächsten Jahr jedenfalls nicht. Wieso?»

«War nur so eine Frage.»

Lykke massierte vorsichtig seine Nasenwurzel.

«Hier entlang, bitte.»

Das halblange blonde Haar des Bühnenmeisters flatterte, als er sich umdrehte und die Garderobentür hinter sich schloss.

Wie sie schnell feststellen konnten, hielt Jeppe Storm-Andersen sich auch nicht in der Kantine auf. An einem Vierertisch saßen drei nicht mehr ganz junge Frauen, ansonsten war der Raum leer.

«Soll ich den Empfang bitten, ihn hierher zu schicken, wenn er kommt?», fragte der Bühnenmeister.

«Gut, dann essen wir eine Kleinigkeit, wo wir schon mal hier sind.»

«Lassen Sie es auf meine Rechnung setzen.»

Lykke lächelte.

«Danke, aber das können wir uns gerade noch leisten.»

Lasse Viker biss in sein Baguette und wischte sich den Mund mit einer Serviette ab, die in seiner großen Pranke wie eine Briefmarke wirkte.

«Warum zum Teufel hat man ihm sämtliche Eingeweide herausgeschnitten?», fragte er mit vollem Mund.

Lykke stocherte in einem Hähnchensalat. Er hatte sich das selbst immer wieder gefragt. Einerseits war die Frage naheliegend, andererseits war er sich nicht sicher, ob sie ihnen überhaupt weiterhalf. Oft lenkten besondere Umstände in einem Tötungsdelikt die Ermittlungen in eine völlig falsche Richtung. Was vielleicht wie ein bestialisches Ritual erschien, erwies sich im Nachhinein als Zufall oder war aus ganz anderen, mitunter praktischeren Gründen so gemacht worden.

«Vielleicht wollte er einfach nur weniger zu transportieren haben?»

Noch während er das sagte, merkte er, wie unwahrscheinlich das klang. Zwar wogen die inneren Organe eines erwachsenen Menschen rund fünfzehn bis zwanzig Kilo, aber dass man die Arbeit auf sich nahm, eine Leiche auszuschlachten, nur damit sie leichter wurde, schien weit hergeholt. Und warum sich die Mühe machen, alles in Plastikbeuteln zu verstauen und es in den Gefrierschrank zu packen? Lykke kaute langsam einen Bissen Hühnerfleisch, es schmeckte nach nichts, absolut gar nichts. Der oder die Täter, die Dahl getötet haben, wollten eine Spur zurücklassen, dachte Lykke. Entweder, weil sie verrückt sind, oder, um die Polizei in die Irre zu führen. Die erste Möglichkeit war immer die schlimmste.

«Vielleicht will er, dass wir glauben, er hätte eine Schraube locker», sagte Viker, als könnte er Gedanken lesen.

Lykke nickte langsam.

«Am wahrscheinlichsten ist doch, dass es jemand war, der ihn kannte, oder?» Viker wischte sich den Mund ab. «Haben wir einen Überblick über die Familie?»

«Noch nicht, ich habe Parisa damit beauftragt.»

«Kennst du Jeppe Storm-Andersen eigentlich?»

Lykke schüttelte den Kopf.

«Nur aus der Zeitung. Ich hätte nicht gedacht, dass er zu der Liga gehört, die Ibsen spielen darf.»

Lasse Viker grinste.

«Mensch, ich glaube, ich war seit *Die Reise zum Weihnachtsstern* nicht mehr im Theater.»

Jeppe Storm-Andersen war kleiner und dünner, als Lykke erwartet hatte, mit ungekämmtem, fettigem Haar und einer großen, altmodischen Brille.

Er hatte sich einen Kaffee und ein Stück Karottenkuchen von der Selbstbedienungstheke geholt, und Lykke beschloss, direkt zur Sache zu kommen.

«Wer hat Reidar Dahl den Tod gewünscht?», fragte er unnötig laut.

Der kleine Mann zwinkerte erschrocken hinter seinen Brillengläsern und strich sich über die ungepflegten Haare.

«Das ist wirklich eine ganz entsetzliche Geschichte», sagte er endlich. «Wir kannten uns seit 72, hier, sehen Sie.» Er zog ein vergilbtes Foto aus der Innentasche seines Tweedjacketts. «Die Abschlussklasse der staatlichen Theaterschule. Das da bin ich.» Ein kleiner Fingernagel mit Trauerrand zeigte auf einen pickligen Jüngling im engen Rollkragenpullover. «Und das ist Reidar.»

Lykke musste aufstehen. Der kleine Finger deutete auf einen lässigen jungen Mann mit langer Lockenmähne und einer Gitarre über der Schulter. «Er war ein Gott auf der Gitarre. Er konnte ...»

Lykke fiel ihm ins Wort.

«Wer hat Reidar Dahl umgebracht?»

Jeppe Storm-Andersen starrte ihn unsicher an.

«Ich habe keine Ahnung. Wenn ich das wüsste, hätte ich es doch längst gesagt.»

Rolf Lykke hörte einen Anflug von Gereiztheit in seiner Stimme.

«Tragen Sie das immer bei sich?» Er deutete mit einem Kopfnicken auf das Klassenfoto.

«Nein, natürlich nicht.» Der Schauspieler strich sich die fettigen Haarsträhnen zurück. «Ich habe es eingesteckt, weil ich es in der Garderobe aufhängen will.»

«Zur Erinnerung?»

«Ja, zur Erinnerung.»

Lasse Viker streckte seinen langen Körper, dass der Stuhl in den Fugen knackte.

«Hatte er in der letzten Zeit irgendwelche Weibergeschichten?»

Storm-Andersen zwinkerte rasch.

«Kommt darauf an, was Sie unter ‹Weibergeschichten› verstehen.»

«Ob er sexuelle Beziehungen zu einer oder mehreren Damen hatte.» Lasse Viker beugte sich über den Tisch und fixierte den Schauspieler.

«Na ja, ich weiß nicht recht, wie ich sagen soll.» Jeppe Storm-Andersen nahm die Brille ab und polierte sie mit dem Innenfutter seines Tweedjacketts. «Reidar mochte die Frauen.»

«Hatte er in jüngster Zeit ein Verhältnis?» Vikers Blick gab keinen Zoll nach. «Wir müssen jeden überprüfen, mit dem Dahl in den letzten Wochen zusammen war.»

«Nun, ich weiß ja nicht genau, was Reidar in den letzten Wochen gemacht hat, aber er sprach öfter mal von einer Frau, die er in Schweden kennengelernt hatte.»

«Ja?»

«Eine gewisse Anna. Keine Ahnung, wie sie mit Nachnamen heißt oder woher sie kommt. Ich weiß nur, dass sie sich vor ein paar Monaten in Göteborg begegnet sind. Reidar war dort auf einer Ibsen-Tournee.»

«Weiter.» Viker trommelte ungeduldig mit den Fingern auf der Tischkante.

«Sie war vor ein oder zwei Monaten mal in Oslo, aber keiner von uns hier am Theater hat sie zu Gesicht bekommen.»

«Woher wissen Sie das?»

Jeppe Storm-Andersen lächelte unsicher.

«So etwas weiß man einfach. Falls sie so jung und hübsch war, wie Reidar behauptet hat, wäre es mir garantiert zu Ohren gekommen, wenn jemand die beiden zusammen gesehen hätte.»

Rolf Lykke studierte ein kleines Ölbild an der Wand. Ein Junge im Trachtenanzug stand neben zwei großen Pferden. Es hing ein wenig schief.

«Aber Sie sind sicher, dass sie Anna hieß?»

«Ja.»

«Hat er noch anderen Kollegen von ihr erzählt?»

Der schmächtige Schauspieler kratzte sich im Nacken.

«Das sollte mich wundern», sagte er langsam. «Keiner hier hat Reidar besser gekannt als ich.» Er hörte auf zu kratzen. «Aber ich würde das nicht überbewerten», fuhr er fort. «Reidar hatte fast immer was am Laufen, oft mit ganz jungen Mädchen.»

«Wie jung?»

«So Ende zwanzig vielleicht. Ich weiß es nicht mit Sicherheit, aber das würde ich jedenfalls schätzen. Vielleicht war es für einen bekannten Schauspieler einfacher, sie zu beeindrucken ...»

«Weitere Namen?»

Rolf Lykke streckte unauffällig sein schmerzendes Knie aus.

«Nur ein paar Vornamen und dann diese Inspizientin, die hier alles durcheinandergebracht hat, Tutta Sætra. Sie hatten über mehrere Monate ein Verhältnis, glaube ich. Reidar war ein bisschen komisch, was das anging.» Jeppe Storm-Andersen rieb seine Brille wieder am Jackenfutter, dann hielt er die Gläser gegen das Licht. «Er prahlte gerne mit seinen Eroberungen, aber wenn man genauer nachfragte, tat er ziemlich geheimnisvoll. Jedenfalls habe ich nie eine von ihnen kennengelernt.»

Lykke starrte den Schauspieler skeptisch an.

«Heißt sie wirklich so: Tutta Sætra?»

«Soweit ich weiß, ja.»

Jeppe Storm-Andersen war sichtbar pikiert.

Rolf Lykke wechselte einen kurzen Blick mit Lasse Viker, bevor er aufstand.

«Melden Sie sich bitte bei uns, falls Ihnen noch etwas einfällt, weitere Namen, Nachnamen, egal was. Jede Kleinigkeit könnte nützlich sein.»

Lykke reichte Storm-Andersen seine Visitenkarte. «Hier im Theater findet doch sicher eine Trauerfeier statt?»

Auf dem Gesicht des Schauspielers breitete sich leichte Röte aus. «Ja, aber ich werde nicht dabei sein.»

Er starrte sekundenlang auf seine ungeputzten Schuhe. «Ich mache eine Reise, die würde ich ungern absagen.»

«Ah ja.»

«Entschuldigung, aber meine Probe fängt gleich an ...»

«Natürlich.»

Jeppe Storm-Andersen eilte davon, und Lykke sah dem schmalen Rücken nachdenklich hinterher.

«Ruf ihn morgen an und quetsch ihn mal ein bisschen wegen dieser Reise aus. Die muss ja unglaublich wichtig sein, wenn er deswegen nicht auf der Trauerfeier für seinen besten Freund erscheint.»

«Falls Dahl je einen besten Freund hatte», sagte Lasse Viker. «Langsam kommen mir Zweifel.»

Lykke rückte das kleine Bild mit dem Jungen und den Pferden gerade.

«Übernimm du die Inspizientin, dann fahre ich in die Behrens' gate und spreche mit den Nachbarn. War da nicht eine Frau, die Geräusche gehört hatte?»

«Doch, eine über Achtzigjährige.»

«Hattest du nicht gesagt, sie ist über neunzig?»

Viker seufzte und wischte sich mit dem Handrücken einen Tropfen unter der Nase ab.

«Was weiß ich. Jedenfalls ist sie uralt», sagte er leicht verlegen.

Lykke steuert auf den Ausgang zu und versuchte, sich das schmerzende Knie nicht anmerken zu lassen.

«Ruf Parisa an und sag ihr, sie soll dorthin kommen. Ich nehme mir ein Taxi», fügte er hinzu.

8 | Frogner, am selben Vormittag

«Ich brauche keinen Staubsauger.»

Die Stimme klang alt, aber nicht ängstlich, eher bestimmt. Rolf Lykke und Parisa Sadegh standen stumm vor der Gegensprechanlage, als warteten sie auf eine Erklärung. Da sie bald erkannten, dass keine folgen würde, drückte Parisa noch einmal auf die Klingel, lange. Sie warteten ungefähr eine Minute. Vergeblich.

«Hast du den Schlüssel?»

«Augenblick.»

Parisa Sadegh schloss mit steifen Fingern das schwere schmiedeeiserne Tor auf.

Der Sack mit Streusand war seit ihrem letzten Besuch nicht geöffnet worden.

Lykke drückte auf die Klingel über dem Messingschild, in

das mit schwungvollen Buchstaben der Name *Olav Bjercke* graviert war. Gegenüber war Dahls Wohnungstür mit dem polizeilichen Siegel verplombt.

Einen Moment später wurde die Tür eine Handbreit geöffnet. Zwei Sicherheitsketten schlugen rasselnd gegen den Türrahmen. Im Licht, das durch den Spalt fiel, zeichnete sich eine Gestalt ab. Lykke ahnte das ärgerliche Aufblitzen von zwei scharfen blauen Augen hinter einer dicken Brille.

«Ich bin an Ihren Staubsaugern nicht interessiert, habe ich gesagt.»

«Wir sind von der Polizei.» Lykke hielt seinen Dienstausweis hoch. «Wir möchten Ihnen nur einige Fragen stellen, zu dem Lärm im Treppenhaus am Dienstagabend.»

Erneutes Kettenrasseln, dann wurde die Tür geöffnet.

«Vor ein paar Tagen war schon ein Polizist hier und hat dasselbe gefragt», sagte die Frau immer noch kurz angebunden, aber nicht mehr so gereizt.

«Erinnern Sie sich an ihn?»

«Ob ich mich an ihn erinnere? Ich bin doch nicht senil, nur weil ich über achtzig bin. Viker hieß er, aus Drammen. Mein Mann war auch aus Drammen, wissen Sie, von daher hatten wir ein Gesprächsthema.»

Lykke sah sich in dem großen Wohnzimmer um. Anscheinend war die Wohnung genauso geschnitten wie Dahls, nur spiegelverkehrt.

«Bitte, nehmen Sie doch Platz. Behalten Sie die Schuhe ruhig an», sagte sie, als sie Lykkes Zögern bemerkte. «Ich hole frischen Kaffee.»

Lykke wollte protestieren, aber Frau Bjercke war bereits in der Küche verschwunden.

Parisa Sadegh lächelte.

«Doch nicht so verkalkt, was?»

Ihr großer Mund teilte das Gesicht in zwei Hälften. Lykke hatte noch nie ein breiteres Lächeln gesehen als das von Parisa Sadegh.

«Nein …»

Sein Blick fiel auf einen ausgestopften Hirschkopf, der an der einen Wand hing. Darunter war eine Art Plakette befestigt. Er kniff die Augen zusammen, konnte den Text aber nicht entziffern. Abgesehen von dem Hirsch war das Wohnzimmer ungefähr so, wie man sich Wohnzimmer von gutbürgerlichen alten Osloer Witwen vorstellte: dunkel und vollgestopft mit Möbeln. In der Mitte des Tisches stand eine Alabastervase mit neun Plastiktulpen.

«Zucker oder Sahne?»

Frau Bjercke war mit einem Tablett hereingekommen, auf dem Kaffeetassen und ein Teller mit Kuchenstückchen standen.

«Nein, vielen Dank.» Lykke starrte misstrauisch auf die dünne, teeähnliche Flüssigkeit, die in seine Tasse plätscherte. «Haben Sie Ärger mit Staubsaugervertretern?»

«Ach, das.» Die alte Dame lächelte, und um ihre Augen zeigten sich zehntausend Runzeln. «Heute geht sicher keiner mehr von Haus zu Haus und verkauft Staubsauger. Das sage ich nur, um mir die Zeugen Jehovas vom Leib zu halten. Sobald ich was von Staubsaugern sage, denken sie, ich wäre ein bisschen verrückt, und gehen wieder. Wenn meine Freundinnen zu Besuch kommen, rufen sie immer vorher an, aber die rennen mir in letzter Zeit auch nicht gerade die Tür ein.»

Sie schenkte sich selbst Kaffee ein und hielt Parisa Sadegh

den Kuchenteller hin. Lykke fiel auf, dass ihre Haut schlaff um den dünnen Oberarm hing.

«Es sind nur gekaufte ...»

Sadegh nahm eine Mandelschnitte. Lykke lehnte höflich ab. Aus irgendeinem Grund hatte er plötzlich Lust auf eine Zigarette. Er hatte nicht mehr geraucht, seit Sonja mit Ida schwanger geworden war.

«Haben Sie Reidar Dahl gut gekannt?»

Die alte Dame schüttelte abweisend den Kopf.

«Nein, überhaupt nicht. Wir waren seit Ende der achtziger Jahre Nachbarn, aber wir haben nie mehr als ein paar Worte im Treppenhaus gewechselt.»

«Haben Sie ihn nicht ab und an zum Kaffee eingeladen?»

«Nein, ich muss zugeben, dass wir wohl nicht den rechten Draht zueinander hatten, sagt man nicht so? Seine Frau dagegen, die war nett. Manchmal sind wir uns beim Kaufmann im Frognerveien begegnet und haben ein Schwätzchen gehalten.» Sie legte ihr Gesicht in bekümmerte Falten. «Das arme Mädchen. So jung gestorben.»

«Und der Sohn, haben Sie mit dem Kontakt gehabt?»

Erneutes Kopfschütteln.

«Einmal, das ist schon Jahre her, hatte er sich ausgesperrt, und ich habe ihn zu mir hereingeholt, damit er hier auf die Eltern wartet. Er hat wohl eine halbe Stunde hier gesessen und kaum ein Wort gesagt. Ich bin aus der Familie nie richtig schlau geworden.»

Die alte Dame trank einen Schluck Kaffee.

«Und in den letzten Jahren, ist Ihnen da etwas Besonderes aufgefallen?»

Sie maß Lykke mit dem Blick.

«Wenn Sie die Damenbekanntschaften meinen, da kann ich Ihnen nicht weiterhelfen. Ich stehe nicht hinter der Tür und schaue durch den Spion.»

Lykke richtete sich auf dem Stuhl auf.

«Das habe ich auch nicht angenommen. Mich würde nur interessieren, ob Sie zufällig etwas Außergewöhnliches beobachtet haben …»

«Es ließ sich ja kaum vermeiden, dass man mitbekam, was da vor sich ging.»

«Was ging denn vor sich?»

Die alte Dame wurde plötzlich unsicher.

«Nun, es waren ja ständig neue Damen zu Besuch, den Rest können Sie sich wohl selbst denken.»

«Haben Sie manchmal Lärm oder verdächtige Geräusche aus der Wohnung gehört?»

Parisa Sadegh deutete auf die Wand, die die beiden Wohnungen trennte.

«Nie. Und ich höre ausgezeichnet», fügte sie hinzu.

«Gnädige Frau», begann Lykke, aber die alte Dame fiel ihm ins Wort.

«Nun brechen Sie sich mal keinen ab, Herr Wachtmeister. Ich bin eigentlich auch bloß aus Galgeberg», fügte sie mit einem koketten Lächeln hinzu.

«Aus welcher Ecke von Galgeberg denn?», fragte Lykke.

«Finnmarksgata, gleich um die Ecke vom Jarlen-Kino.» Die alte Dame musterte Lykke über den Tisch. «Sind Sie ein Galgeberg-Junge?»

«Fast, ich bin im Åkebergveien groß geworden, da, wo die Bäckerei war.»

«Ah ja, Larsen!» Ihre Augen leuchteten. «Schade, dass sie zumachen mussten.»

«Ja, wie das manchmal so ist.»

«Ja, so ist das wohl manchmal ...»

Sadegh rutschte ungeduldig auf ihrem Stuhl herum. Lykke warf ihr einen scharfen Blick zu, trank einen Schluck Kaffee und beugte sich über den Tisch vor.

«Können Sie uns so genau wie möglich beschreiben, was Sie an dem Abend gehört haben?»

Die alte Dame wiederholte die Geschichte. Geräusche im Treppenhaus kurz vor Mitternacht, sie war sich bei der Uhrzeit ganz sicher, weil sie eine Sendung im Radio gehört hatte, die Viertel vor zwölf zu Ende gewesen war. Eine Sendung über Ole Bull, sie hatte extra noch einmal in der Radiozeitung nachgesehen, weil der andere Polizist sie danach gefragt hatte. Die Geräusche waren ihr aufgefallen, weil um diese Uhrzeit selten Leute aus und ein gingen, und der Lärm hatte ein paar Minuten lang angehalten. Was genau sie gehört hatte, wusste sie nicht, aber jemand hatte etwas durchs Treppenhaus manövriert, davon war sie fest überzeugt. Sie hatte gedacht, dass ein Hausbewohner etwas zu einem Müllcontainer an der Straße schleppte, und sie konnte sich erinnern, dass es sie kurz geärgert hatte. Wieso müssen die Leute so etwas spät in der Nacht machen?, hatte sie gedacht, aber am nächsten Tag war ihr aufgefallen, dass gar kein Container an der Straße stand.

Lykke merkte, dass sie auf bestem Wege waren, sich festzufahren. Er fühlte sich durch und durch unzufrieden. Es war so wichtig für die Motivation in der Ermittlungsgruppe, früh eine Richtung zu finden, eine Spur, und sei sie noch so klein. Aber bisher hatten sie gar nichts. Er zwang den letzten Schluck der Kaffeebrühe hinunter und fühlte mit Sadegh, die immer noch an der Mandelschnitte kaute. Er konnte das trockene Knirschen über den ganzen Tisch hören. Nach einer halben Stunde bedankten sie sich und zogen die Tür hinter sich zu. Draußen stand der pakistanische Mann mit dem kleinen schwarzen Hund, den Lykke am Tag zuvor schon gesehen hatte. Er warf ihnen einen finsteren Blick zu und starrte anschließend auf ihren Volvo, der mitten auf dem Bürgersteig parkte. Lykke war nicht in der Stimmung, sich für das vorschriftswidrige Parken zu rechtfertigen, und setzte sich resolut auf den Beifahrersitz. Etwas beschäftigte ihn, er kam im Moment nicht drauf, aber irgendwas hatte er übersehen. Er starrte auf die vereiste Straße. Plötzlich hatte er es.

«Der Container», sagte er halblaut zu Sadegh. «Sie hat gesagt, dass sie glaubte, jemand werfe Gerümpel in einen Container.»

«Schon, aber hier stand doch gar kein Container.»

Sadegh bemühte sich zu verstehen, was ihr offensichtlich entgangen war.

«Warte hier.»

Lykke sprang aus dem Wagen, vergaß sein Knie und wäre beinahe auf das spiegelglatte Eis geknallt.

«Polizei», rief er, während er auf den Mann mit dem Hund zuhumpelte.

9 | Polizeipräsidium, am selben Tag

Sie hatten sich um den ovalen Tisch im Besprechungsraum versammelt, das Team, das im Dienstgebrauch als Kernteam einer Ermittlungsgruppe bezeichnet wurde. Lykke fasste die Lage für die Beamten zusammen, die ihm zur Verfügung standen. Viele waren es nicht.

Parisa Sadegh war die einzige Frau der Gruppe. Die ersten zehn Jahre ihres Lebens hatte sie in Teheran verbracht. Ihr Vater war Diplomat und ihre Mutter Professorin der Sprachwissenschaft. 1985 war die Familie vor Krieg und Khomeini nach Märsta geflüchtet, einer Trabantenstadt vor den Toren Stockholms. Zwölf Jahre später hatte Parisa einen Sommer lang in einer Kneipe auf Oslos Hafenmeile Aker Brygge gejobbt, und wiederum zwei Jahre später hatte sie die norwegische Staatsbürgerschaft beantragt und mit dem Studium an der Polizeihochschule begonnen. Sie hatte rabenschwarze, kurze Haare über einem sanften Gesicht, war ehemalige schwedische Juniorenmeisterin im Boxen und von einer spielerischen Geschmeidigkeit, wie man sie bei Frauen selten fand. Es war schwer vorstellbar, dass diese zierliche junge Frau irgendjemandem gefährlich werden könnte, aber Lykke hatte sie bei harten Festnahmen erlebt, und der Anblick der Kollegin, die innerhalb von Sekunden doppelt so schwere Gegner kampfunfähig machen konnte, hatte ihn mehr fasziniert, als er sich eingestehen mochte. Er wusste nicht sehr viel über ihr Privatleben, außer dass sie viel Zeit mit Sport verbrachte, wozu auch Fallschirmspringen gehörte. Sie hatte als Marinejäger Dienst getan und kannte sich mit allem aus, vom

Waffenarsenal auf russischen U-Boot-Klassen bis zum Herunterschlucken des eigenen Erbrochenen in einer Gasmaske. Viele sagten ihr eine große Zukunft als Ermittlerin voraus. Nicht unbedingt, weil sie so einen scharfen Verstand besaß oder sich ständig durch neue originelle Ideen hervortat, sondern wegen ihres unerschütterlichen Optimismus und der ganz besonderen Fähigkeit, mit Leuten in Kontakt zu treten. Der Prozentsatz der Geständnisse, die sie erreichte, war bemerkenswert hoch. Es war so gut wie unmöglich, diese aufgeweckte junge Frau mit dem charmanten Stockholmer Akzent nicht zu mögen. Ihre Berichte waren allerdings katastrophal oder zumindest abenteuerlich, je nachdem, wie viel Wert man als Leser auf korrekte norwegische Sprache und Rechtschreibung legte. Lykke störte das nicht. Er konnte zwar zum Korinthenkacker werden, wenn es um Ausdrucksweise und Orthographie ging, aber im Unterschied zu den meisten anderen Beamten im Haus hatte Parisa Sadegh einen Grund, schlechtes Norwegisch zu schreiben.

Links von Sadegh saß Ted Eriksen, der Einzige in der Gruppe, bei dem Lykke sich unsicher war – nicht, weil er als Polizist weniger geleistet hätte; immerhin hatte er es mit neunundzwanzig Jahren schon zum Ermittler gebracht. Aber seine schnelle Karriere unterstrich einen anderen Zug an ihm: das starke Konkurrenzbewusstsein. Eriksen funktionierte nicht gut im Team, er verbreitete oft negative Stimmung und Unsicherheit. Am schlimmsten war jedoch, dass er einen Hang dazu hatte, Informationen für sich zu behalten. Lykke wusste wenig über sein Privatleben, hegte aber den Verdacht, dass er einen Großteil seiner Freizeit damit verbrachte, Fachliteratur zu lesen, vor allem amerikanische.

Für Lykke war Ted Eriksen jemand, der sein ganzes Leben einer einzigen Sache widmete: Polizist zu sein. Nahm man ihm das, würde nicht mehr viel übrig bleiben.

Der Nächste in der Runde war Lasse Viker, Lykkes fester Partner. Lykke mochte den großen Kerl, sie vertrugen sich gut, und Vikers bodenständige Art gab Lykke Freiraum für seine manchmal weitschweifigen Spekulationen. Lasse Viker hatte ein großes Herz, aber auch ein aufbrausendes Temperament, trotzdem hatte Lykke noch nie gesehen, dass er übertriebene physische Gewalt anwandte. Einmal war ihm der Gedanke gekommen, dass der Mann vielleicht Angst vor seiner eigenen Kraft hatte. In ihrer Freizeit waren sie so gut wie nie zusammen, dazu waren sie zu verschieden. Für Lasse Viker waren zwei Dinge wirklich wichtig: sein Fußballverein Strømsgodset und seine beiden Kinder. Oder «die Zwerge», wie er sie immer nannte. Er verbrachte den meisten Teil seiner Freizeit damit, sie zum Fußballtraining, Ballett oder zur Chorprobe zu fahren, und Lykke hatte beinahe den Eindruck, dass es ihm Spaß machte.

Ted Eriksen war der Einzige in der Gruppe, der Uniform trug.

«Auf den Gedanken sind wir erst gekommen, als sie den Container erwähnte», fuhr Lykke fort. «Auch am nächsten Tag stand dort kein Container. Sie musste aber einen Grund dafür gehabt haben, dass sie glaubte, dort stünde ein Container. Mehrere der Nachbarn bestätigen, dass zwei Sperrböcke aufgestellt waren, an denen handgeschriebene Zettel hingen: ‹Container erwartet›. Vermutlich die einzig sichere Methode, sich einen Parkplatz freizuhalten, vor allem, wenn man auf einen bestimmten Platz angewiesen ist.»

«Bestimmter Platz?»

Die Frage kam von Ted Eriksen.

«Direkt vor dem Aufgang von Nummer 5. Wenn man nachts um zwölf eine in einen Teppich eingerollte Leiche abtransportieren will, ist es wichtig, das Auto so dicht wie möglich vor der Tür zu haben.»

Lykke machte eine kurze Pause.

«Der oder die Mörder müssen den Zeitpunkt lange im Voraus geplant haben, die Absperrböcke standen nämlich drei Tage dort.»

«Aber solche Zettel sind noch lange keine Garantie, die Leute parken doch sowieso kraut und quer.»

Eriksen lehnte sich eifrig über den Tisch, wurde jedoch unterbrochen.

«Kreuz», murmelte Lykke.

«Kreuz?» Ted Eriksen sah den Kommissar verwirrt an.

«Es heißt ‹kreuz und quer› oder ‹wie Kraut und Rüben›», erklärte Lykke. «Das kann man nicht mischen.»

«Aber alle sagen doch ...»

«Ich weiß, was alle sagen», seufzte Lykke. «Aber das heißt ja nicht, dass du es nachmachen musst.»

Lasse Viker warf einen raschen Blick zu Lykke. Er wusste, dass Ted Eriksen beim Chef nicht allzu gut angesehen war.

«Vielleicht hat jemand gesehen, wer die Böcke aufgestellt hat?»

Parisa Sadegh faltete ihre goldbraunen Hände vor dem Bauch. Selbst eine weite Baumwollbluse schaffte es nicht ganz, ihren durchtrainierten Körper zu verstecken.

«Andersen und Tofte übernehmen die Nachbarschaftsbefragung.» Lykke rieb sich die Kinnpartie. «Aber ich habe nicht viel Hoffnung, dass das was bringt.»

«Wieso nicht?» Ted Eriksen war schon wieder in der Offensive. «In Frogner würde so mancher für einen Parkplatz morden. Etliche Anwohner in der Behrens' gate haben sich grün und blau geärgert, dass da tagelang Böcke standen, ohne dass dieser Container gekommen ist, da gehe ich jede Wette ein. Ich hatte mal zwei Jahre lang ein Zimmer in der Fredrik Stangs gate ...» Er breitete die Arme aus. «Da kriegst du die Krätze.»

Rolf Lykke betrachtete den jungen Kollegen. Wieso musste der Mann dauernd so schreien? Er senkte den Blick und studierte sekundenlang die zerkratzte Tischplatte. Die anderen warteten geduldig, sie kannten das schon von ihm.

«Wie auch immer», sagte Lykke schließlich. «Ich hoffe, sie haben Glück, aber irgendwie habe ich den Verdacht, dass wir in diesem Fall nichts geschenkt kriegen.»

Er nickte Parisa Sadegh zu.

«Du überprüfst das Alibi von Dahls Sohn», sagte er. «Angeblich war er in Tromsø. Finde heraus, wo genau, jede einzelne Minute. Reidar Dahl kann überall getötet worden sein, das muss nicht in der Wohnung passiert sein.»

«Ach ja?» Lasse Viker sah ihn fragend an.

«Ich sage nicht, dass es sehr wahrscheinlich ist», fuhr Lykke leicht ungeduldig fort, «aber Dahl kann ja die Morgenmaschine nach Tromsø genommen haben, um seinen Sohn zu besuchen, wird dort getötet, ausgeschlachtet, in teilweise gefrorenem Zustand zurücktransportiert und so im Gefrierschrank gelagert, dass alle Spuren auf ein Verbrechen in der Wohnung hindeuten.»

«Teilweise?»

Parisa Sadegh sah Lykke skeptisch an.

«Die Organe», erwiderte er kurz.

Lasse Viker starrte auf die Tischplatte.

«Okay», sagte er schließlich. «Ich übernehme die Passagierlisten von SAS und Norwegian.»

«Tu das und sieh zu, ob du was über diese Anna herausfinden kannst. Wenn wir Glück haben, arbeitet sie in Göteborg an einem Theater.»

Rolf Lykke saß mit geschlossenen Augen da. «Gleicht das Mitgliederregister des Jägerverbands mit dem Register ehemals verurteilter Gewaltverbrecher ab. Und sei es nur, um eine Möglichkeit auszuschließen.»

Die anderen tauschten Blicke. Lykke wippte mit seinem Stuhl und starrte plötzlich auf die Neonröhren an der Decke.

«Was zum Teufel soll ich bloß auf der Pressekonferenz sagen?», murmelte er.

Nach weiteren zehn Minuten ergebnisloser Diskussion gingen alle zurück an die Arbeit. Lykke steuerte sein Büro an, sah, dass sich zwei Stapel Akten auf seinem Schreibtisch türmten, machte in der Tür kehrt und nahm Kurs auf die Tiefgarage. Der Schlafmangel drückte auf den Augen. Heute Nacht muss ich schlafen, dachte er, aber im selben Moment tauchte das Bild seiner Tochter vor ihm auf, und er schob den Gedanken beiseite. Zwei junge Polizeianwärter am Kopierer grüßten schüchtern, ohne dass er es registrierte. Diese Situation hasste er am meisten: Er wusste nicht, wo er anfangen sollte zu suchen. Lykke zog die Tür zur Garage auf und ging auf den dunkelblauen Passat zu, der seit einigen Jahren sein Dienstwagen war. Ich muss mit Rigmor reden, dachte er.

Zwanzig Minuten später drückte er die schwere Glastür zum Rechtsmedizinischen Institut auf. Er hatte unterwegs zwei Telefonate geführt. Eins mit Sonja, um Bescheid zu sagen, dass es später werden würde, und das zweite mit Rigmor Haugen, um sie kurz vorzuwarnen. Sie hatte resigniert geseufzt, ein bisschen theatralisch, wie sie es immer tat, wenn er unangemeldet in ihr Labor gestürmt kam und eine sofortige Antwort auf seine Fragen verlangte. Und Lykke war der Einzige, der ohne Terminabsprache bis zu ihr vordringen konnte. Sie kannten sich seit fast dreißig Jahren, gemeinsam mit ihren Ehepartnern trafen sie sich jeden ersten Donnerstag im Monat zum Bridge. Beiden lag viel an diesen Treffen, aber in den letzten drei Monaten waren sie wegen Arbeitsüberlastung nicht zustande gekommen. Dieser Herbst war die Hölle, dachte Lykke, während er an der Rezeption kurz Guten Tag sagte und dann auf das Labor zusteuerte.

Rigmor Haugen saß über ein Mikroskop gebeugt und blickte kaum auf, als er hereinkam.

«Moment …»

Rolf Lykke überlegte einen Augenblick, ob er sich auf den alten Bürostuhl setzen sollte, der wie vergessen mitten im Raum stand. Aber dann blieb er doch stehen, verschränkte die Arme vor der Brust und wippte ungeduldig auf den Zehenspitzen. In seiner Manteltasche summte es. Er zog sein Handy heraus, der Anruf kam von Lasse Viker. Tofte und Andersen hatten zwei Zeugen ausfindig gemacht, die am Abend von Dahls Tod einen großen dunklen Transporter, eventuell amerikanische Marke, vor dem Hauseingang in der Behrens' gate beobachtet hatten.

«Gut! Sag ihnen, sie sollen weiter Klinken putzen.»

Ein dunkler Lieferwagen. Besser als gar nichts.

Er sah Rigmor Haugen zu. Wie immer hatte sie den weißen Laborkittel nicht zugeknöpft, und ihre schwere Brille pendelte sachte an einer dunklen Schnur vor ihrem Busen hin und her. Die Pathologin war vier Jahre jünger als er und alles andere als bildschön, trotzdem hatte sie etwas an sich, das die meisten Männer zweimal hinsehen ließ. Sie war groß, mindestens 1,75, schlank und hatte breite Schultern. Ihre grauen Haare waren entweder zu einem Knoten im Nacken zusammengefasst oder, so wie jetzt, mit zwei großen Haarspangen hinter den Ohren festgesteckt. Praktisch, wenn man den halben Tag in ein Mikroskop starren muss, dachte er, ließ den Blick über die langen Labortische wandern und nickte einem Gesicht zu, das ihm bekannt vorkam – eine junge Frau mit kurzen roten Haaren, die bei den Ermittlungen zum Mord an dem kleinen Mädchen im Oktober geholfen hatte. Sie lächelte zurück und winkte. Lykke nickte wieder, ein wenig verlegen, und richtete den Blick rasch auf einen Punkt über dem Kopf von Rigmor Haugen. Er räusperte sich ungeduldig.

«Moment noch!»

Die Stimme klang scharf, und Lykke kannte Rigmor gut genug, um sich weitere Andeutungen über Zeitknappheit zu verkneifen. Er trat näher und blickte ihr über die Schulter, wurde aber nicht schlau aus dem, was er sah. Nach einigen Sekunden richtete sie sich auf, setzte ihre dicke Brille auf die etwas zu große Nase und sah ihn vorwurfsvoll an.

«Ich weiß ja, dass du es eilig hast, Rolf, aber ich kann nicht jedes Mal, wenn du anrufst, einfach alles stehen und liegen lassen.»

«Tut mir leid, ich lerne es wohl nie.»

Sie legte den Kopf schräg.

«Also, was gibt's?»

«Hast du dir die Organe angesehen?» Lykke fischte sein graues Notizbuch aus der Manteltasche.

«Ja, kurz, aber das ist nicht mein Gebiet, deshalb habe ich mir nur ein erstes Bild gemacht.»

«Und?» Er wartete mit gezücktem Kugelschreiber.

«Es ist sehr begrenzt, was man innerhalb von fünf Minuten an einem Beutel Innereien ablesen kann.»

Rolf Lykke zog die Augenbrauen hoch.

«Ich tappe total im Dunkeln», sagte er. «Ich brauche etwas, wo ich ansetzen kann, einen Fetzen, den Hauch eines Verdachts, irgendwas.»

Rigmor Haugen schüttelte resigniert den Kopf.

«Also gut. Der Täter ist kein Anfänger. Der hat das schon öfter gemacht. Das ist höchst professionell ausgeführt. Die Schnitte sind sehr sauber, es sieht beinahe aus wie eine Examensaufgabe.»

«Examensaufgabe?»

«In Pathologie. Wenn man einen Menschen ausnimmt, kommen die meisten Organe von ganz allein mit raus, die einzigen Schnitte, die man auszuführen braucht, sind einer rund um den Anus, um das Darmsystem zu lösen, einer hinter der Leber und einer innerhalb des Brustkorbs an der Aorta. Jemand, der das nicht weiß, würde an viel mehr Stellen schneiden und eine Riesenschweinerei veranstalten. Und», fügte sie hinzu, «er hat mit einem rasiermesserscharfen Werkzeug gearbeitet.»

«Skalpell?»

«Wahrscheinlich.»

«Wer kann mit so einem Werkzeug umgehen?» Rolf Lykke starrte einen Moment an die Decke. «Chirurgen, Jäger, Tapezierer, Schlachter ...»

«Oder jemand, der geübt, gelesen und sich Wissen darüber angeeignet hat, hoffentlich nicht in dieser Reihenfolge», sagte Rigmor Haugen und strich sich mit langen, schlanken Fingern über den Hals. «Wie geht es Sonja?»

«Gut, danke, aber das fragst du sie besser selbst, ich sehe sie im Moment nicht sehr oft.» Er sah auf seine Schuhspitzen. «Fragst du aus einem bestimmten Grund?»

Rigmor Haugen zögerte für den Bruchteil einer Sekunde. Lange genug für Lykke, um zu wissen, dass sie ihn anlügen würde.

«Nein», sagte sie schnell, «nur so.» Sie stand auf und kam langsam um den kleinen Arbeitstisch herum.

«Das mit der Examensaufgabe ...» Rigmor Haugen starrte nachdenklich vor sich hin. «Es ist, als hätte sich jemand besonders große Mühe gegeben, um uns zu imponieren. Verstehst du?» Sie blieb stehen und sah ihn an. «Warum?»

Lykke versuchte gar nicht erst, zu antworten.

«Selbst ein routinierter Pathologe hätte sich nicht die Arbeit gemacht, so sorgfältig vorzugehen, wenn es keinen Grund dafür gegeben hätte. Den Stirnlappen aufzurollen ist eine Sache, aber die Bauchhöhle? Wer schaut da schon rein?»

Lykke begnügte sich mit einem Nicken.

Rigmor Haugen lächelte schwach und säuberte ihre Brillengläser am Laborkittel.

Einen Augenblick lang musste Lykke an Jeppe Storm-Andersen vom Nationaltheater denken.

«Erinnerst du dich an den Serienmörder in den USA, der seinen Opfern das Herz herausgeschnitten und in die Hand gelegt hatte?»

Rolf Lykke erinnerte sich, der Fall war erst fünf Jahre alt.

«Nein», sagte er.

«Die Eingriffe waren mit solch einer phantastischen Präzision vorgenommen worden, dass sämtliche Pathologen Ohios wochenlang auf der Liste der Verdächtigen standen. Ein Kollege in Detroit ist endlos verhört worden.»

Rigmor Haugen hielt die Brille prüfend gegen das kalte Deckenlicht, bevor sie weitersprach. «Wie sich herausstellte, war der Täter ein Geflügelfarmer. Sie fanden haufenweise tote Hähnchen in seinem Tiefkühllager, denen das Herz oder andere Organe fehlten. Übung macht den Meister. Er brachte vierzehn schwarze Frauen um, bevor sie ihm Handschellen anlegen konnten.»

Sie setzte sich wieder auf ihren Bürostuhl. «Hühnermann haben sie ihn genannt. Vielleicht solltet ihr euch diesen Comedian im Hühnerkostüm mal genauer ansehen.» Die Pathologin lächelte breit.

Beim Anblick ihres schiefen Vorderzahns musste Lykke an Lill Lindfors denken. Vor beinahe zwanzig Jahren hatte er sie mal zum Essen eingeladen. Sie hatte höflich abgelehnt. Ein paar Monate später war ihm zu Ohren gekommen, dass sie einen Kunsthistoriker geheiratet hatte.

«Warum hast du nach Sonja gefragt?», sagte er plötzlich und drehte ihr den Rücken zu.

Es dauerte ein paar Sekunden, bevor sie antwortete.

«Einfach so. Ich wollte nur wissen, wie es ihr geht.»

Als er schon halb aus der Tür war, rief sie ihn zurück.

«Rolf, warte. Es ist nur so ein Gefühl, ich sollte es vielleicht gar nicht erwähnen ...»

Sie sprach leise, Lykke musste sich anstrengen, um ihre Worte zu verstehen.

Rigmor Haugen war im Begriff, sich die Brille wieder aufzusetzen, überlegte es sich aber anders und ließ sie frei an den Schnüren herabhängen.

«Ich habe das dumme Gefühl ... weil so wenig Blut in der Leber und in den anderen Organen ist ... dass Dahl bei lebendigem Leib ausgeschlachtet wurde.»

10 | Manglerud, am selben Abend

In dem kleinen Flur roch es nach Essen. Lykke tippte auf Spaghetti mit Tomatensoße. Er hörte Sonja in der Küche hantieren und stellte sich vor, wie überrascht sie gleich sein würde, dass er so früh nach Hause kam, und dann würde sie lächeln und ihm wie üblich einen Kuss geben, sie würde befürchten, dass das Essen nicht reichte, und darauf bestehen, noch mehr Spaghetti zu kochen, obwohl sie wusste, dass er sich nicht viel aus Nudeln machte. Sonja war eine gute Köchin, aber sie hatte eine Vorliebe für leichte Gerichte, gebratenes Gemüse und Nudeln in allen Varianten, marinierten Fisch mit Pesto und Backhähnchen mit Parmesan, Knoblauch und Salat, viel Salat. Lykke sehnte sich nach blutigen Steaks und Schweinekoteletts mit Sauerkraut, aber er beklagte sich nie, natürlich nicht.

Er hängte den Mantel über das Treppengeländer, hielt

inne, als ihm einfiel, dass sein Handy in der Innentasche steckte, holte es heraus, stellte fest, dass er keine neuen Nachrichten erhalten hatte, und ging in die Küche.

Ida saß am Küchentisch und malte. Sie blickte auf und lächelte, als sie ihn sah.

«Papa, guck mal!»

Sie hielt ihm ihr Bild hin.

Lykke betrachtete die grünen Strichmännchen, die sich an den Händen hielten.

«Toll, sind das Marsmenschen?»

«Das sind wir», antwortete Ida ungeduldig. «Das bist du, und das ist Mama, und das bin ich.» Sie zeigte auf die Figuren.

«Richtig, jetzt sehe ich es.» Rolf Lykke nickte und studierte die Zeichnung. «Und das da?»

«Das ist doch Venus!»

Es dauerte einen Moment, bis ihm einfiel, dass Venus das Pony war, auf dem Ida jeden Donnerstag in der Reitschule Ekeberg ritt.

«Ganz toll. Wie war's heute im Kindergarten?»

Das kleine Gesicht verfinsterte sich.

«Der Kindergarten ist doof», murrte sie.

«Hallo.»

Sonja stand in der Küchentür, die Schürze hing ihr lose um die Hüften.

Sie scheint gar nicht überrascht, mich zu sehen, dachte Lykke und stutzte. Im selben Moment spürte er ihre Lippen auf seinem Mund. Fest und weich zugleich.

«Es gibt Spaghetti mit Tomatensoße», sagte sie und war schon wieder halb aus der Küche.

«Gut.»

Sie aßen. Es schmeckte gut, anders als in der Kantine, weniger salzig und nicht so nach Fertigwürze, richtig lecker. Sonja machte die Soßen immer selbst.

«Woher wusstest du, dass ich doch früher nach Hause kommen würde?» Er deutete mit einem Kopfnicken auf den halbvollen Topf.

«Rigmor hat angerufen. Sie sagte, du wärst wahrscheinlich auf dem Heimweg.»

«Ach ja?»

Rolf Lykke hörte für einen Moment auf zu kauen und betrachtete ihr Gesicht. War da etwas, eine Unsicherheit, die vorher nicht da gewesen war?

«Sie hat mich gefragt, wie es dir geht», sagte er.

Sonja fing seinen Blick auf, sah aber rasch zu Ida und lächelte.

«Schön, dass es Menschen wie Rigmor gibt.»

Lykke sagte nichts dazu. Jetzt wusste er, dass etwas nicht stimmte. Sie verheimlichte ihm etwas.

«Ist noch Salat da?», hörte er sich fragen.

Er betrachtete ihren schlanken Hals, die feinen, beinahe unsichtbaren Härchen auf ihrer Oberlippe. Wie lange war es her, dass sie zuletzt Sex gehabt hatten? Drei Wochen? Vier? Lykke erinnerte sich nicht mehr. Er wusste, dass Sonja fand, sie sollten häufiger miteinander schlafen. Sie hatten darüber gesprochen, das Problem war nur, dass er in den letzten Monaten so unsagbar erschöpft gewesen war. Bevor Ida geboren wurde, hatte sie ihm immer Komplimente gemacht und ihn «mein Junghengst» genannt. Aber jetzt stellte sich die Lust nicht mehr so leicht ein. Entweder war er zu erledigt oder mit den Gedanken ganz woanders.

Er senkte den Blick, sah zwei magere Hände mit Altersflecken, hervorstehenden Adern und welken Fingern, die das Besteck umklammerten.

Was hatte er eigentlich erwartet?

11 | Kloster Katarinahjemmet, 14. Dezember

Ingrid Kulvik zupfte den schwarzen Schleier zurecht, bevor sie ihn mit dem Klettverschluss im Nacken befestigte. Sie lehnte sich ein wenig vor und studierte das Gesicht in dem kleinen Spiegel über dem Handwaschbecken. Die Haut war glatt und frisch, ohne eine Spur von Make-up. Sie lächelte beschämt über ihre eigene Eitelkeit. In vier Tagen würde sie das ewige Gelübde ablegen. Sechs Jahre als Novizin im Katarinahjemmet waren vorüber. Sie würde für alle Zeit Dominikanerin sein.

Ingrid setzte sich auf das schmale Bett. Der Wecker auf dem Nachttisch zeigte halb sieben, noch zwanzig Minuten bis zum Gebet in der Kapelle. In den letzten Tagen war sie besonders zeitig zu Bett gegangen, aus Angst, sie könnte verschlafen. Die Priorin hatte wenig Nachsicht mit Schwestern, die zu spät zum Morgengebet erschienen, schon gar nicht mit den jüngsten.

Sie ließ den Blick durch das winzige Zimmer wandern. Ein Bett, ein einfacher Schreibtisch, ein Holzstuhl und ein Spind, der außer ihrem Habit einige private Sachen aus der Kleiderkammer der Heilsarmee sowie ein paar schwarze

Ecco-Sandalen enthielt, ansonsten nichts, nur graue Wände, das Waschbecken und der Spiegel. Aber sie bereute nichts. Sie richtete ihre Tunika und ging zum Waschraum. Schwester Edith und Schwester Bente waren gerade beim Zähneputzen. Sie nickten ihr freundlich zu. Vor allem Schwester Bente hatte in den vergangenen Tagen viel mit ihr gesprochen. Sie war eine der jüngsten Schwestern und hatte ihr ewiges Gelübde erst vor zwei Jahren abgelegt. Jetzt saß sie zusammen mit der Priorin und zwei weiteren Schwestern im «Rat» und bestimmte über viele Dinge des Klosteralltags mit.

Ingrid öffnete den Badezimmerschrank und nahm eine Tube Feuchtigkeitscreme heraus, die beinahe leer war. Sie musste beide Hände benutzen, um den letzten Rest herauszudrücken. Das war eine der wenigen Regeln, über die sie sich ärgerte, obwohl sie versuchte, es nicht zu tun: dass alle Toilettenartikel gemeinsam benutzt werden mussten. Jede Schwester hatte ihre eigene Zahnbürste, aber Cremes und Hygieneartikel wurden gemeinsam eingekauft und im großen Badezimmerschrank aufbewahrt. Die einzige Ausnahme wurde für eine ältere Mitschwester gemacht, die Schuppenflechte hatte. Sie durfte ihre eigenen Salben benutzen.

Es war eben zehn Uhr vorbei, als Ingrid Kulvik die schwere Tür hinter sich schloss und die kalten Abgase im Majorstuveien einatmete. Sie spürte ein Kribbeln im Bauch. Beim stillen Gebet in der Kapelle hatte sie sich immer wieder sehr konzentrieren müssen, um nicht an das bevorstehende Ereignis zu denken, und sogar während der Messe hatte sie sich dabei ertappt, wie ihre Gedanken abschweiften.

Sie ging die wenigen hundert Meter bis zur Straßenbahnhaltestelle im Bogstadveien, zögerte kurz, als sie an der Buchhandlung Tanum vorbeikam, beschloss dann aber doch, direkt zur Haltestelle zu gehen. Die Straßenbahn war fast immer pünktlich, sie wollte lieber auf dem Heimweg nochmal vorbeischauen und ein wenig in den Büchern blättern.

Sie fuhr gern mit der Tram, da konnte sie die Gesichter der Menschen studieren. Ab und zu merkte sie, dass die Leute ihre Ordenstracht musterten, und ertappte sich dabei, dass es ihr gefiel. Sie wusste, was sie dachten. Und auf eine Art hatten sie ja recht. Wenn ihr in ihrer Jugend jemand gesagt hätte, dass sie einmal im Kloster enden würde, hätte sie herzlich gelacht. Erst mit zwanzig war Gott langsam, aber sicher mehr für sie geworden als ein feierliches Wort.

Sie betrachtete eine junge Frau ungefähr in ihrem Alter, die mit halb geschlossenen Augen auf dem Sitz ihr gegenüber saß. Sie hatte einen Dreikäsehoch auf dem Schoß, dick eingepackt in einen Overall und mit einem roten Schnuller im Mund. Ingrid spürte einen leichten Stich in der Brust, eine wohlbekannte Klaue, die ihr Herz umklammerte. Wieso konnte sie nicht ein für alle Mal Ruhe davor haben? Sie schob den Gedanken weg, warf dem kleinen Zwerg einen schelmischen Blick zu und lächelte. Der Junge starrte mit leerem Blick zurück.

«Ist da noch frei?»

Ein junger Mann Anfang zwanzig mit löchrigen Jeans und Tattoos am Hals nickte zum Fensterplatz ihr gegenüber.

«Bitte.»

Ingrid rutschte auf ihrem Sitz nach hinten, um ihn vorbeizulassen. Der junge Mann sah sie an und lächelte. Ingrid erwiderte das Lächeln verlegen. Ihr Blick blieb an seinem Mund hängen, er war breit und die Lippen von der Kälte ein wenig rau.

«Coole Kutte.»

Er starrte auf einen Punkt direkt über ihrem Busen.

«Danke.» Ingrid suchte vergeblich nach Ironie in seiner Stimme. «Sie ist auch ziemlich praktisch.»

Der Typ nickte anerkennend, nahm die schwarze Mütze vom Kopf und ließ seinen Blick ungeniert über ihren Körper wandern. Ingrid merkte, wie ihr die Wärme ins Gesicht stieg, und presste die Beine zusammen.

Der ist doch noch ein Junge, dachte sie und warf einen verstohlenen Blick auf seine Hosenbeine. Seine nackten Knie leuchteten weiß durch den aufgerissenen Jeansstoff.

«Nächster Halt Tullinløkka.»

Der junge Mann stand auf, zog sich die Mütze über die Ohren und verschwand.

Ingrid Kulvik spürte einen Hauch von Enttäuschung, lächelte über ihre eigene Eitelkeit und sah auf die Uhr. Es war noch genug Zeit, sie kam nicht gern auf die letzte Minute. Jeden Freitag fuhr sie mit der Tram nach Grønland zu einem kleinen familienbetriebenen Reisebüro, wo sie Vorschläge für Studienreisen vorlegte, gern nach Frankreich und oft mit Schwerpunkt Kunst und Kultur, an deren Zusammenstellung das Kloster beteiligt war. Nach der Besprechung ging sie meist noch ein Stück am Akerselva spazieren, bevor sie den Bus zurück nach Majorstuen nahm. Heute wollte sie sich außerdem noch einen Besuch im Schuhgeschäft gönnen und ein paar hübsche schwarze Schuhe kaufen, die zu ihrem großen Tag passten. Erst hatte sie vorgehabt, nur etwas ganz Einfaches zu machen – eine kleine Zusammenkunft hinterher, mit Brot und Suppe –, aber mehrere der älteren Schwestern hatten protestiert und waren zur Mutter Oberin gegangen. Am Tag darauf hatte die Priorin sie nach der Messe zu sich gerufen.

«Das ist ein großes Ereignis, Suppe und Brot kommt nicht in Frage!»

Damit war die Sache entschieden. Und jetzt freute sie sich beinahe darüber. Es war lange her, dass man sie gefeiert hatte.

Ingrid betrachtete ein Werbeplakat an der Tür: «Paris ist nur zwei Stunden entfernt!» Das Bild zeigte eine schöne Frau auf hohen Absätzen in einem offenen, wehenden Mantel. Sie trug drei Einkaufstüten mit den Namen bekannter Modedesigner und strahlte in die Kamera.

Ingrid Kulvik war oft in Paris gewesen. Zuerst per Interrail, als Zwanzigjährige, und in den letzten Jahren jeden Sommerurlaub mit den Schwestern vom Katarinahjemmet.

Sie sah, dass die Tram am Kirkeristen vorbeifuhr, und drückte den Halteknopf. Heute hatte sie einige ungewöhnliche Vorschläge für Kunstinteressierte dabei, eine Reise an die Côte d'Azur mit Arrangements zu Picasso, van Gogh, Gaugin und Cézanne. Sie freute sich darauf, die Reiseziele Hallvard Håvik vorzustellen, dem Marketingchef dieses kleinen, aber professionellen Nischenunternehmens.

«Wir haben nicht viele Kunden», pflegte er zu sagen, «deshalb ist es umso wichtiger, dass sie zufrieden sind und wiederkommen.»

12

Nimm deinen Schleier ab und hebe die Schleppe auf, du junge Frau, zeige deine Schenkel und wate durch die Flüsse. Deine Blöße werde aufgedeckt, jeder sehe deine Scham. Rache will ich nehmen und keinen Menschen schonen. Denn IHM müssen alle opfern. Ich bin so müde vom Wehklagen, mein Auge ist trübe geworden vor Gram und matt, weil meiner Bedränger so viele sind.

Herr – wie lange noch?

13 Grønland, am selben Vormittag

Vier Minuten nach eins verließ Ingrid Kulvik das Reisebüro und ging am Grønlandsleiret entlang Richtung Akerselva. Sie lächelte, während sie mit einer Hand den Schleier festhielt, der im kalten Wind flatterte. Der Marketingchef hatte ihre Ideen enthusiastisch aufgenommen.

Sie passierte den U-Bahnhof und bog nach rechts zum Fluss hinunter ab. Uringestank schlug ihr entgegen. Sie steckte die Hände unter den Umhang und ging mit schnellen Schritten an ein paar frierenden Stockenten vorbei, die ihre Köpfe unter den Flügeln wärmten.

Der Spazierweg war normalerweise ein beliebtes Ausflugsziel der Osloer Bevölkerung, aber heute wirkte er wie ausgestorben. An der Brücke warf ein Junge Stöckchen für einen Dackel, ansonsten war außer Enten nichts zu sehen.

Plötzlich wurde Ingrid auf einen Lieferwagen aufmerksam, der mit laufendem Motor an der Hausmannsbrua auf dem Weg stand. Sie hatte hier unten auf dem Fußweg noch nie Autos gesehen. Ein Mann in dickem Wintermantel öffnete die Fahrertür und stieg langsam aus. Ingrids erster Gedanke war, dass er besser den Motor abstellen sollte, wenn er das Auto verließ. Der Mann blieb am Wagen stehen und starrte ihr entgegen.

Es sah beinahe so aus, als wollte er sie nach dem Weg fragen. Er räusperte sich und entfernte sich einige Schritte vom Auto, blieb stehen und zog etwas aus der Manteltasche. Sie stutzte. Ein Fotoapparat? Er hob das Ding, und im selben Moment begriff Ingrid Kulvik, dass sie es war, auf die der Mann gewartet hatte.

Sie erwachte in stummer Dunkelheit. Spürte, dass etwas auf ihre Augen drückte und sie am Atmen hinderte. Sie fror. War sie nackt? Sie wollte wegreißen, was ihr die Luft abschnürte, aber im selben Augenblick durchzuckte sie ein furchtbarer Schmerz. Es dauerte ein paar Sekunden, bevor sie begriff, woher er kam. Ihre Arme lagen vom Körper abgespreizt, und die Hände mussten an der Unterlage festgenagelt sein. Wie Jesus Christus, schoss es ihr durch den Kopf, und sie erbrach sich. Als das Erbrochene keinen Weg hinausfand, stieg Panik in ihr auf. Sie schluckte, erbrach sich wieder und merkte, wie ihr Galle und Magensäure aus der Nase liefen. In dem Moment hörte sie etwas. Und je näher das Geräusch kam, desto weniger Zweifel konnte es geben.

Jemand betete.

Ingrid hatte keine Vorstellung, wo sie sein mochte, ob es Tag oder Nacht war, draußen oder drinnen. Sie wusste nur, dass sie sterben würde. Für einige kurze Augenblicke jagten Bilder von Mutter und Vater durch ihr Gehirn, bevor sie einige Zentimeter unterhalb des Bauchnabels einen stechenden Schmerz fühlte.

«Ich habe IHN zum Herrn gemacht über meiner Hände Werk. Meine Feinde wichen zurück, sie strauchelten und kamen um vor deinem Angesicht. Und werden auch manche in ihre Grube fahren, wer aber den Herrn sucht, der findet das Leben …»

Ingrid versuchte zu schreien, während der intensive Schmerz Richtung Brust wanderte. Ein Gefühl, als würde etwas zerreißen. Eine Bewegung in ihr. In ihr? Die monotone Stimme war verstummt. Sie spürte Atem an ihrem Hals, hörte ein Geräusch von – fließendem Wasser? Ich habe die guten schwarzen Schuhe nicht gekauft, war Ingrid Kulviks letzter Gedanke, bevor sie in einem See aus Blut das Bewusstsein verlor.

14 | Polizeipräsidium, 15. Dezember

«Ermordet», stand quer über der Titelseite des Dagbladet. «Zu Hause ermordet!», prangte in noch größeren Lettern auf der ersten Seite der VG. Beide Schlagzeilen waren mit demselben Foto von Reidar Dahl aus dem Programmheft des

Nationaltheaters illustriert. Kommissar Rolf Gordon Lykke starrte missmutig auf die Boulevardblätter, die vor ihm auf dem Schreibtisch lagen. Die Beutel im Gefrierschrank hatte er auf der gestrigen Pressekonferenz nicht erwähnt, er hatte nur gesagt, dass sie in Dahls Wohnung einen Fund gemacht hatten, der keinen Zweifel daran ließ, dass der Schauspieler getötet worden war. Daraufhin waren die Fragen nur so auf ihn eingeprasselt, und immer wieder fragten sie: «Was für einen Fund?»

Lykke hatte die aufgerissenen Augen gesehen. Die Journalisten witterten Blut. Er wusste, dass sie auch bloß ihren Job machten, aber er würde sich nie daran gewöhnen können. Überhaupt war die Leitung einer Pressekonferenz etwas, das er aus tiefstem Herzen verabscheute.

«Kein Kommentar», hatte er immer wieder geantwortet.

Zerstreut blätterte er durch die Zeitung. Der Fall nahm mehrere Seiten in Anspruch. Dahls Leben wurde ausgebreitet. Der Intendant des Nationaltheaters sprach davon, dass ein Genie von ihnen gegangen sei. Kulturredakteur Hege Duckert meinte, das Theater werde große Probleme haben, die entstandene Lücke wieder zu füllen. Die Schauspielerkollegen waren etwas moderater in ihrer Wortwahl, machten aber keinen Hehl daraus, dass Norwegen einen Bühnenkünstler von Format verloren hatte.

Lykke seufzte und schob die Zeitungen ans Tischende. Sie hatten ungewöhnlich wenig Hinweise erhalten. Wenn sie sonst die Öffentlichkeit um Mithilfe baten, standen die Telefone in den ersten Stunden normalerweise nicht still. Im Fall Reidar Dahl waren nur eine Handvoll Hinweise eingegangen. Zwei Anrufer hatten in der Mordnacht einen schwarzen oder dunklen Lieferwagen in der Behrens' gate beobachtet, das war bisher noch das bei weitem Interessanteste.

Es klopfte kurz an der Tür. Lykke holte tief Luft und fegte die Zeitungen in den Papierkorb.

«Ja!»

Eine unförmige Daunenjacke mit Lasse Viker darin schob sich ins Zimmer.

«Sie haben in Dahls Wohnung DNA von mindestens vier verschiedenen Personen gesichert.»

«Bestimmt unsere», sagte Lykke trocken. «Wir sind da ja wie die Affen rumgeturnt.»

«Der Kerl kann ja wohl keinen Menschen auf dem Küchentisch zerlegen, ihn in einen Teppich einrollen und zwanzig Meter durchs Haus schleppen, ohne auch nur ein einziges kleines Haar zu hinterlassen.»

Lykke stand auf und trat ans Fenster.

«Es muss kein Mann gewesen sein», murmelte er.

Lasse Viker schüttelte den großen Kopf.

«Müsste sich in dem Fall aber um eine verdammt starke Lady gehandelt haben ...»

Lykke überhörte das.

«Ich glaube sowieso nicht, dass wir ihn oder sie im Archiv haben.» Er drehte sich zu Viker um. «Hast du mit der Inspizientin gesprochen? Ich glaube ...»

Ein Beamter steckte den Kopf zur Tür herein und unterbrach ihn.

«Dagsrevyen will dich heute Abend in der Sendung haben.»

«Nein.»

Der Beamte blieb unsicher in der Türöffnung stehen.

«Nein», wiederholte Lykke.

«Okay.»

Der Beamte schloss vorsichtig die Tür.

«Hast du mit der Inspizientin gesprochen?», wiederholte Lykke.

«Noch nicht, aber ich hab die Adresse.»

Lasse Viker kramte in seiner Jackentasche und zog eine zerdrückte Bonbonschachtel heraus, auf die etwas gekritzelt war.

«Hatte meinen Block im Büro liegenlassen», sagte er, als er Lykkes Blick bemerkte.

«Du vergisst nochmal deinen Kopf», knurrte Lykke, nahm seinen Mantel und ging.

Während der Fahrt fiel kaum ein Wort. Es schneite so heftig, dass Viker mehr als genug damit zu tun hatte, den Dienstwagen auf der Straße zu halten. Lykke hatte die Augen halb geschlossen und spürte die Müdigkeit herannahen. Laut Viker wohnte die Inspizientin nicht weit entfernt.

Rolf Lykke konnnte durch das Schneetreiben undeutlich die Konturen der alten Fabrikgebäude in Kværnerdalen ausmachen. Als Junge hatte er dort in den Sommerferien gejobbt. Als Hilfsarbeiter im Fuhrpark. Seine Mutter hatte ihm die Stelle besorgt. Sie war in der Arbeiterbewegung groß geworden, hatte fünfundzwanzig Jahre lang als Sekretärin im Parteibüro gearbeitet und kannte alle wichtigen Figuren in der Eisen- und Metallbranche. Jetzt gab es dort bestimmt keinen einzigen Industriearbeitsplatz mehr, nur noch Gebäudekomplexe mit Wohnungen ab zwei Millionen aufwärts.

«Da, die kleine Straße hoch ist es.»

Lasse Viker nahm Gas weg, um den Wagen abzufangen, der ins Rutschen gekommen war. «Was denkst du?»

«Worüber?» Lykke sah Viker fragend an.

«Über die Dame. Bringt sie uns was?»

«Um das herauszufinden, fahren wir doch wohl hin.»

Lykke seufzte und schob sich ein Wrigley's Extra in den Mund. Schlechten Atem konnte er nicht riskieren.

Tutta Sætra mochte vielleicht Ende zwanzig sein, aber die Ruhmesworte über ihre Schönheit waren deutlich übertrieben. Weder das blondierte halblange Haar noch die schmalgezupften Augenbrauen konnten den fahlen Teint, die grauen Zähne und den schmalen Strich von einem Mund ausgleichen. Lykke sah sich in dem hellen Zimmer um. Große Filmplakate prangten an den Wänden. Auf dem Couchtisch lag ein Stapel ausländischer Designzeitschriften, und an der gegenüberliegenden Wand stand eine Hi-Fi-Anlage mit zugehörigen CD-Regalen. Kein Bücherregal. Keine Vorhänge oder Gardinen. Eine angerauchte Zigarette qualmte im Aschenbecher vor sich hin. Die junge Frau wirkte angespannt.

«Ich habe Reidar seit Mitte Oktober nicht mehr gesehen», sagte sie in einem Dialekt, den Lykke in die Nähe von Risør verortete.

«Welcher Art war Ihre Beziehung? Waren Sie befreundet oder ein Liebespaar oder was ...?»

Lasse Viker hatte ihr gegenüber Platz genommen und einen frischen Notizblock auf dem Schoß liegen.

«Eigentlich wohl nichts davon.»

Sie lächelte zaghaft und zupfte an dem Text auf ihrem

orangefarbenen T-Shirt. «Stussy» stand in großen Buchstaben quer über ihrem Busen.

Viker wollte nachhaken, aber ein Blick Lykkes hielt ihn davon ab. Eine Weile herrschte Stille, dann fuhr sie fort.

«Er hatte ja ein festes Engagement am Nationaltheater. Es kommt selten vor, dass so einer sich etwas aus der Meinung einer freiberuflichen Inspizientin macht.»

«Er hat sich also etwas aus Ihnen gemacht?»

Lykke spürte ein Stechen im Knie, als er die Beine übereinanderschlug.

«Ja, das kann man sagen. Er hat mir zugehört und mich mit Respekt behandelt. Hat mir Ratschläge gegeben und war nett.»

«Und dann haben Sie ein Verhältnis angefangen?»

Lykke warf Lasse Viker einen ärgerlichen Blick zu. Er ging in solchen Situationen lieber nicht so schnell vor.

«Ja, auf eine Art schon.»

«Was heißt das?»

«Na ja, dass wir eine Affäre hatten.»

Ihre kurzen Finger bewegten sich auf den Schenkeln der löchrigen Jeans hin und her. «Wir hatten Sex, mehr war da eigentlich nicht.»

«Sie waren also kein Paar?»

«Nein. Zuerst war ich fasziniert von ihm, aber nach ein paar Wochen habe ich gemerkt, dass er mich ausnutzt.»

«Inwiefern?»

Viker notierte fleißig.

«Am Anfang sind wir viel ausgegangen und haben zusammen gegessen und teuren Wein getrunken und so. Nach einer Weile wollte er nur noch Sex.»

Lykke stand auf, ging zu den CD-Regalen, zog eine Hülle heraus – Cake – und runzelte die Augenbrauen, bevor er sie mit einiger Mühe wieder an ihren Platz zurückschob.

«Darf man fragen, ob an seinem Sexualverhalten etwas unnormal war?»

Sie wurde rot, und Lykke bereute einen Augenblick lang, dass er so direkt gewesen war.

«Das kommt wohl darauf an, was man unter normal versteht.» Tutta Sætra sprach plötzlich laut und schnell. «Was für den einen normal ist, ist für andere unnormal, und ...»

«Fühlten Sie sich zu Dingen gedrängt, die *Sie* als unnormal empfinden?»

Rolf Lykke ließ sich wieder auf dem Designerstuhl nieder.

«Nein, das heißt, er wollte schon das ein oder andere, aber ich habe das abgelehnt.»

«Was war das?», fragte Lykke leise.

«Er wollte, dass ich es mit einem anderen Mann mache, während er zusieht.»

Tutta Sætras Stirn glänzte, und unter ihren Achseln wurden dunkle Flecken sichtbar.

«Noch etwas anderes?»

Lykke ließ sie nicht aus den Augen.

«Warum muss ich darauf antworten?»

Sie war im Begriff, ihre Verlegenheit abzustreifen und aggressiv zu werden.

«Weil es uns vielleicht helfen kann, denjenigen zu finden, der ihn umgebracht hat», sagte Lykke.

«Er wollte, dass ich mich verkleide ...»

«Aha?»

«Einmal hatte er aus dem Kostümfundus eine Schuluniform besorgt. Ich musste mir Rattenschwänze flechten.»

«Hat er Sie dazu gezwungen?»

«Gezwungen nicht gerade, aber er hat bestimmt gemerkt, dass ich eigentlich nicht wollte.»

«Trotzdem hat er darauf bestanden?»

«Ja.»

«Cake, sind die gut?»

«Wie bitte?»

Tutta Sætra blickte verunsichert zwischen den beiden Polizisten hin und her.

«Cake. Ich habe sie zwischen Ihren CDs entdeckt.»

«Ach so.» Sie lächelte steif. «Mir gefallen sie. Kennen Sie die Gruppe?»

Lykke lächelte und schüttelte den Kopf.

«Überhaupt nicht.»

Tutta Sætra erhob sich mit einem Ruck.

«Ich lege sie auf, dann werden Sie ja hören.»

«Fein.»

Lykke registrierte, dass Viker ungeduldig auf dem Glastisch trommelte.

«Haben Sie Schluss gemacht?»

Sie drehte die Lautstärke etwas herunter, bevor sie antwortete.

«Ja, aber er hatte mich schon längst satt. Die letzten Male hat er nicht mal mehr versucht, es zu verheimlichen. Gleich nachdem wir zusammen geschlafen hatten, rief er ein Taxi, so als könnte er nicht ertragen, mich noch eine Minute länger bei sich zu haben.»

«Das ist gut.»

«Wie bitte?»

«Die Musik, das Stück gefällt mir. Cake ...»

Lasse Viker richtete sich auf und starrte seinen Chef fragend an.

«Wussten Sie, dass Dahl eine schwedische Freundin hatte, eine Anna?», fragte Lykke.

Tutta Sætra schüttelte nachdrücklich den Kopf.

«Nein. Wann soll das gewesen sein?»

«Ungefähr zu Ihrer Zeit, vielleicht etwas später.»

Lykke merkte, dass die junge Frau Mühe hatte, ihre Überraschung zu verbergen.

«Nein, mir gegenüber hat er nie etwas von einer Schwedin gesagt.»

Sie blickte zu Boden.

«Ist mir sowieso egal. Aber ich begreife im Nachhinein nicht, dass ich mich auf ihn eingelassen habe, er bekam irgendwie so eine merkwürdige Macht über mich.»

«Das mit der Schuluniform, war das wichtig für ihn?»

Lykke versuchte, ihren ausweichenden Blick einzufangen.

«Nein, ich weiß nicht, das war nur das eine Mal.»

«Er hat es hinterher nicht mehr angesprochen?»

«Nein!»

«Okay.»

Rolf Lykke stand auf und nickte Viker kurz zu.

«Ich denke, wir gehen dann. Rufen Sie uns bitte an, falls Ihnen noch etwas einfällt.»

Tutta Sætra stand am Fenster und sah ihnen nach, dann beugte sie sich zum CD-Player und drehte die Lautstärke auf.

15 | Akerselva, am selben Vormittag

Polizeimeister Marius Enger blies sich warme Luft in die kalten Fäuste und sah zu seinem fünf Jahre jüngeren Kollegen hinüber. Sie machten jetzt seit fast einem Jahr zusammen Dienst, und obwohl er sich manchmal über eine gewisse Ungestümheit seines Kollegen ärgerte, musste er zugeben, dass ihre Zusammenarbeit viel besser funktionierte, als er befürchtet hatte. Rune Bankerød war Bäckerssohn aus Hvaler, wohingegen Marius aus Vindern kam, dem feinsten Osloer Westen. Das Einzige, was sie gemeinsam hatten, war eine glühende Begeisterung fürs Angeln.

Marius Enger blickte die eisbedeckten Ufer des kleinen Akerselva entlang und erinnerte sich plötzlich, welche Angst die Eltern vor allem hatten, was auf der falschen Seite des Flusses lag. Sie hatten Witze darüber gemacht, selbstverständlich, sie waren ja gebildete Leute, aber insgeheim wusste er, dass etwas Wahres daran war. Was hatten sie schon auf dieser Seite des Akerselva zu suchen? Abgesehen von ein paar Fußballturnieren in Dælenenga konnte Marius Enger sich nicht erinnern, als Junge je etwas im Osloer Osten erlebt zu haben.

Er beobachtete einige Gestalten, die fünfzig Meter entfernt fröstelnd im Halbkreis um ein paar zottelige Hunde herumstanden. Die neue Leitung des Polizeipräsidiums hatte unmissverständlich angeordnet, dass das Gelände am Fluss von Drogenabhängigen freizuhalten war. In den letzten Wochen hatte es ein paar Vorfälle gegeben, Streit, Schlägereien, nichts Ernstes, aber genug, dass die Zeitungen darüber schrieben und den Leuten Angst einjagten. Er sah seinen Kollegen an, der einen strammen Zug um den Mund bekommen hatte. Marius Enger wusste, dass es nicht nur an den Minusgraden lag. Durchgefrorene Junkies an noch kältere Ecken weiter unten am Fluss zu verjagen, war ja weder human noch besonders sinnvoll. Er blickte wieder zu dem armseligen Haufen. Das waren alles alte Bekannte. Jeder von ihnen konnte mindestens eine zweistellige Zahl von Verurteilungen wegen Beschaffungskriminalität vorweisen. Ein magerer Schäferhund mit krummem Rücken sprang auf sie zu, ein paar Meter hinter ihm folgten zwei Köter von weit weniger eindeutiger Rasse.

Die kleine Gruppe rückte unmerklich enger zusammen, als die beiden Polizisten näher kamen. Ein Mädchen in den Zwanzigern mit geschwollenen roten Händen bückte sich wie zufällig und ließ eine Kugel Alufolie in ihren Stiefeletten verschwinden. Marius Enger fing ihren gläsernen Blick auf, schauderte und fühlte sich plötzlich unbehaglich in seiner warmen Uniform.

«Ihr könnt hier nicht rumhängen», begann er, dann wurde er beinahe von den drei Hunden über den Haufen gerannt. Sie rauften und balgten sich um etwas, das in der Hitze des Gefechts kaum auszumachen war.

«Ruft die Hunde zurück!» Der Polizist trat einen Schritt zur Seite, um nicht nochmal in die Mitte des Tumults zu geraten.

«Würdet ihr endlich die verdammten Köter zurückpfeifen!»

Ein Mann in den Dreißigern mit Bjørn-Dæhlie-Logo auf

der Windjacke bückte sich und griff dem aggressivsten der Hunde an die Kehle.

«Aus!», schrie er dem Tier ins Ohr.

Sekunden später war der Kampf vorbei, die Hunde lagen geduckt auf dem Boden und blickten scheu zu ihren Besitzern auf.

«Sieh mal!»

Rune Bankerød war ein paar Schritte nach rechts zu einer großen Eiche gegangen und zeigte auf eine zerbissene Tiefkühltasche vom Mega-Markt im Schnee. Marius Enger sah genauer hin, und es war nicht der Supermarktbeutel, der ihm zuerst auffiel, sondern der rote Schnee.

«Das sieht mir verdammt nach Blut aus.» Rune Bankerød betrachtete forschend den roten Schneeklumpen in seiner Faust. «Was ist hier passiert? Habt ihr euch geprügelt?»

Die Polizisten musterten die abgerissenen Gestalten.

«Ham wer nich.» Das kam von dem Typen in der Windjacke. Ein paar andere murmelten zustimmend.

«Wo kommt dann das Blut her?»

Marius Enger war dichter an den Baum herangegangen und kratzte mit der Stiefelspitze im roten Schnee.

«Aus der Tüte», sagte der mit dem Bjørn-Dæhlie-Logo und ergänzte: «Die hat da an dem Ast gehangen. Wir haben bloß reingeguckt, die war bis oben voll mit Fleisch, und da haben wir das an die Hunde verteilt...»

«Jetzt geht also schon einer rum und hängt Plastiktüten mit Fleisch in die Bäume?» Marius Enger lächelte müde. «Denk dir was anderes aus.»

«Das stimmt aber. Henning hat sie als Erster gesehen, war's nicht so, Henning?»

Ein junger Typ mit altem Gesicht, der mindestens zwei Daunenjacken übereinander anhatte, nickte kurz.

«Was könn' wir denn dafür, wenn irgend so ein Idiot die dahinhängt? Und Steaks war'n das nich gerade, eher so eine halbgefrorene Grütze.»

Marius Enger bemerkte, dass der Schäferhund sich die Pfoten leckte. Seine Schnauze war leicht rot gefärbt. Er beugte sich über die Tiefkühltasche, kippte sie aus und fischte etwas Undefinierbares aus der braunroten Masse.

«Und das da? Wächst so was auch auf Bäumen?»

Er starrte ebenso überrascht wie die anderen auf das blutige Ding, das an seiner Hand baumelte. Erst da erkannte er, dass es ein BH war.

16 | Akerselva, am selben Tag

Lasse Viker schwang die langen Beine aus dem Volvo und ging zu der kleinen Gruppe hinüber, die sich vor der Absperrung versammelt hatte. Er knöpfte den Mantel auf, versuchte, warme Luft in den Kragen zu pusten, rutschte auf dem glatten Untergrund aus und fluchte innerlich, dass er nicht die dicken Winterstiefel angezogen hatte, die unter seinem Schreibtisch bereitstanden.

Er blieb stehen und musterte die frostige Landschaft. Lykke hatte ihm das einmal eingeschärft: «Wenn du an einen Tatort kommst, ist es wichtig, Blick und Sinne zu schärfen. Wie sind die Dinge zueinander angeordnet, wonach riecht es …? Du hast in der Regel nur diese eine Chance.» Seitdem war ihm aufgefallen, dass Lykke einen Tatort immer erst aus einigem Abstand betrachtete, bevor er hinging. Lasse Viker sah keinen Grund, es nicht ebenso zu machen.

Das Erste, was ihm auffiel, war der große Baum in der Mitte der Polizeiabsperrung. Die nackten Äste waren grau vor Eis. Ein paar Meter weiter stand ein Streifenwagen mit laufendem Motor. Viker ließ den Blick den Fluss hinabwandern. Am gegenüberliegenden Ufer stand ein Schild mit der Aufschrift «Kanuverleih». Lasse Viker dachte an seinen Sommerurlaub letztes Jahr, als er mit den Zwergen in der Femundsmarka paddeln war. Drei Übernachtungen im Zelt, ausgerüstet mit Knäckebrot, Schokolade, Tütensuppe und Sturmkocher. Nur er, die Zwerge und die Mücken. Er konnte sich nicht erinnern, jemals schönere Urlaubstage verbracht zu haben. Hier lagen jetzt natürlich keine Kanus. Der Fluss war beinahe zugefroren und fast nicht zu sehen unter dem dicken Teppich aus eisigem Nebel. Viker wischte sich einen Tropfen unter der Nase ab.

Der Abstand zwischen Baum und Fußweg betrug ungefähr zehn Meter. Keine sichtbaren Spuren von einem Auto. Eine junge Frau ging mit einem Golden Retriever am Ufer entlang. Sie wurde langsamer und packte den Hund am Halsband, als sie die Polizeiabsperrung bemerkte. Einen Moment lang streifte ihn der Gedanke an die Inspizientin, die sie vor ein paar Stunden besucht hatten. Ob Tutta Sætra in Gefahr war?

Lasse Viker schüttelte sich. Was für ein beschissener Fall. Wer zum Teufel schlachtete Menschen aus und fror ihre Innereien ein?

Er ging auf die Absperrung zu, zog ein Taschentuch hervor und schnäuzte sich so lautstark, dass die Schaulustigen in nächster Nähe aufschreckten. Ein kleiner Mann mit offener Pelzjacke und zwei Kameras vor dem Bauch zog ihn am Ärmel.

«Hallo, ich bin vom Dagbladet, können Sie mir sagen, was hier passiert ist?»

«Sorry, Kumpel.»

Lasse Viker entdeckte eine Uniform hinter dem Absperrband.

«Kripo!»

Er hielt seinen Dienstausweis hoch und drängte sich an einigen frierenden Zuschauern vorbei.

«Teufel, ist das kalt.»

Viker nickte kurz und bemerkte die blauen Lippen des jungen Beamten. Der Mann musste schon seit fast einer Stunde hier stehen.

«Haben die Leute die Tüte hier gefunden?»

Lasse Viker ging einen Schritt auf die Eiche zu.

Rune Bankerød blies warme Luft in seine Handschuhe.

«Ja, sie sagen, dass die Tüte da an dem Ast hing.» Er zeigte auf die Stelle.

«Und dann haben sie den Beutel den Hunden überlassen, ohne genau hineinzusehen?»

Bankerød nickte.

«Wo sind sie jetzt?»

«Im Auto.»

«Die Köter auch?»

Der junge Polizist nickte und stampfte mit den Füßen im Schnee, um sich warm zu halten.

«Wir sind misstrauisch geworden, als wir das Blut gesehen haben.»

Er zeigte auf einen Bereich unter dem Baum mit deutlichen Blutspuren. Ein Kriminaltechniker kniete davor und füllte Schnee in kleine Plastikbeutel.

«Und ihr seid sicher, dass das Blut aus der Tüte stammt?»

Bankerød sah ihn verständnislos an.

«Woher sollte es sonst kommen? Die Hunde waren doch rot bis zu den Ohren.»

Lasse Viker lächelte besänftigend.

«Schon gut, ich frage ja nur.»

Er betrachtete die schneebedeckten Wiesen zum Fluss hinunter. Nur ein paar Parkbänke, weiß vor Reif, erinnerten daran, dass dies im Sommer ein Erholungsgebiet war.

«Sind hier viele Leute rumgetrampelt?»

Bankerød schüttelte den Kopf. «Sollen wir bis runter zum Fluss absperren?»

«Macht das.»

Lasse Viker steuerte auf den Streifenwagen zu. «Und dann sieh zu, dass du dich aufwärmst, Junge. Ich lasse dich ablösen.»

«Danke.»

Der junge Beamte lächelte und ging eine Rolle Absperrband holen.

Marius Enger öffnete die hintere Wagentür, als Lasse Viker näher kam. Sie begrüßten sich kurz. Viker musterte die Frau und die beiden Männer, die er von der Drogenszene am Hauptbahnhof wiedererkannte.

«Ihr habt die Tüte gefunden?»

Die Frau nickte unsicher.

Lasse Viker merkte, wie sein Herz schneller schlug. Für einen Moment hatte sie ihn an seine Schwester erinnert. Derselbe gläserne Blick, die nervösen Zuckungen um den Mund. Er hatte nicht mehr gezählt, wie viele Nächte er kreuz und quer durch Drammen gefahren war, um sie zu finden. Vor vierzehn Jahren hatte er seine kleine Schwester dann zum letzten Mal gefunden, am Fuß einer Kellertreppe, mit einer Überdosis Heroin in den Adern. Er sagte oft, dies sei der Moment gewesen, in dem er beschlossen hatte, Polizist zu werden, aber eigentlich wusste er selbst nicht, ob das stimmte.

«Wir ham nix gemacht. Wir ham den Hunden bloß das Fleisch gegeben.»

Lasse Viker legte die Hand auf ihre Schulter, sie fühlte sich unter der dicken Daunenjacke seltsam mager an.

«Ich weiß. Ich will nur hören, wie ihr die Tüte gefunden habt.»

«Wir ham dem da schon alles erzählt.»

Der ältere der Männer blickte zu Marius Enger.

«Wie viel Fleisch war in der Tüte? War sie voll? Oder halbvoll?»

Viker betrachtete die drei Hunde, die sich im Fußraum zusammengerollt hatten. Er strich dem größten von ihnen über den Rücken. Hunde von Junkies waren normalerweise harmlos, solange ihr Besitzer nicht in Schwierigkeiten war. Der Hund hob den Kopf, er hatte schwache rote Flecken um die schwarze Schnauze.

«Die war nich ganz halbvoll, schätz ich mal, aber gewogen hab ich se nich.»

Der Mann steckte demonstrativ die Hände in die Tasche.

«Wie viel haben sie gefressen?» Viker wandte sich an seinen Kollegen.

«Fast alles. Die Techniker haben die Tüte mitgenommen. Aber wir haben noch Reste im Schnee gefunden, die haben die Hunde wohl übersehen.»

Marius Enger zog eine zusammengerollte Plastiktüte hervor.

«Ich weiß nicht, was das ist, aber es sieht nach Eingeweiden aus, oder?»

Er rollte die Tüte auf, und ein dunkelroter gefrorener Klumpen mit deutlichen Spuren von Hundezähnen kam zum Vorschein. Lasse Viker richtete sich unwillkürlich auf. Er wusste sofort, was das war. So etwas hatte er vor drei Tagen in Dahls Küche schon mal gesehen. Der große Hund gähnte ausgiebig und leckte sich das Maul. Viker zog seine Hand zurück. Er merkte plötzlich, dass er dringend frische Luft brauchte.

17 | Kloster Katarinahjemmet, am selben Nachmittag

«Ihr muss etwas passiert sein! Ich habe das schon dem Polizisten gesagt, der heute Morgen hier war. Ich bin sicher, dass ihr etwas zugestoßen ist. Sie würde niemals über Nacht fortbleiben, ohne Bescheid zu sagen.»

Die Priorin sprach ruhig, aber sie war auffällig blass unter dem schwarzen Schleier.

«Noch wissen wir nichts Genaues», sagte Lykke. «Wir

haben einige Spuren gefunden, die von Ingrid Kulvik stammen *könnten*, aber das ist bei weitem nicht sicher.»

Er gab Lasse Viker ein Zeichen, das Foto von dem blutigen BH wegzustecken. Zwei der Schwestern hatten bestätigt, dass Ingrid Kulvik ähnliche BHs trug, aber die drei, die ordentlich zusammengelegt in einer Schublade unten in ihrem Schrank lagen, waren von einer anderen Marke gewesen.

«In ein paar Stunden wissen wir mehr», fügte er hinzu.

«Ich habe gleich geahnt, dass etwas passiert sein muss, als sie nicht zur Vesper erschien. Zum Abendgebet», erklärte die Priorin, als sie die fragenden Gesichter sah. Sie richtete ihren Blick auf Lykke. «Wenn sie das Leben im Kloster hätte aufgeben wollen, hätte sie das jederzeit tun können. Wir sind kein Gefängnis.»

«Nein …»

Lykkes Stimme hing im Raum, und er erhob sich langsam von dem harten Bett. «Sie sollte am Dienstag eine Art Prüfung machen?»

Die Priorin seufzte.

«Sie sollte das ewige Gelübde ablegen, aber sie freute sich darauf, ein Höhepunkt in ihrem Leben. Ich habe mit Hallvard Håvik vom Reisebüro Temareiser gesprochen, sie war strahlender Laune, als sie das Büro um dreizehn Uhr verließ.»

«Wann kam sie für gewöhnlich zurück ins Kloster?»

«Zwischen zwei und drei, je nachdem, welche Besorgungen sie noch zu machen hatte.»

«Besorgungen?»

«In der Apotheke, in der Buchhandlung … Auch wir gehen einkaufen, wissen Sie.»

«Natürlich.»

Lykke fühlte sich seltsam verloren in dem engen Raum. Er war vorher noch nie in einem Kloster gewesen, und bei jeder Frage, die er der resoluten Priorin stellte, hatte er das Gefühl, etwas Heiliges zu beflecken.

«Sie kannten sie gut?»

«Ja. Eine meiner Aufgaben ist es, über das Wohlergehen der Schwestern zu wachen. Sie kommen zu mir, wenn sie Probleme haben.»

«Und Ingrid Kulvik hatte keine Probleme?»

Die Priorin brauchte keine Bedenkzeit.

«Nein», erwiderte sie ohne Zögern. «Ingrid fühlte sich wohl hier, sie war sehr sozial, bei allen beliebt und zweifelte niemals daran, dass sie die richtige Wahl getroffen hatte.»

«Ist das ihre?»

Viker zeigte auf eine Haarbürste, die auf der Spiegelkonsole lag.

Die Priorin nickte.

«Für die DNA», murmelte Viker und ließ die Bürste in eine Plastiktüte gleiten. «Was ist das?»

Er hielt eine ausgedrückte graue Tube hoch, die er am Waschbecken gefunden hatte.

Die Priorin betrachtete den Gegenstand.

«Eine Feuchtigkeitscreme. Cosmica. Wir benutzen nur unparfümierte Cremes.»

«Sie ist leer.»

«Ingrid hatte wohl vor, sie in das Regal für Toilettenartikel zu legen, die nachgekauft werden müssen. Ist das wichtig?»

«Kaum.»

Lykke trat hinaus auf den Korridor.

«Aber wer weiß? Alles, was nicht ganz so ist, wie es sein soll, könnte von Bedeutung sein.»

Die Priorin ging ihnen in den Empfangsraum voran. Lykke betrachtete die orangefarbenen Wände und die Siebziger Jahre-Möbel. Er nickte der Nonne an der Rezeption zu, die sie hereingelassen hatte.

«Ist es sicher auszuschließen, dass sie einen heimlichen Liebhaber hatte?» Für den Bruchteil einer Sekunde dachte er an Sonja. «Ich meine, sie war ja oft draußen in ... der Welt...»

Diesmal hatte die Priorin nicht so schnell eine Antwort parat. Ihre freundlichen, klugen Augen starrten in Lykkes graue.

«Es hört sich vielleicht merkwürdig an, aber es ist äußerst selten, dass solche Verbindungen vorkommen. Ich stehe diesem Kloster seit achtzehn Jahren vor, und ich habe noch nie etwas Derartiges bemerkt, aber nun ja, ich kann selbstverständlich für nichts garantieren. Doch deswegen verschwinden? Sie hätte ja einfach Bescheid sagen und gehen können.»

«Wie viele Nonnen gibt es in Norwegen?»

Lasse Viker kämpfte mit einem Bleistiftstummel.

«Rund einhundertsiebzig.»

«Kannte Ingrid Nonnen in anderen Klöstern?», fragte Viker.

«Ja, sie hatte eine Freundin in Tautra bei Trondheim, mit der sie in Briefwechsel stand. Und dann kannte sie wohl ein paar Schwestern hier in Oslo flüchtig, aber am meisten unterhält man sich mit den eigenen Ordensschwestern. Das ist ja Sinn der Sache.»

Die ältere Dame steckte einige graue Haarsträhnen zurück unter den Schleier und wandte sich an Lykke.

«Ich weiß nicht viel über die Arbeit der Polizei», sagte sie freundlich. «Aber ich weiß, dass Ingrid Kulvik etwas Schlimmes widerfahren ist.»

Lasse Viker hatte die Hand schon ungeduldig auf die Türklinke gelegt, aber Rolf Lykke war noch nicht ganz fertig.

«Was denkt eine junge Frau, vier Tage bevor sie die ... ewigen Gelübde ablegen soll?»

Lasse Viker starrte demonstrativ an die Decke.

Die Priorin betrachtete Lykke mit einem Ausdruck, in dem so etwas wie Interesse lag.

«Ich weiß es nicht», erwiderte sie langsam. «Vermutlich denkt sie das, was auch andere Dreißigjährige denken, die eine wichtige Lebensentscheidung treffen sollen. Und sie denkt viel an Gott.» Ein kleines Lächeln erschien in ihrem Mundwinkel. «Das ist das, womit wir uns überwiegend beschäftigen, wissen Sie.»

Sie legte ihre Hand auf Lykkes Oberarm und drückte ihn sanft. Es erinnerte ihn an seine Mutter.

«Vielen Dank», murmelte er. «Wir kommen sicher mit weiteren Fragen noch einmal wieder.» Er blieb in der Türöffnung stehen. «Und falls Ihnen oder den Schwestern etwas Ungewöhnliches einfallen sollte, zögern Sie bitte nicht, uns anzurufen. Alles kann wichtig sein.»

Lykke trat in die Kälte hinaus und knöpfte den Mantel zu. «Alles kann wichtig sein.» Wie viele Male hatte er diesen Satz schon gesagt?

Eine halbe Stunde später versammelte Lykke die Ermittlungsgruppe um den ovalen Konferenztisch in der zweiten Etage des Polizeipräsidiums. Vor ihm lag ein handgeschriebener Zettel, den ein junger Beamter ihm vor wenigen Minuten in die Hand gedrückt hatte. Die Rechtsmedizin teilte mit, dass das Blut in der Tiefkühltasche von einem Menschen stammte.

Parisa Sadegh lächelte ausnahmsweise einmal nicht. In diesem Stadium einer Mordermittlung war es keineswegs ungewöhnlich, dass Witze und Gelächter locker saßen, aber jetzt hatte der Ernst sich in den schmutzig weißen Wänden festgebissen.

Die Polizistin blätterte rasch die Papiere durch, bevor sie sie an Ted Eriksen weiterreichte. Lasse Viker kippelte mit seinem Stuhl, den Blick an die graugestrichene Zimmerdecke gerichtet.

«Wir suchen jeden Zentimeter bis zum Fluss hinunter ab», sagte er langsam. «Da die Tiefkühltasche an einem Ast hing, muss es Abdrücke geben. Und falls unser Mann sich vom Spazierweg her genähert hat, gibt es nicht so viele andere Spuren, die seine überlagern.»

Viker ließ den Blick um den Tisch wandern. «Vielleicht haben wir ja Glück.»

Morgen würden sie die Ergebnisse der DNA-Proben aus der Rechtsmedizin erhalten, aber alle wussten, dass sie keine Zeit hatten, darauf zu warten.

«Gibt es begründete Zweifel, dass der BH Ingrid Kulvik gehörte?»

Lykke stellte die Frage, obwohl er die Antwort nur allzu gut kannte.

«Ihre Eltern haben auch nichts von ihr gehört», sagte

Parisa Sadegh. «Sie bestätigen, dass Ingrid eine ordentliche, freundliche junge Frau ist, die niemals auf die Idee käme, einfach zu verschwinden, ohne Bescheid zu sagen.»

Ted Eriksen blickte von den Papieren auf.

«Viele Eltern glauben, dass sie ihre Kinder gut kennen», murmelte er. «Was ist mit diesem Marketingchef aus dem Reisebüro, könnte er ein Verhältnis mit ihr gehabt haben?»

Lykke merkte, dass seine Gedanken schon wieder um Sonja kreisten. Er musste sich zusammenreißen. Sie hatten einen möglichen Doppelmord am Hals, und er saß da und verzettelte sich in hausgemachter Eifersucht.

«Wir wissen noch nicht genug», sagte er. «Aber bis auf weiteres müssen wir davon ausgehen, dass Ingrid Kulvik gegen ihren Willen verschwunden ist.»

Es wurde still. Lasse Viker war der Erste, der sagte, was alle dachten.

«Genau wie Reidar Dahl?»

Rolf Lykke erhob sich und ging um den Tisch herum. Dies war eine entscheidende Phase der Ermittlungen. Wenn er die beiden Vermisstenfälle miteinander in Verbindung brachte, würde sich der Fokus fortan auf die Gemeinsamkeiten richten. Das konnte katastrophal sein, falls sich herausstellte, dass es zwei völlig verschiedene Fälle waren. Andererseits wäre es ebenso katastrophal, wenn ...

Er unterbrach seinen eigenen Gedankengang.

«Wir wissen sicher, dass Reidar Dahl getötet wurde», sagte er langsam.

Die Gesichter am Tisch folgten ihm gespannt. *Die* wussten auch, wer die interne Kritik abbekam, wenn er den falschen Weg einschlug.

«Wir haben Zeugenaussagen, die einen Zusammenhang nicht ausschließen», sagte Lykke schließlich.

«Ein Serienmörder?»

Jetzt war das Wort gefallen. Ted Eriksen sah ihn fragend an.

«Zwei sind zwei. Drei sind eine Serie», erwiderte Lykke kurz.

«Ja, schon, aber trotzdem?»

«Weißt du, wie oft es in Oslo Serienmörder gab, Ted?»

Es war unmöglich, den leicht gereizten Unterton in der Stimme des Kommissars zu überhören.

«Nein …»

«Zwei Mal seit dem Krieg.»

«Ja, aber …»

«Wo passieren Serienmorde?» Lykke machte keinen Hehl daraus, dass es eine rhetorische Frage war. «In den USA kommt es ab und zu vor. Aber da drüben gibt es 300 Millionen Menschen, von denen fast die Hälfte Schusswaffen besitzt, und selbst dort wird weit unter ein Prozent aller Morde von einem Serientäter begangen.»

Lasse Viker beugte sich vor.

«Aber Ted könnte doch trotzdem recht haben?»

Lykke nickte, während er seine Wanderung um den Tisch fortsetzte.

«Selbstverständlich könnte er das.»

Er blieb am Fenster stehen und betrachtete zwei frierende Gestalten, die eilig zum Kiosk auf der anderen Straßenseite liefen. Ihr Atem dampfte. «Verdammt kalt heute …»

Die anderen wechselten Blicke und warteten. Sie kannten das schon von ihrem Chef.

Es klopfte kurz an der Tür. Ein junger Beamter kam mit einer Kaffeekanne und einem Stapel dünner Pappbecher herein.

«Da waren keine Plastikhalter mehr», sagte er entschuldigend, als er Vikers Blick bemerkte.

Lykke goss sich Kaffee ein, griff den Pappbecher mit zwei Fingerspitzen oben am Rand und balancierte ihn zum Mund.

«Wisst ihr, was passiert, wenn das Wort ‹Serienmörder› diesen Raum verlässt?»

Er sah zu Ted Eriksen.

«Von uns plappert ja wohl keiner gegenüber den Medien.»

«Kann sein, aber irgendwer tut es doch. In weniger als zehn Minuten weiß jede einzelne Nase in diesem Haus Bescheid, das Kantinenpersonal inbegriffen, so ist das nun mal.»

Rolf Lykke trank einen Schluck von dem brühwarmen Kaffee. «Ich wette ein Monatsgehalt, dass die Zeitungen ihre Entwürfe für die morgigen Titelseiten fertig haben, bevor wir auch nur ‹Hoppla› sagen können.»

«Hoppla», sagte Lasse Viker.

Niemand verzog eine Miene.

«Der Punkt ist», fuhr Lykke fort, «dass wir diese beiden Fälle als zusammenhängend betrachten und entsprechend ermitteln werden, aber ich verhänge vorläufig ein Totalverbot für das Wort ‹Serienmord›. Verstanden?»

Allgemeines Nicken rund um den Tisch.

«Und was sollen wir sagen, wenn irgendwelche Journalisten fragen, ob es einen Zusammenhang gibt?»

Ted Eriksen schien immer noch leicht eingeschnappt über die Reaktion, die sein Einwurf hervorgerufen hatte.

«Wir sagen, dass es noch viel zu früh ist, um solche Spekulationen anzustellen», erwiderte Lykke.

«Oder ‹Kein Kommentar›», kam es von Lasse Viker am Tischende.

Lykkes Blick durchbohrte ihn. In seiner Stimme lag nicht die leiseste Spur von Humor.

«Nein, Lasse, diesmal wirst du nicht ‹Kein Kommentar› antworten. Gebrauch deinen Kopf.»

«Jaja, hab nur Spaß gemacht.»

Lykke nahm seinen Platz wieder ein.

«Irgendein Treffer beim Jägerverband?»

Viker schüttelte den Kopf und kramte seinen Notizblock hervor.

«Vorläufig nicht. Wir sind noch dabei, die Mitglieder mit allen verurteilten Gewalttätern abzugleichen. Bisher haben wir nur ganz wenige Übereinstimmungen, und es sind keine besonders wahrscheinlichen Kandidaten.»

«Macht weiter. Anna?»

«Auch da noch nichts Vielversprechendes.» Lasse Viker sah auf seine Notizen. «Nach Angaben unserer schwedischen Kollegen gibt es an den Göteborger Theatern zwei Annas, eine Schauspielerin und eine Perückenmacherin. Die Schauspielerin ist einundsiebzig und die Perückenmacherin sitzt im Rollstuhl.»

Rolf Lykke seufzte tief und ließ den Blick durch die Runde wandern. Sollte er die Polizeidirektorin um Verstärkung bitten?

Er betrachtete Parisa Sadegh und erinnerte sich an ihre erste Begegnung. Sie war damals erst ganz kurz im Dienst, galt aber als engagiert und talentiert. Parisa hatte ihm die

Hand gedrückt und gesagt, sie freue sich darauf, mit ihm zu arbeiten. Sie habe viel von ihm gehört, schon auf der Polizeischule. Lykke war rot geworden. Im Laufe der Zeit hatte er dann ihre direkte Art zu schätzen gelernt.

Rolf Gordon Lykke massierte sich die Nasenwurzel. Parisa sah im Gegensatz zu den anderen kein bisschen erschöpft aus. Eher erwartungsvoll. Sie brauchen konkrete Aufgaben, dachte Lykke. Sie dürfen nicht das Gefühl haben, dass wir im Dunkeln tappen. Er wusste besser als die meisten, wie groß der Unterschied zwischen einer motivierten und einer lustlosen Ermittlungsgruppe war.

«Gleicht die Liste der Gewaltverbrecher auch mit den Chirurgen ab», fügte er hinzu. «Laut Rigmor war unser Täter ein Profi.»

Lasse Viker sah aus, als wollte er protestieren, aber dann senkte er den Kopf und notierte.

«Andere Vorschläge?», fragte der Kommissar.

Ted Eriksen wand sich.

«Vielleicht sollten wir so einen Profiler hinzuziehen», sagte er dann. «Der, der damals in Bergen beim Grethe-Fall geholfen hat, war wohl ganz gut.»

«Kommt nicht in Frage.»

Lykke hörte, dass seine Antwort etwas barsch klang, aber Ted Eriksens Hang, die Dinge anzugehen, als arbeitete er beim FBI, ärgerte ihn. Außerdem hatte er selbst schon negative Erfahrungen mit dem Einsatz sogenannter Profiler gemacht. «Damit fangen wir gar nicht erst an», fügte er in etwas versöhnlicherem Ton hinzu. «Also, wenn nichts mehr anliegt, dann machen wir da weiter, wo wir aufgehört haben. Parisa, du hakst nochmal bei den frommen Schwestern im

Katarinahjemmet nach. Finde heraus, ob es eine Verbindung zwischen Ingrid Kulvik und Reidar Dahl gab. Ist sie ins Theater gegangen? Oder was auch immer. Und dann überprüfst du das Reisebüro, okay?»

Parisa Sadegh nickte.

«Lasse und ich konzentrieren uns auf Reidar Dahl.»

Lykke stockte, ihm war etwas eingefallen. Er schaute Lasse Viker an.

«Hast du den Grund herausgefunden, warum dieser Schauspieler, Jeppe Storm-Andersen, nicht an der Trauerfeier teilnehmen kann?»

Der große Polizist seufzte tief.

«Da ist nichts. Der Typ hat ein verlängertes Wochenende in London gebucht, um Musicals zu besuchen. Zusammen mit einem Kollegen», fügte er hinzu. «Schwul?»

Lykke beschloss, Letzteres zu überhören.

«Und du», sagte er zu Ted Eriksen, «kontrollierst die Strecke, die Ingrid Kulvik für gewöhnlich am Fluss entlanggegangen ist, alle Abfallbehälter und Mülltonnen müssen durchsucht und alle Plastikbeutel geöffnet werden. Ich will die Ergebnisse bis morgen Mittag auf dem Tisch haben. Nimm Solhaug und Heltne mit.»

Lykke machte eine Pause, dachte nach.

«Viel Glück», sagte er schließlich und stand auf.

18 | Grønland, am selben Nachmittag

Parisa Sadegh öffnete die obersten Knöpfe ihres grauen Wintermantels und drückte mit dem Finger auf den Klingelknopf. Auf einmal kam ihr in den Sinn, dass Ingrid Kulvik vor einem Tag vermutlich dasselbe getan hatte. Sie schüttelte sich leicht und blickte den Grønlandsleiret hinunter. In dieser klirrenden Kälte war kaum jemand unterwegs. Ein Mann mit Turban und einem langen braunen Schal, der seine untere Gesichtshälfte verbarg, schleppte sich mit fünf Tragetaschen vorbei. Wie viele Leute hatten Ingrid Kulvik wohl gestern aus dieser Tür kommen sehen? Vielleicht war sie nicht allein gewesen? Sie hörte ein kurzes Klicken im Schloss und zog die schwere Haustür auf.

Das Reisebüro befand sich im ersten Stock und sah eher wie eine Bürogemeinschaft aus. Parisa hatte bereits vorab recherchiert, das machte sie immer so. Die Firma Temareiser gehörte Harald und Janne Strømme. Sie existierte seit vierzehn Jahren und bestand, neben dem Ehepaar Strømme, aus drei Angestellten. Hallvard Håvik, der Marketingchef, mit dem Ingrid Kulvik den engsten Kontakt hatte, arbeitete dort seit zwei Jahren und vier Monaten. Es gab weder einen Empfang noch ein Vorzimmer auf der halbdunklen Etage, nur einen großen Raum mit Schreibtischen und Regalen voller Broschüren und Werbematerial. Als sie die Glastür öffnete, erhob sich ein junger Mann hinter dem Schreibtisch am Fenster und kam auf sie zu. Er war Anfang dreißig, mindestens eins neunzig groß und schlank, ohne schlaksig zu wirken. Sein Haar war millimeterkurz und der Bart vermutlich drei bis vier Tage alt.

«Hallvard Håvik.»

Sie erkannte den leichten westnorwegischen Zungenschlag vom Telefon wieder. Seine Händedruck war kurz und fest.

«Wir haben leider kein Besprechungszimmer, ist es Ihnen recht, wenn wir uns hierher setzen?»

Er zeigte auf einen kleinen Tisch in der Ecke.

«Absolut.»

Die zwei Sachbearbeiterinnen blickten verstohlen von ihren Schreibtischen auf.

Parisa Sadegh setzte sich und nickte den beiden Frauen zu. «Viel zu tun?»

«Ja, der Dezember ist schlimm. Vor Weihnachten machen wir immer eine Menge Überstunden.» Er nahm einen Stapel Kataloge vom Tisch. «Kaffee? Tee?»

«Nein danke, aber vielleicht ein Glas Wasser?»

«Kommt sofort.»

Der Marketingchef lächelte sie kurz strahlend an und steuerte auf eine Küchenzeile links neben dem Eingang zu.

Nicht übel, dachte Parisa. Auf einmal sah sie ihn in ihrer kleinen Wohnung in Bislett auf ihrem beigen Ikea-Sofa sitzen. Seit ihrem Urlaub im Sommer hatte sie kein Date mehr gehabt, und ihre beste Freundin von der Polizeischule hatte angefangen, ihr Links zur Cupido-Partnerbörse zu mailen.

Ich bin zu wählerisch, dachte sie.

«Entschuldigen Sie den Becher, wir haben nicht so oft Gäste.»

«Kein Problem.»

Parisa Sadegh warf einen Blick auf den blauen Keramikbecher mit der goldenen Aufschrift «Katinka» über dem Henkel.

«Hatte Ingrid einen eigenen Becher?»

Sie studierte sein Gesicht.

Hallvard Håvik blinzelte unsicher. Es war offensichtlich nicht die Eröffnungsfrage, mit der er gerechnet hatte.

«Nein, das heißt, doch. Sie bekam immer einen bestimmten Becher, aber auf dem steht kein Name.»

«Was hat sie getrunken?»

«Tee.»

«Früchtetee, Pfefferminztee …?»

Håvik runzelte die Stirn.

«Ganz normal. Teebeutel von Lipton. Wir sind hier nicht so vornehm.» Das kurze Lächeln war wieder da, etwas unsicherer diesmal. «Hat das was zu bedeuten?»

«Ich weiß es nicht.»

Parisa Sadegh versuchte, den Mann auf der anderen Seite des Tisches zu durchschauen. Eine Befragung mit überraschenden, oft unwichtigen Fragen zu beginnen war eine Technik, die sie auf der Polizeihochschule gelernt hatte. Das Wichtigste waren nicht die Antworten, sondern was mit dem Befragten passierte. In dieser Phase galt ihr Interesse dem Menschen. Wer war er? Woran dachte er? Wovon träumte er nachts?

Wenn sie spürte, dass da etwas war, legte sie sich ihre weitere Taktik zurecht. Das heißt, meistens vertraute sie ihrer Intuition. Viele ihrer Kollegen glaubten, ihre Vernehmungstechnik sei viel ausgefeilter und durchdachter, als es tatsächlich der Fall war. Ihr Ausbilder auf der Polizeihochschule hatte es ziemlich genau auf den Punkt gebracht: «Es liegt ihr im Blut.»

Sie rutschte auf dem Holzstuhl nach hinten und trank einen Schluck von dem lauwarmen Wasser.

«Ingrid Kulvik hat gestern mit Ihnen an diesem Tisch gesessen. Worüber haben Sie sich unterhalten?»

Håvik öffnete einen Manschettenknopf und begann, den Ärmel hochzukrempeln. Als würde er sich auf ein Armdrücken vorbereiten, dachte sie.

«Wie ich bereits am Telefon sagte, es war alles so wie immer. Wir haben über die bevorstehende Reise an die Riviera gesprochen. Ingrid hatte ein paar gute Ideen, ein Besuch im Picassomuseum in Antibes, Ausflüge zu verschiedenen Landschaftsmotiven van Goghs in Arles ...»

«Hatte sie etwas aufgeschrieben?», unterbrach ihn Sadegh.

Es war zu früh, um ihn in Sicherheit zu wiegen. Sie suchte nach Spuren in seinem winterblassen Gesicht.

«Ja, aber nur handschriftlich, und sie hat die Notizen wieder mitgenommen, um ein paar Korrekturen einzuarbeiten.»

«Sie waren vielleicht einer der Letzten, die sie lebend gesehen haben. Vermutlich wurde sie, weniger als zehn Minuten nachdem sie hier aus der Tür gegangen ist, ermordet oder zumindest entführt. Sie haben sie nicht noch ein Stück begleitet?»

«Nein, ich bin hier geblieben. Ich habe sie nie weiter als bis zur Tür gebracht.» Er zeigte zur Glastür.

Parisa Sadegh bemerkte, dass sich auf der Stirn des Marketingchefs ein leichter Schweißfilm zeigte.

«Sie können Erna und Katinka fragen.»

Er drehte sich zu den beiden Frauen um, die mucksmäuschenstill dagesessen hatten und plötzlich eifrig in Katalogen blätterten.

Parisa Sadegh wartete.

«Nur zu, fragen Sie!»

Seine Stimmlage war plötzlich eine Oktave höher.

Sie sagte immer noch nichts. Im Gegensatz zum Lehrbuch hielt sie nicht viel davon, dem Befragten Gelegenheit zu geben, sich zu entspannen und in Sicherheit zu wiegen. Zumindest nicht als feste Regel.

«Haben Sie sich jemals privat mit Ingrid Kulvik getroffen?»

Der Marketingchef warf den beiden Damen einen raschen Blick zu, bevor er antwortete.

«Ich verstehe, dass Sie mir diese Fragen stellen müssen, und ich werde selbstverständlich darauf antworten, so gut ich kann, aber ich betone, dass ich nicht mehr über Ingrids Verschwinden weiß als irgendjemand sonst hier. Nur, damit das gesagt ist.»

Parisa Sadegh nickte.

«Gut.»

«Ja, ich habe mich tatsächlich privat mit Ingrid getroffen. Wir sind im September zusammen essen gegangen, ins Grand Hotel.»

«Was war der Anlass?»

Parisa Sadegh hatte einen Notizblock hervorgeholt und zückte den Kugelschreiber.

«Tja, ich muss wohl ehrlich zugeben, dass ich sie irgendwie gut fand.»

«Aha?»

«Sie war ein hübsches Mädchen. Und dass sie Nonne war, machte sie fast noch ein bisschen ... ja, reizvoller, Sie verstehen?»

Er richtete seine dunklen Augen auf sie.

Das Bild von Hallvard Håvik auf dem Ikea-Sofa tauchte plötzlich wieder auf.

Parisa Sadegh schloss die Augen.

«Warum ins Grand? Ist nicht sehr romantisch, oder?»

«Ich wollte sie beeindrucken. Sie ist ja Nonne. In meiner Vorstellung essen die nichts anderes als Brot und dünne Suppe. Ich dachte, es macht doch was her, eine üppige Sandwichplatte zu bestellen. Kindisch und dumm, aber so war es.»

Er legt die Hände flach auf den Tisch, die Handflächen nach unten, als wollte er signalisieren, dass das alles war. Die volle und ganze Wahrheit.

Sadegh versuchte, sich den Marketingchef und Ingrid im Grand vorzustellen. Sie hatte dort selbst einmal zu Mittag gegessen, mit einem Unternehmensberater von McKinsey. Ein ziemlich unerfreuliches Erlebnis. Nachdem der Mann zum zweiten Mal gefragt hatte, was ein so hübsches Mädchen wie sie bei der Polizei mache, hatte sie ihre gesamte Aufmerksamkeit auf die Karl Johans gate vor dem Fenster gerichtet.

«Wissen Sie, ob Ingrid Kulvik regelmäßigen Kontakt zu jemandem außerhalb des Klosters hatte?»

«Wir sprachen selten über etwas anderes als die Arbeit, aber erwähnt hat sie so etwas jedenfalls nie.»

«Kein Liebhaber?»

«Nicht dass ich wüsste, aber ...»

«Aber?»

Hallvard Håvik zuckte leicht mit den Schultern.

«Es ist noch nicht sehr lange her. Sie sollte ja so ein Zeremoniell durchlaufen, und ich habe das nicht so ganz begriffen, aber sie erzählte ein bisschen was darüber, und da sagte sie ...»

«Ja?»

«Ach, das ist sicher nicht wichtig, aber sie sagte, sie hätte mal ein schlimmes Erlebnis gehabt, das sie niemals loswerden würde. Wohl vor allem, um deutlich zu machen, dass niemand durchs Leben geht, ohne Spuren davonzutragen, oder etwas in der Richtung. Ich weiß nicht mehr genau ...»

Parisa Sadegh betrachtete den Marketingchef, nicht verstohlen, sondern in ihrer typischen Art: direkt und ungeniert.

«Können Sie sich an ihre genauen Worte erinnern?»

«Nein, ich weiß nur noch, dass es um etwas Schlimmes ging, das sie erlebt hatte. Ich habe mir keine großen Gedanken darüber gemacht. Jeder erlebt doch wohl irgendetwas, auf das er gerne verzichtet hätte.»

«Und warum erwähnen Sie das dann?»

Håvik wand sich unbehaglich auf seinem Stuhl.

«Ich weiß nicht, aber nachdem Sie angerufen hatten, ist mir doch so einiges durch den Kopf gegangen.»

«Und dann ist Ihnen genau dieses Gespräch eingefallen?»

«Ja, vielleicht, weil es ungewöhnlich war, dass Ingrid etwas so Persönliches ansprach.» Er rieb mit den Handflächen über den Tisch. «Glauben Sie, ich hätte was damit zu tun?», rutschte es ihm heraus.

Parisa Sadegh antwortete nicht, starrte ihn nur weiterhin nachdenklich an. Ihr rechtes Bein wippte in raschem Takt auf den Fußballen auf und ab. Wenn sie ungeduldig wurde, summte sie entweder geistesabwesend selbst ausgedachte Melodien, oder sie wippte mit dem rechten Bein.

«Ich bin mir noch nicht sicher», sagte sie schließlich. «Erzählen Sie mir einfach mal, was Sie gemacht haben, nachdem Ingrid Kulvik gegangen war. In den folgenden paar Stunden.»

Der Marketingchef schluckte und schielte zu den beiden Damen hinüber.

«Ich weiß, dass es merkwürdig klingt ...», begann er.

«Nur zu.»

Parisa Sadegh hatte den Notizblock parat. Ihr rechtes Bein hielt plötzlich vollkommen still.

19 | Oslo, 16. Dezember

«Öl- oder Umweltmannschaft? Entscheidet euch jetzt! Öl- oder Umweltmannschaft? Entscheidet euch!»

Mona Dyreng trug das Fußballtrikot mit der Nummer 10 auf dem Rücken. Darunter hatte sie nur eine dünne Bluse an, trotzdem spürte sie die Kälte nicht.

«Öl- oder Umweltmannschaft? Entscheidet euch jetzt!»

Sie rief die Worte im Chor mit den acht anderen Jugendlichen. Die meisten von ihnen kannte sie nur flüchtig aus dem Aktivistenkurs. Jetzt sollten sie zeigen, was sie gelernt hatten. Vor fünfzehn Minuten hatten sie sich in Fußballtrikots vor dem Regierungsgebäude aufgestellt, mit zwei Megaphonen und dem Transparent: «Wer glaubt solche Märchen? Snøhvit ist die böse Stiefmutter!» In den obersten Etagen des Hochhauses brannte Licht, die Gerüchte besagten, dass der innerste Kreis der Regierung in knallharten internen Verhandlungen über CO_2-Emissionsquoten brütete. Allein schon die Tatsache, dass so etwas am Sonntagvormittag stattfand, zeugte davon, dass dort etwas Wichtiges gärte.

Bisher hatte sich noch kein Politiker die Mühe gemacht, herunterzukommen, um mit ihnen zu sprechen, aber einige Schaulustige hatten sich versammelt, und ein Journalist von Aftenposten hatte Kyrre interviewt, den Aktionsleiter.

«Öl- oder Umweltmannschaft? Entscheidet euch jetzt!»

Mona merkte, dass sie kaum noch Stimme hatte. Es fühlte sich beinahe gut an. *Es geht darum, alles zu geben. Es geht darum, Einsatz zu zeigen*, hatte der Leiter des Aktivistenkurses wieder und wieder gepredigt. Der Kurs war vom Jugendbund für Naturschutz arrangiert worden. Mona war sich nicht ganz sicher, was sie eigentlich gelernt hatte. Viele der Aktionsformen, die als Beispiele gebracht wurden, unterschieden sich kaum von denen, die sie jahrelang zu Hause in Hammerfest praktiziert hatte. Trotzdem war es ein tolles Wochenende gewesen. Sie hatte viele gute Leute kennengelernt, und sie hatten bis tief in die Nacht über den CO_2-Ausstoß diskutiert. Kein Besäufnis und keine Gitarre spielenden Peter, Paul & Marys dabei. Nur sachliche Diskussion. Herrlich! Mona ballte die Fäuste in den dicken wattierten Handschuhen.

«Öl- oder Umweltmannschaft? Entscheidet euch jetzt!»

Ein älterer Mann in viel zu dünnem Mantel blieb stehen und betrachtete die jungen Aktivisten skeptisch. Sein wettergegerbtes Gesicht sprach von einem Leben weit entfernt von Oslo. Fischer, dachte Mona. Typisch für sie, sich bei der Kälte so dünn anzuziehen. Sie dachte an ihren Vater im Steuerhaus auf dem kleinen Fischkutter mit dem Kaffeebecher in der großen Hand. Er lief mitten im Winter in Sommerschuhen herum und fror doch nie, wie er selbst behauptete. Für einen kurzen Augenblick spürte sie Tränen aufsteigen und schluckte schnell. Sie war mit ihm aufs Meer hinausgefahren, seit sie auf eigenen Füßen an Deck stehen konnte. Ihre beiden älteren Brüder hatten sich nie für etwas anderes als Fußball interessiert, deshalb hatte sie den Vater zum Fischen begleitet. Aber vor drei Jahren hatte er akutes Gelenkrheuma bekommen und kam nun nur dank hoher Dosen Kortison morgens überhaupt noch aus dem Bett. Nach einem Jahr in der Reha hatte er den Kutter verkauft. Seitdem hatte sie ihn nicht mehr lächeln sehen. Ihre Mutter musste in der Erdgasanlage auf Melkøya putzen gehen, und ihr Vater hatte einen Job als Hausmeister angeboten bekommen, zwei halbe Tage die Woche.

Das war der Anfang von allem Übel gewesen.

Mona hatte sich auf der weiterführenden Schule in einer Umweltgruppe gemeldet. Und nach einigen Wochen als Mitglied im örtlichen Ableger der Umweltschutzorganisation stand ihr Entschluss felsenfest. Die CO_2-Emissionen von Snøhvit, dem Erdgasfeld in der Barentssee vor Hammerfest, mussten um jeden Preis gestoppt werden.

Zweimal war sie wegen ungenehmigter Protestaktionen inhaftiert worden, und einmal wäre sie um ein Haar bei einer wahnwitzigen Aktion draufgegangen, die sie von einem kleinen Gummiboot aus bei fünf Meter hohem Wellengang versucht hatten. Ihr Vater hatte sie mächtig zusammengestaucht. Wovon zum Teufel die Leute hier oben leben sollten, wenn sie das Gas nicht fördern dürften.

Im letzten Jahr war kaum ein Tag vergangen, an dem sie nicht miteinander gestritten hatten. Sie hatte immer dasselbe Argument vorgebracht: Die Welt stand kurz davor, vom Kohlendioxid zerstört zu werden, und Snøhvit, benannt nach dem unschuldigen Schneewittchen, stieß gigantische Mengen davon aus, ganz gleich, wie viel Sicherheitsmaßnahmen und Filteranlagen die Betreiber zur Rechtfertigung anführten. Und es wurde nicht besser, als sie eines Tages vor fast neun Monaten schwanger wurde und sich weigerte, den Vater preiszugeben.

Sie war einundzwanzig und wollte dieses Kind, aber mit dem Erzeuger wollte sie auf gar keinen Fall etwas zu tun haben. Unter keinen Umständen. Ein paar Tage später hatte sie ihre Sachen gepackt und sich in den Flieger nach Oslo gesetzt. *Ich komme schon zurecht,* hatte sie zu ihrer Mutter gesagt. *Grüß Papa von mir.*

Mona legte die Hände auf den kugelrunden Bauch. Einige im Aktivistenkurs hatten gemeint, dass sie mit kräftezehrenden Aktionen doch lieber bis nach der Geburt warten sollte, aber Mona hatte darauf gepfiffen. Früh übt sich …

«Fragt die Fischer in der Barentssee, ob sie Snøhvit wollen», donnerte der Aktionsleiter ins Megaphon. «Fragt die Seeigel, den Krill, die Garnelen …»

«Warum fragt ihr nicht uns, die da oben leben?»

Das kam von dem alten Mann in dem viel zu dünnen Mantel.

Der junge Aktivist hatte die Frage gehört und senkte das Megaphon. Er blickte auf die spärlichen Reihen der Zuschauer und registrierte, dass der Aftenposten-Reporter auf dem Weg zu einem wartenden Taxi war.

«Weil du nicht die leiseste Ahnung hast, was für deine Kinder und Enkel das Beste ist», antwortete er kriegerisch.

Mona zuckte zusammen.

«Warst du schon jemals nördlich von Tromsø?», fragte der Alte und machte einen vorsichtigen Schritt auf die Aktivisten zu.

Der Anführer merkte an den neugierigen Blicken, dass seine Autorität ins Wanken geriet.

«Wo ich war oder nicht, ist doch scheißegal», grunzte er böse.

«Wovon sollen die Leute in der Finnmark denn leben, wenn das Meer leergefischt ist? Wir können uns doch nicht alle gegenseitig die Haare schneiden!»

Einige der Umstehenden lachten.

Es war, als hörte sie ihren Vater. Mona wusste nicht mehr, wie viele Male sie diesen Spruch vom gegenseitigen Haareschneiden schon gehört hatte.

«Ich verstehe ja, dass es …», begann Mona, aber der Aktionsführer schnitt ihr das Wort ab.

«Solche wie du sind schuld, wenn die Welt vor die Hunde geht», sagte er laut. «Dich interessiert nur, was für dich gut ist. Zuerst fischt ihr die Meere leer, und dann beklagt ihr euch und wollt die Welt mit allem möglichen Müll aufheizen.»

Der Alte wollte gerade antworten, aber der Aktionsführer hob sein Megaphon und hielt es ihm direkt ins Gesicht.

«Öl- oder Umweltmannschaft!», rief er und grinste, als der Rest der Aktivisten einfiel.

In dem vergeblichen Versuch, das aggressive Megaphon abzuwehren, hob der alte Mann die Hände, begriff aber, dass es sinnlos war, drehte sich um und ging langsam Richtung Akersgata.

«Das hast du ja toll hingekriegt, Kyrre!»

Mona ließ den Packen Handzettel fallen und lief dem alten Mann hinterher.

«Verzeihung?» Sie berührte ihn vorsichtig an der Schulter.

Der Mann drehte sich um und sah sie unsicher an. Mona konnte die Andeutung einer geballten Faust in seiner Manteltasche erkennen.

«Ich möchte mich im Namen des Jugendbundes für Naturschutz entschuldigen», sagte sie.

«Bist du aus Vardø?» Der Alte starrte sie eingehend an.

«Hammerfest.»

«Dann verstehst du wohl, dass nicht alles so einfach ist?», murmelte er.

«Ja, das verstehe ich», sagte Mona, selbst erstaunt über ihre Antwort. So standen sie eine Weile und sahen sich an, dann drückte Mona seinen Arm und lief zurück.

20 | Manglerud, spät am selben Abend

Rolf Gordon Lykke stellte das große Paket auf die hellen Kieferndielen. Er hörte Sonjas Schritte in der Etage über ihm. Sie hatten wie üblich gemeinsam zu Abend gegessen, danach hatte er Ida von Michel aus Lönneberga vorgelesen. Aber sie hatte gemerkt, dass er sich nicht so wie sonst in die Handlung hineinversetzte, und verlangt, dass Sonja weiter vorlesen sollte. Während des Essens hatte er Sonja heimlich beobachtet. Anscheinend war alles wie immer, aber er meinte, einen angespannten Zug in ihrem Gesicht zu sehen. Ich muss ihr zuvorkommen, dachte er, es ihr einfach machen. Er hatte fast so etwas wie Erleichterung gefühlt. Seit dem Tag ihrer ersten Begegnung hatte er gewusst, dass es nicht von Dauer sein konnte. Sie war viel zu jung, viel zu schön. Jetzt war er die Ungewissheit los, die Wartezeit war vorbei. Er riss das braune Papier vom Paket ab und betrachtete das große Puzzle. 9000 Teile, von Clementoni, einem seiner festen Lieferanten, bei denen er übers Internet bestellte. Das letzte Motiv mit 9000 Teilen, eine Weltkarte aus dem Jahr 1611, hatte ihn drei Wochen beschäftigt.

Ich muss ihr sagen, dass ich mich von ihr trennen will, dachte er, während er die bunten Puzzleteile auf den Kellerboden schüttete. Er spürte einen Kloß im Hals. Reiß dich zusammen, Mann. Du hast Glück gehabt. Dir waren acht Jahre mit einer Frau vergönnt, die du in keiner Weise verdient hattest, und du hast zu einem Zeitpunkt, an dem für die meisten kinderlosen Männer der Zug längst abgefahren ist, noch eine niedliche Tochter bekommen.

Lykke versuchte, sich auf die winzigen Teile zu konzentrieren. Das Motiv auf der Schachtel war ein bekanntes Gemälde von Tizian. Lykke liebte Kunstmotive. Gedämpfte Farbverläufe waren für ihn eine noch größere Herausforderung als Fotografien. Er studierte das Bild einige Minuten, bevor er sich entschied, wie er vorgehen wollte. Das Auge. Er begann fast immer mit den detailliertesten Bereichen des Motivs. Jetzt wollte er das kleinste Gesicht als Ausgangspunkt nehmen, und das Auge war ein naheliegender Anfang. Langsam und mit großer Geduld begann er, die Teile zu sortieren, während er suchte. Er beschloss, zunächst acht Gruppen nach Farben zu bilden. Normalerweise unterteilte er anschließend jedes Häufchen in wiederum acht Gruppen. Er studierte die Puzzlestücke. Hier konnten es noch mehr werden. Vielleicht vier Untergruppen allein von verschiedenen Brauntönen. Dann begann die Feinsortierung, wobei er die Teilchen, bei denen er sich nicht sicher war, auf einen gesonderten Haufen legte, um diesen anschließend in zwei oder drei Untergruppen aufzuteilen. Das brauchte Zeit, aber die Erfahrung hatte ihn gelehrt, dass dies die effektivste Methode war. Nur wenn er extrem detailreiche Motive vor sich hatte, wich Lykke von seinem festen Muster ab. Er griff nach drei braunen Stücken und legte sie auf den richtigen Haufen. Diese Phase des Puzzelns liebte er am meisten. Das Gefühl, vor einer fast unlösbaren Aufgabe zu stehen, und gleichzeitig zu wissen, dass er die Nuss nur knacken würde, wenn er die Geduld behielt und richtig vorging.

Seine Gedanken kreisten ständig um Sonja. Um sich abzulenken, versuchte er, sich stattdessen auf den Fall zu konzentrieren. Normalerweise funktionierte es gut, ein Puzzle zu legen und dabei über die Arbeit nachzudenken. Was machte er, wenn sie eine zweifelsfreie Verbindung zwischen Ingrid Kulviks Verschwinden und dem Mord an Reidar Dahl fanden? Denn sie mussten *völlig* sicher sein können. Ein einziges Mal war Lykke bisher an den Ermittlungen zu einem Serienmörder beteiligt gewesen, und damals hatte das ganze Polizeipräsidium Kopf gestanden und die Presse das Haus geradezu belagert. Nach einigen höllischen Wochen hatte sich herausgestellt, dass es sich um zufällige Zusammentreffen und doch nicht um Serienmorde handelte. Am lebhaftesten erinnerte er sich an die Enttäuschung, nicht nur unter den Journalisten, sondern auch unter den Kollegen seiner Abteilung. Alle waren so aufgepeitscht von diesem magischen Wort «Serienmörder» gewesen, dass man das Adrenalin in den Korridoren brodeln hören konnte. Dass das «Opfer» Nummer zwei unversehrt gefunden wurde, war da nur ein magerer Trost gewesen.

Das wollte er nicht noch einmal erleben. Um nichts in der Welt.

21 | Bislett, 17. Dezember, morgens

Parisa Sadegh goss die warme Milch in den Becher und schaltete die Espressomaschine aus. Ein Milchkaffee am Morgen war eine ihrer regelmäßigen Extravaganzen. Der silbergraue, schicke Apparat auf der Küchenanrichte hatte sie fast 30 000 Kronen gekostet, aber dafür machte er auch den besten Kaffee der Stadt. Sie nahm die Zeitung und setzte sich an den kleinen Küchentisch. Ihr Apartment war eigentlich eine Dreizimmerwohnung, aber als sie sie vor vier Jahren kaufte, hatte sie gleich beschlossen, zwei Zimmer zusammenzulegen. Jetzt besaß sie ein großes, helles Wohnzimmer mit einer Küchenzeile an der Stirnwand, ein winziges Bad mit Duschkabine und ein geräumiges Schlafzimmer mit einem Doppelbett, dessen eine Hälfte vereinsamte. Parisa Sadegh griff nach der Fernbedienung und schaltete das Frühstücksfernsehen an. Einen kurzen Moment lang streifte ihr Blick das Ikea-Sofa, und das Gesicht von Marketingchef Hallvard Håvik tauchte vor ihrem geistigen Auge auf. Sie lächelte. Hatte sie es schon so nötig? Trotzdem musste sie zugeben, dass der hochgewachsene Marketingchef einen gewissen Eindruck auf sie gemacht hatte. Gut gerochen hatte er außerdem. Ihr war ein schwacher Duft von Deodorant und frischem Schweiß in die Nase gestiegen, als sie sich gestern im Reisebüro von ihm verabschiedete. Parisa mochte Schweißgeruch, solange er frisch war und von einem sauberen Körper kam. Aber warum hatte Håvik geschwitzt? Sie war sich keineswegs sicher, dass der Mann die Wahrheit über Ingrid Kulvik gesagt hatte. Der kleine Zweifel hatte sich gemeldet, als er das gemeinsame Essen im Grand Hotel erwähnte. Er war sich natürlich klar darüber, dass er davon erzählen musste. Vermutlich wussten mehrere Leute davon. Die Damen im Büro hatten nicht so ausgesehen, als würde ihnen viel entgehen. Und dass er doch eine Art Beziehung zu Ingrid Kulvik gehabt hatte, wie unschuldig sie vielleicht auch gewesen war, machte ihn zu etwas mehr als nur einem Zeugen. Parisa kannte die Mordstatistik auswendig. In neun von zehn Fällen war der Mörder jemand, der das Opfer gut kannte, oft ein Ehepartner oder Lebensgefährte. Andererseits konnte sie kein Motiv erkennen, außer vielleicht Eifersucht oder die Wut darüber, abgewiesen worden zu sein. Und dann das Alibi. Hallvard Håvik hatte lediglich ein Alibi für die ersten dreißig Minuten, nachdem Ingrid Kulvik gegangen war. Nach eigenen Angaben hatte er mehrere Besorgungen machen müssen und deshalb das Büro um 13.45 Uhr verlassen.

Als Parisa ihn gefragt hatte, um was für Besorgungen es sich gehandelt hatte, war er ausgewichen. Nach seinen Angaben hatte er bei Ark und Tanum auf der Karl Johans gate nach einem Weihnachtsgeschenk für seine Mutter gesucht und hatte anschließend im Burger King am Egertorget ein Whopper-Cheese-Menü gegessen. So weit, so gut, aber dann ging es nur zäh voran. Der Mann hatte sich lange geziert, bis er endlich die Karten auf den Tisch legte: Er war im Schönheitssalon gewesen. Gesichtsbehandlung, Maniküre, Pediküre. Parisa hatte es geschafft, ernst zu bleiben. Hatte sich die Namen notiert, den der Fußpflegerin, der Gesichtsmasseurin und wie sie alle hießen. Und das Schlimmste war, es hatte ihn nicht weniger anziehend gemacht. Wenn ihr früher jemand gesagt hätte, dass sie sich mal für einen Mann interessieren würde, der sich pediküren ließ, hätte sie schallend gelacht.

Parisa Sadegh ging an den Kühlschrank und nahm einen Karton Sauermilch heraus. Sie füllte eine Schale mit Haferflocken, aus Schweden importiert, und goss die Milch darüber. Den Tag mit Brot zu beginnen war eine Sitte in ihrem neuen Heimatland, an die sie sich nie gewöhnen würde. Dann setzte sie sich auf die Fensterbank und aß, während sie auf das neue Bislett-Stadion hinuntersah.

Als sie die Wohnung gekauft hatte, war das alte Stadion gerade abgerissen worden, und die unmittelbare Umgebung war eine offene Fläche. Sie vermisste den weiten, luftigen Platz. Er hatte sie an die Aussicht von der Dachterrasse in Teheran erinnert, auf der sie als Kind die meiste Zeit verbracht hatte. Dort hatte sie Fahrradfahren gelernt. Parisa starrte gedankenverloren in die Müslischüssel auf ihrem Schoß. Seit ihrer Flucht vor zweiundzwanzig Jahren war sie nicht mehr im Iran gewesen, aber noch immer konnte sie das große weiße Haus in Andishe vor sich sehen.

Sie stammte aus einer alten persischen Familie und war mit Dienern, Gärtner und Chauffeur aufgewachsen. Jeden Sommer war die ganze Familie in ihr Landhaus am Kaspischen Meer gezogen. In ihrem letzten Sommer dort hatte Parisa nur verschleiert und in eine Burka gehüllt baden gehen dürfen. Wachen waren im Jeep die Strände abgefahren und hatten aufgepasst, dass nicht das kleinste Fleckchen weiblicher Haut zu sehen war. Sie hatte Khomeini gehasst. Das Leben in der Dreizimmerwohnung in Märsta hatte eine große Umstellung bedeutet. Parisa erinnerte sich noch gut, was für ein Gesicht ihre Mutter gemacht hatte, als sie ihr nach wenigen Wochen in Schweden sagte, dass sie sich in einem Boxverein anmelden würde. Für ein Mädchen von ihrem Stand war alles andere als Tennis und Schwimmen im Grunde undenkbar.

Sie schaufelte Haferflocken auf den Löffel und betrachtete die leeren Tribünen. Meistens lag die Stadionanlage still und verlassen da, versperrte die Aussicht und erinnerte an vergangene Schönheit. Dort hätte ein wunderbarer grüner Park sein können, dachte Parisa, bevor sie die Schüssel in den Geschirrspüler stellte und ihre Gedanken auf den Dienst konzentrierte.

Was hatte es mit dieser schlimmen Geschichte auf sich, die Ingrid Kulvik nach eigenen Angaben widerfahren war? Hatte sie einen konkreten Vorfall gemeint und, wenn ja, welchen? Oder hatte Håvik sich das nur ausgedacht, um von sich selbst abzulenken? Dieses schlimme Erlebnis hatte offenbar mit einem anderen Menschen zu tun, so viel schien klar. Einem früheren Liebhaber? Den Eltern? Ich muss das überprüfen, dachte Parisa und goss den Rest Kaffee ins Spülbecken. Im selben Moment meldete ihr Handy den Eingang einer SMS. Parisa blickte zur Uhr über dem Herd. Zehn nach sieben.

Gut geschlafen?, stand da nur. Parisa starrte einen Moment unentschlossen darauf, bevor sie das Telefon in die Handtasche warf, die auf dem Küchentisch lag. Nein, sie hatte nicht gut geschlafen und spürte einen leichten Druck hinter den Schläfen. Sie kramte in der Küchenschublade nach einer Schmerztablette. Die Schachtel hatte sich hinter einem batteriebetriebenen schlanken Plastikdings versteckt, das eine wohlmeinende Freundin ihr geschenkt hatte. Ein Vibrator. Praktisches Teil, hatte die Freundin augenzwinkernd gemeint. Parisa hatte ihn noch nicht ausprobiert, die Finger und ein paar schöne Erinnerungen taten es auch, jedenfalls bis auf weiteres.

«Das wird ein *großer* Junge.» Die Hebamme betastete vorsichtig den prallen Bauch.

«Spüren Sie, dass er gegen das Becken drückt?»

Mona nickte. «Ist das normal?»

«Absolut. Es bedeutet, dass das Kind sich mit dem Kopf nach unten gedreht hat, und das ist sehr gut.» Die routinierten Hände verharrten einen Moment an einem Punkt unter dem Nabel. «Haben Sie schon einen Namen für ihn?»

«Jungsnamen sind so schwierig ...»

«In den nächsten Tagen wird er wohl noch nicht kommen, Sie haben also noch ein bisschen Zeit», sagte die Hebamme lächelnd und richtete sich auf, während sie einige Papiere aus der Tasche ihres weißen Kittels zog.

«Wie ich sehe, haben Sie Hepatitis B gehabt?»

Sie blickte Mona fragend über die Brille hinweg an.

«Ja, ich habe mich durch eine Bluttransfusion im Krankenhaus von Hammerfest infiziert. Als ich jung war», fügte sie rasch hinzu.

Die Hebamme lächelte wieder.

«Na, so uralt sind Sie ja noch nicht. Ich habe mein Erstes auch mit einundzwanzig bekommen.»

«Einen Jungen?»

«Nein, ein Mädchen. Sie ist jetzt achtzehn.» Die Hebamme sah wieder in die Patientenakte. «Auch wenn Sie es sicher nicht sind, gelten Sie während der Geburt als ansteckend. Sie haben Antikörper gegen Hepatitis im Blut. Das bedeutet, dass alle Anwesenden mit Mundschutz und Handschuhen arbeiten müssen. Und dann geben wir dem Kind gleich nach der Geburt eine Schutzimpfung. Hepatitis B wird durch Blut übertragen, und so eine Geburt ist ja eine ziemlich blutige Angelegenheit», erklärte sie, als sie Monas erschrockenes Gesicht sah.

«Aber es ist doch fast acht Jahre her, und ich war seitdem nicht krank.»

Die Hebamme zögerte.

«Es ist sicher nur eine Routinesache», sagte sie.

«Kann sich das Kind anstecken?»

«Na ja ...» Die Hebamme merkte, dass sie im Begriff war, ihre Kompetenzen zu überschreiten. «Wenn Sie es ganz genau wissen möchten, sollten Sie den Arzt fragen.» Erneuter Blick in die Patientenakte. «Sie sind bei Dr. Scheel?»

«Ja.» Mona merkte, wie die Freude, die sie bis vor kurzem empfunden hatte, sich in einen steinharten Angstklumpen verwandelte. «Ich könnte doch eine Spritze bekommen, wenn das hilft?»

«Nein, das glaube ich nicht.» Die Hebamme sah fast ein bisschen unglücklich aus.

«Ich darf das Kind nicht verlieren. Das darf ich einfach nicht!» Monas Stimme zitterte.

«Nun machen Sie sich mal keine Sorgen.» Die Hebamme strich ihr über die Stirn. «Das ist nur eine zusätzliche Sicherheitsmaßnahme. Ist denn der Kindsvater gesund und wohlauf?»

Mona zögerte.

«Das nehme ich an.»

«Dann wird es schon gutgehen. Kommt er und holt Sie ab?»

Mona schüttelte den Kopf.

«Nein, er ... ist aus dem Spiel.»

«Und Ihre Eltern?»

«Die wohnen in Hammerfest. Ich bin allein.» Mona umklammerte den Oberarm der Hebamme. «Glauben Sie, dass mein Kind alles gut übersteht?»

Die Hebamme nahm Monas Hand und musterte die kurzen Fingernägel.

«Sie werden einen großen, hübschen Jungen zur Welt bringen», sagte sie beruhigend. «Dem Kleinen passiert schon nichts.»

23 | Polizeipräsidium, am selben Tag

Rolf Lykke starrte an die Decke. Vor knapp einer Stunde hatte er endlich das Ergebnis aus der Rechtsmedizin bekommen. Das Blut am BH stammte von Ingrid Kulvik. Ebenso das Herz und die Überreste der Eingeweide in der Tiefkühltasche. In wenigen Minuten würde die Ermittlungsgruppe sich zur Besprechung zusammenfinden. Er wusste, dass kein Weg daran vorbeiführte: Sie mussten die beiden Morde als zusammenhängend betrachten, was wiederum bedeutete, dass die Medien völlig aus dem Häuschen geraten würden. Er dachte an die bevorstehende Pressekonferenz und seufzte.

Lykke hatte beschlossen, die Auseinandersetzung mit Sonja bis nach Neujahr zu verschieben. In den letzten vierundzwanzig Stunden hatte er sich ganz bewusst nur auf die Ermittlungen zu Reidar Dahl und Ingrid Kulvik konzentriert. Er war beinahe überrascht, wie effektiv das seine privaten Probleme in Schach gehalten hatte.

Lykke blätterte durch den letzten Bericht, der auf seinem Tisch gelandet war. Hunderte von Menschen in Frogner und Grønland waren befragt worden. Unten am Fluss, wo ein Zeuge einen parkenden Transporter gesehen haben wollte, hatten die Kriminaltechniker jeden Zentimeter gefrorenen Boden abgesucht. Sie hatten tatsächlich Indizien dafür gefunden, sowohl Reifenspuren als auch Abgaspartikel, aber vorläufig noch nicht feststellen können, um welche Art von Auto es sich handelte. Nur, dass es vermutlich mehr als eine Tonne wog.

Er streckte seinen müden Körper und warf einen Blick aus dem Fenster. Auf der Straße stand ein altes Mütterchen und fütterte Tauben. Das Thermometer zeigte minus vierzehn Grad. Lykke konnte sich nicht erinnern, wann er zuletzt eine so lange Kälteperiode vor Weihnachten erlebt hatte. Vielleicht sollte er mit Ida eine Skiwanderung um den Østensjøvannet machen? Unsinn. Er durchbrach seinen eigenen Gedankengang. Wann sollte er dafür wohl Zeit haben? Geistesabwesend schlug er die aktuelle VG auf. Der Fall Reidar Dahl nahm immer noch viel Platz ein, war aber nicht mehr der Aufmacher. Jetzt brachten sie Interviews mit Nachbarn und Schauspielern, die in den letzten Jahren mit ihm gearbeitet hatten. Lykke überflog die Seiten und hielt inne, als er Dahls Nachbarin wiedererkannte, die alte Dame von gegenüber, die in der Türöffnung stand und skeptisch in die Kamera blickte. «Nachbarn schockiert!», stand unter dem Foto. Er legte die Zeitung beiseite. Der Lieferwagen *konnte* eine Sackgasse sein. Es kam vor, dass Männer, die eine Prostituierte aufgesammelt hatten, an den merkwürdigsten Plätzen parkten, um nicht von einem Streifenwagen überrascht zu werden. Aber an einem Spazierweg? Er sah auf die Uhr, schnappte sich den letzten Bericht und machte sich auf den Weg ins Besprechungszimmer.

Ted Eriksen wippte mit seinem Stuhl, während er in ein paar Papieren blätterte. Am anderen Tischende hatten Lasse Viker und Parisa Sadegh die Köpfe über den Tageszeitungen zusammengesteckt.

Lykke ging auf die Tafel an der Stirnseite des Raumes zu, griff sich einen Filzstift und begann zu schreiben.

«Wir haben Folgendes», sagte er langsam mit dem Rücken zum Konferenztisch. «Zwei Menschen, Reidar Dahl und Ingrid Kulvik, wurden mit fünf Tagen Abstand im Zentrum von Oslo umgebracht. Keine Leichen, aber die Rechtsmedizin sagt, die gefundenen Organe seien derart lebenswichtig, dass keiner der beiden mehr am Leben sein kann. Bisher ist keine Verbindung zwischen ihnen nachgewiesen. Reidar Dahl war achtundfünfzig, aufgewachsen in Oslo. Ingrid Kulvik war dreißig und stammte aus Skatval nördlich von Trondheim. Aufgrund der sehr speziellen Art und Weise, wie die Opfer getötet wurden, und der Tatsache, dass beide spurlos verschwunden sind, halte ich die Gemeinsamkeiten für so augenfällig, dass wir wohl von ein und demselben Täter ausgehen können.»

«Wohl ausgehen können?»

Ted Eriksen konnte seine Gereiztheit nicht verbergen. «Wie groß ist die Chance, dass zwei Verrückte zur selben

Zeit durch die Gegend laufen und Leuten die Eingeweide rausschneiden?»

Rolf Lykke legte den Stift weg.

«Nicht sehr groß, aber solange wir es nicht ausschließen können, müssen wir uns diese Möglichkeit offenhalten.»

«Ich begreife nicht, wie zum Teufel ...»

«Ich glaube auch, dass die Morde etwas miteinander zu tun haben, Ted, aber mit ‹glauben› darf ich mich nicht zufriedengeben. Statistisch gesehen gibt es in Norwegen etwas weniger als einen Zerstückelungsmord pro Jahr. Trotzdem ist es nicht völlig undenkbar, dass zwei in einer Woche passieren.»

Lykke richtete seine grauen Augen auf den jungen Ermittler.

Lasse Viker kratzte sich ungeniert im Schritt und schüttelte bekümmert den Kopf.

«Aber ich bin derselben Meinung wie Ted, *ein* Verrückter ist wahrscheinlicher.»

Lykke seufzte, fummelte die Kappe auf den Filzstift und setzte sich.

«Richtig, aber wir müssen trotzdem breitgefächert ermitteln. Verstanden?»

Er versuchte, die Stimmung aufzulockern. «Ich werde euch ein paar typische Merkmale von Zerstückelungsmördern nennen. Es sind fast immer Männer, genau wie auch Serienmörder fast immer Männer sind. Sie fangen nahezu ausnahmslos damit an, den Kopf abzutrennen. Das ist eine psychologische Geschichte, um das Opfer zu anonymisieren. Und ...»

Lykke schrieb an der Tafel mit, während er sprach.

«Sie zerlegen den Körper meist in sieben oder elf Teile. Und sie töten fast ausnahmslos jemanden aus ihrem nächsten Umfeld, Familienangehörige oder Freunde. Oder sie sind Kriminelle, die noch eine Rechnung zu begleichen haben.»

«Sopranos», grinste Viker.

Lykke drehte sich zu der kleinen Gruppe um.

«Fast immer werden die Leichen aus praktischen Gründen zerteilt, nämlich weil es einfacher ist, sie zu transportieren. Nur ganz, ganz wenige Täter suchen darin sexuelle Befriedigung.»

Er machte eine Pause und blickte in die Runde. «Mit anderen Worten suchen wir nicht notwendigerweise nach zwei Leichen, sondern nach einem Haufen Körperteile. Vierzehn oder zweiundzwanzig, falls wir der Statistik glauben wollen.»

Es wurde still in dem engen Raum. Lasse Viker rutschte auf seinem Sitz herum, dass die dünnen Stuhlbeine bedrohlich knackten.

«Es gibt bestimmt nicht viele, die imstande sind, etwas so Irrsinniges zu tun.»

Lykke atmete langsam ein und mit einem kurzen Schnaufen wieder aus. Es war deutlich, dass er von Vikers Analyse nicht sonderlich beeindruckt war.

«Es ist unglaublich, zu was Leute in manchen Situationen imstande sind», sagte er eindeutig an Vikers Adresse gerichtet. «Wenn die Gallier eine Schlacht gewonnen hatten, köpften sie ihre Feinde und nagelten die Köpfe zu Hause über die Eingangstür. Als Schmuck.»

Keiner sagte etwas.

Lykke drehte sich wieder zur Tafel.

«Okay, wo stehen wir? Parisa?»

Parisa Sadegh sah von ihren Papieren auf.

«Ich habe den Sohn überprüft. Er hat ein Alibi für alle möglichen Zeitpunkte, zu denen sein Vater getötet worden sein kann, außerdem wissen wir», sie nickte in Lasse Vikers Richtung, «dass Reidar Dahl am fraglichen Abend oder an den folgenden Tagen nicht nach Tromsø geflogen ist.» Sie blätterte um. «Ingrid Kulvik. Bisher habe ich nichts gefunden, was darauf hindeutet, dass sie Reidar Dahl kannte oder ihm begegnet ist. Aber die Schwestern im Kloster Katarinahjemmet meinten, dass sie die seltenen Male, die sie sich eine kulturelle Veranstaltung gegönnt hat, am liebsten ins Konzerthaus oder ins Theater gegangen ist.»

«Nationaltheater?», fragte Lykke.

«Vermutlich. Sie meinten jedenfalls, dass sie dieses Jahr ein paarmal dort war. Die Priorin erinnert sich, dass Ingrid von einem Stück erzählt hat, das *Endstation Sehnsucht* heißt. Es lief von Mitte April bis zum Sommer. Ich habe das überprüft. Reidar Dahl hat in diesem Stück mitgespielt.»

«Aha.»

Der Kommissar wartete.

«Ich habe mit einer Nonne vom Kloster in Tautra gesprochen, die Ingrid Interesse fürs Theater bestätigt hat. Eine Sekunde …» Sie suchte in ihrem Blätterstapel. «Sie heißt Nora Steinhaug. Angeblich kannten sie sich seit vielen Jahren.»

«Haben sie sich geschrieben?»

Lykke massierte seine Nasenwurzel.

«Ja, soweit ich verstanden habe.»

«Du buchst einen Flug für diese Freundin und bittest sie, ihren gesamten Briefwechsel mit Ingrid Kulvik mitzubringen. Mach eine Liste mit allen Familienangehörigen und Freunden und überprüf die Leute sorgfältig.»

«Die Nonnen auch?»

«Die auch. Wir dürfen nichts auslassen.»

Ein winziger Seufzer entschlüpfte der Polizistin.

«Und dann wiederholst du das Ganze bei Dahl. Noch was?»

«Der Marketingchef von Temareiser erwähnte, dass Ingrid Kulvik in einem privaten Moment etwas von einem schlimmen Erlebnis sagte, irgendeiner Sache, die tiefe Spuren bei ihr hinterlassen hätte.»

«Könnte er unser Mann sein?»

«Er hat für die erste halbe Stunde nach Ingrid Kulviks Besuch bei Temareiser ein Alibi. Zwei Kolleginnen bestätigen, dass er das Büro erst gegen 13.45 Uhr verlassen hat. Nach eigenen Angaben kam er kurz vor halb vier zurück, aber da waren die Kolleginnen schon weg.»

«Deine Einschätzung?» Lykke trommelte mit den Fingern leicht auf der Tischkante.

«Es ist vielleicht noch ein bisschen früh für solche Aussagen, aber ich bezweifle, dass er der Mann ist, nach dem wir suchen.»

«Irgendeine Verbindung zu Dahl?»

Parisa zögerte einen Augenblick.

«Du meinst, ob der Marketingchef von Temareiser Reidar Dahl kannte?»

Lykke atmete betont ruhig.

«Ob er Dahl kannte, ob Dahl Kunde dort war, ob Ingrid Kulvik seinen Namen mal erwähnt hat, was auch immer. Verbindungen!»

Parisa Sadegh starrte auf die Tischplatte.

«Ich recherchiere nachher weiter.»

«Dieser Marketingchef hatte keine Idee, was dieses ‹Schlimme› gewesen sein könnte? Sie hat es ja wohl nicht einfach so dahingesagt.»

Parisa Sadegh schüttelte den Kopf.

«Håvik wusste es nicht. Er sagt, dass sie nicht darüber sprechen wollte.»

Lykke nahm die Massage seiner Nasenwurzel wieder auf.

«Dahl spielte im *Weihnachtsevangelium*», sagte er plötzlich in Richtung des anderen Tischendes.

«Japp.»

Lasse Viker verschränkte die Arme vor dem mächtigen Brustkorb.

«Könnte er das Katarinahjemmet im Zusammenhang mit dem Stück aufgesucht haben?»

«Zu Researchzwecken?»

Eriksen sprach das Wort mit übertrieben amerikanischem Akzent aus.

«Zum Beispiel.» Lykke erhob sich und ging zum Fenster. «Kann etwas Religiöses dahinterstecken?»

«Woran denkst du?»

«Weiß noch nicht», erwiderte Lykke kurz, immer noch mit dem Rücken zum Tisch. «Überprüfen!»

«Okay.»

Parisa Sadegh notierte.

«Irgendwelche Übereinstimmungen bei Chirurgen und Gewalttätern?»

Lykke drehte sich zu Lasse Viker um.

«Bisher nicht, aber ich habe noch keine komplette Liste.»

«Gut. Dann setz die Leute mit drauf, die in Oslo und Umgebung in Fleischereibetrieben arbeiten, alle, die es gewohnt sind, mit Beilen und Messern zu hantieren.»

Lykke machte eine kleine Pause und starrte an die Decke. «Und dann besorgst du eine Aufstellung über alle Zerstückelungsmorde der letzten drei Jahre in Skandinavien. Ted?»

Ted Eriksen kippelte mit dem Stuhl.

«Du hast den Bericht ja gesehen. Am Fluss entlang nichts. Keine weiteren Zeugenbeobachtungen. Wir warten immer noch auf die Analysen zum Auto.»

«Gut. Du untersuchst das Gelände am Fluss nochmal. Nimm dir mehr Leute mit. Und besorg dir eine Aufstellung über alles, was in den letzten drei Wochen in Oslo als gestohlen gemeldet wurde. Handys, Waffen, Autos, Kanarienvögel ... Klar?»

Ted Eriksen schüttelte sachte den Kopf.

«Das sind sicher mehrere hundert Anzeigen. Können wir uns nicht auf Autos und Waffen konzentrieren?»

«Nein.»

Wieder hörte Lykke selbst die Gereiztheit in seiner Stimme.

«Wir wissen nicht genau, wonach wir suchen», sagte er betont ruhig. «Deshalb möchte ich gerne alles haben. Lass dir von Parisa helfen. Okay?»

«Okay.»

Parisa verzog den Mund zu einem schiefen Lächeln. «Du bist der Boss.»

«So ist es.»

Lykke versuchte, das Lächeln zu erwidern.

24 | Manglerud, am selben Abend

«Müde?» Sonja blickte von einigen Zeichnungen auf dem Esstisch hoch.

«Ja.» Lykke hörte die Geräusche einer Sportsendung aus dem Wohnzimmer. «Wir kommen nicht weiter», murmelte er.

Sonja erhob sich rasch und küsste ihn auf den Mund. Rolf Lykke wich instinktiv zurück.

«Ist was?» Sie streichelte seinen Hals.

«Nein.» Lykke nahm ihre Hand vorsichtig weg. Wozu dieses Theater? «Ich bin nur völlig geschafft. Wie hat es Ida heute im Kindergarten gefallen?»

«Gut.»

«Gut?»

«Ja, sie wirkte ganz fröhlich und vergnügt. Morgen ist sie bei Henriette zum Geburtstag eingeladen.»

Er betrachtete ihren schräg geschnittenen Pony. Warum ersparte sie ihm die Auseinandersetzung? Warum wollte sie es nicht endlich hinter sich bringen?

«Ich gehe in den Keller», sagte er und drehte sich um.

«Jetzt?»

«Ja.»

«Rolf!»

«Was ist?»

Sonja starrte ihn an. Lykke bemerkte eine leichte Röte an ihrem Hals und musste an Gro Harlem Brundtland denken.

«Was ist?», wiederholte er.

Plötzlich lächelte sie.

«Ach nichts, das hat Zeit bis später ...»

Die Teile lagen auf verschiedene Haufen verteilt. Nur einige hundert waren immer noch auf dem Holzfußboden verstreut. Er ließ sich auf einem kleinen, flachgedrückten Kissen nieder. Ich sollte schlafen, dachte er. Ich bin fünfundfünfzig und verbringe meine Abende damit, Puzzlebilder zu legen. Als Sonja ihn das erste Mal auf dem Boden sitzen sah, umgeben von kleinen Puzzlestückchen, hatte sie ihn ganz merkwürdig angestarrt.

Er nahm ein Teilchen auf, studierte es lange und legte es wieder zurück. Er schaffte es nicht, sich zu konzentrieren, er brachte es nicht fertig, Sonja loszulassen. Was sollte er ohne sie und Ida anfangen? Noch mehr arbeiten? Es piepste in seiner Jackentasche. Er angelte das Handy heraus, erkannte die Nummer von TV2 und steckte es wieder weg. Die Pressekonferenz war genauso beschissen gelaufen wie befürchtet. Nachdem er von den Umständen des Mordes an Ingrid Kulvik berichtet hatte, waren keine zehn Sekunden vergangen, bis das Wort «Serienmörder» zum ersten Mal fiel. Er hatte absichtlich am Nachmittag keine Nachrichten gehört und den anderen in der Gruppe empfohlen, es ihm gleichzutun, jedoch ohne große Hoffnung, dass sie seinem Rat folgten. Was sie um jeden Preis vermeiden mussten, war eine Ermittlung nach den Prämissen der Medien. Das hatte es schon gegeben, und er wusste, dass er mit seiner Haltung vielleicht auf verlorenem Posten stand.

25 | Lambertseter, am selben Abend

Mona Dyreng legte das Strickzeug beiseite. Sie hatte noch nicht viel geschafft, es sah eher aus wie ein hellblauer Haarreif. Sie hatte seit den Handarbeitsstunden in der Grundschule nicht mehr gestrickt, deshalb ging es furchtbar langsam, aber sie war fest entschlossen, nicht aufzugeben. Sie legte Wert darauf, es ordentlich zu machen. Werdende Mütter strickten Babysachen, das gehörte sich so.

Sie griff nach ihrem frisch gebügelten Kleid, das über einem Stuhlrücken hing, und steuerte auf das Bad zu. Mona betrachtete den dicken Bauch im Spiegel. Als sie vorhin das neue Partykleid anprobiert hatte, konnte sie durch den dünnen Stoff sehen, wie sich das Baby bewegte. Alles wird gutgehen, dachte sie. Natürlich geht alles gut. Bevor sie schwanger geworden war, hatte sie geglaubt, dass die Gefühle für ein Kind in dem Moment entstanden, in dem es auf die Welt kam. Aber so war das nicht. Jedes Mal, wenn sie die Bewegungen in der Gebärmutter spürte, überfielen sie so starke Gefühle von Fürsorge und Verantwortung, dass es sie völlig überrumpelte. In den letzten Wochen hatte sie den Tag sogar mit einem Esslöffel Lebertran begonnen. Sie hatte in irgendeinem Artikel gelesen, dass Kinder von Müttern, die reichlich Omega-3-Fettsäuren zu sich nahmen, intelligenter wurden als andere Kinder.

Sie legte die Ohrclips an, die sie am Vortag gekauft hatte, überlegte einen Moment, ob sie das Piercing aus der Augenbraue nehmen sollte, beschloss aber, es drin zu lassen – mein Gott, sie ging ja schließlich nicht zum Hofball –, und stieg in ihre hohen Stiefeletten. Die schwarze Schultertasche stand wie immer neben der Tür. Sie war einer von zwei Luxusartikeln, die Mona besaß, und sie rechtfertigte ihren Kauf damit, dass sie eine so sündhaft teure Handtasche niemals irgendwo liegenlassen und folglich auch nie wieder eine neue brauchen würde. Die Ledertasche mit dem diskreten Mandarina-Duck-Label hatte fast dreitausend Kronen gekostet. Der zweite Luxusartikel war eine riesige schwarze Designer-Sonnenbrille von Dolce & Gabbana.

Weihnachtsfeier. Ihr gefiel das Wort. Es hörte sich irgendwie erwachsen an. Etabliert und seriös. Sie würden nicht viele sein, nur die sieben Mitarbeiter der T-Shirt-Druckerei, in der sie jobbte, aber trotzdem. Es brummte in ihrer Manteltasche. Das bestellte Taxi wartete.

Der Taxifahrer hielt ihr die Tür auf, während er auf ihren prallen Bauch zeigte.

«Vorsicht, es ist glatt.»

Galant reichte er ihr den Arm und half ihr ins Auto.

Mona lächelte und bedankte sich.

«Zum ‹Sult› in Grünerløkka.»

«Weihnachtsfeier?»

Sie begegnete seinem Blick im Spiegel. Er lächelte sie an, und ihr fiel auf, dass er schöne, regelmäßige Zähne hatte.

«Ja, nun geht es wieder los», hörte sie sich sagen.

«Dann seien Sie schön brav, damit es kein Nachspiel im Krankenhaus gibt. Wann ist es denn so weit?»

«Zweiter Weihnachtstag.»

«Dann könnte es jederzeit kommen, was?»

«Ich kneife fest zusammen, damit es nicht hier im Auto passiert», sagte sie lächelnd.

«Was auch kein Problem wäre, ich habe schon zwei auf die Welt geholt.»

«Ach ja?»

Hausgeburten, kleine Geschwister, fuhr es ihr durch den Kopf.

«Ich studiere Medizin. Da gehört das zur Ausbildung. Aber ich war nicht alleine», fügte er hinzu. «Ist also vielleicht doch besser, Sie halten noch ein wenig aus.»

Mona lachte. Sie rutschte ein wenig zur Mitte, wo sie mehr von seinem Gesicht im Spiegel sehen konnte. Süßer Typ. Dunkles Haar, dicht und kurzgeschnitten. Die Hände am Steuer wirkten stark, mit langen, schlanken Fingern und kurzen Nägeln. Kein Ring. Um die dreißig, vielleicht etwas drüber?

«Rechnen Sie denn damit, künftig noch mehr Kindern auf die Welt zu helfen?»

Wieder dieses strahlende Lächeln.

«Am Anfang vielleicht, ich muss ja Nachtdienst und Feiertagsschichten machen, aber später will ich Chirurg werden.»

«Oh, so hoch hinaus?»

Mona spürte einen kleinen Stich von Enttäuschung.

«Nein, nicht deswegen. Es ist mehr das Gefühl, etwas reparieren zu können. Verstehen Sie?»

Mona Dyreng blickte aus dem beschlagenen Fenster und sah, dass sie gerade den Kreisverkehr bei Ryen verließen.

«Könnten Sie die Heizung etwas herunterdrehen?»

«Natürlich. Soll ich das Fenster aufmachen?»

«Nein danke.» Mona betrachtete seinen geraden Nacken. Dann entschloss sie sich.

«Kann ich Sie was fragen? Etwas, das mit Medizin zu tun hat?»

«Nur zu.»

Mona holte tief Luft.

«Vor vielen Jahren habe ich mich bei einer Bluttransfusion mit Hepatitis B infiziert und seitdem Antikörper im Blut. Die Hebamme sagt, dass das Baby sich anstecken kann.»

Er drehte sich um und sah sie überrascht an.

«Haben Sie Angst um Ihr Kind?»

«Ja.» Mona merkte, dass ihre Stimme leicht zitterte. «Ich könnte es mir nie verzeihen, falls … Kann es sich anstecken?»

«Das weiß ich wirklich nicht.» Der Taxifahrer war offensichtlich ratlos. «Ich glaube bestimmt, dass ein Arzt mit Ihnen darüber gesprochen hätte, wenn eine echte Gefahr bestehen würde, aber mit dem Thema kenne ich mich nicht aus.»

Er hörte sich aufrichtig bekümmert an.

«Ach, es war dumm von mir, danach zu fragen …»

«Nein, gar nicht.» Er zögerte kurz. «Wo kommen Sie her?»

«Hammerfest, ich wohne erst seit dem Frühjahr in Oslo.»

«Im Radarveien?»

«Ja, in einer Mietwohnung.»

Eine ganze Weile fiel kein Wort. Mona merkte, dass er sie immer wieder im Spiegel ansah.

«Haben Sie ein Taxi für den Rückweg bestellt?»

«Nein, hätte ich das tun sollen?»

«Unbedingt. Heute ist einer der schlimmsten Abende.»

«Dann kann ich das jetzt vielleicht nachholen.»

Sie kramte nach ihrem Handy, und er lächelte.

«Die Zentrale ist völlig überlastet. Wann wollen Sie denn nach Hause?»

Mona überlegte.

«So gegen eins, denke ich.»

«Ich bin da. Okay?»

«Das ist ja supernett. Wie heißen Sie?»

«Michail. Mein Vater kommt aus der Ukraine», fügte er hinzu, als er ihren überraschten Gesichtsausdruck sah. «Er arbeitet im diplomatischen Dienst.»

26 | Polizeipräsidium, 18. Dezember

Rolf Lykke hatte die ganze Nacht fast kein Auge zugetan. Die Gedanken an die Ermittlungen und daran, dass Sonja ihn verlassen würde, hatten sich in seinem müden Hirn ein Kopf-an-Kopf-Rennen geliefert. Schließlich war er aufgestanden und hatte die Zeitung hereingeholt. Erst als er am Küchentisch saß, war er endlich eingeschlafen.

Lykke fühlte sich alles andere als ausgeruht, als er einige Stunden später am Kaffeeautomaten um die Ecke bog. Er hatte kaum Zeit gehabt, den Mantel auszuziehen, als es an der Tür klopfte.

«Herein!»

Polizeidirektorin Anne Breiby schloss die Tür hinter sich.

«Morgen, Rolf, wie geht's?»

Rolf Lykke sah sie misstrauisch an.

«Danke. Viel zu tun.»

«Sind Sie müde?»

«Nicht müder als sonst.»

Breiby ging aufs Fenster zu und blieb mit dem Rücken zu ihm stehen, wie üblich.

«Ich hatte eine Besprechung mit dem Polizeichef. Er war extrem interessiert an dem Serienmord.»

Lykke bemerkte, dass sie schon die Formulierung der Boulevardpresse benutzte.

«Haben Sie die Zeitungen gelesen?»

«Nein», log er.

Sie drehte sich um und stemmte eine Hand in die Hüfte.

«Wir brauchen Sie jetzt, Rolf», sagte sie. «Wir brauchen Ihre ganze Erfahrung.»

Lykke war überrascht. Das war ungewohnte Kost von der Polizeidirektorin. Er ahnte, dass das noch nicht alles war.

«Alle hier im Haus haben großen Respekt vor Ihnen, es gibt wohl kaum jemanden, der eine höhere Aufklärungsquote hat, aber ...»

Breiby verschränkte die Arme und fuhr fort:

«Diesmal haben wir so verflixt wenig Zeit. Zwischen den beiden Morden liegen nur fünf Tage, und wir wissen, dass es wieder passieren kann, jederzeit.» Die Polizeidirektorin warf einen raschen Blick auf die Uhr über der Tür, als wollte sie den Ernst der Lage unterstreichen.

«Aha.»

Lykke hatte nicht vor, es ihr leichtzumachen.

«Sie sind ja nicht gerade dafür bekannt, im Expresstempo zu arbeiten», sagte sie. «Ich meine, Sie arbeiten gern gründlich, nicht wahr?»

Lykke schwieg.

«Vielleicht müssen wir in dieser Sache etwas riskieren. Neue Wege gehen? Ein Profiler?»

«Ich habe schon mit Profilern gearbeitet, mit und ohne Erfolg. Vorläufig ist es sowieso noch viel zu früh.» Er unterbrach sich. «Was hatte Ted Eriksen sonst noch auf dem Herzen?», fragte er säuerlich.

«Es geht nicht nur um Eriksen, das wissen Sie.»

Hektische Röte trat auf ihre Wangen.

«Wollen Sie den Fall jemand anderem übertragen?»

Breiby stützte beide Hände auf den Schreibtisch und beugte sich beinahe zu ihm hinunter.

«Selbstverständlich nicht, Rolf, aber ...»

Sie wurde vom Telefon unterbrochen.

«Lykke.»

Über eine Minute schwieg der Kommissar.

«Und du bist sicher?»

Breiby wartete ungeduldig. Als er auflegte, drehte sie sich energisch um.

«Alles, worum ich Sie bitte, ist ...»

«Ingrid Kulvik war schwanger», sagte Lykke.

«Die Nonne?»

«Rigmor Haugen hat Reste der Gebärmutter in der Tiefkühltasche gefunden, unter anderem den Gebärmutterhals. Die junge Frau war früher einmal schwanger.»

Es ging auf halb zwei zu. Lykke ließ den Blick über seine erschöpften Mitarbeiter am Tisch wandern. Er wusste, dass Ted Eriksen und Lasse Viker in den letzten Nächten kaum Schlaf bekommen hatten. Der Mangel an Ergebnissen machte die Sache nicht besser. Sie mussten bald einen Durchbruch erzielen. Er konnte sich an kaum eine Mordermittlung erinnern, bei der sie so vollständig im Dunkeln getappt hatten. Und dann war da noch eine Sache, das mulmige Gefühl, gegen etwas unrnenschlich Böses zu kämpfen. Er konnte nicht genau sagen, was es war, aber er spürte eine bisher ungekannte Unruhe.

Er nippte an dem halbvollen Kaffeebecher. Konzentrierte sich auf die Arbeitsaufgaben. Irgendwann würde Licht ins Dunkel kommen, das war immer so. Alle Mörder hinterließen Spuren. Die Frage war nur, ob sie sie rechtzeitig fanden.

«Ingrid Kulvik war schwanger», sagte er langsam und bemerkte, wie sich die Rücken am Tisch aufrichteten.

«Können Nonnen schwanger werden?», fragte Ted Eriksen und öffnete die Arme. «Ich dachte, die sind alle Jungfrauen.»

Parisa konnte ein leises Stöhnen nicht unterdrücken.

«Offenbar nicht», sagte Lykke. «Ich glaube, die Katholiken sind da nicht so streng.»

«Damit haben wir die Antwort auf das schlimme Erlebnis», sagte Parisa leise, fast zu sich selbst. «Dann können wir Hallvard Håvik von Temareiser vergessen.»

«Tja.»

Lykke stand auf und ging um den Tisch herum. «Die Rechtsmedizin kann nichts darüber sagen, *wann* sie schwanger gewesen ist, abgesehen davon zeigen die Blutproben, dass sie es zum Todeszeitpunkt nicht war.»

Lasse Viker schaukelte auf seinem Stuhl vor und zurück.

«Da muss was sein», murmelte er.

«Vielleicht», sagte Lykke und schrieb «schwangere Nonne» mit großen roten Buchstaben an das Whiteboard.

«Die Freundin aus Tautra landet in drei Stunden. Ich will hier im Präsidium mit ihr sprechen, nicht am Telefon.»

Die anderen nickten zustimmend. Lykke merkte, dass eine neue Energie im Raum herrschte. «Noch was? Parisa?»

«Nicht viel.»

Parisa Sadegh blickte auf ihre Papiere. «Keine der Nonnen wusste irgendwas von einer Verbindung zwischen Ingrid Kulvik und Reidar Dahl.»

«Und Dahl hat das Kloster nie aufgesucht?»

«Nein. Die Priorin schien sich sicher zu sein.»

«Lasse?»

«Sorry. Kein Treffer bei Schlachtern oder Chirurgen. Ich will zwar nicht beschwören, dass ich jeden einzelnen Kerl erfasst habe, der in den letzten Jahren ein Fleischerbeil in der Hand hatte, aber ich bin echt nicht weit davon entfernt.»

«Mach weiter, bis du alle hast, und nimm dir nochmal die Inspizientin vor, diese Tutta Sætra, vielleicht war sie auch schwanger. Hast du die Liste über die Zerstückelungsmorde?»

«Japp.» Viker leckte seine Fingerspitzen an und verteilte einige zusammengeklammerte Blätter am Tisch. «Sechzehn Morde in den letzten drei Jahren, davon sechs in Schweden, vier in Finnland, vier in Dänemark und zwei in Norwegen, beide in Oslo und beide aufgeklärt, Täter hinter Schloss und Riegel. Außerdem», Viker blätterte in den Listen, «haben wir zwei versuchte Zerstückelungsmorde oder zumindest Fälle, in denen Menschen größere Körperteile abgetrennt wurden. Einer Frau in Vesterås wurden von ihrem wahnsinnigen Ehemann beide Arme abgeschlagen. Und einem Stadtstreicher hier in Oslo hat irgendwer im letzten Dezember das linke Bein abgesägt.»

«Aufgeklärt?»

«Das mit dem Penner?»

«Ja.»

«Nein, eingestellt.» Lasse Viker überflog die Seite. «Im März. Keine Zeugen, kein Motiv, und der Typ hat ja überlebt. Er heißt Henki Haraldsen, 1947 geboren, kein fester Wohnsitz.» Viker blickte von dem Bericht hoch. «Ich erinnere mich an den Fall, der Kriminalbereitschaftsdienst meinte damals, dass es wohl eine Racheaktion wegen Verpfeifens war.»

«Das Bein wurde nicht gefunden?»

Lykke klemmte den Plastikbecher zwischen Mittel- und Ringfinger fest. Viker schüttelte den Kopf.

«Nein, steht alles hier.»

Rolf Lykke stellte den Kaffeebecher auf den Tisch, stand auf und machte ein paar Schritte auf die Tafel zu.

«Was ist mit den anderen Ländern? Schweden und ...»

«Nichts. Alle Täter sitzen.»

«Der Verrückte aus Vesterås auch?»

«Yes.»

Es wurde still. «Obdachloser mit abgesägtem Bein», schrieb Lykke an die Tafel.

«Gestohlene Gegenstände?» Der Kommissar fixierte Ted. «Was haben wir?»

«Das meiste!»

Ted Eriksen schob einen dicken Papierstapel in die Tischmitte.

«Irgendwas Auffälliges?» Lykke sprach mit leiser Stimme.

«Wir haben zwei dunkle Lieferwagen. Beide sind wahrscheinlich kleiner als der, den unsere Zeugen beschrieben haben.»

Ted Eriksen kramte eine Schachtel Halspastillen hervor. «Keine Schusswaffen», fügte er hinzu. «Ein paar beschlagnahmte Messer, aber keine als gestohlen gemeldeten.»

«Geh die Liste noch einmal durch und finde etwas, egal was, das auf irgendeine Weise mit unserem Fall in Verbindung gebracht werden kann. Die Sperrböcke aus der Behrens' gate, meinetwegen. Such!»

27 | Polizeipräsidium, am selben Nachmittag

«Nora Steinhaug.»

Lykke erwiderte den festen Händedruck.

«Rolf Lykke. Sie können dort Platz nehmen.» Er nickte zu den beiden Besucherstühlen vor dem Schreibtisch. Parisa Sadegh setzte sich auf den anderen. «Danke, dass Sie gekommen sind. Sie und Ingrid Kulvik waren gute Freundinnen?»

Die zierliche Frau nickte kurz. Sie war in Zivil, trug Jeans und einen braunen, hochgeschlossenen Pullover.

«Wann haben Sie zuletzt mit ihr gesprochen?»

«Donnerstag vor zwei Wochen, am Telefon. Normalerweise haben wir uns geschrieben, mindestens einmal in der Woche.» Nora Steinhaug sah ihm in die Augen. «Ich habe alle Briefe mitgebracht, wie gewünscht.»

Sie warf Parisa Sadegh einen schnellen Blick zu und legte

eine abgenutzte Ledertasche vor Lykke auf den Tisch. «Es sind über zweihundert.»

Lykke nickte und schob die Tasche zu Parisa hinüber, die sofort begann, den Inhalt in eine große Plastikmappe umzupacken.

«Ingrid Kulvik wurde, vier Tage bevor sie das ewige Gelübde ablegen sollte, getötet. Kann das etwas zu bedeuten haben?»

«Nein.»

«Warum sind Sie sich da so sicher?»

«Weil ich sie besser kannte als irgendjemand sonst, ich hätte gewusst, falls sie sich bedroht gefühlt hätte. Das Letzte, was sie am Telefon zu mir gesagt hat, war, dass sie sich auf die Zeremonie freut.»

Lykke beugte sich auf seinem Bürostuhl vor.

«Hatte sie Geheimnisse?», fragte er.

«Katholiken haben keine Geheimnisse. Wir beichten.» Sie zögerte. «Denken Sie an etwas Spezielles?»

Lykke betrachtete sie.

«Nein, nichts Spezielles ...»

Er stand auf und ging zum Fenster, blieb stehen und sah hinunter auf den leeren Platz vor dem Haupteingang. «Glauben Sie, dass sie Ihnen wirklich alles erzählt hat? So, als würde sie beichten?»

Er drehte sich wieder zu ihr um.

«Auf jeden Fall.» Nora Steinhaug legte die Handflächen auf die Oberschenkel, und Lykke ahnte einen Hauch von Unsicherheit in ihren grünen Augen. «Wer beichtet, dem wird vergeben. Wir können nicht mit einer Sünde im Herzen leben.»

«Hatte sie eine Liebesbeziehung, bevor sie Nonne wurde?»

«Ja, natürlich, mehrere.»

Ihr Blick wanderte durch den Raum.

«Wussten Sie, dass Ingrid schon einmal schwanger war?»

Nora Steinhaug wand sich unbehaglich auf dem Stuhl. Ihre kleinen Hände bewegten sich unsicher auf den blauen Hosenbeinen hin und her.

«Ja», murmelte sie.

«Vor kurzem erst?»

Nora Steinhaug räusperte sich.

«Nein, natürlich nicht.»

Sie schwieg, blickte zu Parisa, die immer noch die Hände voller kleiner Briefkuverts hatte. «Das ist viele Jahre her. Direkt nach der Oberstufe.»

«Hat sie abgetrieben?»

Es wurde totenstill.

«Ja.»

«Wissen Sie, wer der Vater war?»

«Ja.»

«Ach ja?» Lykke merkte nicht, dass er ein paar Briefumschläge herunterstieß, als er sich gegen den Schreibtisch lehnte. «Und wer war der Kindesvater?»

«Erlend Høyner.»

Lykke notierte sich den Namen auf der Rückseite der VG.

«Kennen Sie ihn?»

«Ja.»

Lykke trommelte ungeduldig mit dem Stift auf der Zeitung.

«Und?»

«Er ist mein Halbbruder.»

28 | Korsvoll, am selben Nachmittag

Es schneite heftig, aber die Kälte hielt unvermindert an. Parisa Sadegh fröstelte in ihrem Uniformmantel.

«Wollen wir nicht raufgehen?»

Rolf Gordon Lykke musterte das schmucklose braune Haus, das ein Stück von der Straße entfernt auf einem Hügel stand.

«Es ist nicht geräumt», murmelte er, «und da hat seit Wochen keiner mehr den Müll rausgebracht.»

Er nickte zu einer Mülltonne. Ein schwarzer Müllsack war am Rand umgeschlagen.

Laut Nora Steinhaug war ihr Halbbruder ein ziemlich exzentrischer Mensch, der zeitweise unter Depressionen gelitten hatte. Die Beziehung zu Ingrid war in eine seiner «guten Perioden» gefallen, wie sie es ausdrückte, aber als bekannt wurde, dass Ingrid schwanger war, hatte er sich vollständig abgekapselt und sich geweigert, mit ihr zu sprechen. Er hatte Philosophie und Kunstgeschichte studiert und in einer Galerie gejobbt, aber Nora Steinhaug glaubte nicht, dass er in letzter Zeit einer festen Arbeit nachgegangen war, was auch damit zusammenhing, dass er ein nettes Sümmchen geerbt hatte, als seine Mutter vor einigen Jahren starb. Er hatte schon lange nicht mehr auf Briefe oder Telefonanrufe reagiert. Außerdem war sie überzeugt, dass Ingrid Kulvik es ihr erzählt hätte, wenn er irgendwie in Kontakt zu ihr getreten wäre.

Lykke gab den Beamten im Streifenwagen ein Zeichen und ging auf das Haus zu. An der Tür war kein Namensschild angebracht. Unter der Außenbeleuchtung konnte man schwache Spuren einer demontierten Klingelanlage erkennen.

«Hier muss es sein», murmelte Lykke vor sich hin. «Sag ihnen, sie sollen ein Stück weiter hinten warten.»

Sadegh drehte sich mit dem Funkgerät in der Hand um, und Sekunden später rollte der Streifenwagen außer Sichtweite.

Lykke klopfte kräftig an die Tür, trat einen Schritt zurück und musterte die dunklen Fenster.

«Sind Sie von der Polizei?»

Lykke zuckte zusammen.

«Hier oben.»

Die beiden Polizisten gingen ein paar Schritte zurück und entdeckten den Mann auf der Veranda. Er hat uns die ganze Zeit beobachtet, dachte Lykke.

«Ja, wir sind von der Polizei. Sind Sie Erlend Høyner?»

Kurzes Nicken von der Veranda.

«Wir hätten ein paar Fragen. Dürfen wir hereinkommen?»

Der Mann zögerte.

«Lieber nicht, ich war ein paar Wochen im Urlaub, sieht ziemlich schlimm aus hier drinnen.»

Lykke betrachtete das gebräunte Gesicht unter der üppigen Mähne. So hatte er sich Nora Steinhaugs depressiven Halbbruder nun wirklich nicht vorgestellt.

«Auf dem Rückflug habe ich in der Zeitung gelesen, dass Ingrid ermordet worden ist. Ich habe schon damit gerechnet, dass Sie kommen.»

«Wieso das?» Lykke blinzelte gegen den Himmel.

«Wir waren ja mal zusammen.»

Er nahm eine Handvoll Schnee vom Geländer, formte einen Schneeball und warf ihn in Richtung Mülltonne. «Wussten Sie das?»

«Ich denke, wir unterhalten uns besser im Haus», sagte Lykke kurz. «Oder auf dem Präsidium.»

«Warten Sie.»

Der Kopf verschwand, und gleich darauf hörte man das Klirren von umfallenden Flaschen. Sadegh trippelte ungeduldig im tiefen Schnee.

«Ganz sauber tickt der nicht, oder?»

Im selben Moment ging die Tür auf.

«Kommen Sie rein.»

Erlend Høyner war Mitte dreißig, groß, aber mit leicht gebeugtem Nacken und Bauchansatz. Er trug eine blaue Adidas-Trainingshose, einen weißen Bademantel und hielt eine brennende Zigarette in der Hand. Die nackten Füße waren ebenso braun wie sein Gesicht.

Høyner ging ihnen voraus in ein großes Zimmer, das bis auf einige Plastiksäcke an der einen Wand vollkommen leer war. In einer Ecke ragte ein Gewirr von Daten- und Antennenkabeln aus der Wand mit der braunen Streifentapete, aber es war kein Fernseher oder PC zu sehen. Erlend Høyner blieb mitten im Zimmer stehen.

«Können wir uns hier unterhalten?»

Parisa öffnete den Mund, um zu protestieren, aber Lykke kam ihr zuvor.

«Natürlich.»

«Sie haben mit Nora gesprochen?»

Lykke nickte.

«Wir haben nicht mehr viel Kontakt», sagte Høyner. «Sie hat sicher einige unvorteilhafte Sachen über mich gesagt?»

Lykke antwortete nicht.

«Und mit vielem hat sie wohl auch recht. Es war richtig Scheiße, dass ich Ingrid im Stich gelassen habe, und ich hätte sie auch niemals schlagen dürfen.»

«Ingrid?»

Lykke sah ihn scharf an.

«Hat Nora das nicht erzählt? Ich habe Ingrid dermaßen eine gelangt, dass ihr ein Vorderzahn abbrach.»

«Wann?» Rolf Lykke ging eine kleine Runde durchs Zimmer.

«An dem Tag, als sie das Kind abgetrieben hat. Sie hat es mir erzählt, und ich habe zugeschlagen.»

«Warum?»

«Ich weiß nicht. Es ist einfach passiert. Seitdem haben wir nie wieder miteinander gesprochen.»

«Nie wieder?»

Lykke hatte seine Wanderung unterbrochen und stand direkt vor Høyner.

«Nie wieder.»

«Was ist da drin?»

Parisa hatte sich neben die Plastiksäcke an der Wand gestellt.

«Schals.»

Ein kleines Lächeln erschien auf dem braunen Gesicht. «Ich hab mich für besonders schlau gehalten und von einem Chinesen 700 Liverpool-Schals gekauft. Der Typ hat mich reingelegt. Keine Chance, die Dinger an den Mann zu bringen.»

Lykke blickte flüchtig in einen der Säcke und drehte sich um.

«Nora Steinhaug sagt, dass Sie unter Depressionen leiden.»

Erlend Høyner fuhr sich mit den Fingern durchs Haar und zog an seiner Zigarette.

«Ja», sagte er. «Aber ich bin in Behandlung, und im Großen und Ganzen geht es mir gut. Sehe ich deprimiert aus?»

Er lächelte Lykke und Sadegh an. «Hier.» Er wühlte in einer Tasche des Bademantels. «Die Flugtickets. Kapstadt hin und zurück, Lufthansa.» Er faltete einen zerknüllten Flugschein auseinander. «Fünf Wochen Südafrika. Safari, Jagd, ein phantastisches Land.»

Parisa Sadegh nahm die Tickets und steckte sie in ihre Manteltasche. Lykke starrte auf die losen Kabel.

«Wozu haben Sie das da alles?»

Erlend Høyner zuckte mit den Schultern.

«Der vorige Besitzer hatte zwei motorbetriebene Satellitenschüsseln.»

Lykke warf Parisa einen kurzen Blick zu, bevor er sich wieder zu Høyner umdrehte.

«Ich denke, wir sind fertig. Bleiben Sie in den nächsten Tagen im Land?»

Høyner nickte.

«Kann ich einen davon mitnehmen?»

Sadegh hatte einen roten Schal aus dem am nächsten stehenden Sack gezogen.

«So viele Sie wollen.»

Erlend Høyner ging durch die geräumige, halbdunkle

Diele voraus. An den Wänden stapelten sich Pappkartons und leere Weinflaschen. Draußen schwebten große Schneeflocken vom bleigrauen Himmel.

Lykke blieb in der offenen Tür stehen.

«Haben Sie es schon mal bereut?», fragte er.

Zum ersten Mal schien Høyner sich unwohl zu fühlen. Er schnippte die Zigarettenkippe hinaus zwischen die Schneemänner und dachte nach.

«Bereut vielleicht nicht, aber ich bin nicht gerade stolz drauf. Ich habe es nie jemandem erzählt. Nicht mal meinem Therapeuten. Die Nonnen, mit denen sie zusammenwohnte, haben bestimmt gedacht, sie ist noch Jungfrau. Das war sozusagen das Mindeste, was ich für sie tun konnte. Nicht wahr?»

«Tja, vielleicht ...»

Lykke drehte dem Mann den Rücken zu und ging auf seinen eigenen Fußspuren zurück. Sadegh wickelte sich den Liverpool-Schal um den Hals. Auf dem Rücksitz des Streifenwagens nahm sie ihn ab, breitete ihn aus und studierte ihn.

«Ich verstehe nicht, wieso es unmöglich sein soll, die Dinger zu verkaufen.»

Der Streifenpolizist am Steuer sah in den Rückspiegel und nickte zustimmend.

Lykke warf einen Blick auf den Schal und seufzte.

«Da fehlt ein O», sagte er.

«Tatsächlich ...»

Lykke starrte in das dichte Schneetreiben hinaus.

«Das mit den Flugtickets kam ein bisschen sehr schnell. Überprüf das.»

Sein Handy vibrierte in der Jackentasche.

«Ja ... gut, ich komme.»

Lykke drehte sich zu Sadegh auf dem Rücksitz um.

«Sie haben den Obdachlosen mit dem Bein gefunden.»

29 | Polizeipräsidium, am selben Abend

Lasse Viker hatte beide Fenster in dem engen Vernehmungsraum geöffnet, trotzdem war der Gestank überwältigend. Urin, alter Schweiß und ... Lykke überlegte. Ungewaschenes Tier. Mitten im Zimmer saß Henki Haraldsen. Etwas anderes konnte er auch nicht. Sein Rollstuhl war einer von der einfachen Sorte, handbetrieben und ohne nennenswerte Extras. Lasse Viker nippte an einem der unvermeidlichen Plastikbecher.

«Sie sind also Henki?»

Rolf Gordon Lykke drückte die entgegengestreckte Hand und stellte sich vor.

Der Mann im Rollstuhl blickte schräg zu ihm auf. Sein Gesicht trug deutliche Spuren des Lebens, das er hinter sich hatte. Gebrochene Nase, schlechte Zähne, geschwollenes Zahnfleisch und ein gelblicher Schimmer in den Augen.

Lykke betrachtete das aufgekrempelte Hosenbein und den Stumpf, der gerade bis zur Kante des Sitzes reichte.

«Schlimme Geschichte.» Er deutete mit einem Kopfnicken auf den Beinstumpf.

«Ich hab nix verbrochen!»

Henki Haraldsens Blick schoss zwischen den drei Polizisten hin und her. Lykke setzte sich.

«Schon gut, wir wollen nur wissen, was letztes Jahr am Heiligabend passiert ist.»

«Wenn ich den Scheißkerl nochmal sehe, bring ich ihn um», brauste Henki Haraldsen auf.

Aus seinem Mund stank es nach billigem Fusel.

Lykke beugte sich vor, wich jedoch unwillkürlich zurück, als der Gestank zu unerträglich wurde.

«War das jemand, den Sie kannten?»

«Kannte? Spinn ich oder was?»

«War er so eigenartig?»

Der Penner grinste.

«Eigenartig is gut! Wer andern Leuten die Beine absägt, hat ja wohl schwer einen an der Klatsche, oder? Und wenn er nich den Schnaps mitgebracht hätte, wär ich mit dem Kerl gar nich groß ins Reden gekommen. Bin ich auch sowieso nich. Glaub nich mal, dass der Typ überhaupt was gesagt hat.»

Lasse Viker notierte.

«Wie sah er aus?»

«Wie der Leibhaftige. Seh ihn direkt vor mir. Schwarze Klamotten und so einen stieren Blick. Verstehste?»

Henki heftete die gelblichen Augen auf Lykke. «Der hatte 'nen dunklen Mantel an, das weiß ich hundert Pro, aber was für einen genau ...»

Der Penner fuhr sich mit dem schmutzigen Handrücken übers Gesicht. Lykke sah Tränenspuren in seinem Bart. «Mann, was hab ich alles versucht, um das zu vergessen», murmelte er kaum hörbar. «Aber da war irgendwas mit seinem Blick, der hat so gestiert. Und ...»

«Ja?»

Henki Haraldsen zuckte resigniert mit den Schultern.

«Das war genau, wie wenn er in mein' Kopf drin gewesen wär, wie wenn er mir irgendwie befohlen hätte: ‹Du sollst zittern vor Furcht.› Als wär es notwendig gewesen, mir *das* zu sagen!»

Lykke stand auf.

«Und dann waren da diese Lichtblitze ...»

«Was für Lichtblitze?» Lykke blieb neben dem Stuhl stehen.

«Das hab ich doch schon den Polizisten damals erzählt. Das war genau wie richtige Blitze. Vielleicht hab ich auch bloß Sterne gesehen, aber jedenfalls war da was.»

Lykke nickte langsam.

«Können Sie sich irgendeinen Grund vorstellen, warum er Ihnen das Bein abgenommen hat?»

«Nee, was zur Hölle sollte er denn damit?»

Plötzlich erschien ein breites Grinsen auf dem bärtigen Gesicht. «Die haben mir früher schon mal zwei Zehen amputiert, also wenn er das Bein für sich selber haben wollte, hat er ganz schön ins Klo gegriffen.»

Lykke sah zu Parisa, die fleißig mitschrieb, obwohl alles auf Band aufgezeichnet wurde.

«Tut es noch weh?», fragte Viker.

«Ab und zu, aber ...», wieder wischte der Handrücken über sein Gesicht, «am schlimmsten ist das mit Kazan. Wie ich den ollen Köter vermisse, das glaubste nich.»

Lykke starrte fragend zu Viker, der den Kopf schüttelte.

«Hat er Ihren Hund getötet?», fragte Lykke.

«Jedenfalls war Kazan weg, als ich aus dem Krankenhaus raus bin. Seitdem hat ihn keiner mehr gesehen.»

«Was für ein Hund war das?»

«Labrador, schwarz. Zwölf Jahre hatte ich den.»

Lykke runzelte die Augenbrauen.

«Hatten Sie den Hund damals gegenüber den Polizisten erwähnt?»

«Logisch. Die haben gesagt, sie suchen nach ihm.»

«Warum steht in dem Bericht nichts von dem Hund?» In Lykkes Stimme schwang eine Spur Schärfe mit. «Und den Lichtblitzen?»

Lasse Viker zuckte resigniert mit den Schultern.

«Vielleicht haben sie gedacht, das ist nicht so wichtig?»

«Ja, das haben sie wohl. Wurden die Flaschen gefunden, die der Mann mitgebracht hatte? Wurden sie auf Fingerabdrücke untersucht?»

Viker hob hilflos die Arme.

«Weiß der Geier, hier jedenfalls steht nichts davon.»

Rolf Lykke starrte für ein paar Sekunden an die Decke, dann hielt er dem Stadtstreicher seine Hand hin.

«Danke, das war's.»

Anschließend sah er Viker scharf an. «Gib mir alles, was wir über die Sache haben. Heute noch.»

30 | Manglerud, am selben Abend

Es war fast halb neun, als Lykke die Tür des Reihenhauses aufschloss. Auf dem Küchentisch fand er einen Zettel von Sonja. Sie war mit Ida zu ihrer Mutter gefahren, die in Bøler wohnte. Sie würden dort übernachten. Rolf Lykke stutzte, zog sein Handy hervor und rief die eingegangenen Nachrichten ab. Da war sie, fast identisch mit der auf dem Zettel. Was hatte das zu bedeuten?

Es war nicht ungewöhnlich, dass Sonja und Ida bei der Oma übernachteten. Ida fand es spannend, in einem fremden Bett zu schlafen, und Sonjas Mutter hatte in den letzten Monaten etwas gekränkelt. Lykke hängte den Mantel über einen Stuhl, nahm einen Apfel aus der Obstschale auf dem Tisch und ging in den Keller.

Die Puzzleteile waren auf elf kleine Häufchen verteilt, abgesehen von denen, die auf dem Fußboden bereits zusammengesetzt waren. Rolf Lykke suchte im CD-Regal, legte Bachs Drittes Brandenburgisches Konzert auf und ließ sich auf das flache Kissen nieder. Er nahm ein Puzzleteil aus dem dunkelsten Häufchen, hielt es ins Licht und verglich es mit einem Stein aus einem anderen Haufen.

Etwas war mit Erlend Høyner, aber er konnte es nicht genau benennen. Falls das Alibi so bombensicher war, wie es aussah, gab es wenig, was der Mann von Südafrika aus hätte tun können. Lykke war aufgefallen, dass er die Asche erst von der Zigarette geklopft hatte, als er sie zur Tür brachte. Die Asche musste mindestens zwei Zentimeter lang gewesen sein. Was nicht gerade auf blankliegende Nerven hindeutet, dachte Lykke. Trotzdem hatte irgendwas von dem, was Høyner gesagt hatte, in Lykkes Unterbewusstsein eine Reaktion ausgelöst. Er kam nur nicht darauf, was es war. Was hatten sie eigentlich? Einen großen, dunklen Lieferwagen und einen Mörder, der mit dem Messer umgehen konnte. Nicht sehr viel nach acht Tagen Ermittlung. Er dachte an sein Team. Von dort aus wanderten seine Gedanken zu Sonja und weiter in alle Richtungen. Er schaffte es nicht, sich zu konzentrieren. Auf dem Weg hinauf ins Schlafzimmer bemerkte er einen großen, etwas unsymmetrischen Weihnachtsstern aus Pappe, der an einem Silberfaden von der Lampe über dem Esstisch hing. Der Stern war übersät mit Glitzerpulver und kleinen roten Herzen. Ich darf nicht vergessen, ihr zu sagen, wie schön der ist, dachte Lykke. Er zog sich aus, putzte die Zähne und legte sich nackt in das breite Doppelbett. Es war kalt. Er starrte an die Decke, während er an Sonja dachte. Auf dem Nachttisch lag Voltaires Biographie über Karl XII. Es war eine schwedische Paperback-Ausgabe. Er blätterte ein wenig darin. Versuchte zu lesen, aber es war, als würden die Worte auf den Seiten tanzen. Nach einigen Minuten legte er das Buch weg und knipste die Nachttischlampe aus. Als er zwei Stunden später einschlief, war sein letzter Gedanke, dass er nicht vergessen durfte, Ida zu fragen, was sie sich zu Weihnachten wünschte.

31 | Oslo, am selben Abend

Parisa Sadegh setzte die Kaffeetasse vorsichtig auf dem schwarzen Unterteller ab. Sie hatte ein schlechtes Gewissen. Ihr gegenüber saß Hallvard Håvik. Sie hatte ihn früh am Vormittag angerufen und sich mit ihm für zwanzig Uhr im Pascal in St. Hanshaugen verabredet. In der Zwischenzeit hatten sie zwar Informationen von der Nonne aus Tautra erhalten, die ein erneutes Gespräch mit Håvik weit weniger wichtig machten, aber es gab da noch ein paar Dinge, die sie ihn fragen wollte, und außerdem, das musste sie zugeben, wollte sie den Marketingchef von Temareiser gern noch einmal wiedersehen. Letzteres war es, was ihr ein schlechtes Gewissen machte.

«Noch Kaffee?»

Die nette junge Serviererin blickte fragend von einem zum andern.

«Gern.»

Parisa schob ihr die Tasse hin. Sie denkt sicher, wir sind ein Paar, dachte sie und merkte, dass ihr die Vorstellung nicht unangenehm war. Hallvard Håvik war absolut vorzeigbar. Parisa blickte verstohlen auf seine Hände. Ihr gefiel, was sie sah. Starke, schlanke Finger mit sauberen, kurzgeschnittenen Nägeln. Oder waren sie gefeilt? Sie dachte an die Maniküre, von der er erzählt hatte. Håvik hatte die Angewohnheit, heftig zu gestikulieren, wenn er sprach. Wenn er sich ereiferte, sah er beinahe aus wie ein Pianist.

Sein Jackett war dasselbe wie am Vortag, aber Parisa bemerkte, dass er Oberhemd, Hose, Strümpfe und Schuhe gewechselt hatte. Wie sie ebenfalls bemerkte, trug er ein weißes T-Shirt unter dem hellblauen Oberhemd, das am Hals lässig offen stand. Sie mochte es, wenn Männer ein T-Shirt unter dem Hemd trugen.

«Ingrid Kulvik war also immer pünktlich?»

«Immer. Ich habe sie in den Jahren, die ich bei Temareiser arbeite, sicher zwanzig oder dreißig Mal getroffen, und ich glaube, sie kam jedes Mal auf die Minute genau.»

«Aber es war unterschiedlich, wie lange sie sich im Büro aufhielt?»

«Ja, je nachdem, worüber wir diskutierten und wie weit sie mit den Vorbereitungen gekommen war, aber sie blieb selten länger als anderthalb Stunden.» Er überlegte. «Ja, ich glaube, unsere Besprechungen dauerten immer zwischen einer und anderthalb Stunden», wiederholte er mit Bestimmtheit.

Parisa Sadegh hob die Kaffeetasse und merkte, dass er auf ihren Mund sah.

«Was war Ingrid für eine Frau?»

Håvik strich sich mit der linken Hand über den Nacken.

«Ich kann nicht behaupten, dass ich sie besonders gut kannte ...»

«Gut genug, um sich in sie zu vergucken.»

Parisa sah ihm in die Augen.

«Ja, schon, aber das war wohl mehr eine Faszination. Ich habe sie als lustig, klug und ... sinnlich empfunden. Für mich passte sie irgendwie gar nicht richtig in ein Kloster.»

«Nein?»

«Ich meine, eine so fröhliche und aufgeweckte junge Frau, ich fand, das war irgendwie Verschwendung.»

«Hat sie manchmal mit Ihnen geflirtet?»

Håvik legte die Handflächen auf den Tisch und zog die Schultern hoch.

«Möglich, dass ich mir das nur einbilde, aber ja, ich glaube, das hat sie. Nicht auf diese Anmach-Tour, sondern eher auf die altmodische Art. Absolut.»

«Glauben Sie, dass sie auch mit anderen Männern geflirtet hat?»

«Keine Ahnung.»

Parisa Sadegh faltete die Papierserviette auf und legte sie auf ihren Schoß.

«Wussten Sie, dass Ingrid eine Abtreibung hinter sich hatte?»

«Nein.»

Der Marketingchef starrte einen Moment nachdenklich auf die Tischplatte, bevor ihm der Zusammenhang aufging.

«Also *das* war das schlimme Erlebnis?»

«Vermuten Sie das?»

«Ganz klar, das muss sie gemeint haben.»

Parisa betrachtete Hallvard Håvik. Sie war sich jetzt sicher. Håvik war nicht der Mann, den sie suchten. Aber etwas von dem, was er gesagt hatte, war ihr besonders im Gedächtnis geblieben. Ingrid Kulvik hatte geflirtet. Wie reagierten Männer auf eine flirtende Nonne? Sie erinnerte sich an eine Studie vor ein paar Jahren, die ergeben hatte, dass fast die Hälfte der norwegischen Männer meinten, Frauen, die sich aufreizend anzogen, seien selbst schuld, wenn sie vergewaltigt wurden. Hatte Ingrid mit dem falschen Mann geflirtet? Oder hatte sie gar nicht geflirtet, sondern ihre Art war lediglich von eingebildeten Männern als Flirt interpretiert worden? Männern, die glaubten, nicht einmal Nonnen könnten ihnen widerstehen, und die es geradezu als ihre Pflicht ansahen, ihnen das zu besorgen, wonach sie sich ganz bestimmt sehnten? Plötzlich sah sie das Cover eines Pornofilms vor sich, den sie im Zusammenhang mit einem Sittlichkeitsdelikt beschlagnahmt hatten: drei Nonnen ohne Slip auf einem Motorrad.

«Reidar Dahl ...»

Parisa ließ den Namen in der Luft schweben.

Der Marketingchef starrte sie verständnislos an.

«Der Schauspieler?», fragte er endlich.

Parisa Sadegh nickte.

«Was wissen Sie über ihn?»

Håvik zuckte mit den breiten Schultern.

«Ich habe ja mitbekommen, dass er ermordet wurde, falls Sie das meinen.»

«War er Kunde bei Ihnen?»

«Nicht dass ich wüsste, aber ich kann das nachprüfen ...»

«Gut.»

«Glauben Sie und Ihre Kollegen, dass Reidar Dahl ein Verhältnis mit Ingrid hatte?»

Parisa Sadegh trank einen Schluck Kaffee und wischte sich den Mund mit der kleinen Papierserviette ab.

«Wir können nichts ausschließen», erwiderte sie kurz.

Sie plauderten noch eine Weile über Ingrid Kulvik, aber nach einer halben Stunde hatte Parisa keinen Vorwand mehr, um ihn noch länger festzuhalten. Sie zahlte zwei Kaffee und ging in Richtung ihrer Wohnung, die nur ein paar hundert Meter entfernt war. Es war bald neun Uhr, und der Ullevålsveien war fast menschenleer. Vor dem neuen Kiosk am Taxihalteplatz balgten sich ein paar Möwen um ein angebissenes Wurstbrot, und zwei Männer waren auf dem Weg in den Park, um ihre Hunde Gassi zu führen. Parisa ging hinunter zur Kreuzung Waldemar Thranes gate, kaufte eine Tüte Weingummi und eine Cola light im Deli de Luca an der Ecke und setzte ihren Weg Richtung Bislett fort.

Sie sah ihn schon aus fast hundert Metern Entfernung. Das heißt, sie sah sein Auto, das mit laufendem Motor vor ihrem Haus stand. Es war schon das zweite Mal in diesem Monat, dass er vor ihrer Tür auf sie wartete. Parisa wurde langsamer und machte ein paar Schritte nach rechts, um im Schatten der Hausfassaden weiterzugehen. Es würde ein langer Abend werden.

32 | Polizeipräsidium, 19. Dezember

Rolf Gordon Lykke betrachtete ärgerlich den Papierhaufen auf seinem Tisch. Sollten Berichte auf Papier im Computerzeitalter nicht eigentlich der Vergangenheit angehören? Er erinnerte sich noch gut an das Rundschreiben des Personalchefs über den «papierfreien Arbeitsplatz». Lykke schaltete seinen schon sehr betagten PC an, der fast den halben Schreibtisch einnahm. Entgegen der Annahme vieler seiner Kollegen war er ein großer Befürworter von modernem Arbeitsgerät und neuen Ermittlungsmethoden. Lykke hatte sich schon früh dafür starkgemacht, die einzigartigen Möglichkeiten des Internets zu nutzen, sowohl für die Ermittlungsarbeit wie auch als Hilfsmittel in einer engeren europäischen Polizeizusammenarbeit. Was ihm allerdings gar nicht gefiel, war die Tatsache, dass die neuen Möglichkeiten nicht optimal genutzt wurden, weil die Beamten, besonders die höheren Dienstränge, sie nicht gut genug beherrschten.

Er griff sich einen dünnen Schnellhefter vom großen Haufen. Der Fall des Stadtstreichers. Rasch blätterte er die wenigen Seiten durch. Das war von Anfang bis Ende schlechte Polizeiarbeit. Je länger er las, umso ärgerlicher wurde er. Die ganze Ermittlung war ein einziger Witz. Es waren keine Zeugenanhörungen beigefügt, die Umgebung des Tatorts war nicht kriminaltechnisch untersucht worden, die Schnapsflaschen wurden mit keinem Wort erwähnt und auch nicht, dass Henki Haraldsen die Polizei inständig darum gebeten hatte, nach seinem Hund zu suchen. Lykke blätterte vor zur Unterschrift des Ermittlungsleiters. Der Name überraschte ihn nicht. Seiner Ansicht nach war Trond Blindheim ein fauler und egozentrischer Ermittler, der inzwischen, man mochte es kaum glauben, zum Kommissar befördert worden war.

Lykke fluchte laut. Henki Haraldsen war ein obdachloser Alkoholiker. Niemand würde jemals auf die Idee kommen, seinen Fall noch einmal aufzurollen, niemand würde die kritischen Fragen stellen, die vor fast zwölf Monaten hätten gestellt werden müssen. Er merkte, wie seine Hände zitterten. Es gab nur weniges, über das er sich mehr aufregte als über Polizisten, die ihre Ermittlungsbemühungen vom Sozialstatus des Opfers abhängig machten. Er griff nach dem Telefon und begann, Blindheims Nummer zu wählen, überlegte es sich dann aber anders. Es war durchaus denkbar, dass nicht alle Beobachtungen im Bericht erwähnt waren, und sei es nur aus reiner Bequemlichkeit. Er lehnte sich auf dem Bürostuhl zurück und betrachtete die Lampenfassungen an der grau gestrichenen Decke. Konnte es wirklich einen Zusammenhang zwischen Reidar Dahl, Ingrid Kulvik und dem Beinstumpf von Henki Haraldsen geben? Kaum. Es war doch ein großer Unterschied, ob man jemandem ein Bein absägte oder die Eingeweide herausschnitt. Aber war es das wirklich? Er versuchte, seine Gedanken zu sortieren. Die Sache mit dem Obdachlosen wäre nie bekannt geworden, wenn Viker nicht nach Zerstückelungsdelikten gesucht hätte.

Seine Gedanken wurden vom Klingeln seines Handys unterbrochen. Es war Rigmor. Lykke sah auf die Uhr. Drei Minuten nach acht. Er setzte sich auf. Rigmor würde ihn nie so früh am Morgen anrufen, wenn es nicht wichtig wäre.

«Ja?»

«Morgen, Rolf, Rigmor hier.»

«Guten Morgen.»

«Ich habe gerade den Schauspieler vor mir, Dahl.»

«Und?»

«Warum hast du nicht alles abgeliefert?»

«Wie meinst du das?»

Es blieb ein paar Sekunden still, bevor die Pathologin fortfuhr:

«Man darf sich nicht immer nur auf das konzentrieren, was *da* ist. Ab und zu muss man auf das achten, was *nicht da* ist, auch in deinem Beruf.»

«Worauf willst du hinaus?»

«Alle Organe sind da, bis auf eins.»

«Ach ja?»

«Eine Niere fehlt.»

«Verdammt.»

Rolf Lykke war aufgestanden und ging mit schnellen Schritten zum Fenster.

«Nur eine der Nieren fehlt?»

«Wie ich bereits sagte, ja.»

Lykke hörte den scharfen Unterton.

«Hast du eine Idee, was das bedeuten könnte?»

«Nur die, dass Nieren auf dem Organmarkt sehr gefragt sind.»

Lykke überlegte einen Moment.

«Und die Nonne?», sagte er langsam. «Können wir herausfinden, ob bei ihr auch was fehlt?»

«Hab schon nachgesehen, das Problem ist nur, dass die Hunde bei ihr ganz schön zugelangt haben.»

«Suchst du weiter?»

«Ja, aber ich kann nichts versprechen.»

«Gut. Danke, Rigmor.»

Lykke blieb nachdenklich stehen, das Telefon in der Hand.

Organhandel?

Ohne zu zögern, wählte er die Nummer von Europol.

«Klaus Zimmermann, bitte», sagte er zu der unpersönlichen Stimme in der Zentrale.

Sie hatten in den neunziger Jahren bei zwei großen Fällen zusammengearbeitet und pflegten seitdem sporadischen Kontakt. Zimmermann war Spezialist für internationales Verbrechen und nach Lykkes Meinung der beste. Wenn jemand sich mit Organhandel in Europa auskannte, dann er.

Nach einigen höflichen Einleitungsfloskeln brachte Lykke sein Anliegen vor.

Klaus Zimmermann hörte zu, ohne eine einzige Zwischenfrage zu stellen, seine Antwort aber dauerte fast zehn Minuten.

«Aber man kann doch sicher nicht die Niere von irgendeinem x-beliebigen Menschen nehmen?», unterbrach Lykke ihn. «Es passt doch nicht jede Niere zu jedem, oder?»

Zimmermann hustete am anderen Ende. Lykke erinnerte sich an die überfüllten Aschenbecher in seinem Büro, immer mit einer brennenden Kippe obenauf.

«Die allermeisten Organe habe eine extrem kurze Haltbarkeitsdauer», berichtete Zimmermann, ohne im Entferntesten auf Lykkes Einwurf einzugehen. «Sie müssen dem Empfänger innerhalb von wenigen Stunden eingesetzt werden. Blutgruppe, Krankengeschichte und eventuelle Immunfaktoren müssen vorher abgeklärt sein.»

«Hört sich nach einem aufwendigen Prozess an.»

«Ja, jemanden von der Straße weg zu kidnappen und seine Organe in einen wartenden Patienten zu transplantieren, ist so gut wie unmöglich.»

«Es wäre also verschwendete Mühe, wahllos einen Menschen zu töten, um seine Organe zu rauben?»

«Na ja ...» Zimmermann zögerte. «Wenn es viele Abnehmer gibt und die medizinische Ausrüstung bereitsteht, sind die Möglichkeiten für einen Treffer natürlich größer.» Er machte eine kurze Pause. «Bist du dir sicher, dass die Getöteten nicht gerade deswegen ausgesucht wurden, weil sie zu wartenden Empfängern passten?»

«Nein», erwiderte Lykke kurz. «Ich bin mir über gar nichts sicher. Aber dann müsste der Mörder umfassende medizinische Informationen über die Getöteten haben, oder?»

«Richtig.»

Lykke schwieg. Er hörte, wie Klaus Zimmermann sich eine Zigarette anzündete.

«Danke für deine Hilfe, Klaus. Es kann sein, dass ich einen Mann zu dir runterschicke, ist das okay?»

«Dafür bin ich ja da», brummte Zimmermann.

Es klopfte kurz und energisch an der Tür, und Lykke ließ das Handy wieder in seine Tasche gleiten.

«Herein!»

Parisa Sadegh war sichtlich aufgeregt.

«Du hattest recht», sagte sie.

Lykke wartete.

«Høyner war nicht in Südafrika. Jedenfalls nicht in den letzten Wochen.»

«Die Tickets waren gefälscht?»

«Japp. Und wir mussten uns bis zur Lufthansa durchfragen. Sie haben gerade aus Frankfurt angerufen. Als Flugscheine wären seine Tickets wertlos, aber sie könnten ganz gut als Quittungen durchgehen, wenn keiner so genau hinsieht.»

«Er wusste natürlich, dass wir kommen würden.»

Lykke blieb vor dem Fenster stehen und rieb sich den Nacken. «Er wusste es früh genug, um sich etwas zurechtzubasteln, was er für ein wasserdichtes Alibi hielt. Aber die Sonnenbräune war echt», murmelte er.

Parisa zog einen gelben Umschlag aus der Tasche.

«Da ist noch was», sagte sie. «Als wir in der Datenbank nach dem Namen Høyner gesucht haben, kam kein Treffer für Erlend, aber für einen Frank Hugo Høyner. Sein Vater.»

«Der Vater von Erlend Høyner ist straffällig geworden?»

«Ja, 1997 hat er achtzehn Monate wegen Wirtschaftskriminalität bekommen. In den letzten Jahren war er spurlos verschwunden, aber die Kollegen vom Dezernat für Wirtschaftskriminalität meinen, dass er nach Litauen oder Estland ausgewandert ist. Hier, das ist er 97.»

Sadegh zog ein Foto aus dem Umschlag.

«Smarter Typ, oder?»

Der Mann auf dem Foto war vielleicht Mitte sechzig. Kurze, gepflegte Frisur, klare Gesichtszüge, beinahe feminin. Høyner senior sah direkt in die Kamera, und sein Lächeln entblößte tadellose Zähne.

«Ich glaube, an den erinnere ich mich. War da nicht was mit Aktienbetrug?»

Parisa Sadegh zuckte mit den Schultern.

«Ich frag mal bei denen von der Wirtschaft nach.»

«Tu das.»

Lykke griff nach seinem Mantel auf dem Schreibtisch. «Wir brauchen einen Durchsuchungsbeschluss für das Haus des Juniors in Korsvoll. Jetzt sofort.»

33 | Lambertseter, am selben Morgen

«Schieb das einfach da an die Wand.»

Mona Dyreng trat einen kleinen Schritt zurück und betrachtete das hellblaue Kinderbett. «Danke, das war supernett von dir.» Sie nahm seine Hand. «Wie heißt danke auf Russisch … oder Ukrainisch?»

«Spasiba.» Michail Charlamov lächelte und drückte ihre schmächtige Hand. «Was ist das?»

Er nickte zu dem hellblauen Strickzeug auf dem Sofa.

«Ach das.» Mona spürte, wie ihre Wangen heiß wurden. «Das soll ein Pullover für das Baby werden. Ich habe gestern Abend damit angefangen ... Kaffee?»

«Dann muss ich das Auto richtig parken.»

«Ja, mach das. Du kannst übrigens dem Typen sagen, dem das Taxi gehört, dass er sich ein neues besorgen sollte. Der alte Hobel, den du jetzt fährst, verpestet die Luft mit so viel CO_2 wie ein ganzes Kohlekraftwerk.»

Michail schüttelte den Kopf und lächelte wieder.

«Überleg mal, wie viel Emissionen bei der Produktion eines neuen Autos anfallen.»

Mona sah ihn überrascht an.

«Hast du schon mal was von Biodiesel gehört?», fragte sie versuchsweise.

«Da geht's um Lebensmittel», erwiderte Michail. «Ist es nicht paradox, dass wir unsere Autos mit Treibstoff betanken sollen, der von Feldern gewonnen wird, auf denen Mais und Getreide wachsen könnten? Wo auf der Welt doch immer noch gehungert wird.»

Mona studierte sein Lächeln. Es war nicht arrogant, aber vielleicht ein wenig herausfordernd? Sie kannte diese Argumente, natürlich hatte sie die schon oft gehört, aber sie war überrascht, dass er so gut darüber Bescheid wusste.

«Aber wir sind gezwungen, schwierige Entscheidungen zu treffen, oder nicht? Wenn wir unsere Fahrzeuge nicht erneuern und keine alternativen Kraftstoffe ausprobieren, geht es doch nur in eine Richtung.»

Michail nickte vielsagend.

«Nur dass es nicht so einfach ist, wie viele meinen.»

Mona wurde langsam ärgerlich. Sie hatte ihm ein wenig von ihrem Engagement beim Naturschutzbund erzählt.

«Aber so schwer ist das nun auch wieder nicht», sagte sie. «Jeder begreift doch wohl, dass es nicht gut für die Umwelt sein kann, dass die Ölindustrie ihre Förderquote seit Anfang der Neunziger um achtzig Prozent gesteigert hat.» Sie merkte, wie ihr Adrenalinspiegel stieg, und versuchte, ihren Ton zu mäßigen. «Möglich, dass wir Tausende wichtiger Sachen zu bedenken haben, aber was nützt das alles, wenn wir das Klimaproblem nicht in den Griff kriegen?»

Michael antwortete nicht. Mona knuffte ihn gegen die Schulter.

«Oder?»

«Du hast recht.»

Mona lächelte und legte die Stirn in skeptische Falten.

«Das sagst du jetzt nur, weil du nicht streiten willst.»

Michail hob die Hände.

«Nein, natürlich hast du recht. Ich bewundere dich für das, was du tust, und für dein Engagement.»

«Aber …?», fragte Mona misstrauisch.

«Kein Aber.»

«Gut. Nächstes Mal, wenn du kommst, liegt ein Pinsel für dich bereit. Jeder in meiner Gruppe hat einen eigenen Malerpinsel. Wir treffen uns zwei Mal die Woche und malen Parolen. Du kannst doch bestimmt ab und zu mal ein Seminar schwänzen und dich an den Demos vor dem Parlament beteiligen, oder? Jeden Freitag, wenn der Ministerrat zusammenkommt, stehen da Leute von uns. Machst du mit?»

Michail dachte nach.

«Ich studiere, um Leben zu retten. Das ist auch wichtig.»

«Schlauberger.» Mona grinste. «Was ist jetzt, Mister Untouchable? Kaffee?»

«Klar. Sorry.»

Michail drehte sich auf dem Absatz um und verschwand ins Treppenhaus.

Sie stellte sich hinter die Gardine und beobachtete, wie er in sein Taxi stieg und von der Auffahrt zurücksetzte.

Sie konnte es beinahe nicht glauben. Ein attraktiver Medizinstudent von der Uni interessierte sich für ein hochschwangeres Mädchen aus Hammerfest? Andererseits … eigentlich konnte sie das sehr gut verstehen. Sie war schließlich die Coolste von allen, oder etwa nicht?

Mona stand in Gedanken versunken.

«Fertig?»

«Huch, hast du mich erschreckt!» Sie hatte ihn nicht kommen hören.

«Tut mir leid, war nicht meine Absicht, das Baby zu schocken.» Er legte seine Hände vorsichtig auf ihren Bauch. «Hey! Es strampelt!»

Mona lächelte.

«Du musst das alles nicht für mich tun», sagte sie leise.

«Wieso, was alles?»

«Mir das Babybett nach Hause bringen, mich nach der Arbeit abholen …»

Michail lächelte.

«Für eine schöne Frau kann man doch mal ein Opfer bringen.»

Mona zuckte zusammen.

«Hör auf», erwiderte sie kurz.

«Hab ich was Falsches gesagt?»

Michail wirkte überrascht von ihrem scharfen Ton.

«Ich kann so ein Gequatsche nicht leiden, von wegen Opfer bringen …»

«Verstehe.»

Mona schüttelte den Kopf und lächelte. «Tut mir leid, ist mir so rausgerutscht. Okay?»

«Okay. Außerdem mache ich das nicht, weil ich muss.» Er beugte sich vor und gab ihr einen Schmatz auf die Wange. «Sondern, weil ich es will.»

Mona roch einen Duft nach Pfefferminz, der vorhin noch nicht da gewesen war. Er hat geplant, mich zu küssen, zuckte es ihr durch den Kopf. Ihr fiel plötzlich die Schachtel Läkerol-Pastillen zwischen den Vordersitzen seines Taxis ein. Es war kein zärtlicher Kuss gewesen. Wäre ja auch noch schöner, schließlich hatten sie sich erst vier Mal getroffen. Aber ein Kuss war es, so viel stand fest.

«Und dann ist da noch was», sagte er und sah sie mit seinen braunen Augen an.

«Ja?»

«Darf ich dich in die Klinik fahren, wenn das Baby kommt?»

Sie lächelte und griff nach seiner Hand.

«Sorry, nur mit Biodiesel.»

34 | Korsvoll, am selben Vormittag

Es hatte aufgehört zu schneien. Ihre Spuren waren immer noch gut zu sehen.

«In der letzten Stunde hat hier keiner rumgetrampelt.»

Lasse Viker studierte den schmalen Pfad hinauf zu dem braunen Haus. «Der Typ ist sich anscheinend todsicher, dass wir seine Südafrika-Reise geschluckt haben.»

Lykke nickte geistesabwesend.

«Parisa übernimmt die Rückseite.»

«Okay.»

Parisa Sadegh stiefelte durch den Pulverschnee davon, während Lykke zu den dunklen Fenster hinaufstarrte.

«Ich glaube, der Vogel ist ausgeflogen», sagte er schließlich. «Kein Lebenszeichen.»

«Das werden wir gleich mal herausfinden.» Lasse Viker zupfte ungeduldig an Lykkes Arm. «Komm schon. Hat doch keinen Zweck, hier zu stehen und zu glotzen.»

Sie klingelten drei Mal, aber es tat sich nichts.

«Sollen wir einen Schlüsseldienst rufen?» Lykke starrte auf zwei massive Sicherheitsschlösser. Die bekam man mit keinem Dietrich der Welt auf.

«Und dem Kerl noch eine Stunde Vorsprung geben?», erwiderte Viker.

Lykke schüttelte resigniert den Kopf.

«Okay, die Tür gehört dir, aber übertreib es nicht.»

Lasse Viker trat drei Schritte zurück und warf seinen massigen Körper mit enormer Wucht gegen die solide Eichentür. Das half. Die Schlösser, die eben noch absolut unüberwindbar ausgesehen hatten, ragten in die Luft, während der Rahmen wie geborstenes Treibholz in der Türöffnung hing.

«Polizei!», rief Lykke in den dunklen Flur hinein.

Kein Laut war zu hören. Viker zog Gummihandschuhe an.

«Okay?»

Lykke nickte.

«Gib eine Fahndung raus und ruf Parisa her.»

Sie machten ihre Sache gründlich. Die Säcke mit den Liverpool-Schals wurden ausgeleert und umgedreht. Die Kästen mit den leeren Flaschen ebenso. Wie sich herausstellte, hatte Høyner die Küche im oberen Stockwerk zu einer Art Wohnzimmer umfunktioniert, mit Sofa, Fernseher und zwei kleinen Sesseln. Es war außer dem Schlafzimmer der einzige möblierte Raum im Haus.

«Wer zum Teufel bewohnt in so einem Haus nur zwei Räume?»

Lasse Viker war dabei, den Inhalt aus den Küchenschränken und dem Kühlschrank auf die Anrichte zu stellen. Eine gelbe Karte erregte Lykkes Aufmerksamkeit.

«‹Hildes Sonnenstudio›», las er laut. «*Daher* die Sonnenbräune.»

Sie brauchten fast zwei Stunden, um die beiden Räume auf den Kopf zu stellen, danach gingen sie den Rest des Hauses durch, Zimmer für Zimmer. Sie waren entweder völlig leer, oder es standen Pappkartons und Einkaufstüten in den Ecken, größtenteils mit leeren Flaschen und ausländischen Design- und Einrichtungszeitschriften gefüllt.

«Besonders inspiriert scheinen sie ihn ja nicht zu haben.»

Lykke blätterte rasch durch eine Ausgabe von House & Garden und warf sie dann in einen Pappkarton.

«Seht mal!» Parisa stand über eine Einkaufstüte gebeugt und holte einen Stapel DVDs heraus. «Pornos!» Rasch sah sie die Hüllen durch. «Nichts Besonderes, nur stinknormaler Blümchenporno.»

«Was ist denn Blümchenporno?»

Lykke musterte den kleinen DVD-Stapel.

«Pornofilme, die sich jeder im Hotel- oder über Satellitenfernsehen reinziehen kann. Keine Tiere oder Kinder oder so was.»

«Ach so.»

Lykke griff interessiert nach der obersten Hülle und ging damit zum Fenster ans Licht.

«Zeig mal die anderen.»

Er deutete mit einer Handbewegung zum Stapel auf dem Fußboden.

«Dieser hier ist in Polen produziert.»

Sie kontrollierten rasch die übrigen vierzehn DVDs. Alle waren in Osteuropa hergestellt.

«Ted soll sich die mal ansehen», sagte Lykke.

Lasse Viker grinste und konnte sich nur mit Mühe eine unpassende Bemerkung verkneifen.

«Hier ist noch was.»

Parisa zog einen Stofflumpen aus der Einkaufstüte, der vermutlich einmal ein hellblaues T-Shirt gewesen war. Jetzt war es über und über mit rostroten Flecken bedeckt.

«Blut?»

Lasse Viker kratzte vorsichtig an dem steifen Stoff.

Lykke fühlte, wie sein Herzschlag ein kleines bisschen schneller wurde.

«Ruf eine Streife her, sie sollen das sofort in die Rechtsmedizin bringen. Ich will so schnell wie irgend möglich die DNA haben.»

Lykke bemerkte die Veränderung bei seinen beiden Kollegen. Ihre Bewegungen waren rascher geworden, zielstrebiger. Sie spürten, dass sie etwas gefunden hatten. Er sah aus dem großen Wohnzimmerfenster. Es hatte wieder angefangen zu schneien, ihre Spuren waren schon verschwunden. Organhandel. Konnte es so brutal einfach sein?

Nach fast drei Stunden war nur noch der Keller übrig. Parisa öffnete die Tür zu dem beinahe siebzig Quadratmeter großen Raum. Ein schwacher Geruch stieg ihnen in die Nase, und noch bevor Lasse Viker den Lichtschalter fand, wussten sie, was sie entdeckt hatten. Der Keller war bis zur Decke mit 10-Liter-Plastikkanistern gefüllt.

35 | Polizeipräsidium, am selben Nachmittag

Ted Eriksen trommelte ungeduldig auf die Tischplatte. Parisa Sadegh blätterte in einem alten Polizeibericht. Rolf Lykke nahm am Kopfende des Tisches Platz.

«Jedenfalls passiert jetzt was», begann er.

«Du hast leicht reden», murmelte Ted Eriksen.

Parisa Sadegh kicherte wie ein Teenager. Sie hatte ihm den Stapel DVDs persönlich überreicht, mit klaren Anweisungen vom Chef.

«Vielleicht kannst du uns eine Zusammenfassung geben?», sagte sie zuckersüß.

Eriksen lächelte matt.

«Das erspare ich euch. Es handelt sich um etwa dreißig Stunden langweiliger Pornofilme mit wenig attraktiven Akteuren. Alle Filme scheinen in kleinen Studios gedreht worden zu sein. Die Qualität ist schlecht. Elende Ausleuchtung, schlechter Ton, insgesamt der typische billige Dreck aus dem Osten. Mit einer Ausnahme haben die Kerle es nicht mal geschafft, sich die Socken auszuziehen. Schäbige schwarze ausgeleierte Stricksocken.»

«Gut.» Lykke stand auf. «Das Wichtigste ist streng genommen wohl auch nicht der Inhalt, sondern die Tatsache, dass sie aus Osteuropa stammen. Die Kollegen von der Wirtschaft glauben, dass Høyner senior sich in Litauen oder Estland aufhält, und wir haben jetzt also Spuren gefunden, die möglicherweise darauf hindeuten, dass auch der Sohn Verbindungen in den Osten hat.»

«Was bedeutet das?»

Die Frage kam von Parisa.

«Ja, was bedeutet das? Vorläufig wissen wir noch nicht, ob diese Fälle überhaupt etwas miteinander zu tun haben.» Lykke trat an die Tafel. «Wir haben zwei Leichen, denen die inneren Organe entfernt wurden. Wir haben einen Obdachlosen, dem jemand ein Bein abgesägt hat. Wir wissen, dass von Dahls Innereien eine Niere fehlt. Wir haben nachgewiesenermaßen eine Verbindung zwischen Høyner junior und Ingrid Kulvik. Und Høyner junior hat versucht, sich für Ingrids Todeszeitpunkt ein Alibi zu beschaffen. Ob er es getan hat, weil er Angst hatte, dass wir den ganzen Schnaps finden könnten, wissen wir nicht. Und wir wissen auch nicht, was für eine Rolle sein Vater dabei spielt. Aber Osteuropa und die Organ-Schwarzmärkte, das könnte eine Spur sein, ich betone, *könnte*. Manche Leute glauben, dass Russland als Ersatzteil-Lager für Reiche fungiert, und ich weiß, dass die russische Polizei vermisste Personen gefunden hat, die ein großes Loch im Rücken hatten und denen Organe fehlten. Ich habe mich ein bisschen bei Europol umgehört.» Lykke nahm einen Kaugummi aus einer zerdrückten Packung. «In Europa beträgt die Wartezeit für eine Niere drei Jahre. Viele Leute können nicht so lange warten, und manche von denen besitzen eine Menge Geld und sind bereit, so gut wie jede Summe zu zahlen.»

«Es gibt doch wohl einfachere Methoden, um an Geld zu kommen», warf Ted Eriksen ein, forsch wie immer.

«Vielleicht nicht, wenn du im Slum einer russischen Großstadt aufgewachsen bist.»

«Ich dachte, dass Leute, die auf Organe aus sind, nach Indien fahren?»

Parisa Sadegh fingerte an dem Polizeibericht auf dem Tisch.

«Deutsche, Engländer und Leute aus dem Nahen Osten kaufen traditionell in Indien», nickte Lykke. «Amerikaner fahren nach Peru, Brasilien und auf die Philippinen. Ansonsten geht das Gerücht, dass Leute aus der ganzen Welt nach China fahren, um sich Organe von Hingerichteten zu besorgen, was die Behörden natürlich abstreiten.»

«Und wer fährt dann nach Russland? Die Polen ja wohl kaum.» Ted grinste.

«Wahrscheinlich nur wenige. Russland hat inzwischen so viele Neureiche, dass der heimische Markt groß genug ist.» Lykke rieb seine Nasenwurzel. «Und da hakt es. Warum sollte jemand Menschen in Norwegen töten, um dann die Organe nach Russland zu schicken? Und warum Organe der Opfer am Tatort zurücklassen? Ist das nicht unsinnig?»

Lykke schwieg einen Moment. «Ich möchte, dass ihr überprüft, ob Dahl oder Kulvik in den letzten Jahren mal im Krankenhaus waren. Findet heraus, welche Unterlagen es über ihren Gesundheitszustand gibt, sprecht auch mit ihren Hausärzten, falls sie welche hatten.» Er unterbrach sich, als sei ihm etwas eingefallen, und richtete den Blick auf Parisa.

«Der Zar», sagte er nachdenklich.

Auf Parisa Sadeghs Gesicht zeigte sich ein abweisender Zug.

«Seit der Sache mit dem Menschenhandel im letzten Sommer hatte ich keinen Kontakt mehr zu ihm. Ich vermute mal, dass er tot ist.»

Lykke winkte gereizt ab.

«Dann hätten wir davon erfahren. Knöpf ihn dir vor. Er schuldet uns einen Gefallen, stimmt's?»

Parisa zögerte.

«Schon, aber ...»

«Kein Aber, jetzt werden wir ...»

Lykke verstummte, als Lasse Viker in der Tür auftauchte. Der große Mann schwenkte ein Fax.

«Die Polizei in Tallinn bestätigt, dass Høyner senior sich in Estland aufhält. Sie haben ein Auge auf ihn. Er ist Leiter einer Stiftung, die irgendwas mit Waisenkindern macht.»

Lykke dachte nach.

«Wieso haben sie ein Auge auf ihn?»

Lasse Viker zuckte die Achseln und wedelte mit dem Blatt.

«Woher soll ich das wissen? Das steht hier so.»

«Von wem ist das Fax?»

Lykkes Stimme hatte einen ungeduldigen Unterton angenommen.

«Einem Major Victor Kulenkov.»

Lykke notierte den Namen.

«Ted, du kontaktierst den Mann und klärst das. Falls notwendig, fährst du hin, okay?»

«Jaja.»

Es hatte nicht den Anschein, als ob Ted Eriksen sich über den Auftrag freute.

Lykke warf einen Blick auf die Wanduhr.

«Wo bleibt Blindheim? Hattest du ihm gesagt, dass wir um 15 Uhr anfangen?»

Lasse Viker nickte. Im selben Moment klopfte es kurz. Polizeikommissar Trond Blindheim trat ein, nickte lächelnd und zupfte seine Manschetten ein wenig zurecht, bevor er sich Lykke gegenübersetzte. Kein Wort darüber, warum er eine Viertelstunde zu spät kam. Er fuhr sich mit dicken Fingern durch die spärlichen Stirnhaare, lehnte sich gemütlich zurück und ließ den Blick durch die Runde wandern. Seine Bewegungen und seine Mimik hatten etwas übertrieben Wichtiges: Hier kommt ein Mann, der sich nicht auf der Nase herumtanzen lässt.

Lykke fragte sich, wie um alles in der Welt man einen so eingebildeten, unfähigen Hohlkopf zum Polizeikommissar machen konnte. Er legte die Hände auf die Tischplatte und lächelte Blindheim an.

«Hallo Trond, schön, dass du dir die Zeit genommen hast. Es geht um einen deiner Fälle vom letzten Jahr. Henki Haraldsen.»

Der frisch beförderte Polizeikommissar seufzte theatralisch, faltete die Hände über seinem Schwabbelbauch und blickte zu den Deckenlampen hinauf.

«Ich erinnere mich an den Fall. Selbstverständlich», fügte er eilig hinzu. «Der Kerl war aller Wahrscheinlichkeit nach Opfer einer Racheaktion im Milieu. Er wollte nicht mit der Sprache raus, aber wir glauben, dass er jemanden verpfiffen hatte und dafür die Quittung gekriegt hat. In kriminellen Kreisen herrscht eine knallharte Justiz.»

«Was du nicht sagst!»

Lasse Viker hatte sich nicht beherrschen können. Lykke warf ihm einen strengen Blick zu.

«Wir haben gestern mit Haraldsen gesprochen. Er erwähnte einen Hund. Einen schwarzen Labrador.»

Trond Blindheim zögerte.

«Ja, jetzt, wo du es sagst ... da war wohl was mit einem Hund. Diese Typen haben ja oft Köter bei sich.»

Lykke traute seinen Ohren kaum.

«Habt ihr Spuren von dem Hund gefunden?»

«Nicht dass ich mich erinnere. Tut das was zur Sache?»

Um Blindheims schmalen Mund zeigte sich ein leicht gereizter Zug.

«Und die Schnapsflaschen? Haraldsen meint, dass das Betäubungsmittel in einer Wodkaflasche war. Habt ihr die gefunden?»

«An solchen Plätzen liegen immer jede Menge leerer Flaschen herum. Wenn davon nichts im Bericht steht, haben wir sie wohl nicht gefunden ...» Blindheims Miene wirkte jetzt nicht mehr ganz so selbstsicher. «Aber wieso fragst du? Der Säufer hat's doch überlebt.»

«Das ist richtig.» Lykke musste sich beherrschen, um ruhig zu bleiben.

«Habt ihr denn am Tatort überhaupt irgendwas entdeckt?»

Blindheims Blick wurde unruhig, und er dachte nach, bevor er antwortete.

«Ich erinnere mich nicht mehr an alle Details des Falles, aber ich glaube, wir haben Abdrücke von Schuhen im Schnee gefunden.»

«Du meinst Sommerschuhe?»

«Jedenfalls weiß ich noch, dass uns das komisch vorkam, weil es in der Zeit so verdammt kalt war und alle anderen Spuren von Winterstiefeln stammten.» Er setzte sich aufrecht hin. «Deshalb tippten wir darauf, dass der Täter nicht aus dem Milieu kam. Zumindest war er wohl kein Penner.»

«Und dass er vermutlich ein Auto in der Nähe stehen hatte?» Lykke sagte es mehr zu sich selbst.

«Ja, das natürlich auch.»

«Gab es Zeugen, die gesehen haben, dass ein Auto in der Nähe der Brücke parkte?» Lykke fixierte ihn.

Blindheim breitete die Arme aus in dem Versuch, offensiv aufzutreten.

«He, Jungs, was ist das hier? Ein Verhör?»

«Hat jemand gesehen, dass ein Auto an der Brücke parkte?»

Lykke ließ Blindheim nicht aus den Augen.

«Wir haben die Anwohner nicht befragt. Die Leute haben Heiligabend ja wohl anderes zu tun, als aus dem Fenster zu gucken.»

Lykke stand auf und stellte sich hinter den jüngeren Kollegen.

«Und die Lichtblitze, von denen er euch erzählt hat? Und die Worte, die er vom Täter gehört zu haben meinte – ‹Du sollst zittern vor Furcht›. Das war eurer Meinung nach nicht interessant genug, um im Bericht erwähnt zu werden?»

Blindheim rollte mit den Augen und versuchte ein resigniertes Lächeln.

Lykke ging hinter dem Polizeikommissar in die Hocke.

«Die Ermittlung, die du letztes Jahr Weihnachten geleitet hast, ist eine der unglaublichsten Stümpereien, die sich ein Beamter dieser Polizeikammer jemals erlaubt hat. Du hast nicht ansatzweise auch nur eine einzige der Minimalforderungen erfüllt, die jeder Frischling schon nach drei Monaten auf der Polizeischule draufhat.» Lykke merkte nicht, wie laut er plötzlich geworden war. «Du hast den Fall auf die leichte Schulter genommen, weil das Opfer ein Stadtstreicher war.»

Er musste einen Moment innehalten. «Du solltest dich schämen!»

Viker, Eriksen und Sadegh starrten ihren Chef ungläubig an.

«Das lasse ich nicht mit mir machen!» Polizeikommissar Trond Blindheim sprang auf und marschierte aus dem Raum. «Das lasse ich verdammt nochmal nicht mit mir machen!», wiederholte er, bevor die Tür hinter ihm zuknallte.

Lykke kehrte auf seinen Platz zurück und stieß langsam die Luft aus.

«So, wo waren wir?»

36 | Polizeipräsidium, am selben Abend

Es war dunkel, als Lykke vom Parkplatz am Åkebergveien auf die Straße bog. Er hatte eigentlich vorgehabt, nach Hause zu fahren, überlegte es sich aber anders und fuhr Richtung Tøyen. Ich bin feige, dachte er. Sonja hatte ihn im Laufe des Tages zweimal angerufen, aber keine Nachricht hinterlassen. Lykke hatte ihr eine SMS geschickt, etwas, was er ungeheuer selten tat, und geschrieben, dass es spät werden würde. Er sah auf die Uhr. Gleich acht. Er musste was essen. Lykke versuchte sich zu erinnern, wann er zuletzt gegessen hatte, wusste es aber nicht mehr genau. Er hielt vor einer Imbissbude in der Waldemar Thranes gate. Ein Taxifahrer hatte ihm mal erzählt, dass man hier die besten Würstchen der Stadt bekam. Es war lange her, dass er zuletzt hier gewesen war, mindestens ein Jahr. Lykke bestellte zwei Wiener im Teigwickel mit Senf und Ketchup.

«Danke, keine Zwiebeln. Normaler Senf.»

Die Würstchen waren noch so gut wie damals. Er aß langsam, während er die Titelseiten der Boulevardzeitungen in einem fast zugeschneiten Ständer studierte. Die zwei Morde waren immer noch Stoff für die Titelseiten, aber weder VG noch Dagbladet brachten sie als Aufmacher. Sie hatten keine neuen Erkenntnisse, genau wie er. Dagbladet meldete einen Rekordschneefall, während VG das Foto eines vermissten Esels brachte. Lykke seufzte und sah hinaus auf die Straße. In den Räumen einer ehemaligen Bankfiliale befand sich jetzt ein Fitnessstudio. Eine Kette, natürlich. So war es überall. Bald gab es an jeder Straßenecke nur noch SATS, Deli de

Luca, Dressman oder McDonald's. Durch die großen Fenster sah er schlanke junge Menschen, die sich in den seltsamsten Geräten abmühten. Ich muss anfangen, Sport zu machen, dachte er und fasste sich instinktiv mit der Hand an die Kniekehle.

In seiner Manteltasche brummte es.

«Lykke.»

Die Stimme am anderen Ende sprach gebrochen Englisch, und es dauerte eine Weile, bis Lykke begriff, dass es Kulenkov, der Major aus Tallinn, sein musste.

Rolf Lykke griff nach einer Würstchenpappe und suchte in den Taschen nach einem Stift. Der Mann in der Imbissbude kam ihm mit einem stumpfen Bleistiftstummel zu Hilfe.

«Could you repeat that, please?», fragte Lykke in einwandfreiem Schulenglisch.

Der Kollege aus dem Baltikum mühte sich mit der Aussprache ab, und Lykke musste mehrmals nachfragen, bevor er den Zusammenhang verstand.

«Sind Sie sicher?», fragte er schließlich.

«Ja», versicherte der Major. «Sollen wir den Mann festnehmen?»

Rolf Gordon Lykke überlegte mehrere Sekunden lang.

«Nein, warten Sie damit. Behalten Sie ihn noch ein paar Tage im Auge. Geht das?»

«Kein Problem.»

Das Telefon in der Hand, starrte er auf die Würstchenpappe, dann drückte er die Kurzwahltaste für Ted Eriksens Nummer.

«Ich habe gerade mit unserem Freund, dem Major in

Tallinn, gesprochen.» Lykke kam ohne Umschweife zur Sache. «Er hat erzählt, dass diese Stiftung vom alten Høyner vermutlich als Deckorganisation für Kontakte zu privaten Krankenhäusern in Russland fungiert.»

Am anderen Ende blieb es eine Weile still.

«Organhandel?»

«Das müssen wir herausfinden.»

Lykke faltete die Pappe zusammen und warf sie in den Abfalleimer.

«Informiere dich bei Interpol, Europol, Baltic Sea Task Force. Sieh zu, dass du dir alle Informationen besorgst, die sie über internationalen Organhandel haben, egal, ob es um Nieren aus Indien oder Herzen aus Kirgisistan geht. Hast du verstanden? Alle!»

«Geht klar.»

Wenige Minuten später parkte er vor dem braunen Reihenhaus im Plogveien. Vielleicht bin ich ein bisschen zu hart mit Eriksen, dachte er, während er die Haustür öffnete.

In dem kleinen Flur roch es ausnahmsweise einmal nicht nach Nudeln.

«Hallo!»

Sonja saß mit untergeschlagenen Beinen auf dem Sofa und las.

«Na, kommt ihr voran?»

Lykke hängte sein Jackett über einen Stuhl.

«Weiß nicht. Vielleicht haben wir was, aber es ist noch zu früh, um das zu sagen. Alles okay?»

Er musterte sie aus dem Augenwinkel und stellte fest, dass es das nicht war.

Sie wirkte angespannt und hatte dunkle Ringe unter den Augen.

«Sicher», lächelte sie. «Nur ein bisschen müde. Ida ist gerade eingeschlafen. Hast du gegessen?»

«Ja.»

«Gut, du bist dünn geworden in der letzten Zeit.»

Lykke antwortete nicht. Wozu diese Quälerei?

«Ich gehe nach unten.»

«Wie du meinst. Lange?»

«Eine Weile jedenfalls.»

«Dann gute Nacht.»

«Nacht.»

Sie hat mich nicht geküsst, dachte Lykke, als er die Kellertreppe hinunterging.

37 | Polizeipräsidium, 20. Dezember

Als Lykke am nächsten Morgen um halb acht im Präsidium erschien, kam ihm Darre auf dem Flur aufgeregt entgegen. Lykke mochte den freundlichen Beamten, aber ihm fiel auf, dass sie nie so ganz auf gleicher Wellenlänge kommunizierten. Obwohl ihre Büros seit mehr als acht Jahren in direkter Nachbarschaft lagen, wusste Lykke kaum mehr über ihn, als dass der Mann Hypochonder war. Es war ein *running gag* im ganzen Präsidium – wenn Darre nicht in seinem Büro saß, war er beim Betriebsarzt. Darre war normalerweise ein phlegmatischer Typ, der sich nur im Notfall schnell bewegte, deshalb begriff Lykke sofort, dass er etwas Wichtiges zu berichten haben musste.

«Die schwedische Polizei hat Erlend Høyner gefasst», sagte Darre eifrig.

«Die Schweden?»

«Ja.»

«Wann?»

«Gestern. Høyner hat versucht, ein Auto zu klauen, vor einem Tierpark namens …» Darre blickte auf einen Zettel in seiner Hand. «Nordens Ark. Sie wussten bis heute früh nicht, dass nach ihm gefahndet wird. Vor drei Minuten kam der Anruf aus Uddevalla.»

Lykke griff nach dem Zettel und überflog die wenigen Zeilen.

«Uddevalla? Wo liegt das denn?»

Darre zuckte ratlos die Schultern.

«Und was zum Teufel macht der Kerl in einem Tierpark?»

Lykke schälte sich aus dem Mantel und riss die Tür zu seinem Büro auf.

«Sadegh soll kommen», rief er dem Kollegen zu, der auf dem Gang stehen geblieben war. «Und besorg mal eine Karte von Schweden!»

Ein paar Minuten später tauchte Parisa Sadegh in der Tür auf. Ihre Haare waren noch feucht von der Morgendusche.

«Hast du die Karte?»

Lykke war ungeduldig.

«Kommt gleich. Aber ich weiß, wo Uddevalla liegt», sagte Sadegh lächelnd. «Sechzig, siebzig Kilometer nördlich von Göteborg.»

«An der E 6?»

Sadegh setzte sich vorsichtig auf den unbequemen Besucherstuhl.

«Ja.»

Lykke nahm seinen gewohnten Platz am Fenster ein. Er rieb sich das Kinn.

«Was bedeutet das? Wenn er ins Baltikum gewollt hätte, wäre er doch Richtung Osten gefahren.»

Er starrte hinaus in das nicht enden wollende Schneetreiben.

«Wollte er das Auto wechseln, als er geschnappt wurde, oder hatte er gar kein Auto?»

«Keine Ahnung.»

Rolf Lykke versuchte, seine Gedanken zu sortieren.

«Hast du den Zaren erreicht?»

«Ich treffe mich nachher mit ihm, aber am Telefon wirkte er nicht besonders kooperationswillig.»

«Der wird schon reden. Das ist es doch, was ihn am Leben erhält. Der Typ würde vermutlich sogar seine …»

Lykke wurde von Lasse Viker unterbrochen, der ins Zimmer gestürmt kam.

«Was für ein Blödmann!»

Viker war noch nicht mal dazu gekommen, seinen Parka auszuziehen.

«Kaum ein paar Stunden auf der Flucht und lässt sich schnappen, also besonders clever kann der ja nicht sein.» Er hustete bellend und lehnte sich gegen den Schreibtisch. «Wo haben sie ihn gekriegt?»

«Er hat versucht, auf einem Parkplatz nördlich von Uddevalla ein Auto zu stehlen», sagte Sadegh. «Vor Nordens Ark.»

«Dem langweiligsten Tierpark in ganz Skandinavien!» Viker schüttelte den Kopf.

«Kennst du den?», fragte Lykke.

«Nach sechs Stunden Fahrt haben wir ewig Schlange gestanden, die Zwerge und ich, und als wir endlich drin waren, hat sich weit und breit kein einziges Tier blicken lassen!»

«Ah ja?»

Lykke zog die Augenbrauen hoch.

«Das ist so ein alternativer Tierpark, ganz auf die Bedürfnisse der Tiere zugeschnitten, verstehst du? Tiger, Wolf, Vielfraß, aber der Witz ist, die haben so große Gehege, dass man sie unmöglich zu Gesicht kriegt. Die Viecher haben unglaublich viel Platz, ich gehe jede Wette ein, dass die überhaupt nicht mitkriegen, dass sie eingesperrt sind.»

«Dann können wir wohl davon ausgehen, dass es nicht die Vielfraße waren, die Høyner nach Uddevalla gelockt haben», sagte Lykke mit einem kleinen Lächeln.

«Vielleicht wollte er rüber nach Dänemark und von da aus über Deutschland nach Polen? Die Pornofilme wurden ja dort produziert.»

Lykke drehte sich wieder zum Fenster und fuhr sich mit der Hand übers Kinn. Sadegh und Viker hielten klugerweise den Mund.

«Was haben sie gesagt, wann bekommen wir die Ergebnisse der Blutuntersuchung?»

«Frühestens Anfang Januar.»

«Januar!»

Lykke donnerte mit der Faust gegen den Fensterrahmen.

«Wir sollen den Mordfall des Jahrzehnts aufklären, und

das ist deren Form von Hilfe. Bis Januar kann der Verrückte schon halb Oslo umgebracht haben!»

«Ich habe gesagt, dass es eilt.» Sadegh bekam einen strengen Zug um den Mund. «Aber sie meinten, in weniger als drei Wochen könnten sie es sowieso nicht schaffen.»

«Ich *weiß*, dass sie viel zu tun haben!» Lykke riss sich zusammen, als er den Gesichtsausdruck seiner Kollegen sah. «Aber sie müssen doch begreifen, dass diese Sache Vorrang hat.» Er ließ sich auf den Bürostuhl fallen. «Wieso können wir nicht so ein System wie die Schweden haben? Dort werden kriminaltechnische Analysen von einem Labor durchgeführt, das der Polizei angegliedert ist. Bei denen funktioniert das hervorragend.» Er nickte Sadegh zu. «Ich rufe Rigmor an, normalerweise hilft das.»

Ein junger Beamter klopfte zaghaft an die Tür. Er brachte einen Atlas, eine Ausgabe von 1979, wie sich herausstellte.

«Was wir brauchen, finden wir auch im Internet», seufzte Lykke und beugte sich über seinen PC. Im selben Moment klingelte der Apparat auf seinem Schreibtisch. Lykke nahm nach dem ersten Signal ab.

«Ich komme», sagte er und legte ebenso schnell wieder auf.

Er erhob sich.

«Wir machen in einer Stunde weiter. Das war der Personaldirektor. Er und Breiby wollen mich sprechen, umgehend.»

«Blindheim?», fragte Viker.

«Bestimmt.»

Lykke ging ein paar Schritte auf die Tür zu, dann drehte er sich um.

«Der Personaldirektor ist doch noch ziemlich neu, kennst du ihn?» Er sah Lasse Viker an.

«Ein bisschen. Eigenartiger Typ. Während der Fußball-WM hat er zu den Schweizern gehalten.»

«Verstehe.»

Lykke ging.

Das Büro des Personaldirektors war ungefähr dreimal so groß wie Lykkes und deutlich geschmackvoller eingerichtet, was in erster Linie bedeutete, dass es mehr als zwei Stühle und einen Schreibtisch gab. Der Personalchef hatte nicht nur Platz für eine kleine Sitzgruppe gefunden, sondern auch noch für zwei einfache Besucherstühle, die nebeneinander vor dem Schreibtisch standen. Auf einem davon saß, mit dem Rücken zur Tür, Polizeidirektorin Anne Breiby. Hinter dem Schreibtisch thronte ein Mann von etwa Mitte dreißig in frisch gebügeltem Uniformhemd.

«Nehmen Sie Platz.»

Personaldirektor Thorstein Holt erhob sich halb und deutete mit einem Kopfnicken auf den freien Stuhl. Anne Breiby blieb sitzen.

Es entstand eine kleine Pause, offenbar waren sich Holt und Breiby nicht sicher, wer anfangen sollte. Lykke betrachtete den Mann hinter dem klinisch sauberen Schreibtisch. Er hatte hohe Geheimratsecken und zurückgekämmtes, kurzes blondes Haar. Sein Gesicht erinnerte Lykke entfernt an eine Büste von König Håkon VII., die er mal gesehen hatte. Das Kinn war winzig und vollkommen glatt. Entweder hat der Mann keinen Bartwuchs oder einen sehr effektiven Rasierapparat, dachte Lykke.

Schließlich war es Breiby, die das Wort ergriff.

«Ich komme gleich zur Sache, Rolf. Blindheim hat sich bei uns über Sie beschwert.»

Die Polizeidirektorin legte eine Kunstpause ein und suchte in Lykkes Gesicht nach einer Reaktion.

«Hier steht unter anderem …» Sie sah auf ein Schriftstück, das auf ihren Knien lag. «‹Wie ich gemäß Aufforderung zu einer Unterredung mit Polizeikommissar Lykke erschien, wurde ich im Beisein von zwei Untergebenen in gröbster Weise schikaniert.›»

Breiby blickte auf.

«Stimmt das?»

«*Als* ich gemäß Aufforderung zu einer Unterredung erschien», murmelte Lykke. «Nicht *wie*.»

«Wie bitte, was …?» Der Personaldirektor beugte sich fragend über den Schreibtisch vor.

«Es reicht, Rolf. Stimmt das, was Blindheim sagt?»

«Haargenau.»

Lykke packte die beiden Armlehnen. «Trond Blindheim hat sich meines Erachtens eines schweren Dienstfehlers schuldig gemacht, und das habe ich ihm gesagt.»

«Lassen wir die Schuldfrage vorläufig mal außer Acht.» Die Stimme des Personaldirektors war hell und feminin. «Blindheim hat denselben Dienstgrad wie Sie, und man rügt gleichrangige Kollegen nicht im Beisein von Dritten. Wenn Sie an Blindheims Arbeit etwas zu bemängeln haben, beschreiten Sie bitte den üblichen Dienstweg.»

«Gut. War sonst noch was?»

Lykke machte Anstalten, sich zu erheben.

«Jetzt reißen Sie sich aber mal zusammen, Lykke!»

Anne Breibys Gesicht war hochrot.

«Was ist denn nur los mit Ihnen? Auch wenn Sie eine wichtige Ermittlung leiten, gibt Ihnen das noch lange nicht das Recht, nach eigenem Gutdünken mit Ihren Kollegen umzuspringen!»

Rolf Gordon Lykke betrachtete seine beiden Vorgesetzten. Was zum Teufel wussten die schon von seinem Gutdünken?

«Falls die Ermittlung, die ich leite, so verdammt wichtig ist, warum muss ich dann drei Wochen auf eine DNA-Analyse warten? Falls es so verdammt wichtig ist, dass wir überlegt vorgehen, warum bin ich dann von stümperhaften, selbstgerechten Idioten wie Trond Blindheim umgeben?» Lykke stand auf. «Er hat nicht einmal die elementarsten Untersuchungen angestellt, nur weil das Opfer ein armseliger Stadtstreicher war. Und das Schlimmste von allem ist ...», Lykke spuckte die Worte beinahe aus, «dass es mich nicht im Mindesten überrascht.»

Er steuerte auf die Tür zu.

«Ich habe mir nichts vorzuwerfen. Wenn es jemanden gibt, der hier einen Tadel verdient hätte, dann derjenige, der diesen Hampelmann zum Kommissar befördert hat.»

«Rolf!»

Anne Breibys Stimme schnappte über.

Lykke blieb stehen, die Hand auf dem Türgriff. Sie zitterte.

«Ich habe mich um eine Ermittlung zu kümmern», sagte er kalt. «Macht doch, was ihr wollt, verdammt nochmal.»

Er ging hinaus und schloss die Tür betont leise hinter sich.

Ich muss an die Luft, dachte Lykke, als er in den engen Aufzug stieg.

Die Fahrt ins Erdgeschoss dauerte eine kleine Ewigkeit. Unten an der Rezeption überlegte er es sich anders, stieg wieder in den Aufzug und drückte den Knopf für die zweite Etage. Der enge Flur kam ihm heiß und stickig vor. Lykke ging mit schnellen Schritten. Er bebte immer noch am ganzen Leib nach seinem Ausbruch. Was war nur los mit ihm? In seinen ganzen dreißig Jahren bei der Polizei hatte er nie auch nur die geringste Anmerkung wegen unangemessenen Verhaltens im Dienst bekommen. Und jetzt hatte er innerhalb von zwei Stunden nicht nur einen Kollegen zusammengestaucht, sondern war auch noch zwei Vorgesetzten gegenüber ausfällig geworden.

Er bemerkte, dass Vikers Bürotür wie immer weit offen stand, ging hinein und machte sie hinter sich zu.

Das Büro war noch trister als sein eigenes. Lasse Viker hatte sich nicht einmal die Mühe gemacht, die obligatorischen Besucherstühle hineinzustellen, die den Rest der Etage überschwemmten. Hinter einem chaotischen Schreibtisch lag ein Bücherregal halb zusammengebaut in seiner Transporthülle aus Plastik auf dem Fußboden.

«Na, haben sie dir die Leviten gelesen?» Viker hatte immer noch seinen Parka an.

«Das kannst du laut sagen …»

Rolf Lykke schob ein paar Aktenstapel beiseite und setzte sich auf die Fensterbank, die Hände in den Hosentaschen.

Lasse Viker musterte seinen Chef. Das schmale Gesicht war fahl und verkniffen. Er hatte gemerkt, dass Lykke etwas mit sich herumtrug, hütete sich aber, danach zu fragen.

Denn obwohl sich zwischen ihnen in den letzten Jahren so etwas wie eine Freundschaft entwickelt hatte, wusste er, dass Lykke Dienstliches und Privates streng trennte. Es wäre schlicht und einfach unpassend, wenn sie plötzlich anfangen würden, persönlich zu werden. Und war es nicht auch besser so? Viker hatte einen enormen Respekt vor Lykkes fachlichem Können, und rein intuitiv wusste er, dass es schnell aus wäre mit seiner Karriere, falls er Lykkes Vertrauen verspielen sollte.

«Wir haben zwei Morde», sagte Lykke vor sich hin. «Einen Schauspieler und eine Nonne. Der Schauspieler wurde ausgeschlachtet, eine seiner Nieren fehlt. Was bedeutet das?»

Er erwartete keine Antwort. «Der Mann hatte häufig Affären mit jungen Frauen, zuletzt mit einer Inspizientin, die sich von ihm sexuell ausgenutzt fühlte und ihn als ansatzweise pervers beschreibt, und gleichzeitig – oder beinahe gleichzeitig – mit einer Schwedin, die vermutlich Anna heißt, was immer uns das bringt. Er mochte Rollenspiele.»

Einen Moment lang saß er in Gedanken versunken da. Lasse Viker machte sich Notizen auf dem nächstliegenden Papierstapel.

«Schuluniform», murmelte Lykke. «Vielleicht stand er auch auf Nonnentracht?»

Lasse Viker blickte von seinen Notizen auf.

«Gibt's da einen Zusammenhang?»

«Keine Ahnung, aber wir können es wohl nicht ausschließen.» Lykke seufzte. «Die Nonne hatte früher ein Verhältnis mit Erlend Høyner, einem Alkoholschmuggler mit einer Vorliebe für Osteuropa, Sohn eines Wirtschaftsbetrügers.

Dieser wiederum steht zurzeit in Tallinn unter Beobachtung, wegen des Verdachts, eine Deckorganisation zu leiten, die möglicherweise in den Organhandel verstrickt ist.»

Er rutschte von der Fensterbank und begann, auf und ab zu gehen.

«Siehst du da einen Zusammenhang?»

«Verkauf von Organen an reiche Osteuropäer», sagte Viker versuchsweise.

«Klar. Vieles deutet in die Richtung.» Lykke blieb stehen und nahm wieder seinen Platz auf der Fensterbank ein. «Trotzdem, irgendwie passt das für mich nicht zusammen.»

«Aha?»

«Das Bein! Wieso das Bein?»

Viker wischte sich mit dem Handrücken die Nase und überlegte.

«Das muss ja nichts mit dieser Geschichte zu tun haben.»

«Nein.»

Lykke wirkte alles andere als überzeugt.

«Vielleicht ein reicher Russe, der ein Bein brauchte», sagte Viker.

«Das ist nicht dein Ernst, oder?»

«Wieso? Wenn diese Neokapitalisten sich den FC Chelsea unter den Nagel reißen können, ist es doch nicht undenkbar, dass die sich auch ein neues Bein kaufen wollen.»

Lykke schüttelte ärgerlich den Kopf.

«Erstens wären die wohl kaum besonders scharf auf das Bein eines Säufers, und zweitens ist es medizinisch unmöglich, jemandem fremde Gliedmaßen anzunähen. Wusstest du das nicht?»

«Doch, eigentlich schon, aber man kann ja nie wissen. Die

transplantieren ja auch Herzen und Lebern und weiß der Geier was alles.»

«Wir müssen überprüfen ... wann können wir Høyner junior vernehmen?»

«Weiß ich noch nicht, aber Darre meinte, dass die Schweden ihn wohl heute Nachmittag an uns überstellen. Es gab da anscheinend noch eine Reihe von Formalitäten ...»

Lykke lächelte schief.

«Ach, was du nicht sagst.»

38 | Polizeipräsidium, am selben Vormittag

Im selben Moment, als Parisa das kurze Klopfen hörte, wusste sie, dass er es war. Sie hatte schon seit ein paar Tagen mit ihm gerechnet. Für einen Moment überlegte sie, ob sie sich taub stellen sollte, aber es wäre ohnehin zwecklos. Ihre Entscheidung stand fest. Sie musste der Sache ein Ende machen, egal um welchen Preis.

«Herein!»

Die Tür ging auf, und ein lächelnder Ted Eriksen betrat das kleine Büro. Er fläzte sich auf den Besucherstuhl und legte die Beine betont lässig auf den niedrigen Beistelltisch. Parisa bemerkte, dass sein Blick unruhiger war als sonst. Neben dem Stuhl stand eine Einkaufstüte mit frischem Lammfleisch, grünen Kräutern und einer Drei-Kilo-Packung Basmatireis. Ted Eriksen spähte neugierig in die Tüte.

«Gäste zum Essen?»

Parisa holte Luft und befeuchtete die Oberlippe.

«Du musst damit aufhören», sagte sie langsam, während sie versuchte, seinen Blick einzufangen.

Ted Eriksen schüttelte verständnislos den Kopf.

«Aufhören, womit?»

«Tu doch nicht so. Du wartest vor meiner Wohnung, du schickst SMS, als ob wir zusammen wären ...»

Ted Eriksen starrte auf die Einkaufstüte.

«Hast du jemanden kennengelernt?»

Parisa atmete tief ein.

«Nein, aber selbst wenn, würde dich das nichts angehen! Du hast bei mir übernachtet, wir hatten beide zu viel getrunken und ... aber das heißt noch lange nicht, dass du ...»

Sie hielt einen Moment inne und versuchte, seine Reaktionen zu deuten, aber vergeblich. «Ich habe dir schon mehrfach gesagt, dass ich nicht interessiert bin. Die Sache ist jetzt über ein Jahr her. Warum hörst du nicht damit auf?»

Ted Eriksen hob den Kopf und sah sie an. Etwas Fremdes hatte sich in seinen Blick geschlichen, etwas Starres und Steifes.

«Unsere Nacht hat dir gefallen ...»

Parisa sprang vor Verblüffung von ihrem Stuhl auf. Ted Eriksen stand ebenfalls auf und räusperte sich. Er versuchte zu lächeln.

«Ich meine, Islam und das alles, du hättest ja so erzogen sein können.»

«Was meinst du mit ‹so›?»

«Dass du nein sagst, aber ja meinst. Du bist schließlich Araberin.»

«Perserin», erwiderte Parisa blitzschnell.

«Egal, jedenfalls hat's dir gefallen.»

Parisa stellte sich dicht vor ihn. Sie zitterte am ganzen Körper vor Wut.

«Es tut mir leid, falls meine Rückmeldung nicht deutlich genug war. Aber jetzt wiederhole ich noch einmal: Ich habe kein Interesse an einer Beziehung mit dir. Hör auf, mir nachzustellen!»

Ted Eriksen betrachtete sie. Er wirkte jetzt fast bemitleidenswert.

«Bist du 'ne Lesbe?», fragte er heiser. «Trainierst du deshalb so verbissen? Um einen maskulinen Körper zu bekommen?»

Parisa sah ihn an. Sie stand einen halben Meter vor ihm, unbeweglich und mit hängenden Armen.

«Geh jetzt, Ted», sagte sie und war überrascht, wie ruhig ihre Stimme klang.

An seinem Haaransatz glitzerten Schweißtröpfchen. Er zögerte.

«Geh einfach, dann vergessen wir die Sache. Okay?»

«Ich dachte, du ...»

Er trat einen Schritt vor und griff nach ihrem Arm, aber Parisa beugte den Oberkörper wie beim Boxkampf zurück und machte blitzschnell einen kleinen Schritt nach links.

«Geh endlich!»

Ted Eriksen starrte sie an.

«Wie du willst.»

Dann drehte er sich auf dem Absatz um und schloss leise die Tür hinter sich.

39 Polizeipräsidium, am selben Tag

Lykke hatte sich einen Tisch ganz hinten in der großen Kantine gesucht.

Am Nebentisch saßen drei Kolleginnen und tranken Kaffee. Sie unterhielten sich leise und warfen immer wieder neugierige Blicke zu ihm hinüber.

Rolf Gordon Lykke starrte die Waffelherzen auf dem Tablett an. Vor ein paar Minuten hatte er noch geglaubt, er hätte Hunger. Ted Eriksen tauchte am Eingang auf, machte jedoch hastig kehrt, als er seinen Chef entdeckte. Seine Bewegungen wirkten steif und mechanisch. Er ist müde, dachte Lykke.

In seiner Jackentasche erklang eine Melodie.

«Ja?»

«Kommissar Lykke?»

«Ja.»

Er antwortete bewusst knapp und abweisend. Am anderen Ende blieb es still, man hörte nur, dass jemand atmete.

«Ja!», wiederholte er gereizt.

«Sind Sie der Ermittlungsleiter im Fall Reidar Dahl?»

Es war eine Frau. Sie sprach heiser und unsicher – und schwedisch.

«Das bin ich.»

Erneute Pause. Lykke blickte automatisch zur großen Wanduhr über dem Tresen.

«Ich rufe an, weil ich mal ein Verhältnis mit Reidar hatte und dachte, dass Sie vielleicht nach mir suchen.»

Lykke stand abrupt vom Tisch auf und ging auf die großen Fenster zu.

«Sind Sie Anna?» Er konnte seinen Eifer nicht verbergen.

«Woher wissen Sie, wie ich heiße?»

«Wir wissen nur, dass Dahl mit einer Schwedin namens Anna zusammen war. Sind Sie das?»

«Ja …»

«Wo sind Sie?»

Wieder Stille. Lykke meinte, am anderen Ende das entfernte Geräusch einer Straßenbahn zu erkennen.

«Ich habe tagelang versucht, ihn zu erreichen, und …»

«Ja?»

«Ich hatte ja keine Ahnung, bis ich gestern im Theater anrief. Ich war bei ihm, einen Abend bevor er … bevor …»

«Wie heißen Sie mit Nachnamen?»

«Das spielt keine Rolle. Ich will da nicht hineingezogen werden … Ich habe Reidar nur ein paar Wochen gekannt.»

«Warum rufen Sie dann an?»

Geräusche von hupenden Autos im Hintergrund.

«Weil mir etwas eingefallen ist, was er gesagt hat …»

«Und was war das?»

«Dass ich ihn an dem betreffenden Abend nicht vor elf Uhr anrufen sollte.»

Lykke hielt inne.

«Warum nicht?»

«Na ja, wir … Wir führten oft ziemlich spezielle Telefonate, wenn er nach der Vorstellung nach Hause kam.»

«Spezielle Telefonate?»

«Ja.»

«Telefonsex?»

Erneute Stille. Einen Moment lang befürchtete Lykke, dass sie aufgelegt hatte.

«So nennt man das wohl.»

«Warum sollten Sie nicht vor elf anrufen?»

Lykke hatte einen Notizblock aus der Innentasche gezogen.

«Weil er Besuch erwartete.»

Er spürte, dass sein Puls sich beschleunigte.

«Hat er gesagt, wer ...?»

«Nein, er sagte nur, dass jemand von der Zeitung kommen würde.»

«Von welcher Zeitung?»

«Das weiß ich nicht.»

«Mann oder Frau?»

«Das hat er nicht gesagt, aber nach meinem Gefühl wollte er, dass ich glaubte, es wäre eine Frau.»

«Wie kommen Sie darauf?»

«Die Art, wie er es sagte ... Ich weiß nicht, vielleicht war ich auch nur eifersüchtig ...»

Sie schwieg. Lykke hörte sie atmen.

«Vielleicht hat er es auch nur gesagt, um mich eifersüchtig zu machen. Er war ein bisschen eigenartig, hatte gern die Kontrolle.»

«Es könnte also auch ein Mann gewesen sein?»

«Ja, das könnte es wohl ...»

«Ich würde mich gern ausführlicher mit Ihnen unterhalten», sagte Lykke. «Sind Sie in Göteborg?»

«Es gibt nichts mehr zu sagen. Ich wollte das nur erzählen. Vielleicht hilft es Ihnen ja, ich weiß nicht ...»

Ihre Stimme begann zu zittern.

«Sie stehen nicht unter Verdacht», sagte Lykke, so beruhigend er konnte.

«Warum sollte ich anrufen und Ihnen diese Information

geben, wenn ich was damit zu tun hätte? Außerdem hätten Sie mich sowieso nie gefunden.»

«Nein, das hätten wir wohl nicht.» Er versuchte, so gleichgültig wie möglich zu klingen. «Aber trotzdem würde ich gern mit Ihnen sprechen.»

Stille.

«Hallo?»

Nichts.

Lykke stieß einen solchen Fluch aus, dass die drei Beamtinnen an ihrem Tisch fast vom Stuhl gefallen wären.

40 | Skippergata, am selben Nachmittag

Parisa Sadegh musterte den Fettwanst ihr gegenüber. Der Zar füllte jeden freien Kubikmillimeter des breiten Sessel aus. Sein Kopf war klein, kugelrund und vollkommen haarlos. Der Hals hatte längst vor einer Serie Doppelkinne kapituliert, die beim Sprechen auf und ab wogten.

«Sie glauben also, ich betreibe Organhandel?»

Seine Aussprache war beinahe perfekt, nur sein Tonfall verriet, dass er etliche Breitengrade weiter östlich aufgewachsen war. Die braunen Augen in dem feuchtglänzenden Gesicht hatten sich zu schmalen Schlitzen verengt.

Parisa hörte die Kälte in seiner Stimme. Sie lächelte und stellte überrascht fest, dass sie Angst hatte.

«Nein, sonst hätten wir Sie festgenommen. Mich interessiert, was Sie wissen.»

Der Zar nickte nachdenklich, zog ein Taschentuch aus der Brusttasche des maßgeschneiderten Seidenjacketts und wischte sich sorgfältig über den Nacken. Er deutete mit einem Nicken zu einem Stapel persischer Teppiche an der Wand.

«Meine Geschäfte sind ehrenwert.» Er lächelte.

«Natürlich.»

Das Lächeln erstarb.

Einen Moment lang fragte sich Sadegh, ob sie zu weit gegangen war.

«Ihre Geschäfte interessieren mich nicht im Geringsten», erwiderte sie übertrieben gelassen.

«Was wollen Sie dann, Kindchen?»

Eine rosa Zungenspitze befeuchtete die schmalen Lippen.

Parisa schluckte.

«Informationen», sagte sie tonlos.

Jeder wusste, dass der Zar ein Menschenhändler und Zuhälter war, trotzdem war es der Polizei in den achtzehn Jahren, die er sich in Norwegen aufhielt, nie gelungen, ihm auch nur das geringste Vergehen nachzuweisen. Und das lag nicht etwa daran, dass er schwer zu finden gewesen wäre. Es ging das Gerücht, dass er sein Mietshaus in der Skippergata seit zehn Jahren nicht mehr verlassen hatte.

Der schummrige Raum roch nach einer Mischung aus kaltem Zigarrenrauch und Gewürzgurken. Hinter dem Zaren, in einem merkwürdigen Korbstuhl mit Pfauenfedern zwischen dem Geflecht, saß ein junger Mann im Trainingsanzug, der eine Tüte Garnelen von Coop Mega auf dem Schoß hatte. Jedes Mal, wenn er eine Garnele in den Mund steckte, hörte Parisa es knacken, und sie fragte sich, ob der

Mann die Tiere samt Schale aß. Sie versuchen, mich psychisch fertigzumachen, dachte sie und merkte, dass der Gedanke guttat. Ihr Blick kehrte zum Sessel zurück.

«Die Polizei fragt sich also: Kann der Zar uns mit Informationen dienen?», sagte der Zar.

Er bewegte seine Fettmassen ein Stück nach vorn und starrte Parisa Sadegh in die Augen.

«Warum sollte ich Ihnen helfen?»

Sie überlegte eine halbe Sekunde.

«Weil eine Hand die andere wäscht.»

Der Zar wischte sich mit dem Jackenärmel einen Schweißtropfen von der Nase. Parisa bemerkte, dass der Seidenstoff von der Achselhöhle bis zum Ellbogen dunkel vor Nässe war.

«Das haben Sie letztes Mal auch gesagt.»

«Und Sie führen Ihre Geschäfte immer noch», erwiderte Parisa.

Sie erinnerte sich an ihre letzte Begegnung mit ihm. Der Zar hatte damals geglaubt, die Polizei besäße weit umfassendere Informationen über ihn, als es tatsächlich der Fall war. Sie hoffte von ganzem Herzen, dass das immer noch galt.

Der Zar betrachtete seine Hände. Parisa folgte seinem Blick. Die kurzen Finger waren überraschend zierlich, mit langen, aber gepflegten Nägeln. Am kleinen Finger der linken Hand saß ein dicker Goldring mit einem kleinen roten Rubin.

«Sprechen Sie mit Ihren Kollegen in Helsinki», sagte er plötzlich.

«Und?»

Der Zar machte eine ärgerliche Bewegung mit dem kahlen Kopf.

«Es geht das Gerücht, dass die Russen Organe aus Helsinki ordern.»

Parisa Sadegh versuchte, sich an alles zu erinnern, was sie über russische Kriminelle in Skandinavien wusste.

«Jemand holt für russische Auftraggeber Organe aus Helsinki?»

Der Zar nickte.

«Jetzt habe ich Ihnen geholfen. Womit helfen Sie mir?»

«Moment noch.»

Parisa musterte das Gesicht im Sessel. «Wieso fahren sie dazu bis nach Helsinki? Wieso besorgen sie sich die Organe nicht in der Nähe der Auftraggeber?»

«Helsinki liegt näher an St. Petersburg als Moskau ...»

Der Zar verstummte und schwieg, während er sein weißes Taschentuch hervorzog.

«In Russland gibt es Menschen mit sehr viel Geld», fuhr er fort und hob den Blick. «Die wollen keinen Wolga und keinen Strass, die wollen Rolls-Royce und Diamanten. Wieso sollte das bei Organen anders sein?»

Parisa schüttelte den Kopf.

«Wollen Sie damit sagen, dass ...?»

«Die Lebenserwartung eines Russen ist im Durchschnitt fast fünfzehn Jahre niedriger als die eines Skandinaviers. Russische Organe sind durch Wodka und fettes Essen ruiniert. Warum sich mit zweitklassiger Ware begnügen, wenn man sich das Allerbeste leisten kann?»

Parisa spürte, wie sie an den Armen eine Gänsehaut bekam.

«Und Sie glauben, die könnten dasselbe in Oslo tun? Warum lassen sie die Eingeweide dann liegen?»

Der Zar trocknete sich die Stirn und nahm eine halbgerauchte Zigarre aus dem Aschenbecher.

«Ich bin kein Hellseher», sagte er gereizt. Parisa bemerkte aus den Augenwinkeln, dass der Mann auf dem Pfauenstuhl die Tüte mit den Garnelen weggelegt hatte.

«Sind Sie sicher?»

«Ich weiß, was ich wissen muss.» Das Taschentuch fuhr wieder über den Nacken. «Deswegen sind Sie doch gekommen? Oder wollten Sie noch etwas anderes?» Er lächelte breit mit halb geöffnetem Mund. Die rosa Zungenspitze fuhr blitzschnell über die Lippen. «Falls Sie Ihre Möse anbieten möchten ...»

Parisa fing den dunklen Blick ihres Gegenübers auf.

«Können Sie Namen nennen?», fragte sie ruhig. «Høyner?»

Der Zar schüttelte den Kopf.

«Das reicht. Jetzt sind Sie dran.»

Die kurzen Finger spielten mit einem vergoldeten Feuerzeug. «Vergessen Sie nicht, dass Sie mir etwas schulden.»

Der Zar zündete die halbgerauchte Zigarre an und blies den Rauch quer über den Tisch.

«Ich denke an nichts anderes», erwiderte Parisa Sadegh kurz und stand auf. «Vorsicht mit dem Rauchen, das macht schlechte Haut.»

Bevor der Zar antworten konnte, fiel die Tür hinter ihr zu.

41 | Polizeipräsidium, am selben Abend

Es war nicht mehr viel Bräune übrig auf dem müden Gesicht.

Außer einem deutlich mitgenommenen Erlend Høyner befanden sich Rolf Lykke, Lasse Viker und Parisa Sadegh in dem winzigen Verhörraum. Ted Eriksen war in aller Eile mit dem Nachmittagsflug nach Den Haag geschickt worden, um sich dort mit Zimmermann und dessen Kollegen von Europol zu treffen.

«Aber wenn Sie nichts mit dem Mord an Ingrid zu tun hatten, wieso haben Sie sich dann die Mühe mit den falschen Flugtickets gemacht?»

Die Frage kam von Lasse Viker.

«Weil ich wusste, dass man mich verdächtigen würde, und Angst hatte, dass Sie den Schnaps entdecken.»

«Und die Blutflecke?»

Lykke versuchte, Høyners unruhigen Blick einzufangen.

«Ich habe mich mit dem Messer geschnitten, als ich das Klebeband von den Kartons mit den Fußballschals abmachen wollte. Hier.»

Høyner streckte den rechten Arm aus und zeigte auf einen rosa Streifen zwischen Daumen und Zeigefinger. «Ist fast vier Wochen her. Das können Sie nachprüfen. Es ist mein Blut.»

«Wohin waren Sie unterwegs, als man Sie geschnappt hat?», fragte Parisa Sadegh scharf.

Es war das dritte Mal, dass Høyner die Frage gestellt wurde, und offensichtlich musste er sich zusammenreißen, um nicht laut zu werden.

«Nach Göteborg, um bei einem Bekannten unterzuschlüpfen.»

«Wem?»

«Darauf möchte ich lieber nicht antworten.»

«Darauf möchte er lieber nicht antworten! Sind Sie sich im Klaren darüber, dass Sie im Moment verdammt schlechte Karten haben?» Lasse Viker nagelte Høyner mit dem Blick fest. «Himmelherrgott, jetzt sagen Sie endlich, zu wem Sie in Göteborg wollten, sonst kaufen wir Ihnen die Geschichte nicht ab!»

Høyner starrte trotzig auf die Tischplatte. Viker beugte sich vor, um weiterzuschimpfen, aber Lykke hielt ihn zurück.

«Zu Anna?»

«Wer soll das sein?»

Die Überraschung wirkte echt. Es war den Versuch wert gewesen. Lykke änderte die Taktik.

«Vergessen Sie's.» Der Kommissar lächelte schief. «Aber was um alles in der Welt hatten Sie in diesem Tierpark verloren?» Seine Stimme war sanft, der Ton beinahe kameradschaftlich.

«Ich war in keinem Tierpark, das habe ich doch schon gesagt. Ich wollte das Auto wechseln und fand einen großen Parkplatz ...»

«Sie wussten also nicht, dass es ein Tierpark war?»

«Nein.»

Lykke erhob sich und schwieg eine Weile. Sie führten die Vernehmung seit über einer Stunde, und bis jetzt hatten Høyners Erklärungen ziemlich glaubhaft geklungen. Er beschloss, seinen Trumpf auszuspielen.

«Was ist mit Ihrem Vater?»

Høyner bekam plötzlich einen strammen Zug um den Mund. Er veränderte die Beinstellung und legte den Kopf eine Spur zu kontrolliert schräg.

«Meinem Vater? Was soll mit ihm sein?»

Lykke ließ ihm keine Sekunde Bedenkzeit.

«Das wollen wir von Ihnen hören.»

«Ist ihm was passiert?»

Høyner hatte seinen Blick auf die gelbe Glasfasertapete hinter Lykke geheftet.

«Wollen Sie damit sagen, Sie wissen nicht, wo er ist?», fragte Lykke leise.

Høyner rieb sich die rot geränderten Augen.

«Als ich das letzte Mal mit ihm telefonierte, hat er mir nicht gesagt, wo er ist. Was tut das überhaupt zur Sache?»

«Ziemlich viel, vermutlich.» Lasse Viker stellte sich hinter Høyner und beugte sich über dessen Lockenkopf. «Falls Sie versuchen, Ihren Vater zu decken, kann Sie das richtig teuer zu stehen kommen.»

Erlend Høyner öffnete resigniert die Arme.

«Okay. Was wollen Sie wissen? Vor ein paar Jahren wurde er wegen Urkundenfälschung und Betrug verurteilt. Jetzt arbeitet er in Tallinn, aber das haben Sie doch sicher längst herausgefunden?»

Viker nickte.

«Yes. Weiter.»

«Nichts weiter. Mehr weiß ich nicht!» Seine Stimme wurde schrill.

«Ist er religiös?», fragte Lykke.

«Was hat das damit zu tun?»

«Alles, möglicherweise ...»

Høyner legte den Kopf in die Hände.

«Er glaubt wohl an Gott, wie viele andere auch ...»

«‹Zittere vor Furcht›», sagte Lykke und sah ihn scharf an.

«Was meinen Sie?»

«Haben Sie das schon mal gehört?»

«Ich habe keine Ahnung, wovon Sie reden.»

Lykke ließ ihm Zeit.

«Er ist in den Alkoholschmuggel nicht verwickelt?»

«Nein, um Gottes willen, zu so etwas würde er sich nie herablassen.»

«Warum nicht?»

Das kam von Parisa Sadegh. Sie hatte ihren Stuhl dicht neben Høyner gerückt und verfolgte jede kleinste seiner Reaktionen mit Argusaugen.

«Weil ...» Høyner suchte nach Worten. «Weil er sich nie mit etwas abgeben würde, was er für ein simples Verbrechen hält, und am allerwenigsten würde er mit mir zusammenarbeiten.»

«Wirtschaftsverbrechen sind also nicht simpel?»

Erlend Høyner seufzte schwer.

«Er betrachtet sich als Geschäftsmann. Das Schmuggeln von Plastikkanistern liegt weit unter seiner Würde.»

Es war nicht schwer, einen Hauch von Verachtung aus seiner Antwort herauszuhören.

«Und zu Ihnen hat er nicht sonderlich viel Vertrauen ...?»

Lykke fing Høyners Blick ein und hielt ihn fest.

Erlend Høyner sank auf seinem Stuhl zusammen. Seine Kiefermuskeln arbeiteten angestrengt, und die langen, gepflegten Finger zitterten auf der Tischplatte.

«Er war schon immer der Meinung, dass ich eine Null bin.» Høyner starrte Lykke an. «Zu nichts zu gebrauchen. Fragen Sie meinen Psychologen, der kann Ihnen ein Lied davon singen.» Sein langer Körper bebte. «Er würde sich lieber mit ... mit einer Horde Debiler abgeben, als mit mir zusammen ein Ding zu drehen. Verstehen Sie?»

Die letzten Worte kamen in kurzen Schluchzern. Völlig ohne Vorwarnung schoss ein Schwall Mageninhalt aus seinem Mund.

«Verdammte Scheiße!»

Lasse Viker warf sich nach hinten.

Parisa Sadegh kippte bei dem verzweifelten Versuch, der Fontäne zu entgehen, mit ihrem Stuhl um. Sie lag auf dem Boden, den halben Oberkörper und das Gesicht mit Erbrochenem bedeckt. Der helle Tisch hatte sich in eine stinkende Lache aus grünbraunem Schleim und Galle verwandelt.

Rolf Lykke holte ein Papiertuch vom Waschbecken und entfernte ein paar Flecke von seinem rechten Schuh.

Høyner saß leichenblass da, die Unterarme lagen in seinem eigenen Erbrochenen.

«Tut ... tut mir leid», stotterte er.

Lykke gab Viker ein Zeichen, der nach draußen verschwand und kurz darauf mit einem Plastikbecher und einer dicken Rolle Küchenpapier zurückkam.

«Hier, Wasser.»

Høyner nippte vorsichtig an dem Becher.

«Das ist mir wirklich sehr unangenehm.»

Ein Beamter kam mit einem Putzeimer und zwei groben Scheuertüchern herein. Sein Gesichtsausdruck zeigte deutlich, dass dies nicht die Art von Arbeit war, die er sich vorgestellt hatte, als er letztes Jahr die Polizeischule beendete.

«Nur das Gröbste», sagte Lykke kurz und nickte zum Tisch.

Sadegh stand über das kleine Handwaschbecken gebeugt.

Der junge Beamte wäre bei CityClean wirklich nicht weit gekommen, aber nachdem er einige Minuten gewischt hatte, fand Lykke, dass es reichte, und gab das Zeichen zur Fortsetzung der Vernehmung.

Parisa Sadegh trug jetzt nur noch ein graues T-Shirt über der Hose. Ein tätowierter Skorpion auf ihrem linken Oberarm stand in starkem Kontrast zur goldbraunen Haut. Den Pullover hielt sie zu einem feuchten Klumpen zusammengerollt in der Hand.

«Und die Pornofilme waren für Ihren Eigenbedarf?», fragte sie so gleichgültig wie möglich.

Erlend Høyner stellte den Plastikbecher auf den Tisch. Ein mattes Lächeln erschien auf seinem fahlgrauen Gesicht.

«Ja, wie Sie sehen, eigne ich mich nicht besonders zum ausgekochten Verbrecher.»

Lykke starrte auf seine Schuhe. Er war sich nicht sicher. Erlend Høyners Erklärungen wirkten recht einleuchtend, aber Lykke hatte ihre erste Begegnung nicht vergessen. Da hatte der Mann auch glaubhaft gewirkt. Zumindest hatte er seine Rolle überzeugend gespielt.

«Organhandel», warf Lykke ein. «Sagt Ihnen das was?»

«Nicht direkt …»

Høyner hatte seine Jacke ausgezogen und die Hände in den Schoß gelegt. «Ich weiß natürlich, dass es so etwas gibt.»

«Waren Sie im vergangenen Jahr in Helsinki?»

Parisa Sadegh beugte sich vor und sah ihm in die matten Augen.

«Ich ...», begann er. «Ja, ein Mal, im Frühjahr. Was hat das damit zu tun?»

Er blickte zwischen den drei Ermittlern hin und her.

Es klopfte kurz. Lykke drehte sich gereizt um.

«Herein!»

Darre stand in der Tür, einen Zettel in der Hand. Seine Körpersprache verriet, dass er mit einer wichtigen Nachricht kam.

Noch bevor der Beamte den Mund öffnete, war Lykke klar, was für eine Nachricht das war.

42 | Ullevål, am selben Abend

Die drei Plastikbeutel standen ordentlich aufgereiht auf der Küchenanrichte. Der Inhalt hatte gerade zu tauen begonnen. Etwas, das an ein Anglermesser erinnerte, steckte bis zur Hälfte der Klinge in einem der Beutel. Durch das Loch in der Plastikfolie war rote Flüssigkeit ausgelaufen und sickerte nun langsam in das Holz der Arbeitsplatte.

Eine gutgekleidete Frau in den Dreißigern saß am Küchentisch, die Hände in den Schoß gelegt. Sie konzentrierte sich darauf, nicht in Richtung Anrichte zu blicken.

«Sie haben die Sachen gefunden?»

Auf Lykkes Jackenrevers lag immer noch Schnee. Lasse Viker und Parisa Sadegh hielten sich abwartend im Hintergrund. Steve Jørgensen, ein Techniker von der nationalen Kriminalpolizeizentrale Kripos, stand in weißem Overall und mit hellblauen Handschuhen bei ihnen und erstattete leise Bericht.

«Ja, das heißt, ein Interessent hat mir den Hinweis gegeben. Er hatte die Gefriertruhe geöffnet und sich gewundert, dass sie nicht leer war.»

Lykke stutzte.

«Ein Interessent?»

«Ich arbeite als Assistentin bei einem Immobilienmakler. Wir hatten hier heute Abend einen Besichtigungstermin.»

Lykke zog einen Stuhl hervor und nahm gegenüber der Frau Platz.

«Der Fund wurde also von jemandem gemacht, der an der Besichtigung teilgenommen hat?»

«Ja.»

«Haben Sie den Namen der betreffenden Person?»

«Er steht hier auf der Liste.»

Die Maklerassistentin zog eine Liste hervor, auf der ein Dutzend Namen und Telefonnummern standen. «Hier, der.»

Sie deutete auf den letzten Eintrag.

«Petter Bryde?» Der Name sagte Lykke überhaupt nichts. «Was hatten Sie für einen Eindruck von ihm?»

«Wie meinen Sie das?»

Die Frau konnte nicht ganz folgen.

«Dieser Bryde. Wie hat er auf Sie gewirkt?»

«Tja, ich weiß nicht genau. Wie ein ganz normaler Mann. Ungefähr fünfunddreißig, würde ich sagen. Er kam zusammen mit einer Frau und einem kleinen Kind, vielleicht vier oder fünf Jahre alt.»

«Und er schien interessiert?»

«Absolut. Er stellte eine Menge Fragen und lief mit einem Zollstock herum und ... na ja, alles so was ...»

«Verstehe.»

«Das war sicher auch der Grund, warum er die Gefriertruhe geöffnet hat.» Die Wangen der Maklerassistentin hatten sich gerötet. «Manche Käufer sind so. Die müssen einen Blick hinter den Kühlschrank werfen und legen eine Wasserwaage auf den Badezimmerfußboden und ...»

«War das die erste Besichtigung?», unterbrach Lykke sie.

«Ja.»

«Gibt es schon ein Gebot?»

Die Maklerassistentin zögerte.

«Ja. Ich bekam einen Anruf, während ich auf die Polizei gewartet habe. 6,8 Millionen. Das entspricht ungefähr dem Schätzwert, aber ich denke, es geht noch höher.»

«6,8 Millionen?» Lykke blickte sich in der heruntergekommenen Küche um. «Und wie heißt der Besitzer?»

«Es ist ein Nachlass. Die bisherige Eigentümerin ist vor ein paar Monaten gestorben. Sie wohnte seit vor dem Krieg hier.»

Lykke drehte sich zu den Plastikbeuteln auf der Anrichte um. Die rote Pfütze war größer geworden, ein paar Tropfen hatten schon den Weg auf den Fußboden gefunden.

«Warum haben Sie die Polizei gerufen?»

Die Maklerassistentin sah ihn verständnislos an.

«Na, weil in den Beuteln ein Messer steckte. Ich bin erst vor zwei Tagen durch das ganze Haus gegangen, um zu kontrollieren, ob die Putzkolonne ordentlich gearbeitet hat. Es gab in der letzten Zeit ein paar Klagen, wissen Sie», fügte sie hinzu. «Und da war die Gefriertruhe leer. Kein normaler Mensch legt bei einer Hausbesichtigung drei Beutel Fleisch und ein Schlachtermesser oder was das nun ist, in eine leere Gefriertruhe. Hätte ich nicht anrufen sollen?»

Lykke stand auf und betrachtete das Blut auf dem Fußboden.

«Doch, doch, unbedingt. Das war ganz richtig von Ihnen. Haben Sie das Messer angefasst?»

Die Frau verdrehte theatralisch die Augen.

«Lieber Himmel, nein, natürlich nicht.»

«Gut.» Jedenfalls etwas, dachte Lykke. «Was glauben Sie, wie viele Interessenten waren heute hier?»

«Sicher mehr als fünfzig. Es kommt nicht so oft vor, dass ein Reihenhaus an der Akersborg terrasse zum Verkauf steht.»

Rolf Lykke seufzte tief und blickte zum Kriminaltechniker an der Tür hinüber. Armer Teufel.

Lykke ging in das enge, schmale Wohnzimmer und gab Viker und Sadegh ein Zeichen, ihm zu folgen. Die Gefriertruhe stand im Keller, im ursprünglichen Heizungsraum. Auch das Kellergeschoss war offenbar seit dem Zweiten Weltkrieg nicht mehr renoviert worden, die große Gefriertruhe dagegen schien relativ neu zu sein.

Lykke vermied es, den Handgriff zu berühren, und presste stattdessen einen Finger zwischen die Gummidichtung, um den Deckel zu öffnen.

Da war nicht viel zu sehen. Die Truhe war offenkundig gesäubert und vollständig leer.

Viker zuckte die Schultern.

«Dann heißt es wohl abwarten, bis der Besitzer seine Eingeweide als vermisst meldet.»

Lykke schaffte es nicht, zu lächeln. Er spürte Druck hinter den Augen. Er hatte ihn schon am Vorabend bemerkt, und seitdem war er immer stärker geworden.

Wer zum Teufel spielte auf diese Weise mit ihnen?

«Finde heraus, ob jemand vermisst wird, auf den das passen könnte.» Rolf Lykke sah Parisa Sadegh an.

«Ich habe Darre gebeten, die Anzeigen zu überprüfen, bevor wir gefahren sind.»

Lykke nickte.

«Gut.»

Er blickte zur Tür und sah gerade noch den Techniker vorbeihuschen, der mit den Plastiktüten auf dem Weg nach draußen war.

Vor dem Haus hatte sich eine kleine Gruppe von Leuten versammelt. Lykke erkannte mehrere Gesichter, Journalisten der großen Osloer Tageszeitungen. Er hob das breite Plastikband an, das den Eingang gegen Schaulustige absperrte, und steuerte auf seinen Dienstwagen zu, der ein Stück entfernt stand.

«Haben Sie etwas gefunden?»

Eine Reporterin vom Dagbladet holte ihn als Erste ein.

Lykke ging weiter auf das Auto zu, ohne sich zu ihr umzudrehen.

«Für eine Auskunft dazu ist es noch zu früh. Die Presse bekommt Bescheid, sobald wir mehr wissen.»

«Besteht ein Zusammenhang mit den Serienmorden?»

VG und Aftenposten kamen jetzt hinterhergehetzt.

«Für eine Auskunft dazu ist es zu früh», wiederholte Lykke mürrisch, setzte sich in den Wagen und schlug der frierenden Meute die Tür vor der Nase zu. Viker und Sadegh folgten ihm auf dem Fuß.

Akersborg terrasse war eine kurze, schmale Sackgasse mit einem Wendeplatz am Ende. Viker hatte alle Mühe, den Wagen an den Räumkanten der Schneepflüge und den Reihen geparkter Autos vorbeizumanövrieren.

«6,8 Millionen, und dann haben sie noch nicht mal eine Garage», brummte Lykke. In seiner Manteltasche piepste es. Er angelte das Handy heraus und las die SMS.

«Nachricht von Ted. Høyner senior ist ein unbeschriebenes Blatt im Organhandel. Aber die finnische Polizei hatte ihn im Archiv. 3000 Euro Bußgeld wegen Raserei. Sofortiger Führerscheinentzug. Helsinki, 18. April letzten Jahres.»

Lykke starrte auf das leuchtende Display.

«Wenigstens etwas», murmelte er.

Viker und Sadegh wechselten stillschweigend einen Blick im Rückspiegel.

43 | Manglerud, 21. Dezember, morgens

Lykke stand unbeweglich am Herd und starrte auf die Uhr. Mit einer Hand hielt er den Griff eines Topfes mit sprudelnd kochendem Wasser fest, und zwar seit fast fünf Minuten in genau derselben Stellung. Wenn er etwas nicht leiden konnte, dann Eier, die nicht perfekt gekocht waren.

Sonja und Ida hatten bei der Oma in Bøler übernachtet. Sonja hatte ihm einen Zettel hingelegt, ihre Mutter hatte eine Lungenentzündung bekommen und musste gepflegt werden. Er hatte versucht, früh schlafen zu gehen, dann aber viele Stunden wach gelegen und gegrübelt. Als er endlich gegen Morgen eingeschlafen war, hatte er geträumt, dass Trond Blindheim die Serienmorde auf eigene Faust gelöst hatte und von König Harald während eines Festakts an der Akersborg terrassen zum Ritter geschlagen worden war.

Lykke war schweißgebadet aufgewacht. Um sechs war er aufgestanden, hatte lange geduscht und die Zeitung hereingeholt. Es hatte aufgehört zu schneien, und das Thermometer war auf wenige Grad unter null geklettert.

Er blickte von der Uhr über dem Herd auf das kochende Wasser. Anschließend nahm er den Topf von der Platte und drehte den Wasserhahn auf. Plötzlich wurde ihm bewusst, dass er seit dem letzten Mittag nichts mehr gegessen hatte. Er fand Knäckebrot in einer Schublade, stellte das Ei in einen Eierbecher und machte es sich am Küchentisch bequem.

Aftenposten brachte nichts über die Funde im Haus an der Akersborg terrasse. Im Innenteil waren dem «Serienmord» – eine Bezeichnung, die alle Medien konsequent verwendeten – anderthalb Seiten gewidmet. Das meiste waren wiedergekäute alte Nachrichten und Interviews mit diversen Leuten, die jedoch kein neues Licht auf die Fälle warfen. Außerdem war noch Platz gewesen für einen Vergleich mit einer ähnlichen Sache vor ein paar Jahren in Schweden. Ganz unten auf der Seite war ein kleines Foto von ihm selbst. «Kommissar Rolf Gordon Lykkes Ermittlung tritt auf der Stelle», stand unter dem Bild.

Lykke faltete die Zeitung zusammen und konzentrierte sich auf das gekochte Ei. Es war glibbrig.

Zwanzig Minuten später parkte er den Passat in der Tiefgarage des Polizeipräsidiums. Er hatte Ted Eriksen in einem Hotelzimmer in Den Haag angerufen und geweckt. Laut Eriksen war Europol nicht auf dem neuesten Stand, was den Organhandel in den baltischen Ländern betraf. Über Russland hatten sie dagegen jede Menge Informationen. Dort war der Verkauf von lebenswichtigen Organen ein lukratives Geschäft für einige wenige organisierte Banden geworden, deren Gemeinsamkeit darin bestand, dass ihre Leute das Gesundheitswesen unterwandert hatten. Høyner war niemandem bei Europol ein Begriff, selbst nach der gesteigerten Aufmerksamkeit der baltischen Polizei in den letzten Tagen. Es war offensichtlich, dass Major Kulenkov auf ihren Mailinglisten nicht an oberster Stelle stand.

Wie üblich war Darre der Erste in seiner Abteilung, der ihm im Flur über den Weg lief. Er sah besorgt aus.

«Was Neues?»

Darre schüttelte den kahlen Kopf.

«Erlend Høyner hat darum gebeten, Thorbjørn Ruud als Anwalt zu bekommen.»

«Na ja, wenn er unbedingt den schlechtesten will ... Schick Lasse und Parisa zu mir rein, bitte.»

Lykke blieb am Automat stehen und drückte den Knopf für Kaffee. Als er sich bückte, um den glühend heißen Becher herauszunehmen, jagte ihm ein Stich durch die Kniekehle. Er fluchte leise und humpelte den grell erleuchteten Gang hinunter.

Parisa Sadegh saß schon auf dem Besucherstuhl. Sie hatte eine Plastikmappe auf dem Schoß.

«Lasse kommt erst um zehn. Irgendwas ist mit den Zwergen.»

Lykke schälte sich aus dem Mantel und hängte ihn über den Stuhlrücken. Er wollte schon anfangen, wegen Vikers Abwesenheit während einer wichtigen Ermittlung zu schimpfen, besann sich aber. Lass es nicht an Parisa aus, dachte er. Reiß dich zusammen. Du sollst motivieren.

«Und, geht's dir gut?»

Parisa Sadegh sah ihren Chef fragend an.

«Ja, ich kann nicht klagen.»

«Schläfst du nachts? Hast du Zeit zu essen?»

Sadegh lächelte und überlegte, ob sie ihm von dem Zwischenfall mit Ted Eriksen erzählten sollte, beschloss aber, es zu lassen.

«Viel Schlaf habe ich in der letzten Zeit nicht gekriegt, aber es geht schon.» Sie zögerte. «Und was ist mit dir?»

«Ich bin davon aufgewacht, dass ich von Trond Blindheim geträumt habe. Nicht gerade der beste Start in den Tag.»

Sadegh lachte laut.

«Soll ich dir mal was Lustiges zeigen?», sagte sie plötzlich und zog eine DVD aus der Tasche.

«Na klar!»

Parisa Sadegh schaltete den PC auf dem Schreibtisch an und legte die DVD ein.

Lykke betrachtete die junge Kollegin. Sie ist hübsch, dachte er. Ab und zu erinnerte sie ihn ein bisschen an Sonja.

«Das hat ein Freund von mir vorige Woche gefilmt.»

Sie drückte eine Taste und lehnte sich zurück, damit Lykke besser sehen konnte.

Auf dem Bildschirm begann ein Film, in dem mehrere Leute im Begriff waren, aus einem Flugzeug zu springen.

«Das bin ich.»

Sie zeigte auf eine Person mit Helm und großer Schutzbrille, die sich aus dem Flugzeug warf. «Wir sind aus zehntausend Fuß gesprungen. Da bin ich!»

Lykke beugte sich vor und erkannte ein lächelndes Gesicht im freien Fall, das direkt in die Kamera strahlte.

«Sieht ganz schön gefährlich aus.»

«Das ist es nicht, wenn man alles richtig macht. Es würde dir Spaß machen.»

Lykke musste lächeln.

«Glaubst du?»

«Du bist jemand, der die Dinge gerne im Griff hat. Darum geht es beim Fallschirmspringen.»

«Und wenn man Höhenangst hat?»

Parisa schaute ihn überrascht an.

«Hast du Höhenangst?»

«Nicht dass ich wüsste, aber ich habe meine Nase ja auch noch nie in zehntausend Fuß aus einer offenen Flugzeugtür gehalten.»

«Daran gewöhnt man sich.»

«Das muss man wohl.»

«Was sind denn deine Hobbys?»

Parisa Sadegh sah ihn gespannt an.

«Ich laufe gern Ski», sagte er. «Aber dazu bleibt leider wenig Zeit ...»

«Man muss leben, solange man die Chance dazu hat», sagte Sadegh.

Rolf Lykke verfolgte auf dem Bildschirm, wie Parisa mit rudernden Armen und Beinen Richtung Erde fiel.

«Du bist schon ein tolles Mädchen, Parisa ...» Er räusperte sich leicht verlegen und stand auf. «Ist noch was von unseren Freunden in Helsinki gekommen?»

«Sie haben nur ein paar Unterlagen gemailt. Man wird nicht recht schlau daraus. Die bestätigen nur, was sie mir gestern schon am Telefon gesagt haben. Dass im Juni ein finnischer Staatsbürger ermordet aufgefunden wurde, ohne Nieren, aber alle anderen Organe waren unversehrt.»

«Keine Hinweise darauf, dass Russen Organe gekauft haben?»

Parisa schüttelte den Kopf, während sie in den Papieren blätterte.

«Sie haben diverse Theorien überprüft, darunter auch diese, aber keine Beweise gefunden.»

Lykke ließ seinen Zeigefinger über den Nasenrücken abwärtswandern.

«Ist die Lebenserwartung von Männern in Skandinavien wirklich fünfzehn Jahre höher als in Russland?»

Parisa nickte. «Ich habe mich beim Gesundheitsamt erkundigt.»

Lykke fand eine Kaugummipackung in der Jackentasche. «Da *könnte* was sein. Aber warum macht sich jemand die Mühe und friert die restlichen Organe ein?»

«Um zu verschleiern, dass es um einen abgeschmackten Handel geht?», schlug Parisa vor.

Lykke nestelte an der roten Extra-Packung.

«Das muss wohl der Grund sein, in dem Fall ... Hat der Zar etwas gesagt, was darauf hindeutet, dass er über Insiderinformationen verfügt, über Høyner beispielsweise?»

«Schwer zu sagen. Nach meiner Einschätzung hat er gar keine sichere Quelle, sondern einfach was gehört.»

«Gehört?»

«Ja, als Gerücht. Wenn die finnische Polizei eine Theorie hat, verbreitet sich das natürlich sofort auch unter den Ganoven.»

«Sicher.» Lykke lächelte flüchtig. «Was sagen die Zeitungen?»

Parisa Sadegh seufzte. «Wir haben bald jede kleine Lokalzeitung im Land durch. Keine hat einen Journalisten zu Dahl geschickt.»

«Radio, Fernsehen, Wochenzeitschriften?»

«Auch nicht.»

«Mist!»

Sadegh sah zu Boden.

«Soll ich die schwedischen Kollegen bitten, eine Suchaktion zu starten?»

Lykke zögerte, dann schüttelte er nachdenklich den Kopf.

«Verschwendete Energie. Mit einem Vornamen und einem Anruf aus einer Telefonzelle in Göteborg kommen wir nicht weit. Außerdem glaube ich nicht, dass sie sich zu erkennen geben würde, falls sie etwas mit der Sache zu tun hat.»

Sein Zeigefinger fuhr erneut über den Nasenrücken. «Ist das die Liste der Vermissten?» Er deutete auf die Mappe auf ihrem Schoß.

«Ja.» Parisa nahm die DVD aus dem Laufwerk des PCs.

«Keine große Auswahl, fürchte ich.» Sie blätterte in der Mappe. «Letzte Woche sind zwei Personen gemeldet worden. Ein junger Mann aus Stovner wird seit Sonntagnachmittag vermisst, und ein Mädchen aus Kristiansund ist nicht mehr in die Skischule in Høvringen zurückgekehrt.»

Lykke lehnte sich auf seinem Bürostuhl zurück.

«Und die anderen auf der Liste?»

«Insgesamt dreiundzwanzig Personen, wenn wir die dazurechnen, die seit Anfang des Jahres vermisst werden. Und es könnte durchaus einer von denen sein», fügte sie hinzu. «Die Innereien waren ja gefroren. Wer weiß, vielleicht hat der Typ ein ganzes Lager voller tiefgefrorener Menschenteile.»

Lykke stand auf und stellte sich ans Fenster.

«Was bedeutet der letzte Mord für unsere Organtheorie?»

Sadegh zuckte resigniert mit den Schultern.

«Schwierig, da was herauszulesen, bevor wir wissen, wer getötet wurde und ob eventuell Organe fehlen», sagte sie.

Lykke strich sich über den Nacken.

«Stimmt. Aber die Chance, dass Erlend Høyner unmittelbar darin verwickelt ist, ist wohl minimal?»

Sadegh nickte.

«Der junge Mann aus Stovner», sagte Lykke plötzlich. «Was wissen wir über den?»

Sadegh sah in ihre Unterlagen.

«Svein Torp, sechsundzwanzig. Eins achtzig groß. Blond, blaue Augen. Bekleidet mit Jeans, braunen Winterschuhen und einer Jacke mit Fellkragen. Er hat als Trainee bei Stabburet in Mastemyr gearbeitet. Zuletzt gesehen am 7-Eleven im Hegdehaugsveien ...»

Sadegh wurde durch ein kurzes Klopfen unterbrochen.

«Ja!»

Anne Breiby erschien in der Tür. Sie nickte Parisa Sadegh kurz zu, bevor sie sich an Lykke wandte.

«Ich möchte Sie unter vier Augen sprechen.»

«Bin schon weg.» Parisa Sadegh packte ihre Unterlagen zusammen und warf Lykke einen aufmunternden Blick zu, bevor sie die Tür hinter sich schloss.

Breiby blieb stehen und sah Lykke an.

«Was gestern vorgefallen ist, war nicht gut.»

Lykke starrte trotzig aus dem Fenster. Jetzt kommt's, dachte er.

«Ich bin für Sie in die Bresche gesprungen», fuhr Breiby fort.

Lykke sah sie überrascht an.

«Holt wollte die Angelegenheit weiterverfolgen, aber ich habe ihn überredet, die Sache auf sich beruhen zu lassen.» Sie setzte sich auf den Stuhl vor seinem Schreibtisch und sah zu ihm hoch. «Nicht, weil ich der Meinung wäre, dass Sie nicht deutlich zu weit gegangen sind, sondern weil wir Sie brauchen, ganz einfach gesagt.»

Lykke öffnete den Mund zu einer Antwort, aber die Polizeidirektorin kam ihm zuvor. «Ich weiß, dass Blindheim keine Leuchte ist», sagte sie. «Aber das gibt Ihnen nicht das Recht, ihn herunterzuputzen. Und Sie haben sich gestern aufgeführt wie ein bockiger, verzogener kleiner Junge.»

«Ich ...»

«Lassen Sie mich ausreden! Wir dulden ein derartiges Verhalten nicht. Haben Sie mich verstanden?»

Lykke nickte langsam.

«Ja.»

Die Tür schloss sich mit einem scharfen Klicken hinter ihr.

Lykke blieb einigermaßen benommen zurück. Plötzlich begriff er, warum Breiby in der Hierarchie weit über ihm stand: Indem sie ihm gegenüber ihre persönliche Meinung über Blindheims Intelligenz offenbarte, hatte sie ihn an der Angel. Das war genau der richtige Kniff, um ihn auf Kurs zu halten, während sie ihn gleichzeitig ausreichend scharf zurechtwies, um nicht das Gesicht zu verlieren.

Das Telefon klingelte. Lykke war schon tief in seine Jackentasche abgetaucht, bevor ihm klarwurde, dass es der Apparat auf dem Schreibtisch war.

«Rigmor hier.»

Lykke richtete sich unmerklich auf.

«Die letzten Organe, die du uns geschickt hast, stammen nicht von einem Menschen», kam es zögernd durch die Leitung.

«Was?» Lykke erhob sich langsam.

«Sie stammen von einem großen Tier, vermutlich von einem Pferd.»

Rolf Gordon Lykke stand mit dem Hörer am Ohr aufrecht hinter seinem Schreibtisch.

«Nein, von einem Esel», hörte er sich selbst sagen.

«Einem Esel?»

Rigmor Haugens Stimme war eine Oktave gestiegen.

«Vor ein paar Tagen ist in Oslo ein Esel gestohlen worden. Das stand auf der Titelseite von VG oder Dagbladet ...»

Am anderen Ende blieb es einige Sekunden still.

«Es kann natürlich auch ein Esel sein. Ich werde das überprüfen. Was bedeutet das?»

Lykke starrte auf die geschlossene Tür seines Büros, als erwartete er, dass die Antwort hereinspaziert käme.

«Ich habe keine Ahnung», sagte er.

Er drückte die schwere Glastür auf und nickte der molligen Frau hinter der Theke zu. Sie stellte ein Tablett mit Plunderteilchen in die Auslage und wischte sich die Hände an einer großen, nicht mehr ganz sauberen Schürze ab. Lykke bestellte Kaffee und Napoleonkuchen und suchte sich einen Platz am hintersten Tisch in der fast leeren Konditorei. Als Schuljunge hatte er hier oft mit seiner Mutter gesessen und unzählige Napoleonkuchen verdrückt. Er blickte sich um. Die Einrichtung war jetzt anders, aber trotzdem sicher dreißig Jahre alt. An der Decke blätterte die Farbe ab, und über der Eingangstür wurde die Feuchtigkeit in hellbraunen Flecken sichtbar. Zwei junge Mädchen saßen ein paar Tische entfernt und tranken Tee. Sie beugten sich über die Tischplatte, hatten die Hände zu Fäusten geballt und unterhielten sich intensiv. Etwas an ihrer Körpersprache ließ ihn an Sonja denken – wieder einmal. Er merkte, wie die Gedanken kamen, und versuchte vergeblich, sie wegzuschieben. War sie die letzten Tage wirklich bei ihrer Mutter gewesen, oder hatte sie nur Ida dort geparkt und die Nächte ganz woanders verbracht? Er spürte einen Klumpen im Magen wachsen.

Lykke teilte ein großes Stück von seinem Kuchen ab, kaute und schluckte. Es schmeckte nach nichts. Er nahm noch ein Stück. Nichts. Mit wem verbrachte sie ihre Nächte? Wie lange ging das schon so? Er schloss die Augen und schüttelte kaum merklich den Kopf. Nicht jetzt, dachte er und versuchte, sich auf den Fall zu konzentrieren. Trank einen

Schluck Kaffee. Saß einige Minuten lang unbeweglich da. Langsam, aber sicher begannen die Mühlen in seinem erfahrenen Polizistengehirn wieder zu mahlen. Eigentlich hätte er erleichtert sein müssen, dass nicht noch ein Mensch getötet worden war, aber er fühlte nur Unbehagen. Ein nagendes, wachsendes Unbehagen. Viele Jahre als Ermittler hatten ihn mit Schutzmechanismen gegen die meisten Arten von Gewalt und Mord ausgestattet, aber das … Es war beinahe ein Gefühl von etwas Außerirdischem. Lykke wurde sich bewusst, wie sich seine Schultern verspannten und die Arme schlaff herabhingen. Es gab zu viele lose Fäden. Und er hatte es zu verantworten. Rolf Lykke zweifelte keine Sekunde daran, dass noch mehr Morde passieren würden. Ein Täter, der auf diese Weise Spuren auslegte, war entweder auf ein grandioses Finale aus … oder alle Spuren und der geschlachtete Esel waren nur Finten, eine Ablenkung von der Tatsache, dass es sich in Wirklichkeit nur um kommerziell motivierte Morde handelte. Organverkauf an reiche Russen?

Er hatte Darre zum Kinderbauernhof in Kampen geschickt, wo die Nachricht vom Tod des Esels mit großer Trauer aufgenommen worden war. Julius, wie das Tier wohl geheißen hatte, war in der Nacht zum 10. Dezember verschwunden. Die Polizei hatte zwar den Fall aufgenommen und ein Protokoll geschrieben, aber ihr Elan war natürlich eher verhalten gewesen. «Es gibt schließlich Grenzen, wie viel Leute man auf das Verschwinden eines Esels ansetzen kann», wie Darre es ausgedrückt hatte.

Eine junge Frau kam herein, an der Hand ein Kind im Schneeanzug. Lykke beobachtete das kleine Mädchen, während es mit der Mutter am Tresen stand. Es drehte sich um und sah ihm direkt in die Augen. Lykke versuchte ein Lächeln, merkte aber, dass es ihm nicht recht gelang.

Eine große Gestalt erschien in der Eingangstür. Lasse Viker nahm immer viel Raum ein, egal wo er war, und sein ausgeprägter Drammen-Dialekt machte ihn nicht gerade unauffälliger.

«Ein Esel?»

Viker ließ seine einhundertacht Kilo auf einen Stuhl mit gefährlich dünnen Stahlrohrbeinen fallen. «Was zur Hölle sucht er sich als Nächstes aus? Ich könnte wetten, dass dieser Verrückte sich genau in diesem Moment wahnsinnig über uns amüsiert.»

Lykke wischte sich mit der Papierserviette ein paar Kuchenkrümel aus den Mundwinkeln.

«Oder er ist zu zynisch, um sich über uns zu amüsieren.»

Viker schälte sich aus seinem Parka.

«Aber einen Esel? Zyniker kidnappen nicht mitten in der Nacht einen Esel.»

«Wenn es in ihren Plan passt, tun sie es eben doch, oder?»

Lykke merkte, dass er sich beinahe ein bisschen über den jüngeren Kollegen ärgerte. «Wir sitzen doch hier wie die Narren und wissen nicht, wo wir suchen sollen. So ist das mehr oder weniger schon seit dem ersten Mord.» Lykke starrte in seine halbleere Kaffeetasse. «Wir sind dicht dran und doch so verdammt weit weg.»

Lasse Viker schniefte und wischte sich mit dem Strømsgodset-Schal einen Tropfen unter der Nase ab.

«Könnte es einen Zusammenhang mit Erlend Høyners Tierparkbesuch geben?»

Lykke schob die Kaffeetasse in die Mitte des Tisches. Auf den Gedanken war er noch gar nicht gekommen.

«Das glaube ich nicht», sagte er nach einer kleinen Denkpause. «Und wenn, dann müssten wohl andere diese Ermittlung übernehmen.»

«Siegfried und Roy vielleicht?» Lasse Viker grinste. «Das ist nur eine Frage der Zeit», sagte er, und es klang beinahe tröstend. «Auf einmal sehen wir Licht am Ende des Tunnels.»

Lykke sah seinen Kollegen an und schüttelte langsam den Kopf.

«Wenn Dahl Polizist gewesen wäre und nicht Schauspieler, wären wir dann schon weiter?»

Viker runzelte die Stirn.

«Wie meinst du das?»

«Ich meine, dass es in Norwegen viele unaufgeklärte Morde gibt, aber keinen einzigen unaufgeklärten Mord an einem Polizisten, soweit ich weiß. Wieso nicht?»

«Weil vielleicht nicht so viele Polizisten umgebracht werden?»

Lykke fuhr sich durch sein kurzes Haar.

«Jedenfalls würde die ganze Truppe sich überschlagen, um den Polizistenmörder zu schnappen. Die Kollegen würden freiwillig Überstunden machen und mit einem Enthusiasmus bei der Sache sein, wie man ihn nur in solchen Fällen sieht.»

Viker wand sich auf seinem Stuhl.

«Worauf willst du hinaus? Was spricht dagegen, dass die Leute sich anstrengen, wenn ein Kollege getötet wird?»

«Vielleicht ...»

Lykke trank einen Schluck Kaffee.

«Egal. Es geht darum, dass Polizeiarbeit nichts mit glücklichen Zufällen zu tun hat oder damit, Licht am Ende des Tunnels zu sehen. Es geht um Gründlichkeit und Einsatzbereitschaft.»

Lasse Viker sah seinen Chef an. Ähnliches hatte er schon häufiger von Lykke gehört. Die Fälle machen dem Alten zu schaffen, dachte er. Zu keinem Zeitpunkt, seit er mit Rolf Lykke zusammenarbeitete, hatte er den Kommissar so ratlos gesehen. Und da war auch noch etwas anderes. Lasse Viker konnte es nicht genau benennen, aber irgendetwas plagte seinen Chef.

«Klar», murmelte er. «Was anderes habe ich auch nicht gemeint.»

Sie schwiegen eine Weile. Viker studierte das Gesicht seines Gegenübers. Mager war er geworden. Die Linien um den Mund und die Furchen von der Nase herab waren schärfer als je zuvor. War er inzwischen zu alt, um dem Druck standzuhalten? Quatsch. Viker schob den Gedanken weg, bevor er ihn zu Ende gedacht hatte. Er kannte niemanden, der Druck auch nur im Entferntesten so gut aushielt wie Lykke. Der Kommissar hatte die seltene Fähigkeit, sich nicht von unüberlegten Vorschlägen und äußerlichem Drängeln aus der Ruhe bringen zu lassen. Am Anfang hatte er gedacht, Lykke wäre stur und eigensinnig, aber im Laufe der Zeit hatte er begriffen, dass es um Integrität und Können ging. Er hatte zwar *auch* erlebt, dass Lykke Fehler machte, aber nie grobe Fehler, nie so, dass es weitreichende Konsequenzen hatte. Lykkes gründliches Vorgehen machte Schnitzer fast unmöglich. Er ermittelte immer breitgefächert und mit großer Geduld – manchmal in einem Ausmaß, dass es die Kollegen in den Wahnsinn trieb, aber die Ergebnisse sprachen für sich. Kein Ermittler konnte auf weniger unaufgeklärte Fälle zurückblicken als Rolf Lykke. Aber jetzt hat er zu knabbern, dachte Viker.

Das kleine Mädchen, immer noch bis obenhin eingepackt, schwankte an ihnen vorbei. Sie blieb stehen, als sie den halb aufgegessenen Kuchen auf Lykkes Teller sah.

«Kuchen», sagte sie und streckte die Hand aus.

Lasse Viker zwinkerte ihr listig zu.

«Da musst du deine Mama fragen.»

Die Kleine sah skeptisch zu dem großen unrasierten Mann hoch, bevor sie zurück zur Mutter stapfte, die ein paar Tische weiter versunken eine Zeitung las.

Lykke brach ein Stück Glasur von seinem Kuchen ab.

«Hast du gewusst, dass Napoleon ein Gesetz eingeführt hat, das Eltern verpflichtete, ihre Kinder zu ernähren, sofern die es nicht selbst konnten, auch wenn die Kinder längst erwachsen waren?»

«Nein.»

Lasse Viker wartete auf die Fortsetzung, die jedoch nicht kam.

Zwei pakistanische Jungen standen jetzt vor dem Tresen. Der eine trug einen VIF-Pullover über seinem Anorak.

«Vorwärts, Godset!»

Viker konnte sich nicht zurückhalten.

Die beiden kleinen Jungen grinsten breit und machten das Victory-Zeichen.

Lykke war in seine eigenen Gedanken versunken.

«Darre hat doch die Sache mit dem Esel untersucht, oder?», fragte er plötzlich.

Viker nickte.

«Sag ihm und Parisa Bescheid, dass sie in einer Viertelstunde zu mir ins Büro kommen sollen.»

Lasse Viker kratzte sich seinen Dreitagebart.

«Daraus wird nichts», sagte er schließlich. «Darre ist im Krankenhaus.»

«Warum denn das?»

«Er lässt seine Leber durchchecken. Meinte, er hätte so hellen Stuhlgang. Er hat mich sogar in die Kabine gezogen, um mir seine Kacke in der Toilettenschüssel zu zeigen.»

«Wirklich?»

«Die sah nicht besonders krank aus, wenn du mich fragst.»

«Wie lange bleibt er weg?»

«Ich glaube, nur einen Tag. Er wollte eine Leberbiopsie machen lassen. Hat das wohl schon mal gemacht. Da nehmen sie einem ein Stück Leber raus, um ...»

«Danke, ich weiß, was eine Biopsie ist.»

«Aha.»

«Was Ernstes?»

«Keine Ahnung, er wirkte jedenfalls beinahe glücklich.»

Lykke rieb sich das Kinn.

«Er hat dir seinen Stuhlgang gezeigt?»

«Ja.»

Wieder Schweigen. Viker studierte seine Hände. Er hatte eine Wasserblase zwischen Daumen und Zeigefinger der rechten Hand, weil er am Vorabend im Hobbykeller drei stramme Stunden lang Tischtennis mit seiner Tochter und ihren Freundinnen gespielt hatte. Er spürte einen beginnenden Druck hinter der Stirn. Ich hätte die Zeit lieber zum Schlafen nutzen sollen, dachte er.

«Was glaubst du, was Mörder machen, nachdem sie drei Menschen umgebracht haben?», fragte er plötzlich.

Lykke sah Viker überrascht an.

«Manche gehen nach Hause und legen sich schlafen, manche kaufen sich einen Hamburger bei McDonald's, und manche hängen sich auf dem Dachboden auf. Wieso?»

«Ach, ich weiß auch nicht …»

Lykkes Handy gab ein aufdringliches Gedudel von sich. Er meldete sich kurz.

Am anderen Ende einer sehr schlechten Verbindung sprach jemand ein undeutliches, gebrochenes Englisch.

Das Gespräch dauerte keine Minute.

«Høyner senior ist unterwegs zum Flughafen in Tallinn. Kulenkov sagt, dass sie ihn im Laufe der nächsten Stunde festnehmen werden.»

Rolf Lykke stand auf, steckte sich ein Kaugummi in den Mund und knöpfte den zerknautschten Mantel zu.

«Er sprach von der Baltic Sea Task Force und einer Videokonferenz heute Nachmittag, aber ich bin nicht ganz sicher, was genau er gemeint hat. Der Mann ist nicht gerade eine Leuchte, was das Englische angeht.»

Bevor er aus der Tür trat, drehte er sich zu Viker um.

«Falls das ein Fehlschuss ist, Lasse, haben wir nichts mehr in der Hand.»

Die beiden Männer stemmten sich Schulter an Schulter gegen den kalten Wind und nahmen Kurs auf das Polizeipräsidium wenige hundert Meter den Åkebergveien hinunter.

44 | Polizeipräsidium, am selben Abend

Die Uhr an der Wand zeigte zwei Minuten vor sechs. Auf dem großen Fernseher, der auf drei Stühle an der Wand gestellt worden war, flimmerten Nachrichten ohne Ton. Die Ermittlungsgruppe verteilte sich rund um den Besprechungstisch. Außer Lykke, Sadegh, Viker und Eriksen, der gerade aus Den Haag zurückgekommen war, hatten noch die Polizeimeister Arve Heltne und Øyvind Leiner am Ende des Tisches Platz genommen. Im Raum herrschte erwartungsvolle Spannung.

Ein junger Beamter starrte mit gerunzelter Stirn auf das Display einer Fernbedienung, die ungefähr so groß war wie ein Tennisschläger.

Lykke hatte sich ans Kopfende des Tisches gesetzt.

«Probleme?»

Der junge Beamte schüttelte energisch den Kopf und sah abwechselnd auf den Bildschirm und das beleuchtete Display.

«Nein, ich muss nur den richtigen …»

Er verstummte. Niemanden am Tisch interessierte, was genau er gemeint hatte.

Im selben Moment erfüllte eine Stimme mit unverkennbar russischem Akzent den Raum, und Sekunden später erschien ein blasses Gesicht unter einer ausladenden Uniformmütze auf dem Fernsehschirm.

«Oslo, can you hear me?»

«We have contact», erwiderte Lykke.

«We also have a representative from BSRBCC here.» Die

Stimme des Majors hatte einen metallischen Klang, was es noch schwieriger machte, ihn zu verstehen.

Lykke schüttelte verständnislos den Kopf.

«Baltic Sea Region Border Control Corporation», kam es knapp von Ted Eriksen.

«We are ready», sagte Lykke ungeduldig.

Es wurde ganz still um den Tisch herum. Alle starrten auf den Bildschirm.

Die Kamera zoomte vom Gesicht des Majors weg und schwenkte auf ein typisches Verhörzimmer. Auf einem Stuhl mitten im Raum saß ein Mann mit struppigen Haaren und aufgekrempelten Hemdsärmeln. Lykke erkannte ihn sofort als den alten Høyner. Hinter dem Norweger standen zwei bewaffnete Polizisten und ein kleiner Mann in Zivil. Major Kulenkov ging zum Tisch und blickte direkt in die Kamera. Er hatte eine kräftige Statur und trug eine Art Militäruniform. Sein Gesichtsausdruck war nichtssagend und autoritär zugleich, und hinter einem gepflegten Bart bewegte sich ein schmaler Mund, ohne dass ein Laut zu hören war.

Lykke drehte sich ärgerlich zu dem jungen Beamten mit der Fernbedienung um, aber der hob nur abwehrend die Arme.

«Wir haben eine kleine Übertragungsstörung», murmelte er. «Der Ton hinkt etwas hinterher.»

Es wurde eine merkwürdige Veranstaltung. Es dauerte einige Zeit, bis die Ermittler sich an die Informationsflut gewöhnt hatten, die in den nächsten zwanzig Minuten mit zirka drei Sekunden Verzögerung auf die Lippenbewegungen scheinbar ununterbrochen auf sie einstürzte.

Der kleine Mann in Zivil war ein Übersetzer, wie sich herausstellte. Er übersetzte die Fragen des Majors ins Englische, was die Situation alles andere als einfacher machte. Hinzu kam, dass er Høyner andauernd unterbrach und ihn der Lüge bezichtigte. Einige Male zoomte die Kamera auf Høyner und man konnte deutlich sehen, dass dem Mann übel zugesetzt worden war. Veilchen auf beiden Augen und eine Platzwunde auf der Stirn zeugten von brutalen Verhörtechniken.

Nach einer Reihe von Fragen zu Høyners Tun und Lassen in Tallinn war Lykke schließlich an der Reihe.

«Sie werden hart behandelt?»

Rolf Lykke starrte auf den Bildschirm, ohne auch nur die geringste Ahnung zu haben, welches Bild Høyner auf der anderen Seite sah.

«Sieht man das?»

Høyner senior lächelte breit.

Wenigstens hat er noch alle Zähne, dachte Lykke.

«Ich bin Kommissar Rolf Lykke und würde Ihnen gern ein paar Fragen stellen, wenn Sie einverstanden sind.»

Es dauerte ein paar Sekunden, bevor Høyner nickte.

«Schießen Sie los, ich freue mich, mit Landsleuten sprechen zu können. Hier hat man mir nicht einmal einen Anwalt erlaubt.»

Lykke beschloss, die letzte Bemerkung zu übergehen.

«Wo waren Sie am Abend des 9. Dezember?»

Lasse Viker beugte sich ein wenig über den Tisch vor, den Blick starr auf das unscharfe Bild gerichtet.

«Hier in Tallinn.»

Høyner hatte mit der Antwort keine Sekunde gezögert, aber es schien, als habe ihn die Frage überrascht.

«Da sind Sie sich ganz sicher?»

Lykke sprach unnötig laut.

«Natürlich. Ich habe die Stadt schon seit Monaten nicht mehr verlassen. Wieso? Brauche ich ein Alibi?»

«Ja.»

Høyner lächelte in die Kamera.

«Geht es darum? Um ein Alibi für den 9. Dezember?»

Der Mann wirkte sichtlich erleichtert. Er hat etwas anderes erwartet, dachte Lykke.

«Ich habe bestimmt zehn Zeugen, die mich in den letzten zehn Monaten jeden Tag gesehen haben. Unter anderem die Kellner im Hotel. Im Sheraton», fügte er hinzu.

Lykke fühlte sich ein wenig hilflos und änderte die Taktik.

«Was machen Sie eigentlich da drüben?», fragte er, wohl wissend, dass es genau das war, was Høyner vor ein paar Minuten mühsam auf Englisch zu erklären versucht hatte.

«Ich leite eine internationale Stiftung für Waisenkinder, ‹Child Care International›.»

«Wir haben diese Stiftung überprüft. Die gibt es nur auf dem Papier.» Lykke starrte auf den Fernsehschirm und fluchte, als der Kameramann in Tallinn aus dem Bild herauszoomte.

«Wir haben unsere Arbeit noch nicht vollständig aufgenommen», sagte Frank Hugo Høyner etwas weniger selbstsicher.

Viker schob einen bekritzelten Zettel über den Tisch. Lykke nickte kurz.

«Wir wissen, dass die Stiftung dazu dient, Geld zu waschen», sagte er langsam. «Wir wissen außerdem, dass Sie mit mehreren Privatkliniken in Russland in Kontakt stehen.»

Der Kameramann in Tallinn fand es offenbar wichtig, die

Bildausschnitte zu variieren, denn jetzt zoomte er auf maximale Vergrößerung. Der Bildschirm wurde von Høyners blutigen Wunden eingenommen. Ein zugeschwollenes Auge starrte direkt in die Kamera.

«Ich sage nichts mehr ohne einen Anwalt. Würden Sie so nett sein und das meinen liebenswürdigen Aufpassern hier sagen?» Er machte eine Kopfbewegung zu den anderen Männern im Raum.

Wir müssen dafür sorgen, dass sie ihn an uns ausliefern, dachte Lykke. Høyner war offenbar viel zu schlau, um sich in einer solchen Sitzung eine Blöße zu geben.

«Wir werden das weiterleiten.»

Lykke drehte sich zu Viker um.

«Okay, we are finished.»

«Okay», hörten sie die Stimme des Majors aus dem Fernseher.

Der Bildschirm wurde schwarz.

«Wir müssen ihn so schnell wie möglich ausliefern lassen.»

Lasse Viker kratzte sich missmutig die Bartstoppeln. «Der Typ platzt wie ein Luftballon, sobald wir ihn in natura hier haben.»

Im Zimmer roch es nach Schweiß.

«Ganz gleich, ob Høyner etwas mit unseren Fällen zu tun hat oder nicht, es bleiben drei Rätsel», sagte Lykke. «Das Bein, der Esel, und wo zum Teufel sind die Leichen?»

45 | Manglerud, am selben Abend

Lykke parkte den Passat und bemerkte, dass in Küche und Wohnzimmer Licht brannte. Sonja hatte den ganzen Tag nichts von sich hören lassen, also hatte er natürlich angenommen, dass sie immer noch bei ihrer Mutter war. Sollte jetzt der Moment der Wahrheit gekommen sein?

Er schloss die Haustür auf und hängte seinen Mantel über einen Stuhl im Flur. Sein Blick blieb einige Sekunden lang an seinem Spiegelbild hängen. War seine Haltung gebeugt? Lykke richtete sich auf, steckte einen Streifen Kaugummi in den Mund und fuhr sich mit einer Hand durchs Haar. Er hatte dunkle Ringe unter den Augen, und ein paar kleine Falten, die ihm bisher noch nicht aufgefallen waren, zeigten sich an den Nasenflügeln. Jetzt passiert es, dachte er.

«Hallo, Papa!»

Ida hatte ihn gehört und kam aus dem Wohnzimmer auf ihn zugelaufen. Lykke bückte sich und hob sie schwungvoll auf den Arm.

«Hallo, kleine Prinzessin!»

Lykke drückte den zarten Körper an sich und steckte die Nase in ihre Halsgrube. «Meine kleine Prinzessin», wiederholte er und räusperte sich. «War es schön bei Oma?»

Ida nickte vergnügt.

«Es gibt Tacos zum Abendbrot», sagte sie strahlend.

«Hallo!»

Sonja stand in der Tür. Sie lächelte. «Hast du Hunger?»

«Ja, ein bisschen, glaube ich.»

Lykke hatte gar keine Zeit gehabt, darüber nachzudenken. Er forschte nach neuen Spuren in ihrem Gesicht.

«Das Essen ist in zwei Minuten fertig. Holst du eine Flasche Rotwein aus dem Keller?»

«Na klar.»

Was sollte das werden? Die letzte Henkersmahlzeit?

Sonja stand am Herd, als er die Weinflasche auf die Küchenanrichte stellte.

Sie trug eine verschlissene Jeans, dicke Socken und einen seiner alten Wollpullover. Er war viel zu groß, stand ihr aber gut.

«Ich liebe dich!»

Sie drehte sich blitzschnell zu ihm um und küsste ihn fest auf den Mund.

Lykke wich verwirrt einen Schritt zurück.

Sonja lachte.

«He, Casanova bist du ja nicht gerade ...»

Lykke schaffte es nicht, zu lächeln.

«Rolf, es gibt da etwas, was ich dir sagen muss», sagte sie ernst.

Lykke wappnete sich innerlich. Kann sie nicht damit warten, bis Ida im Bett ist? war das Einzige, was er denken konnte, bevor sie weitersprach.

«Vor zwei Wochen habe ich einen Knoten in meiner linken Brust entdeckt. Der Arzt meinte, ich müsste darauf gefasst sein, dass es Krebs ist. Heute habe ich das Ergebnis bekommen. Es ist negativ. Ich bin gesund!»

Sie nahm seinen Kopf zwischen ihre Hände und küsste ihn lange. «Ich hatte solche Angst», schluchzte sie.

Rolf Lykke stand da wie eine Salzsäule, unfähig, ihre Worte in sich aufzunehmen. Er strich ihr linkisch übers Haar.

«Warum hast du denn nichts gesagt?», fragte er stockend.

Sonja wischte sich mit dem Handrücken eine Träne weg.

«Ich wollte dich nicht mit noch mehr Sorgen belasten», sagte sie. «Du hast so schrecklich erschöpft gewirkt.»

«Mama, weinst du?»

Ida starrte ihre Mutter erschrocken an.

Sonja lächelte und hob ihre Tochter hoch.

«Ich weine, weil ich so glücklich bin.»

Lykke zeigte plötzlich auf die Lampe über dem Esstisch.

«Einen schönen Weihnachtsstern hast du da gebastelt», sagte er. «Ich glaube, das ist der schönste Weihnachtsstern, den ich jemals gesehen habe.»

Ida sah ihn mit ernsten Augen an.

«Findest du?»

«Ja. Was wünschst du dir zu Weihnachten?»

«Das hat Mama schon besorgt», antwortete Ida.

Lykke goss Rotwein nach und nahm einen großen Schluck. Er spürte, wie der Alkohol sich warm in seinem Körper ausbreitete. Es war ein prickelndes Gefühl. Glück?, dachte Lykke.

«Deine Mutter hat es gewusst?»

Sonja strich sich den Pony aus den Augen.

«Meine Mutter und Rigmor, sonst niemand.»

«Also deshalb …» Lykke verstummte.

«Deshalb was?»

«Nichts.»

Er lächelte.

«Ich dachte, du willst mich verlassen», entschlüpfte es ihm.

Sonja stellte das Weinglas hart auf den Tisch.

«Was? Wieso denn?»

Er wand sich auf seinem Stuhl.

«Ich dachte, du hast einen Liebhaber. Und das Merkwürdige war, dass alles zusammenpasste ...» Er schwieg und sah geistesabwesend zum Fernseher hinüber, vor dem Ida auf dem Boden hockte. Da war etwas, was Erlend Høyner gesagt hatte, als sie das erste Mal bei ihm gewesen waren. Es hatte die ganze Zeit in seinem Unterbewusstsein rumort. Jetzt fiel es ihm wieder ein. Erlend Høyner hatte gesagt, dass die Nonnen dachten, Ingrid sei Jungfrau. Lykke stand abrupt auf und verschwand im Flur. Sekunden später kam er mit einem zerknitterten Theaterprogramm in der Hand zurück.

«Der Esel und das Jesuskind», sagte er und knallte das Programmheft auf den Tisch. «Der Esel und das Jesuskind!»

Sonja wollte etwas sagen, aber Lykke war schon draußen im Flur, riss den Mantel mit sich, sodass der Stuhl umfiel, und warf die Haustür hinter sich zu.

46 | Polizeipräsidium, Nacht zum 22. Dezember

Die Uhr zeigte kurz nach Mitternacht, und der große Besprechungsraum war halb gefüllt. Nur Parisa Sadegh trug Uniform. Ted Eriksen und Lasse Viker starrten gespannt auf Rolf Lykke am Kopfende des Tisches. Eine Besprechung der

Ermittlungsgruppe um Mitternacht, die so überstürzt einberufen wurde, konnte nur eins bedeuten: einen Durchbruch.

Lykke stellte sich ans Whiteboard und schrieb: *Josef, Maria, der Esel und das Jesuskind.*

Er drehte sich zu der kleinen Versammlung um und ließ das Geschriebene wirken.

Lasse Viker brach als Erster die Stille.

«Du meinst, dass Reidar Dahl Josef ist, weil er die Rolle im *Weihnachtsevangelium* gespielt hat?»

Lykke nickte.

«Und dass Ingrid Kulvik Maria darstellt, weil sie Nonne war und demzufolge eigentlich eine ... Jungfrau?»

Wieder ein bestätigendes Nicken von Lykke.

«Und ein Esel ist ein Esel, okay. Aber woher kommt das Jesuskind?»

Rolf Lykke zog die Kappe von einem neuen Filzstift, rot diesmal, und schrieb: 48 Stunden.

Ted Eriksen schüttelte unwillig den Kopf.

«Was heißt 48 Stunden?»

«Es sind noch 48 Stunden bis Heiligabend», sagte Lykke leise. «Bis Jesus geboren wird.»

Parisa war die Erste, die den Zusammenhang erkannte.

«Großer Gott», brach es aus ihr heraus.

Die anderen drehten sich zu ihr um. Sie hatte eine Hand vor den Mund geschlagen.

«Er wartet auf ein Neugeborenes, das Jesus darstellen soll!»

47 | Lambertseter, 22. Dezember, vormittags

Mona Dyreng legte das Strickzeug weg und faltete die Hände über dem dicken Bauch. Sie spürte die Tritte gegen ihren linken Rippenbogen. Manchmal war es direkt unangenehm. Ein richtiger Fußballspieler, hatte Michail gestern Abend gesagt. Sie schob sich ein Kissen in den Rücken. Auf dem kleinen Couchtisch lag die Ansichtskarte von ihrer Mutter, ein klassisches Wintermotiv vom Hafen in Hammerfest. Sie fühlte einen kleinen Stich Heimweh. In säuberlicher, fast kindlicher Schönschrift stand da:

Mein liebes Kind,
Torstein und Bente haben gestern ein Mädchen bekommen.
Es hat alles gut geklappt. Papa macht sich Sorgen um dich,
aber anrufen will er nicht. Kannst du ihn nicht anrufen?
Ich wünsche dir alles, alles Gute für die Geburt.
Du wirst immer mein Mädchen sein.
Mama

Mona schluckte und legte die Karte zurück auf den Tisch. Einen Augenblick dachte sie an ihre Cousine Bente. Sie war erst neunzehn. Wenn sie es geschafft hat, schaffe ich das auch, dachte sie und strich sich über den Bauch. Außerdem war sie ja nicht mehr allein. Michail hatte versprochen, bei der Geburt dabei zu sein. Es würde vielleicht ein bisschen peinlich sein, aber er war ja Arzt, jedenfalls bald. Mein eigener Arzt. Mona lächelte. Das wäre was für ihre Freundinnen zu Hause gewesen. Einen Moment lang war sie drauf und dran, ihren Vater anzurufen, überlegte es sich aber anders. Sie griff wieder nach ihrem Strickzeug. Der hellblaue Haarreif war gewachsen, langsam konnte man die Konturen eines Pullovers erkennen. Mona hatte in den letzten Tagen wie eine Besessene gestrickt.

Es klingelte an der Tür, und Sekunden später hörte sie Michails Stimme im kleinen Flur.

«Ich bin's!»

«Hallo!»

Es war sein Vorschlag gewesen, ihm ihren Reserveschlüssel zu geben. Er wollte sichergehen, dass ihr in den letzten kritischen Tagen nichts passierte. Sie hatte erst gezögert, aber dann zugestimmt. Jetzt fühlte sie sich noch ein bisschen sicherer.

«Ich hab dir eine DVD mitgebracht», sagte er und gab ihr einen Kuss auf die Wange.

Sie warf einen Blick auf die Hülle in seiner Hand. *Drei Männer und ein Baby*. Sie hatte den Film schon zweimal gesehen.

«Toll, auf den freue ich mich schon lange.»

Michail ließ sich neben ihr aufs Sofa fallen.

«Was macht unser kleiner Fußballspieler?»

Er legte die Hand auf ihren Bauch und schloss die Augen. «Schläft?» Dann lächelte er. «Ich muss heute Nacht fahren, aber ich dachte, ich komme kurz auf einen Kaffee vorbei.»

«Kaffee, von wegen. Du hast es ohne mich nicht ausgehalten, gib's zu.»

Sein Lächeln wurde zu einem breiten Grinsen.

«Ehrenwort. Wirklich nur wegen dem Kaffee. Das hier ist

der einzige Laden weit und breit, wo man fair gehandelten Kaffee bekommt.»

«Okay, ich mache dir …»

«Nichts da. Ich weiß, wo der Kaffee steht. Du schonst dich mal schön.»

Er schälte sich aus seiner schwarzen Lederjacke. Eine Art Goldkreuz kam an seiner Halsgrube zum Vorschein.

«Was ist das?»

Um Monas Mund zeigte sich plötzlich ein strammer Zug.

Michail lächelte unsicher.

«Ich bin russisch-orthodox», sagte er und zeigte ihr das goldene Kreuz mit den beiden Querbalken.

Mona wich instinktiv zurück.

«Ich halte nicht viel von Religion», sagte sie kurz.

Michail strich ihr vorsichtig über die Stirn.

«Keine Angst, ich bin kein Fundamentalist.»

«Gut.» Mona wurde rot. «Es ist nur, weil …»

«Was denn?»

«Ach, nichts.» Sie lächelte. «Geh und mach Kaffee.»

«Wirklich?»

Michail sah sie unsicher an.

«Wirklich.»

Mona blickte ihm nach, während er Richtung Küche verschwand.

Sie waren nicht zusammen, noch nicht. Schon ziemlich komisch, sich einen Mann zu angeln, wenn man im neunten Monat war. Nicht gerade die perfekte Voraussetzung für eine neue Liebe. Aber Michail war etwas Besonderes. Sie wusste, dass aus ihnen ein Paar werden würde. Er zeigte eine Zärtlichkeit und Fürsorge für das Kind in ihrem Bauch, die sie überwältigte. Er war so ganz anders als die Jungs, die sie von zu Hause kannte.

Sie hörte ihn in der Küche hantieren.

«Der Kaffee liegt in der Brotdose», rief sie.

Er steckte den Kopf ins Wohnzimmer, die Kaffeetüte in der Hand.

«Kein Mensch bewahrt Kaffee in der Brotdose auf», grinste er.

«Doch, ich!»

Er warf sich über sie und küsste sie auf die Stirn.

«Vorsicht!»

Mona lachte und drohte mit dem Zeigefinger. «Wehe, wenn du mich kitzelst, dann kriege ich das Kind jetzt sofort, hier auf dem Sofa.»

Michael legte die Kaffeetüte weg und nahm ihren Kopf zwischen seine Hände.

«Er kommt Heiligabend. Da bin ich mir ganz sicher», sagte er und drückte ihr noch einen Kuss auf die Stirn.

48 | Polizeipräsidium, am selben Nachmittag

«Ich *weiß*, dass es schwierig ist, aber wir brauchen eine verdammte Aufstellung!»

Lykke brüllte die letzten Worte beinahe.

Die anderen Ermittler starrten auf die Tischplatte. Ted Eriksen und Lasse Viker hatten die letzten anderthalb Tage kein Auge zugetan.

«Geburtstermine», wiederholte Lykke. «Wie viele Frauen werden vermutlich Heiligabend entbinden, und wer sind sie? Es eilt!»

Parisa Sadegh schob ihm einen Stapel Papiere über den Tisch zu.

«Nach Auskunft des Ullevål-Krankenhauses sind das alle Frauen, deren berechneter Geburtstermin der 24. Dezember ist», sagte sie. «Aber das heißt natürlich noch nicht, dass sie auch an dem Tag entbinden.»

Lykke fuhr sich mit einer Hand über den Nacken.

«Eben deshalb will ich eine breiter angelegte Suche. Alle, deren Termin zwischen 10. Dezember und 10. Januar liegt, im ganzen Land.»

Ted Eriksen seufzte.

«Was ist mit Høyner? Dem Organhandel?»

Alle Blicke richteten sich auf Lykke.

«Wir lassen das nicht fallen», sagte Lykke mit Nachdruck, «aber jetzt im Moment hat dies hier absolute Priorität!»

Er klopfte Lasse Viker leicht auf die Schulter. «Heiligabend müssen auf allen Entbindungs- und Mutter-Kind-Stationen in ganz Norwegen Polizisten anwesend sein.»

«Aber was ist denn das Motiv?», fragte Ted Eriksen missmutig.

Lykke stand auf und drehte eine Runde durchs Zimmer.

«Keine Ahnung. Was weiß ich, vielleicht ist er ein islamischer Fundamentalist, der sich am Christentum rächen will.»

«Nicht sehr wahrscheinlich, oder?» Parisa sah den Kommissar fragend an.

Lykke lächelte resigniert.

«Ich sehe den Zusammenhang, aber nicht die Ursache», murmelte er. «Falls das ein Mensch mit einer schwerwiegenden Persönlichkeitsstörung ist, kann sein Motiv schlicht und einfach der Wunsch sein, irgendwie aufzuräumen. Deshalb bringen so viele Serienmörder Prostituierte um. Sie empfinden das geradezu als Berufung.»

«Schön und gut», murmelte Ted Eriksen. «Aber es ist schon ein ganzes Stück von Huren zu Nonnen, oder?» Er schaute in die Runde, senkte aber schnell den Blick, als er Parisas dunkelbraunen Augen begegnete.

Lykke kramte eine zerknickte Packung Kaugummi hervor.

«Es gibt vieles, was hier hineinspielen kann. Verlangen, Sex, Macht und Kontrolle. Spannung und das Gefühl, ein Spiel zu beherrschen. Das ganze Aufsehen macht es ihm noch schwerer aufzuhören.»

«Herrgott nochmal!» Lasse Viker konnte sich nicht beherrschen.

Lykke fuhr fort:

«Wir wissen, dass dieser Typ Mensch …»

«Dieser Typ Mensch», fiel ihm Viker ins Wort. «Was für eine Art von Mensch ist so jemand?»

Lykke zuckte mit den Schultern.

«Nachbarn und Arbeitskollegen sind oft total überrascht, wenn Serienmörder gefasst werden. Sie glauben ganz einfach nicht, dass der nette Nachbar die Bestie sein kann, nach der alle gesucht haben.»

«Aber das Bein?» Die Frage kam von Darre.

«‹Du sollst zittern vor Furcht›», sagte Lykke. «Laut Henki Haraldsen waren das die Worte des Mannes, der ihm das Bein abgesägt hat. Ich weiß nicht, was es bedeutet, aber es kann durchaus Teil einer religiösen Botschaft sein.» Er hielt einen Moment inne. «Im Augenblick gibt es viele gute Fragen und wenig gute Antworten, aber ich meine trotzdem, die Chance ist groß, dass jemand plant, einen männlichen Säugling zu töten, der am Heiligabend geboren wird, in weniger als ...», er sah auf die Uhr, «31 Stunden. Es *kann* Zufall sein, dass ein Schauspieler in der Rolle des Josef, eine Nonne und ein Esel umgebracht worden sind. Aber außer Acht lassen dürfen wir es trotzdem nicht. Oder?»

Lasse Viker stand auf.

«Los, Leute, kommt jetzt! Wir müssen uns verdammt nochmal anstrengen!»

Er schnappte sich einen Filzstift und schrieb ein paar fast unleserliche Worte an die Tafel: Hirten, Schäfer. «Müssten wir die nicht auch im Auge behalten?», fragte er. «Ganz zu schweigen von den drei Königen. Vielleicht sollten wir alle Universitäten im Land bewachen lassen, für den Fall, dass er vorhat, ein paar weise Männer abzuschlachten?»

Es wurde still im Raum. Sadegh starrte auf den Tisch. Darre rutschte auf dem unbequemen Stuhl herum.

Viker warf den Filzschreiber auf den Tisch.

«Scheiße!»

Lykke sagte nichts. Er rieb sich mit dem Handrücken übers Kinn und sah Viker nachdenklich an.

«Hast du dich eigentlich mal schlaugemacht, ob es einem anderen Menschen möglich gewesen wäre, Henki Haraldsens Bein zu nutzen?»

Lasse Viker blickte seinen Chef überrascht an.

«Du wirst lachen, aber das habe ich», sagte er, noch etwas atemlos nach seinem Ausbruch.

«Und?»

«Unmöglich.»

«Dann können wir das jedenfalls ausschließen.»

Lykke lächelte schief.

«Ich will, dass alle Hebammen und Kinderärzte mit dem Strafregister abgeglichen werden. Es ist ein Schuss ins Blaue, aber im Moment fällt mir nicht viel Klügeres ein. Vorschläge?»

Ted Eriksen räusperte sich.

«Diese Theorie mit der heiligen Dreieinigkeit. Kann es da nicht doch einen Zusammenhang mit dem Organhandel geben?»

Lykke nickte.

«Absolut, aber da Heiligabend nur einmal im Jahr ist, schlage ich vor, dass wir uns darauf konzentrieren.»

Jeder im Raum hörte den beißenden Unterton in der Stimme.

«Und noch was: Die heilige Dreieinigkeit besteht aus *Jesus*, *Gott* und dem *Heiligen Geist*. So gesehen können wir froh sein, dass wir nicht nach denen suchen.»

Keiner lächelte, aber das war auch nicht beabsichtigt.

Ted Eriksen schluckte hart.

«Ich meine, wir verzetteln uns. Es kann ja auch alles ein großer Zufall ...»

«Ich habe schon lange begriffen, was du meinst, Ted», unterbrach Lykke ihn. «Warum bin ich nicht über den verschwundenen Esel informiert worden? Du solltest mir eine Übersicht über alles, *alles* liefern, was in den letzten Wochen in Oslo als gestohlen gemeldet wurde. Du erinnerst dich?»

Eriksens Gesicht war grau geworden. Die normalerweise so gepflegten Haare lagen flach und matt am Kopf.

«Ja», murmelte er leise.

Lykke drehte sich zum Ende des Tisches. «Darre, überprüfst du Ärzte und Hebammen? Ärzte, das muss doch was für dich sein?»

Parisa lächelte vorsichtig. «Wie geht's dir übrigens?»

«Okay.»

«Gut.»

Frode Darre verschwand zur Tür hinaus.

Die Stimmung im Raum war angespannt. Ich muss ihnen ein paar Stunden Schlaf gönnen, dachte Lykke.

Es piepste, als auf Parisa Sadeghs Handy eine SMS eintraf. Sie entschuldigte sich und stellte das Telefon auf lautlos um.

«Haben wir genügend Personal dafür? Beamte auf allen Entbindungsstationen in Norwegen? Ich meine, immerhin reden wir von Heiligabend», sagte sie.

Lykke blätterte rasch die Papiere durch, die sie ihm hingeschoben hatte.

«Die meisten Kinder in Norwegen werden vermutlich im Ullevål-Krankenhaus geboren. Ich schätze, wir sprechen von zehn bis zwanzig Kindern pro Tag, vielleicht ein paar mehr?»

«Hundert?» Lasse Viker breitete die Arme aus.

«Wir treffen uns morgen früh um 6.30», sagte Lykke.

Die Karl Johans gate war voller Menschen, obwohl die Uhr neben der VG-Reklame 19.05 und das Thermometer 12° minus zeigte. Lykke kämpfte sich durch gestresste Menschenmassen mit großen Tragetüten. Er *musste* ein Geschenk für

Sonja finden. Ob es daran lag, dass er insgeheim befürchtet hatte, dieses Jahr werde es kein Weihnachtsfest im Familienkreis geben, oder an seiner Nachlässigkeit – er konnte nicht sagen, warum er nicht vorher daran gedacht hatte. Jedenfalls brauchte er ein schönes Geschenk oder am liebsten zwei, und das ganz schnell. Er betrat die Buchhandlung Ark am Egertorget. Dort herrschte völliges Chaos. Zusätzlich zu dem üblichen Weihnachtstrubel, der ohnehin schon schlimm genug war, saß Ingrid Espelid Hovig an einem kleinen Tisch und signierte ihr neustes Kochbuch. Die Schlange vor dem Tisch reichte fast bis hinaus auf die Straße. «Okay, dieses Jahr keine Bücher», murmelte Lykke mit zusammengebissenen Zähnen. Als er den Laden verließ, war ihm klar, dass die Alternative sehr viel teurer werden würde. Aber das ist sie wert, dachte er und öffnete die Tür des Juweliergeschäfts David-Andersen.

In dieser Nacht schlief Rolf Lykke zum ersten Mal seit vielen Wochen tief und traumlos. Als er nach Hause gekommen war, hatte er Omeletts mit Tomaten gemacht. Sie hatten gegessen und dazu eine Flasche Rotwein getrunken. Schon um zehn hatte Sonja gesagt, sie wolle ins Bett. Sie hatten sich zwei Mal geliebt, bevor sie ihn zufrieden auf die Brust geküsst hatte.

«Junghengst», hatte sie geflüstert.

Aber das hatte Lykke schon nicht mehr gehört. Er war bereits eingeschlafen, mit dem Arm auf ihrem schlanken Rücken.

49 | Ullevål-Krankenhaus, 23. Dezember

Lykke stellte den Dienstwagen im neuen Parkhaus des Ullevål-Krankenhauses ab und folgte den Schildern zur Entbindungsstation. Die von den Schneepflügen aufgeworfenen Wälle waren über einen Meter hoch, und der schmale Rest der Bürgersteige war vereist und schlecht gestreut. Er schlug den Kragen seines viel zu dünnen Mantels hoch und versuchte, das Kinn hinter dem obersten Knopf zu vergraben. In Manglerud waren es um sechs Uhr minus vierzehn Grad gewesen. Er war um Viertel vor fünf aufgewacht und hatte sich ruhelos im Bett gewälzt. Um halb sechs hatte er aufgegeben, heiß geduscht, sich angezogen und Kaffee gemacht. Nach sechs Stunden Schlaf am Stück fühlte er sich beinahe noch zerschlagener als vorher. Es war, als ob der Körper gemerkt hatte, was ihm die ganze Zeit fehlte, und nach mehr schrie. Aber das Gehirn weigerte sich abzuschalten. Lykke konnte sich an keinen Fall erinnern, der seine Gedanken so sehr beschäftigt hatte wie dieser.

Er gähnte und blinzelte durch den Frostnebel zu den tristen Gebäuden hinüber. Die Morgenbesprechung hatte knapp eine Stunde gedauert. Sämtliche Ermittler seiner Gruppe waren jetzt unterwegs und überprüften die Krankenhäuser in und um Oslo. Zugänge, Fluchtwege, Kapazität, Routinen – alles, was ihnen für eine effektive Bewachung nutzen konnte. Lykke blieb vor einem achtstöckigen Backsteinbau stehen. Im Fenster neben der Eingangstür hing ein Weihnachtsstern. Entbindungsstation 1. und 2. Etage. Es war fünf Jahre her, dass Ida hier oben geboren wurde. Fünf Jahre schon? Er ging entschlossen auf die Treppe zu, drosselte das Tempo aber nach wenigen Schritten, als er wieder den Schmerz in der Kniekehle spürte. Es war zum Haareraufen, wie lange wollte ihn dieser verdammte Mist noch quälen? In der großen Eingangshalle sah er drei Aufzüge, die parallel fuhren. An den Treppen war noch einer, der war schon etwas älter. Weitere Treppenaufgänge konnte er nicht entdecken. Lykke entschied sich für Entbindungsstation B im zweiten Stock. Er hatte Krankenhäuser noch nie leiden können, eine Abneigung, die durch die wöchentlichen Besuche bei seiner Mutter im Pflegeheim noch verstärkt worden war. Sogar hier, vor einem Kreißsaal, spürte er das kribbelnde Unbehagen. Ein großes Stoppschild an der Tür zur Linken verkündete, dass nur Gebärende Zugang hatten. Lykke zog seinen Notizblock hervor und machte rasch ein paar Skizzen. Rechts lag die Entbindungsstation B, und geradeaus vor ihm war ein Raum mit großen Glasfenstern zur Eingangshalle. Schilder wiesen darauf hin, dass man sich beim Empfang zu melden habe. Lykke passierte den alten Aufzugschacht und die Treppe, die er vor einer Minute heraufgekommen war, steckte sich noch schnell einen Kaugummi in den Mund und klopfte leicht an die halboffene Tür des Glaskäfigs.

«Hallo!»

Eine grauhaarige Frau in den Fünfzigern hob den Kopf und sah ihn abwartend an. Sie war komplett in Weiß gekleidet. Die Hose war viel zu kurz, und Lykke bemerkte, dass sie an beiden Beinen unansehnliche Krampfadern hatte.

«Kann ich Ihnen helfen?», fragte sie in unverkennbarem Trøndelag-Dialekt.

«Rolf Lykke, Polizei.»

Er gab ihr die Hand und zeigte seinen Dienstausweis.

«Hätten Sie ein paar Minuten Zeit?»

Die Frau in Weiß sah ihn ein wenig verwirrt an.

«Ich denke, das lässt sich einrichten. Worum geht es denn?»

«Wir haben den begründeten Verdacht, dass jemand plant, ein Kind aus der Entbindungs- oder Mutter-Kind-Station zu entführen.»

Er sah, welche Wirkung seine Worte hatten, und bereute, dass er sich nicht zurückhaltender ausgedrückt hatte. «Wir werden die Stationen sicherheitshalber rund um die Uhr bewachen lassen», sagte er so ruhig wie möglich.

«Wer will ein Kind stehlen?»

«Das wissen wir noch nicht, und auch nicht, ob es tatsächlich hier passiert, aber wir wollen sichergehen.»

Ein pakistanischer Mann in den Vierzigern mit drei kleinen Kindern trat aus dem mittleren Aufzug.

«Sind Sie Krankenschwester?»

Die Frau schüttelte den Kopf.

«Hebamme.»

«Richtig. Das ist eine geschützte Bezeichnung, oder?»

Sie sah ihn fragend an.

«Ich meine, sie unterliegt nicht der Gleichstellung. Egal, ob Frau oder Mann, es heißt immer Hebamme.»

Die Hebamme lächelte, ihre Schultern entspannten sich etwas.

«Nicht ganz. Männliche Hebammen heißen Entbindungspfleger. Aber hier gibt es keine männlichen Hebammen. Auf der Station unter uns auch nicht», sagte sie und zeigte nach unten.

Lykke bemerkte, dass die pakistanische Familie sich an einem kleinen Tisch im Gang niedergelassen hatte. Der Vater hatte alle Hände voll zu tun, Pizzastücke aus einer Dolly-Dimples-Schachtel an die drei Kinder zu verteilen. Lykke musterte den Mann genauer. Kam er ihm bekannt vor?

«Wie viele Kinder kommen hier pro Tag zur Welt?»

«Das ist ganz verschieden. Manchmal sind es acht bis zehn, an anderen Tagen wieder gar keine. Aber soweit ich weiß, werden hier im Ullevål-Krankenhaus jährlich zirka 6000 Kinder geboren.»

Lykke schrieb mit.

«Wie lange bleiben sie hier, bevor sie auf die Mutter-Kind-Stationen verlegt werden?»

«Das ist unterschiedlich, aber selten länger als ein paar Stunden.»

«Haben Sie im Voraus eine Übersicht über alle erwarteten Geburten?»

Die Hebamme lächelte schief.

«Wir haben natürlich eine Aufstellung über alle Mütter, die bei uns einen Termin haben, aber das heißt noch nicht, dass sie auch genau an dem Tag entbinden.»

«Verstehe ...»

«Die meisten entbinden tatsächlich *nicht* am vorausberechneten Tag.»

Lykke nickte.

«Haben Sie eine Übersicht darüber, wer einen Jungen und wer ein Mädchen erwartet?»

Die Hebamme schüttelte den Kopf.

«Überhaupt nicht. Das wissen auch die wenigsten Mütter. Es ist immer noch so, dass die meisten es nicht vor der Geburt wissen wollen», sagte sie.

«Wie viele Hebammen arbeiten gleichzeitig in einer Schicht?»

«Fünf.»

«Und Ärzte?»

«Nun, das kommt darauf an. In der Regel ziehen wir sie nur bei Bedarf hinzu, aber sie sind ja ganz in der Nähe.»

Lykke hörte einen Hauch von Konkurrenzkampf aus ihrem Ton heraus.

«Frischgebackener Vater?» Er nickte in Richtung der pakistanischen Pizzaesser.

«Keine Ahnung ... Ist es ein pakistanisches Kind, das vielleicht ...?»

Die Hebamme beendete den Satz nicht.

Lykke schüttelte den Kopf.

«Nein, nein. Kennen Sie sie?»

«Wen?»

«Die Ärzte.»

«Die meisten schon, aber besonders an Feiertagen wie Weihnachten sind hier immer wieder neue Ärzte. Es wollen ja alle freihaben, deshalb wird hin- und hergetauscht.»

Lykke machte sich Notizen.

«Ist das der einzige Ausgang hier?» Er zeigte auf die Fahrstühle im Gang.

«Ja, abgesehen von der Feuertreppe hinten auf der Entbindungsstation.»

«Da?» Lykke blickte zur Tür gegenüber.

Die Frau nickte kurz.

«Aber Unbefugte kommen weder hierher noch in die Mutter-Kind-Station. Das würde sofort auffallen.»

«Wieso?»

«Man kann sich ja nirgends verstecken. Entweder ist man im Kreißsaal, wo gerade ein Kind geboren wird, und da ist man ja nun wirklich nicht unsichtbar, oder man muss sich auf dem Gang aufhalten und wird von überall gesehen, sogar von hier aus.»

Rolf Lykke betrachtete einige Kinderzeichnungen, die an der Wand hingen.

«Was ist mit Toiletten, Besenkammern, nicht belegten Zimmern?»

Die Hebamme wurde rot.

«Ach, da habe ich jetzt nicht dran gedacht. Natürlich», murmelte sie.

Aber dann richtete sie sich auf. «Aber dort sind ja keine Kinder, die man stehlen könnte.»

«Nein, das stimmt ...»

«Nicht wahr?»

Wir brauchen hier mindestens vier Mann, dachte Lykke. Einen auf jeder Etage und zwei in der Mutter-Kind-Abteilung.

«Es wäre nett, wenn Sie mir eine Aufstellung aller Mitarbeiter schicken könnten, die für Weihnachten eingeteilt sind», sagte Lykke und reichte ihr seine Visitenkarte. «Gerne auch per E-Mail.»

Sein Blick fiel auf eine Schachtel Spekulatius, die auf der Fensterbank stand.

«Bitte, greifen Sie zu.» Die Hebamme hatte seinen Blick bemerkt.

«Gibt es Heiligabend bei Ihnen eine Weihnachtsfeier?»

Lykke bediente sich aus der Schachtel und hielt Ausschau nach einem Papierkorb für sein Kaugummi.

«Nicht gerade eine Feier, aber für gewöhnlich bestellen wir uns was Gutes aus der Kantine, und manchmal singen wir ein paar Weihnachtslieder, nur so, der Stimmung wegen.»

Sie stand auf und vergrub die Hände in die Taschen ihres weißen Kittels.

«Heiligabend ist ja schließlich ein besonderer Tag.»

«Wohl wahr», murmelte Lykke und steckte den Notizblock in seine Manteltasche.

50 | Polizeipräsidium, am selben Vormittag

«Auf allen Entbindungsstationen? Am Heiligabend?»

Anne Breiby hatte die Hände auf die Schreibtischplatte gestützt und erhob sich. «Machen Sie Witze?»

Lykke seufzte. Er hatte geahnt, dass es schwierig werden würde.

«Nein», sagte er unnötig knapp.

Breiby kam um den Schreibtisch herum, baute sich vor ihm auf und musterte ihn, als wollte sie sich überzeugen, dass er noch alle Tassen im Schrank hatte.

«Ist Ihnen klar, was das kostet?»

Lykke schüttelte resigniert den Kopf. Er hatte auch keine Lust, es herauszufinden.

«Meiner Meinung nach besteht ein ziemlich großes Risiko, dass der Täter versucht, am Heiligabend einen neugeborenen männlichen Säugling zu töten, deshalb ist es meine verdammte Pflicht, Bescheid zu sagen.»

Breiby ging zu ihrem Schreibtisch zurück, beugte sich vor und blätterte in einem Stapel Papiere.

Sie kamen Lykke bekannt vor.

«Was ist mit der schwedischen Geliebten von Dahl und seinen Perversitäten?» Sie blätterte weiter. «Was ist mit Erlend Høyner und seinem Vater? Beide waren in Helsinki, wo es, wie bekannt, Tötungsdelikte im Zusammenhang mit Organhandel gegeben hat. Was ist mit dem Bein des Obdachlosen? Was ist mit diesem Journalisten ...?»

Lykke schloss die Augen.

«Wenn ich am Heiligabend mehrere hundert Extra-Aufpasser abkommandieren soll, muss ich zumindest glauben können, dass Ihre Theorien stichhaltig sind!»

Ihre Stimme war in eine höhere Tonlage geklettert, und Lykke merkte, dass er eine Gänsehaut bekam.

«Ich weiß, dass es Zufälle sein können», sagte er leise. «Ich weiß auch, dass das Bild nicht vollständig ist. Aber bei mir klingeln alle Alarmglocken. Der Darsteller des Josef verschwindet ein paar Wochen vor Weihnachten spurlos. Seine Innereien werden gefunden. Eine Nonne ist auf die gleiche Art verschwunden. Und dann der Esel. Warum um alles in der Welt bringt jemand kurz vor Weihnachten Josef, die Jungfrau und einen Esel um, wenn er nicht vorhat, die Hauptperson mitspielen zu lassen?»

Breiby sank auf ihren Stuhl. Sie hatte die schlanken Hände so krampfhaft gefaltet, dass ihre Knöchel weiß leuchteten.

«Das ist doch absolut krank!»

«Ja, aber das hilft uns nicht, wenn in ...», Lykke sah zur Uhr an der Wand, «elf Stunden ein Neugeborenes verschwindet.»

Die Polizeidirektorin saß stumm da und starrte in die Luft.

«Und der Organhandel?», fragte sie schließlich. «Es ist doch merkwürdig, dass da ein ... eine ... was fehlte noch gleich?»

«Niere?»

«Ja, dass da eine Niere fehlt. Und warum sollte jemand solche Spuren hinterlassen?»

Lykke angelte die Packung Kaugummi aus der Brusttasche und steckte sich ein paar davon in den Mund. Er kaute einige Sekunden lang.

«Ich weiß nicht», sagte er schließlich. «Das mit der Niere kann ja Zufall sein, aber wir halten uns alle Möglichkeiten offen. Høyner senior und junior sitzen beide in Untersuchungshaft. Trotzdem, irgendwas stimmt da nicht. Die sind auf gewisse Art zu normal für so etwas. Die sind Gauner, ja, aber nicht derartig verrückt.»

Er schritt weiter über den dicken Teppichboden. Er sah ein, dass er nur noch eine Karte ausspielen konnte, obwohl er das am liebsten vermieden hätte.

«Ich habe schon überlegt, ob es mit einem Glaubenskrieg zu tun haben könnte», sagte er.

Breiby richtete sich auf.

«Dass es islamistische Fundamentalisten sind, die ...?»

Lykke wedelte abwehrend mit der Hand.

«Ich weiß es doch nicht», seufzte er, «aber was zur Hölle könnte es sonst sein?»

Breiby nahm den Papierstapel und verstaute ihn in einer großen Aktentasche.

«Sie wissen, dass ich Sie als Ermittler sehr schätze, Rolf.»

Lykke sah zu Boden.

«Sie sind der Beste, den wir für solche Fälle haben.» Sie machte eine kleine Pause. «Aber auf dieser Basis können wir am Heiligabend nicht Hunderte von Beamten losschicken. Das geht einfach nicht.»

«Aber ...»

«Es geht nicht.»

Sie zog den Reißverschluss ihrer Tasche mit einer energischen Bewegung zu, aber in ihren Augen lag jetzt eine Andeutung von Unsicherheit. «Glaubenskrieg?» Sie dachte einige Sekunden lang nach. «Ich kann Ihnen Leute für die Krankenhäuser in Oslo geben. Falls an Ihrer Theorie etwas dran sein sollte, ist es wohl am wahrscheinlichsten, dass es hier in der Stadt passiert. Warum sollte er plötzlich ganz woanders zuschlagen?»

«Weil er weiß, dass wir ihm auf den Fersen sind! Ich würde es nicht riskieren ...»

«Das müssen Sie. Ich kann Ihnen nicht weiter entgegenkommen.»

Breiby griff nach der Tasche und ging zur Tür. «Ich muss zu einer Besprechung ins Justizministerium.»

Augen. Er mochte Augen. Die beiden auf dem blank geputzten Arbeitstisch vor ihm waren besonders schön. Er griff nach der Nadel und drehte sie, bis das Licht der Arbeitslampe sich in den glänzenden Augäpfeln spiegelte. Sie leben, dachte er, nahm eine Pinzette und entfernte ein winziges Härchen, das an der nackten Netzhaut klebte.

Jetzt sah er sie vor sich, am Fluss. Sie war perfekt. Alles war perfekt. Er dachte an den Polizisten und seine kleine Tochter. Er war ihnen zweimal zum Kindergarten gefolgt. Beim letzten Mal hatte ihn das Mädchen richtig angestarrt. Als wollte sie ihn zu sich locken. Sie hatte etwas Engelsgleiches und Unschuldiges an sich, aber sie war natürlich viel zu alt für seine Zwecke. Der Vater hatte wenige Meter entfernt gestanden und nichts Böses geahnt.

Er lächelte. Er war stark, und er war bereit. Man musste sich vorbereiten, musste seine Feinde kennen, das war ein Teil des Spiels.

Er streckte die Hand aus und streichelte den schwarzen Hund, der friedlich neben seinem Stuhl lag. Sein Blick streifte eine Zeitung auf dem Fußboden, und etwas von seiner Leichtigkeit verschwand. Er wartete jetzt schon mehrere Tage. Wieso schrieben sie nichts über das Handwerk, die Präzision, mit der es ausgeführt war? Das musste ans Licht kommen! Er ballte die Fäuste, um das Zittern zu mindern.

«Lass es dir nicht kaputtmachen», sagte er laut. Es würde kommen. Er lächelte. Es würde kommen. Dann hörte er sie wieder:

«Die müssen weg. Die gehören nicht hierher.»

Und dann der kleine Junge, weinend: *«Tu es nicht, Mama. Bitte. Tu es nicht!»*

Wenige Sekunden später hatte sie die beiden weißen Mäuse in das Toilettenbecken geworfen und gespült.

«Nur wer bereit ist zu opfern, wird ein gutes Leben auf Erden haben.»

Er schrieb:

Seine Augen spähen nach dem Wehrlosen; er lauert im Verborgenen wie ein Löwe im Dickicht; er lauert, dass er den Schwachen fange; er fängt ihn und zieht ihn in sein Netz.

52 | Polizeipräsidium, am selben Abend

Die Stimmung am großen Besprechungstisch war geprägt von Mutlosigkeit und Schlafmangel.

Parisa Sadegh hatte tiefe dunkle Ringe unter den Augen. Ihre sonst so gesunder Teint war grau.

Lykke wusste, dass er es nicht geschafft hatte, sie zu überzeugen, nicht ganz. Der Zweifel lag wie ein dunkler Schatten über allem, was sie anpackten.

«Noch drei Stunden.»

Lykke ließ die Worte einsinken.

«Was Neues über die Hebammen und Ärzte?»

«Nicht viel. Ein Arzt an der Haukeland-Klinik in Bergen ist mal wegen Körperverletzung verurteilt worden. Ich habe es nachgeprüft. Es ging um eine Schlägerei in einer Bar vor sechs Jahren.» Darre blätterte in seinen Unterlagen. «Eine Hebamme in Tromsø wurde 1989 wegen Amphetaminbesitz bestraft.»

«Eine Hebamme?»

«Ja. Die sind anscheinend auch nicht besser als andere.»

Darre sah beinahe ein bisschen bekümmert aus.

«Nichts in Oslo?»

Lykke merkte, wie sich sein Magen zusammenschnürte.

«Ein Kinderarzt am Krankenhaus Aker wurde zwei Mal wegen Steuerhinterziehung verurteilt.»

«Sie haben die Entbindungsstation geschlossen», sagte Parisa leise.

«Im Aker?»

Lykke runzelte die Stirn.

«Ja. Die Frauen, die dort entbinden sollten, wurden an andere Krankenhäuser überwiesen.» Sie lächelte matt. «Liest du keine Zeitungen? Das hat doch vor ein paar Jahren einen Riesenwirbel verursacht.»

Lykke stand auf und begann eine seiner üblichen Runden durch den Raum.

«Sonst nichts?»

Er sah Darre scharf an.

«Sorry.»

«Dann müssen wir wohl warten und hoffen.»

«Worauf?»

Ted Eriksen rieb seine rotgeränderten Augen.

Lykke antwortete nicht, stand nur da und starrte zu Boden.

«Was, falls unser Mann einfach zum nächsten Krankenhaus fährt, wenn er unsere Leute entdeckt? Irgendwann kommt er ja in eins, das nicht auf unserer Liste steht, oder?»

Rolf Lykke griff nach dem Filzstift und begann ans Whiteboard zu schreiben.

«Ab Mitternacht werden unsere Leute in allen Osloer Krankenhäusern postiert sein», sagte er und schrieb eine Liste von Namen auf die rechte Seite der Tafel. «Sechs im Ullevål, vier im Rikshospital ...»

«Aber keiner in Bærum oder Tønsberg», fiel Eriksen ihm ins Wort.

«Das ist mir klar, Ted, und wenn es nach mir ginge, wäre es anders.»

«Ach ja?»

Ted Eriksen starrte den Kommissar trotzig an.

«Sie werden als Hilfspfleger getarnt sein. Alles ist mit den Krankenhausleitungen abgesprochen. Das Personal auf den verschiedenen Stationen weiß vorläufig nichts davon. Wir können nicht riskieren, dass etwas an die Presse durchsickert.»

Lasse Viker wippte mit seinem Stuhl, der Strømsgodset-Schal lag zusammengeknüllt vor ihm auf dem Tisch.

«Und was machen *wir*?»

Rolf Lykke setzte sich wieder.

«Wir halten uns in Bereitschaft.»

«Also nichts, mit anderen Worten.»

Lasse Viker hob resigniert die großen Hände. «Sollen wir auf unseren Hintern sitzen, vollgestopft mit Weihnachtskeksen, während irgendein Irrer plant, ein Kind zu töten?»

«Falls es überhaupt jemand plant.» Ted Eriksen machte den Rücken gerade. «Wir haben nicht mal versucht, Frank

Hugo Høyner ordentlich auszuquetschen. Einen Mann, der vorbestraft ist und weitreichende Kontakte zu Krankenhäusern in Russland hat. Einem Land, von dem wir wissen, dass dort der Organverkauf an Reiche floriert. Er hat zumindest ein Motiv, was mehr ist, als man von …»

Lykke erhob sich so abrupt, dass sein Stuhl umkippte.

«Das reicht jetzt, Ted! Ich habe verstanden, dass du es anders gemacht hättest, aber ich leite hier die Ermittlung, und ich erwarte einhundert Prozent Loyalität. Ist das klar?»

Letzteres war keineswegs als Frage gemeint.

Ted Eriksen kniff die Lippen zusammen und nickte widerwillig. Parisa Sadegh und Frode Darre starrten auf den Tisch.

«Das gilt auch für euch», fuhr Lykke fort. «Einhundert Prozent!»

«Natürlich.»

Lasse Viker wickelte den Schal um seinen Hals. «Ich steh morgen gerne auf der Matte, falls nötig.» Er grinste. «Zu Hause verpasse ich ohnehin nicht viel. Sissel hat darauf bestanden, dass es Kabeljau gibt.»

Rolf Lykke sammelte seine Papiere zusammen. Er hatte Magenkrämpfe.

«Fröhliche Weihnachten», sagte er kurz und drehte sich zur Tür um.

53 | Lambertseter, Heiligabend, morgens

Mona Dyreng spürte ihn sofort, als sie aufwachte. Einen Schmerz im Kreuz, der vorher nicht da gewesen war. Ein paar Sekunden später war er wieder weg. Im Nu war sie hellwach. Sie blieb im Bett liegen und starrte an die Decke. Ihre Augen füllten sich mit Tränen. Sie würde Mutter werden. Sie kontrollierte die Zeit auf dem Wecker, so wie Michail es ihr eingeschärft hatte. Wenn die Wehen im Abstand von weniger als zehn Minuten kamen, sollte sie ins Krankenhaus fahren. Langsam hievte sie sich aus dem Bett und nahm den Morgenmantel vom Haken hinter der Tür. Sie schlüpfte mit nackten Füßen in die Hausschuhe, die Michail gestern Abend am Fußende des Bettes bereitgestellt hatte, und nahm ihr Handy und den Wecker vom Nachttisch mit. Ich muss duschen, dachte sie. Ich darf nicht stinken. In dem winzigen Badezimmer stand eine kleine Tasche fertig gepackt. Waschzeug, saubere Unterwäsche und zwei amerikanische Berichte über die Klimaveränderung.

Sie setzte sich auf den Klodeckel und schickte Michail eine kurze SMS.

Es vergingen zwanzig Sekunden, dann kam die Antwort.

Mona sah aufs Display und lächelte. «Bin in einer Viertelstunde da.»

Sie duschte lange und heiß, trocknete sich sorgfältig ab und schnitt sich die Zehennägel, wobei der Bauch im Weg war. Auf dem Couchtisch lag der hellblaue Pullover, beinahe fertig. Sie setzte sich entschlossen aufs Sofa und griff nach ihrem Strickzeug. Nur noch ein paar Stunden, dann würde er fertig sein. Jetzt waren die Schmerzen wieder da. Mona ließ die Stricknadeln los, beugte sich vor und kontrollierte den Wecker. 26 Minuten. Sie merkte plötzlich, wie die Angst sie erfasste. Was, wenn es jetzt passierte! Mona hatte genug Schreckgeschichten von Entbindungen auf dem Rücksitz von Taxis gehört. Sie strickte weiter. Bleib ruhig, dachte sie. Michail ist unterwegs. Sie zwang sich, langsam und gleichmäßig zu atmen. Heiligabend geboren! Der arme Junge. Sie hatte immer Mitleid gehabt mit dem kleinen Bruder ihrer besten Freundin, der am Nationalfeiertag Geburtstag hatte. Natürlich hatte sie mit der Möglichkeit gerechnet, aber ihr Termin war erst in zwei Tagen, und sie hatte gehört, dass der Geburtstermin nomalerweise eher überschritten wurde, vor allem beim ersten Kind.

Sie strich sich langsam über den Bauch. «Ich freue mich schon so darauf, dich kennenzulernen», sagte sie halblaut. Im selben Moment hörte sie Michails Schlüssel in der Tür.

54 | Polizeipräsidium, Heiligabend, vormittags

Polizeikommissar Rolf Gordon Lykke sah aus dem Fenster seines Büros. Minus acht Grad und Schneegriesel. Er hörte ein Geräusch auf dem Flur und drehte sich um.

«Naaaa, sind denn auch brave Kinder hier?»

Lasse Viker zog den dicken Anorak aus und warf ihn über den Stuhl. Ein Junge von ungefähr zehn Jahren blickte Lykke schüchtern an.

Lykke versuchte zu lächeln, aber es blieb bei dem Versuch. Er hatte letzte Nacht kaum ein Auge zugetan, und der Knoten in seinem Magen zog sich fester denn je zusammen.

«Ich dachte, du bist zu Hause bei deiner Familie?»

Viker fuhr sich mit den Fingern durch das zur Feier des Tages frisch gewaschene Haar.

«Musste noch in die Stadt und Sissels Geschenk abholen. Hatte ich bei dem ganzen Stress gestern verschwitzt. Du erinnerst dich noch an Jonas?»

«Na klar ... Tag, Jonas!»

«Hallo.»

Lasse Viker strich seinem Sprössling über den Kopf.

«Er hat am Mittwoch beim Turnier in der Ekeberghalle zwei Tore geschossen. Torschützenkönig!»

«Nein, Papa, Stian ist Torschützenkönig.» Der Junge wand sich unbehaglich.

«Ja, aber nur, weil du den ganzen Herbst als Verteidiger spielen musstest.»

Er blickte Lykke an und rollte mit den Augen. «Jonas ist nämlich der geborene Stürmer.»

«Verstehe ...»

Lasse Viker räusperte sich verlegen und fummelte an seinem Fußballschal.

«Du hast bis in alle Ewigkeit meine Unterstützung, das weißt du hoffentlich?»

Lykke lächelte, und diesmal klappte es besser.

«Natürlich.»

Viker pflanzte sich auf den Besucherstuhl. Der Junge blieb abwartend in der Tür stehen.

«Was Neues von den Entbindungsstationen?»

Lykke schüttelte den Kopf.

«Zwölf Jungen wurden geboren, und alle sind sicher verwahrt bei ihren Müttern. Wir müssen einfach abwarten.» Lykke zog eine Packung Kaugummi hervor. «Willst du?»

Er nickte dem Jungen zu, der sich bedankte und zwei Streifen nahm.

Viker stand auf.

«Ich habe ein bisschen nachgedacht», sagte er. «Über das mit den islamistischen Fundamentalisten. Hast du mit dem Staatsschutz gesprochen?»

«Nein, es war schwer genug, Breiby zu überreden. Und außerdem ...» Er zögerte einen Moment, bevor er weitersprach. «Fundamentalisten. Wenn man erst mal in solchen Bahnen denkt, kann man sich die Motive zurechtschnitzen, wie man will, da ist dann keine Spur undenkbar. Du erinnerst dich an den Palme-Mord und die Kurden-Spur zu Hans Holmer?»

«Yes.»

«Dann ist man so überzeugt, dass einem alles wahrscheinlich vorkommt. Sie sind Fundamentalisten, also haben sie keine Hemmungen.» Lykke nahm seinen Platz hinter dem Schreibtisch ein. «Aber so einfach ist es selten. Auch die verfolgen in der Regel ein klares Ziel mit dem, was sie tun.»

«Aber es kann ja sein, dass der Staatsschutz ein paar Verrückte unter Beobachtung hat. Es schadet doch nichts, mal nachzuhören.»

Lykke dachte nach.

«Gut, dann rufe ich nachher an.»

«Frohe Weihnachten!» Lasse Viker drehte sich in der Tür um. «Mach es dir ein bisschen mit deiner Familie gemütlich. Es hat keinen Sinn, dass du hier hockst.»

«Vielleicht nicht … Dir auch frohe Weihnachten! Grüß Sissel und … deinen anderen Zwerg.»

Lykke fiel auf die Schnelle nicht ein, wie das Mädchen hieß. Ich werde alt, dachte er.

55 | Lambertseter, Heiligabend, nachmittags

«Zehn Minuten», stöhnte Mona. «Wir müssen fahren, mir ist, als könnte es jede Sekunde losgehen!»

Michail lächelte und strich ihr über die Stirn.

«Keine Sorge. Der Muttermund ist wahrscheinlich erst drei oder vier Zentimeter weit geöffnet.»

«Aber es tut so höllisch weh.»

Michail stand auf und zog eine Kamera aus der Jackentasche.

«Leg die Hände auf den Bauch», sagte er lächelnd, «das ist ein historischer Moment.»

Mona versuchte, ihr Gesicht zu verdecken, und schloss vor dem Blitz die Augen.

«Keine mehr», kommandierte sie, als Michail wieder die Kamera hob.

Er seufzte.

«Okay, lass uns fahren. Hast du alles gepackt?»

Mona nickte.

«Im Bad steht eine kleine Tasche.»

Plötzlich fiel ihr etwas ein, und sie sah zur Küchenanrichte.

«Steck die noch dazu», sagte sie und zeigte auf die Postkarte ihrer Mutter.

Es war schon dunkel, als Michail eine halbe Stunde später mit dem Taxi an der Frauenklinik des Ullevål-Krankenhauses vorfuhr.

«Ich bring dich rauf, das Auto kann ich später noch parken», sagte er und öffnete die Tür.

Mona blieb stehen und betrachtete das Schild am Eingang: Geburtszentrum.

«Kommst du?»

Michail hielt ihr die Tür auf. Mona sah, dass sich ein hektisches Rot auf seinen Wangen zeigte. Er freut sich, schoss es ihr durch den Kopf.

Sie nahmen den Aufzug in die zweite Etage und wandten sich an die junge Frau am Empfang. Sie wirkte ein wenig gestresst und war allein in dem großen Schwesternzimmer, abgesehen von einem weiß gekleideten Mann, der sich hinter einer Zeitung verkrochen hatte.

«Mein Name ist Mona Dyreng, ich hatte vor ein paar Stunden angerufen.»

Mona krümmte sich plötzlich, weil sie von einer kräftigen Wehe überrascht wurde. Automatisch sah sie auf die Uhr.

«Hallo, ich heiße Anne. Ich bin Hebamme», sagte die Frau lächelnd. «Wie oft kommen die Wehen?»

«Alle zehn Minuten», stöhnte Mona.

Die Hebamme tauchte hinter einem Bildschirm ab und blieb eine halbe Ewigkeit verschwunden.

«Ihr Termin ist in zwei Tagen, richtig?»

«Ja», nickte Mona.

Erneutes Abtauchen hinter dem Bildschirm.

«Allein in den letzten zwei Stunden haben wir sechs Neuzugänge reinbekommen», sagte sie schließlich. «Ich fürchte, ich muss Sie bitten, nach Lørenskog weiterzufahren, zum Akershus-Universitätsklinikum. Wir haben schlicht und einfach keinen Platz.»

«Voll belegt?»

Mona traute ihren Ohren nicht. «Aber ich habe doch Bescheid bekommen, dass ich hierher soll.»

Die Hebamme drückte ihre Hand.

«Es tut mir wahnsinnig leid. So was passiert ab und zu. Solche Geburtenwellen sind unmöglich vorherzusehen.»

Sie wandte sich an Michail.

«Sind Sie mit dem Auto hier?»

Er nickte.

«Dann ist es doch kein Problem, die Geburt hat noch nicht richtig begonnen. Das dauert noch ein paar Stunden.»

Plötzlich begann über der Tür eine rote Lampe zu blinken.

«Tut mir leid, aber so ist das eben.»

Die Hebamme eilte zur Tür hinaus, die zum Kreißsaal führte. Der Mann mit der Zeitung sah ihr nach.

«Wird ihre Patientenakte nach Akershus übermittelt?»

Michail lenkte den Blick des Mannes auf sich. Der sah plötzlich unsicher aus.

«Weiß ich nicht», sagte er. «Ich bin nur Hilfspfleger.»

Draußen blieb Mona stehen und sah zu den erleuchteten Fenstern im zweiten Stock hinauf.

«Ich hatte mich so darauf gefreut, im Ullevål zu entbinden», murmelte sie. «Jetzt wird in seinem Pass Lørenskog stehen. Das ist unfair.»

Sie hatte Tränen in den Augen.

Michail streichelte ihre Wange.

«Ich habe gehört, dass es im UK Akershus mindestens ebenso gemütlich ist», sagte er. «Zudem ist es doch viel außergewöhnlicher, in Lørenskog geboren zu sein, als in Oslo.»

Mona wischte sich die Tränen ab und ließ sich auf den Beifahrersitz fallen.

«Das ist wieder so typisch, dass ausgerechnet mir das passiert. Bei wem ist schon das Krankenhaus, in dem man entbinden soll, voll? Ich will, dass alles gutgeht.» Sie begann wieder zu weinen. «Und ich hab schon eine SMS an meine Mutter geschickt, dass ich im Ullevål bin», schluchzte sie.

«Du kannst ihr doch einfach noch eine schicken. Sie freut sich bestimmt, dass du an sie denkst.»

«Okay.»

Mona kramte ihr Handy hervor. «Ich bin im Moment einfach ein bisschen empfindlich», schniefte sie und versuchte zu lächeln. «Danke, dass du so viel Geduld mit mir hast.»

Im Akershus-Universitätsklinikum wusste man offenbar Bescheid, denn sie wurden von einer netten Schwester empfangen und sofort in den Kreißsaal gebracht.

«Sie können das hier anziehen.»

Die Schwester hielt ihr ein weißes, kittelähnliches Kleidungsstück hin.

«Nur einen Moment, die Hebamme kommt gleich.»

Die junge Schwester schloss die Tür hinter sich. Mona stand mitten im Zimmer, den Kittel in der Hand.

«Äh ... soll ich einen Augenblick rausgehen?» Michail sah sie unsicher an.

«Vielleicht kannst du dich einfach umdrehen?» Mona

merkte, wie ihr heiß wurde. «Ich weiß, das ist ein blöder Ort, um sich zu genieren, aber ...»

«Guten Tag!»

Eine Frau Mitte vierzig stand in der Tür und streckte die Hand aus.

«Ich heiße Kari und bin Hebamme.»

Mona und Michail stellten sich vor.

«Wenn Sie dieses schicke kleine Designerstück hier anziehen», die Hebamme zwinkerte schelmisch und deutete mit einem Kopfnicken auf den Kittel, «werde ich mal nachsehen, wie weit Sie sind. In welchen Abständen kommen die Wehen?»

«Sechs Minuten.»

«Und das genau am Heiligabend. Ein Junge, nicht wahr?» Sie blickte in ihre Unterlagen.

«Ja.»

Mona setzte sich auf die Bettkante und begann ihre Jacke aufzuknöpfen. Michail drehte sich um und sah angestrengt hinaus in die Dunkelheit.

«Ich gehe mal eine Weile raus», sagte er plötzlich. «Muss meinen Chef anrufen und sagen, dass ich heute Nacht nicht fahre. Vielleicht braucht er das Auto.»

«So, der Papa fährt Taxi?», sagte die Hebamme lächelnd, als sich die Tür hinter Michail geschlossen hatte.

«Er ist nicht der Vater.»

«Ach, ich dachte ... Kommt der Kindesvater noch?»

«Nein!» Die Antwort kam prompt.

«Aha.»

«Michail ist ... ein sehr guter Freund, und außerdem ist er bald Arzt.»

Die Hebamme nahm ihr die Jacke ab, faltete sie säuberlich zusammen und legte sie auf einen kleinen Tisch.

«Wie schön. Wir haben heute Abend sehr viel zu tun, da können Sie sich dann ja besonders gut aufgehoben fühlen, auch wenn ich ab und zu mal wegmuss.»

Mona krümmte sich im Bett.

«Fünf Minuten», stöhnte sie.

56 | Manglerud, am selben Abend

Rolf Lykke stocherte an dem großen Rippenstück herum.

«Nun iss doch was, Rolf. Es ist Heiligabend!»

Sonja goss ihm Bier ein.

«Stimmt was nicht mit dem Fleisch?»

Sonjas Mutter sah ihn misstrauisch an. Sie war eine schlanke, großgewachsene Dame mit scharfer Nase und noch schärferem Blick. Jetzt fuchtelte sie ihm drohend mit dem Zeigefinger vor dem Gesicht herum, während sie mit breiten roten Lippen lächelte.

«Wie man die Schwarte knusprig bekommt, hat sie von mir gelernt, *das* kann es also nicht sein.»

«Darf ich noch ein Miniwürstchen haben?»

Ida hatte die Ketchupflasche schon einsatzbereit in der rechten Hand.

«So viel du magst.»

Sonjas Mutter schob vier Miniwürstchen auf Idas Teller.

«Aber nicht auf dein gutes Trachtenkleid kleckern.»

Ida schüttelte energisch den Kopf und legte die Serviette auf dem Schoß zurecht. Ihre kleinen Zöpfchen wurden durch Haargummis mit silbernen Engeln gehalten.

«Ich will kein Sauerkraut!»

Lykke hörte nicht zu. Er dachte an Idas Geburt, wie sie aus dem Leib der Mutter kam, so vollkommen hilflos. Er warf einen Blick auf die Uhr. Halb sieben.

«Ich habe keinen so großen Hunger», sagte er und legte das Besteck hin.

Sonja hörte auf zu kauen.

«Kannst du nicht versuchen, wenigstens für ein paar Stunden deine Arbeit zu vergessen? Es ist Heiligabend.»

Lykke wich ihrem Blick aus. Er hatte ihr nichts von den neuesten Wendungen erzählt, die die Ermittlung genommen hatte.

«Es ist nicht so einfach, den Fall gerade jetzt beiseitezulegen.»

«Das verstehe ich, Rolf, aber ...»

Sein Mobiltelefon klingelte. Lykke hatte es in der Hand, noch bevor der erste Klingelton verstummt war.

«Ja?»

Er stand vom Tisch auf, murmelte eine Entschuldigung und ging die Kellertreppe hinunter.

«Darre hier.»

«Was gibt's?»

Lykke merkte, dass sein Herz schneller schlug.

«Im Ullevål liegt eine pakistanische Frau, die ihren Mann vermisst.»

Rolf Lykke blieb auf halber Treppe stehen.

«Und?»

«Ja, ich weiß auch nicht ...» Darre klang plötzlich kleinlaut. «Aber es ist schon ein bisschen merkwürdig. Sie haben bereits drei Kinder, er war bisher bei allen Geburten dabei und war auch jetzt bei ihr im Krankenhaus, und nun ist er auf einmal verschwunden.»

«Hat sie entbunden?»

«Nein, das zieht sich wohl noch ...»

Lykke nahm das Telefon in die andere Hand. Versuchte nachzudenken.

«Wie lange ist er schon weg?»

«Fast zwei Stunden. Eine Hebamme meint, ihn noch vor einer Stunde auf dem Flur der Mutter-Kind-Station gesehen zu haben.»

«Wie sicher ist das?»

«Weiß ich nicht. Ich bin zu Hause, aber nach Angaben des Kollegen schien die Hebamme sich ziemlich sicher zu sein.»

Es blieb einen Moment still.

«Ich glaube nicht, dass wir nach einem Kindsvater suchen», sagte Lykke endlich.

«Vielleicht nicht, aber es wirkt schon ein bisschen merkwürdig, wenn einer während der Geburt verschwindet. Und dann die Sache mit ...»

«Mit was?»

«Ach, ich weiß auch nicht ...»

«Jetzt spuck es aus!»

Lykke merkte, dass sein Ton schärfer war, als er es beabsichtigt hatte.

«Er ist ja Pakistaner, ich meine, die sind doch Moslems, oder?»

Rolf Lykke betrachtete ein paar knorrige, mit Watte verzierte Weihnachtszapfen, die von einem Nagel oben an der Treppe hingen, ein Weihnachtsgeschenk von Ida aus dem letzten Jahr. Er dachte an die pakistanische Familie mit der Pizza. Plötzlich fiel es ihm wieder ein. Der Familienvater war derselbe Mann gewesen, der vor Dahls Haus seinen Hund Gassi geführt hatte.

«Okay», sagte er. «Ich bin in zwanzig Minuten dort.»

Scheiße!, murmelte er halblaut. Das war genau das, wovor er sich am meisten gefürchtet hatte.

Aber er *musste* hin und nachsehen. Und sei es nur, weil alles besser war, als untätig herumzusitzen und zu warten. Er steckte das Handy wieder in die Tasche. Gut versteckt hinter dem Hocker im Flur lag eine Plastiktüte mit Weihnachtsmannkostüm und Maske. Er räusperte sich. Wenn er sich beeilte, konnte er noch vor acht zurück sein.

57 | Lørenskog, am selben Abend

«Sieben Zentimeter.»

Die Hebamme nickte der Krankenschwester am Kopfende des Bettes zufrieden zu und erhob sich. Michail strich Mona mit einem feuchten Lappen über die Stirn. Er hatte jetzt einen grünen Kittel an. Der steht ihm gut, dachte Mona. Er sah aus wie ein richtiger Arzt. «Die Presswehen werden jeden Moment einsetzen. Sie dürfen dann auf keinen Fall pressen. Es fällt schwer, das nicht zu tun, aber es ist wirklich sehr wichtig, so lange wie möglich damit zu warten.»

Die Hebamme sah in ihre Papiere, die in einem Plastikhefter auf einem Tisch neben der Tür lagen.

«Sie haben Antikörper gegen Hepatitis B?»

Mona merkte, wie ihre Kehle sich zusammenschnürte.

«Ist das gefährlich für das Kind?»

Ihre Stimme war kaum zu hören.

Die Hebamme nahm ihre Hand und drückte sie lange.

«Überhaupt nicht, aber wir müssen uns schützen. Das ist eine reine Vorsichtsmaßnahme», sagte sie, als sie die Besorgnis in Monas Augen sah. «Nichts, wovor Sie Angst haben müssen.»

Sie öffnete einen Schrank und holte Kartons mit Plastikhandschuhen, Hauben und Mundschutz heraus. «Hier, Sie müssen das auch anziehen.»

Sie reichte Michail einen Karton.

Wenige Augenblicke später glich das Zimmer eher einem Operationssaal mit drei grün gekleideten Gestalten, die kaum voneinander zu unterscheiden waren.

Mona spürte, wie ihr die Tränen kamen. So hatte sie sich das nicht vorgestellt. Sie starrte Michail an, der sich die durchsichtigen Handschuhe anzog. Sein Gesicht war fast ganz hinter einem grünen Mundschutz verschwunden. Als wäre ich eine Aussätzige, konnte Mona gerade noch denken, bevor die Wehen sie überfielen.

«Es tut so unglaublich weh», stöhnte sie.

In der Kitteltasche der Hebamme meldete sich der Pieper. Sie kontrollierte ihn, dann nahm sie den Mundschutz ab, winkte die Krankenschwester zu sich und ging zur Tür.

«Wir sind in ein paar Minuten zurück», sagte sie. «Ziehen Sie hier dran, falls etwas ist.»

Die Hebamme zeigte auf eine Schnur, die links vom Bett an der Wand herunterhing. «Ist das okay?»

Michail nickte.

«Kein Problem.»

Mona konnte seinen Mund nicht sehen, aber es schien, als ob er hinter dem grünen Stoff lächelte.

58 | Ullevål-Krankenhaus, am selben Abend

Rolf Lykke bezahlte das Taxi und eilte durch die großen Glastüren ins Gebäude. Darre wartete am Empfang im zweiten Stock.

«Keine Spur vom Kindesvater?»

Darre schüttelte den Kopf.

«Jetzt hat sich herausgestellt, dass er wohl bei der letzten Geburt auch eine Weile weg war.»

«Mist!»

Lykke drehte sich zu einem Mann in Krankenpflegerkleidung um, der ihm bekannt vorkam. «Haben Sie mit seiner Frau gesprochen?»

«Sie hat eben erst erwähnt, dass es schon einmal vorgekommen ist ...» Er breitete hilflos die Arme aus.

Lykke ließ sich auf einen Stuhl fallen.

«Und sie weiß nicht, wo er ist?»

«Ich habe nicht alles verstanden, was sie gesagt hat, aber sie brabbelt irgendwas davon, dass er in der Nähe ist, was auch immer das heißt.»

«In Ordnung», murmelte Lykke. «Vorsicht ist auf jeden Fall besser.»

Ein Handy klingelte. Darre steckte die Hand in die Tasche.

Das Gespräch war vorbei, noch ehe es richtig begonnen hatte.

«Hat sich erledigt», sagte Darre missmutig.

«Was?»

Es war eine Unart, die Frode Darre sich angewöhnt hatte: Kunstpausen. Lykke konnte so etwas nicht ausstehen.

«Das war Heltne von der Etage unter uns. Der Typ ist gerade eben zurückgekommen.»

«So viel zum Thema Moslems», murmelte Lykke. «Okay, knöpfen wir ihn uns vor. Er soll raufkommen.»

Eine Minute später trat ein kleiner pakistanischer Mann in den Vierzigern aus dem Aufzug, eskortiert von Polizeimeister Heltne, der ihn etwa einen halben Meter überragte. Es war nicht der Familienvater mit Pizza und Hund. Natürlich war er es nicht.

Lykke grüßte barsch.

«Aufgrund einer ungewöhnlichen Situation in diesem Krankenhaus müssen wir Ihnen einige Fragen stellen. Ist das in Ordnung?»

Der Mann starrte ihn verblüfft an.

«Verstehen Sie Norwegisch?», fragte Darre ungeduldig.

«Ganz ausgezeichnet sogar. Was wollen Sie von mir?»

Darre kratzte sich den kahlen Schädel.

«Gibt es einen Grund dafür, dass Sie stundenlang wegbleiben, während Ihre Frau ein Kind zur Welt bringt?»

«Ich musste arbeiten», sagte der Mann an Darre gewandt.

«Und das unbedingt am Heiligabend und während der Geburt Ihres Kindes?»

Lykke bemerkte einen Hauch von Ärger im Blick des Pakistaners, bevor er antwortete.

«Es war ein Notfall. Das gehört zu meinem Job.»

«Und was ist Ihr Job, wenn ich fragen darf?» Darre versuchte, nicht herablassend zu klingen, aber es gelang ihm nicht ganz.

«Ich bin Chirurg.»

Es wurde sehr, sehr still.

«Ich habe bei einer Herzoperation in der kardiologischen Abteilung assistiert, im Nebengebäude.»

Der kleine Pakistaner blickte Lykke an. «Kann ich jetzt wieder zurück zu meiner Frau?»

Lykke fühlte sich, als hätte er eine Ohrfeige bekommen.

«Natürlich», murmelte er. «Bitte entschuldigen Sie …»

Der Chirurg deutete eine Verbeugung an und ging Richtung Aufzug. Heltne stolperte unsicher hinterher.

Lykke starrte einen Moment auf seine eleganten schwarzen Halbschuhe, bevor er wortlos auf dem Absatz kehrtmachte und auf die Treppen zusteuerte.

«Gehst du?»

Frode Darre blickte ihm bekümmert nach.

Lykke drehte sich um und sah zu der großen digitalen Wanduhr. Sie zeigte 19.23.

«Ich muss Weihnachtsmann spielen», sagte er.

59 | Lørenskog, 24. Dezember, 22.45 Uhr

«Hab keine Angst, ich passe auf dich auf.»

Die dunklen Augen starrten mit einer Glut auf sie hinunter, die sie noch nie vorher gesehen hatte. Das mit uns wird was, dachte Mona. Sie war sich jetzt sicher. Michail und Mona und das Kind. Sie nahm seine Hand, ließ sie aber schnell wieder los, als sie das glatte Plastik fühlte. Eine neue Wehe überfiel sie mit unglaublicher Wucht. Mona schrie laut auf und konzentrierte sich mit aller Macht darauf, nicht zu pressen.

«Muss das so wehtun?», schluchzte sie. «Vielleicht ist etwas nicht in Ordnung?»

Michail tupfte ihr mit dem Lappen die Stirn ab.

«Alles ist ganz normal», sagte er tröstend. «Sollen wir fragen, ob du Lachgas bekommen kannst?»

«Nein, ich will einen klaren Kopf haben, wenn er kommt», stöhnte Mona.

Die Tür ging auf, und die Hebamme kam zusammen mit einer kleinen molligen Krankenschwester herein. Sie zogen ihren Mundschutz hoch.

«Wie geht's?»

«Ich glaube, es ist bald so weit», sagte Michail. «Sie hat Probleme damit, nicht zu pressen.»

«Ich presse nicht», sagte Mona. «Aber es kommt mir vor, als könnte ich gar nichts dagegen tun.»

Die nächste Stunde wurde eine der schlimmsten, die sie je erlebt hatte. In ihren wildesten Phantasien hätte sie sich nicht ausmalen können, dass es *dermaßen* schmerzhaft sein würde. Sie schrie und fluchte abwechselnd und hatte das Gefühl, als hätte ihr letztes Stündchen geschlagen, obwohl die Hebamme ihr nach Kräften versicherte, dass alles in Ordnung sei.

«Jetzt ist er gleich da. Pressen, Mädchen!»

Die Hebamme saß zwischen ihren gespreizten Beinen. Mona weinte laut.

«Ich kann nicht mehr», schrie sie. Ihre Stimme war heiser und beinahe nicht mehr wiederzuerkennen.

«Doch, das schaffen Sie. Pressen!»

Michail hatte treu am Kopfende gesessen und ihr die Stirn gestreichelt. Jetzt stand er auf und ging ein paar Schritte Richtung Fußende.

«Bleib hier!», heulte Mona. «Du sollst mich nicht so sehen!»

Michail nahm seinen Platz wieder ein, zog die Handschuhe aus und ergriff ihre Hand.

«Meine Kleine», flüsterte er.

«Ich kann den Kopf sehen. Pressen! Pressen!»

Mona bäumte sich auf und presste, dass die Tränen kullerten.

«Ich hab ihn. Pressen!»

Urplötzlich glitt etwas aus ihr heraus. Mona sank zurück in die Kissen.

«Ein prächtiger Junge! Sehen Sie!»

Ein dünner Schrei erfüllte das Zimmer. Er lebt, dachte Mona.

Die Hebamme nahm das Kind hoch und legte es ihr auf die nackte Brust.

Zwei dunkle Augen blinzelten zu ihr hoch.

«Schauen Sie, was für lange Finger er hat. Er wird bestimmt mal Pianist», sagte die Hebamme lächelnd und tätschelte Monas Kopf.

«Wollen Sie die Nabelschnur durchschneiden?»

Die Hebamme hielt eine Schere hoch und sah Michail fragend an.

«Ich weiß nicht ...»

«Mach ruhig.»

Mona lächelte unter Tränen.

«Ich war noch nie in meinem Leben so glücklich», schluchzte sie.

Michail zog die Handschuhe an und griff nach der großen Schere.

60

Ach Herr, wie sind meiner Feinde so viele! Ich sitze nicht bei den Verrätern und Hinterlistigen. Ich hasse diese Versammlungen der Boshaften. Denn sie planen Böses gegen Dich und wollen Dich hintergehen, aber es wird ihnen nicht gelingen. Mein Geschenk an Dich soll vollendet werden. Deine Macht gibt mir Kraft und Hoffnung. Meines Vaters Hand lag schwer auf mir und züchtigte mich jeden Morgen. Meine Mutter hat mich verlassen. Wende Dich zu mir und sei mir gnädig, denn ich bin einsam und in Not.

61 | Manglerud, Nacht zum 1. Weihnachtstag

Lykke starrte auf die Uhr am Radio. Fünf Minuten nach Mitternacht. Ich habe mich geirrt, dachte er. Es war tatsächlich eine Reihe von Zufällen und kein logisches Muster.

Er hob ein Weihnachtsplätzchen auf, das vor dem Sofa lag. War er wirklich zu alt? Wieso sollte er einen Zusammenhang sehen, den kein anderer sah? Wo er doch wochenlang wie ein Idiot herumgelaufen war und geglaubt hatte, dass Sonja ihn betrog. Er starrte an die Decke. Erinnerte sich plötzlich, mit wie viel Freude Sonja und er das Zimmer renoviert hatten, bevor sie hier einzogen. Sie war mit Ida schwanger gewesen, und er hatte mit langstieligem Quast und Farbrolle versucht, die glatten Deckenplatten zu streichen, ohne dass man die Streifen sah. Es war ihm nicht besonders gut gelungen.

Gleich zehn Minuten über die Zeit. Es kann ja ein paar Minuten dauern, bis man die Tat entdeckt, dachte er, merkte aber gleichzeitig, wie unwahrscheinlich das klang. Wenn ein neugeborenes Kind aus einer Frauenklinik verschwand, würde man augenblicklich Alarm schlagen. Alle Polizeidienststellen im Land waren informiert und würden Lasse oder Ted sofort Bescheid geben.

Lykke saß da und starrte mit leerem Blick auf den schiefen Baum. Er kam einfach nicht mit dem modernen Weihnachtsbaumständer zurecht, den er vor einigen Jahren angeschafft hatte.

«Wartest du auf etwas Bestimmtes?»

Sonja kam mit einer halbvollen Flasche Rotwein in der Hand aus der Küche.

«Nein, das dachte ich eigentlich, aber ...»

«Ein neuer Mord?»

«Vielleicht ...»

Sonja blieb mitten im Zimmer stehen. Sie trug immer noch das schwarze, wadenlange Cocktailkleid, hatte aber die hochhackigen Schuhe gegen seine schäbigen Filzpantoffeln ausgetauscht. Ihr dunkles Haar glänzte im Licht des Weihnachtsbaums. Sie befühlte die Goldkette, die lose um ihren nackten Hals hing.

«Sie ist wunderschön», sagte sie leise.

«Das bist du auch.»

Er stand auf, küsste ihren Hals und ging auf die Kellertreppe zu, als ihm einfiel, dass Sonjas Mutter unten auf dem Schlafsofa übernachtete.

«Es schien ihr heute besserzugehen.»

«Mutter?»

«Ja.»

Sonja lächelte breit.

«Weil Heiligabend ist. Sie hat Weihnachten schon immer über alles geliebt.»

Sein Handy klingelte in der Innentasche. Lykke meldete sich hastig.

«Ja?»

«Hier ist Lasse.»

«Was Neues?»

«Nichts.»

Lykke biss von dem Keks ab, den er immer noch in der Hand hielt.

«Verdammt!»

«Ja.»

«Ich war so sicher, dass wir ihn haben.»

«Ich auch. Was machen wir morgen?»

Lykke schob einen Haufen zerknülltes Geschenkpapier beiseite und ließ sich auf ein Sitzkissen vor dem Fernseher sinken.

«Wir müssen die taktische Ermittlung weiterführen», sagte er nach einer kleinen Pause. «Ich weiß nicht, was wir sonst tun sollen.»

«Gut.»

«Sag Darre, er soll die Nachbarschaft des Bauernhofs in Kampen nochmal befragen. Ich begreife nicht, wie man einen Esel entführen kann, ohne dass auch nur eine Menschenseele etwas sieht oder hört. Vielleicht sollten wir die Medien auf den Fall ansetzen und auf weitere Hinweise aus der Bevölkerung hoffen?»

«Tja.»

«Wir warten damit noch einen Tag oder zwei.»

«Okay. Sonst noch was?»

Lykke biss wieder von dem Keks ab, ohne es richtig zu merken.

«Sollen wir die Kollegen von Kripos bitten, sich Dahls Wohnung nochmal anzusehen? Als wir dort waren, wurde unser Rundgang ja ziemlich abrupt beendet.»

Lykke hörte, wie Lasse Viker am anderen Ende tief Luft holte.

«Es ist der 1. Weihnachtstag, aber ich werde sehen, was sich machen lässt.»

«Gut.»

«Kommst du morgen ins Büro?»

«Weiß noch nicht. Ich habe versprochen, mit Ida Ski zu laufen.»

«Tu das.»

62 | Sognsvann, 1. Weihnachtstag

Es war erst kurz nach neun Uhr, trotzdem war der große Parkplatz am See bereits voll. Lykke stellte Idas Skier neben seine eigenen, ein Paar Madshus Racing, das Sonja ihm vor drei Jahren zu Weihnachten geschenkt hatte. Sie waren so gut wie unbenutzt.

«Müssen wir lange bergauf gehen?»

Ida verschwand beinahe vollständig in ihrem dicken roten Skianzug mit der Kapuze.

«Zuerst geht es ein bisschen bergauf, aber dann, wenn wir wieder nach Hause wollen, geht es meistens bergab.»

Rolf Lykke kramte blaues Swix-Wachs aus der Anoraktasche und fluchte leise, als er sich bei dem Versuch, die Alufolie um den Wachsblock abzupulen, einen Fingernagel abbrach.

«Du hast hässliche Wörter gesagt!»

«Ist mir so rausgerutscht.»

Er sah zum zehnten Mal innerhalb der letzten Stunde auf seine Armbanduhr. Jetzt gab es keinen Zweifel mehr. Er hatte sich geirrt. In seiner Anoraktasche klingelte es.

«Lykke.»

«Breiby. Frohe Weihnachten, Rolf. Sind Sie zu Hause?»

«Nein, ich bin mit Ida am Sognsvann. Sie hat zu Weihnachten neue Skier bekommen.»

«Ah ja ...»

Am anderen Ende wurde es eigentümlich still. Lykke vergewisserte sich, dass er das Gespräch nicht aus Versehen weggedrückt hatte.

«Es ist nicht so gekommen, wie Sie gestern vermutet hatten.»

«Nein ...»

«Rolf, ich erwäge, Sie von dem Fall abzuziehen.»

Lykke atmete tief ein.

«Was?»

«Ich bin mir nicht sicher, ob Sie im Moment der beste Mann sind, um diese Ermittlung zu leiten. Sie sind mir zu besessen von dieser Jesuskind-Spur.»

Am anderen Ende trat erneut eine Pause ein. Lykke konnte ihren Atem hören. Er ging schneller als sonst. «Ich weiß, dass es keine erfreuliche Nachricht am ersten Weihnachtstag ist, Rolf, und Sie müssen mir glauben, wenn ...»

Lykke nahm das Handy vom Ohr und ließ es in die Anoraktasche gleiten. Er hörte Breibys Stimme leise weiter an seiner Brust murmeln.

«Bist du fertig?» Er gab Ida ihre Skistöcke, die am Auto gelehnt hatten.

Ida sah ihn forschend an.

«Wir müssen nicht laufen, wenn du nicht willst, Papa.»

«Selbstverständlich laufen wir, Spätzchen», sagte Lykke, stieß sich ab und bewegte sich mit behäbigen Schritten auf den Waldrand zu.

63 | Manglerud, 1. Weihnachtstag, 12.30 Uhr

Rolf Gordon Lykke betrachtete das halbfertige Puzzlespiel und die kleinen, verteilten Häufchen auf dem Holzfußboden. Anstatt sich wie sonst auf dem alten Kissen niederzulassen, blieb er stehen und starrte mit leerem Blick vor sich hin. Besessen von der Jesuskind-Spur, hatte Breiby gesagt. Besessen? War er wirklich in die große Falle getappt? So konzentriert auf eine einzige Spur, dass er nicht mehr alle Möglichkeiten in Erwägung gezogen hatte? Lykke strich sich mit der Hand übers Kinn. Aber was hätte er anders machen sollen? Er selbst hatte doch die Initiative ergriffen, um die Sache mit dem Organhandel zu verfolgen. Er hatte das Team gedrängt, eben *nicht* zwei mögliche Täter auszuschließen. Und nicht zuletzt, um eine eingleisige Ermittlung zu verhindern, hatte er sich geweigert, frühzeitig einen Profiler einzuschalten. Lykke merkte, dass er die Fäuste geballt hatte, und konzentrierte sich darauf, in den Bauch zu atmen. Die Jesuskind-Spur, wie Breiby es genannt hatte, war so offensichtlich gewesen, dass jeder vernünftige Polizist ihr nachgehen *musste*.

An der Wand über dem kleinen Arbeitspult hing ein gerahmtes Foto, auf dem er eine Forelle in der Hand hielt. Er lächelte in die Kamera. Das Bild war drei Jahre alt, aufgenommen am Store Kalvsjø in der Nordmarka. Sollte so in Zukunft sein Alltag aussehen? Er ging hin und nahm das Bild ab. Betrachtete sein lächelndes Gesicht. Er konnte sich noch gut daran erinnern. Sonja hatte den Moment verewigt. Der Fisch wog fast ein Kilo, er hatte ihn mit einer selbstgebundenen Fliege geangelt. Hatte er davon nicht immer geträumt? Zeit zu haben, um draußen in der Natur zu sein? Mehr Zeit mit Ida und Sonja zu verbringen? Er hängte das Bild wieder an den Nagel. Er war fünfundfünfzig. Wenn sein Leben normal verlief, hatte er noch zwanzig, dreißig Jahre vor sich. Dreißig Jahre nur Forellen angeln und Puzzles legen? In den letzten Jahren hatte er manchmal, wenn der Arbeitsdruck besonders schlimm war, mit dem Gedanken gespielt, Privatdetektiv zu werden oder einen Job in einer privaten Sicherheitsfirma anzunehmen. Bei den privaten Gesellschaften bestand eine große Nachfrage nach erfahrenen Polizisten. Ein Mann von Securitas hatte ihn mehrfach angerufen und ihm lukrative Angebote gemacht.

Rolf Gordon Lykke blieb einen Moment unentschlossen stehen, bevor er resolut die oberste Schublade des Schreibpultes aufzog. Er fand sie auf Anhieb. «Security Manager Tor Sollie», stand auf der grauen Visitenkarte. Lykke drehte sie zwischen seinen Fingern. Wie würde er reagieren, falls Breiby ihre Drohung wahr machte und ihn von dem Fall abzog? Mit Erleichterung? Endlich ein Grund aufzugeben? Er versuchte halbherzig, sich zu freuen, merkte jedoch, wie sich jede Faser seines Körpers dagegen sträubte. «Ich bin Polizist», sagte er halblaut zu sich selbst, während er auf die Karte starrte. Langsam knüllte er sie zusammen und stopfte sie in eine leere Mineralwasserflasche auf dem Schreibtisch. Das ist nun mal einfach so, dachte er.

Als er auf halbem Weg die Treppe hinauf war, klingelte das Handy. Es war Viker. Lykke ließ es klingeln.

Sonja, ihre Mutter und Ida saßen auf dem Sofa und sahen sich einen Zeichentrickfilm an.

«Willst du einen heißen Kakao?»

«Gern, danke.»

Lykke nahm ihren Becher entgegen.

Wieder meldete sich sein Handy.

Rolf Lykke warf einen ärgerlichen Blick auf das Display und stellte den Becher mit einem Knall auf den Tisch.

«Ja!»

«Ein neugeborener Junge ist von der Entbindungsstation der Uniklinik in Lørenskog verschwunden!»

Lykke erstarrte und sah auf die Uhr.

«Zeitpunkt?»

«Vor weniger als einer Viertelstunde», sagte Viker eifrig. «Sie haben gerade eben aus Lørenskog angerufen.»

«Wann wurde der Junge geboren?»

«Genau das macht mich stutzig.»

«Wann?»

«Zwölf Minuten nach Mitternacht.»

Lykke tigerte rastlos durchs Zimmer.

«Heute, am 25. Dezember?»

«Ja.»

«Ganz sicher?»

«Ich habe das gerade mit dem Krankenhaus abgeklärt. Hundert Prozent sicher. Nach Angaben der Hebamme sind sie damit immer sehr genau, und ganz besonders an Tagen wie Heiligabend und Silvester.»

«Und die Uhr der Hebamme ging nicht zufällig vor?»

«Nein. Sie haben in den Kreißsälen Uhren an der Wand, und die sind geeicht.»

Lykke ging hin und her, ohne sich um die Blicke von Sonja und ihrer Mutter zu kümmern.

«Ich verstehe das nicht», sagte er schließlich. «Wenn in den Papieren steht, dass der Junge am 25. Dezember geboren wurde, dann habe ich keine logische Erklärung.»

«Tja ...»

«Bist du zu Hause?», fragte Lykke.

«Im Büro.»

«Fahr zum Krankenhaus, ich bin in zwanzig Minuten da.»

Er ließ das Handy in die Hemdtasche gleiten.

«Was war denn?»

Sonja sah ihn besorgt an.

«Ach, ich hatte die Theorie, dass ein Säugling ermordet werden sollte», sagte er mehr zu sich selbst. «Ein kleiner Junge, der Heiligabend geboren wird. Genau wie das Jesuskind. Jetzt ist ein Neugeborener aus der Universitätsklinik in Lørenskog verschwunden, aber er ist erst heute zur Welt gekommen, zwölf Minuten nach Mitternacht.»

Lykke schlug mit der Faust an die Wand.

«Mist!»

Sonja starrte ihn verständnislos an.

«Aber der Junge ist verschwunden, genau wie du befürchtet hattest?»

«Ja, nur ...»

«Dass du dich um zwölf Minuten vertan hast, bedeutet doch nicht, dass deine Theorie falsch ist. Ich finde sogar, du bist ziemlich dicht dran ...»

Lykke blieb einen Moment stumm stehen, dann machte er einen raschen Schritt und küsste Sonja auf die Stirn.

«Danke, du hast natürlich recht», sagte er und war schon auf dem Weg in den Flur.

64 | Lørenskog, am selben Nachmittag

Lykke parkte unter einem Halteverbotsschild vor dem Haupteingang. Lasse Viker wartete ungeduldig am Empfang. Zwei Beamte vom örtlichen Revier grüßten verhalten.

«Hallo!»

Viker lächelte schief und legte den Arm kameradschaftlich um Lykkes Schultern.

«Schon gut, schon gut», sagte Lykke und wand sich verlegen unter der Bärenpranke. «Wo müssen wir hin?»

«Kommen Sie.»

Eine füllige Krankenschwester begleitete sie auf die Entbindungsstation.

Viker steckte ihm einen Computerausdruck zu.

«Angaben zur Mutter.»

Lykke überflog das Blatt und nickte.

«Einundzwanzig?»

Viker nickte. Er lächelte nicht mehr.

Sie hörten das Weinen schon von weitem.

«Ihr erstes Kind», murmelte Viker mit gesenktem Blick auf das Linoleum. «Armes Mädchen.»

Lykke dachte an die Organe eines neugeborenen Kindes. Ein winziges Herz, die Leber so groß wie ein Fünfkronenstück. Ihm fiel ein, was sie im Krankenhaus gesagt hatten, als Ida geboren wurde. Dass das Verdauungssystem bei Neugeborenen noch nicht fertig entwickelt war … Er konnte den Gedanken nicht zu Ende denken. Würden sie eine weitere Plastiktüte in einer Gefriertruhe oder Kühltasche finden?

Ihm war plötzlich übel, und er musste schlucken, bevor er die Tür öffnete.

«Guten Tag, mein Name ist Rolf Lykke, ich bin von der Polizei. Das ist mein Kollege Lasse Viker. Wir wissen, dass es Ihnen im Moment sehr schlecht geht, aber wir brauchen Antworten auf ein paar Fragen. Je mehr wir wissen, desto größer ist die Chance, dass Sie Ihren Jungen schnell zurückbekommen.»

Lykke merkte, wie die Worte in seinem Mund aufquollen.

Die junge Frau im Bett starrte ihn nur an. Ihr Gesicht war vom Weinen aufgedunsen. Lykke schickte einen fragenden Blick zur Hebamme, die auf der Bettkante saß und ihr über den Kopf streichelte. Sie nickte leicht.

«Haben Sie irgendeine Idee, wer Ihnen das angetan hat?»

Mona Dyreng schüttelte den Kopf.

«Nein, keine Ahnung.» Ihre Stimme war kaum hörbar.

«Jemand, der sich vielleicht an Ihnen rächen wollte oder der neidisch darauf war, dass Sie ein Kind erwarteten?»

Mona hatte sich ein Kissen vor das Gesicht gedrückt. Ihr schmaler Körper bebte. Wieder schüttelte sie den Kopf.

«Haben Sie das Kind auf die Welt geholt?»

Lykke sah die Hebamme an.

«Ja.»

Ihr Gesicht war bleich.

«Zwölf Minuten nach Mitternacht?»

Die Hebamme nickte.

«Ganz genau?»

«Auf die Minute, ja. Wir rechnen nicht mit Sekunden.»

Lykke schwieg und betrachtete das Mädchen im Bett. Dann blickte er auf das Blatt in seiner Hand.

«Wo ist der Vater des Kindes?»

Die Hebamme zögerte.

«Das weiß ich nicht. Bei der Geburt war ihr Freund oder Lebensgefährte anwesend. Er hat gesagt, dass er Medizin studiert.»

Lykke wechselte einen Blick mit Viker, der sich im Hintergrund hielt.

«Wo ist der Mann jetzt?»

«Keine Ahnung ...»

«Michail ist nach Hause gefahren, er wollte sich umziehen.»

Mona hatte das Kissen sinken lassen. «Er hat sein Handy hier vergessen», sagte sie und zeigte auf den Nachttisch.

«Er weiß also noch nichts?»

«Nein, aber er kommt bald.»

Lykke erhob sich von der Bettkante.

«Michail, und wie weiter?»

«Charlamov. Er wohnt in Ullern.»

«Ist er aus Russland?»

Lykke hörte selbst, dass seine Frage ein bisschen sehr abrupt kam.

«Ukra...ine.»

Es war nicht leicht, sie zwischen den Schluchzern zu verstehen.

«Sein Vater ist Diplo...mat in Oslo.»

Lykke nickte Lasse Viker zu, der sein Handy zückte und sich lautlos aus der Tür schlich.

«Wie lange kennen Sie ihn schon?»

Mona Dyreng warf plötzlich das Kissen von sich.

«Wieso fragen Sie das alles? Ich will meinen Sohn wiederhaben», jammerte sie. «Verstehen Sie denn nicht, jemand hat mein Baby gestohlen!»

Lykke beugte sich hinunter zum Bett und griff nach ihrer Hand, aber sie riss sich los.

«Suchen Sie ihn! Begreifen Sie nicht, dass jede Sekunde zählt?»

Rolf Lykke nickte.

«Wir wissen, dass es eilt», sagte er ruhig. «Aber wir brauchen noch ein paar Informationen, bevor wir anfangen können zu suchen.»

Er blieb wortlos sitzen, bis die schlimmsten Weinkrämpfe abgeebbt waren.

«Was ist genau passiert?»

Lykke wandte sich wieder an die Hebamme.

«Wir wollten dem Kind eine Spritze geben. Eine BCG-Impfung. Das machen wir sicherheitshalber, wenn die Mutter Antikörper gegen Hepatitis B im Blut hat. Hepatitis-B-Infizierte kommen oft aus Ländern, in denen es auch die resistente Form der Tuberkulose gibt. Ich finde es ja ziemlich unnötig», fügte sie hinzu. «Die Schwester holte den Säugling vor ...», sie warf einen Blick auf die Uhr an der Wand, die 13.47 zeigte. «Vor 55 Minuten aus diesem Zimmer. Auf dem Gang wurde sie von einem Arzt angesprochen, der fragte, ob das der Junge von Dyreng sei, und dann sagte, er werde das Kind übernehmen.»

Lykke starrte sie an.

«Sie hat ihm das Baby überlassen?»

«Ja ...»

«Einem Arzt?»

«Sie glaubte, dass er Arzt war. Er trug Krankenhauskleidung, und auf seinem Namensschild stand Vertretungsarzt.»

«Aber sie kannte ihn nicht?»

«Nein, aber das ist nichts Außergewöhnliches. Wir haben viele Ärzte hier.»

Lykke ging zum Fenster, blieb dort stehen und wippte auf und ab.

«Erinnert sie sich an den Namen auf seinem Schild?»

«Nein, das glaube ich nicht …»

«Wie sah er aus?»

Die Hebamme seufzte und zuckte mit den Schultern.

«Tut mir leid, aber es ist sicher besser, Sie fragen sie das selbst. Seit es passiert ist, habe ich die meiste Zeit hier gesessen.»

Lykke drehte sich wieder zum Fenster um.

«Natürlich, Entschuldigung», erwiderte er. «Ihre Eltern?»

Er nickte zum Bett.

«Sie wohnen im Norden. Frau Dyreng möchte sie nicht anrufen.»

«So, na ja.»

Lykke steuerte auf die Tür zu.

«Wo ist diese Krankenschwester jetzt?»

«Im Schwesternzimmer. Sie ist zusammengebrochen, als ihr aufging, was passiert ist.»

Rolf Lykke nickte. Er blieb einen Moment mit der Hand auf der Türklinke stehen und betrachtete Mona Dyreng.

«Wir werden tun, was wir können», sagte er und begegnete dem Blick der Hebamme, bevor er die Tür hinter sich schloss.

Lasse Viker stand ein Stück weiter den Gang hinunter.

«Michail Charlamov, Ullernchausseen 19b, kein Festnetzanschluss», sagte er. «Osteuropa. Glaubst du, dass es da einen Zusammenhang gibt?»

«Weiß nicht.»

Lykke ging mit raschen Schritten auf ein Schild zu, das den Weg zum Schwesternzimmer wies.

Die Krankenschwester saß auf einem Stuhl mitten im Raum, einen Plastikbecher in der Hand. Zwei Kollegen sprachen leise auf sie ein. Sie war Ende dreißig, mollig, mit kurzem blondem Haar. Der Becher in ihrer Hand zitterte.

Lykke und Viker stellten sich vor. Lykke kam gleich zur Sache. Er wusste, dass sie, wenn überhaupt, nur wenig Zeit hatten.

«Wissen Sie noch, was auf seinem Namensschild stand?»

Die Schwester, die sich als Kristin Sauge vorgestellt hatte, schüttelte nachdrücklich den Kopf.

«Es tut mir leid, aber ich habe nicht daran gedacht, darauf zu achten. Hier im Krankenhaus sind so viele Ärzte ...»

«Aber Sie sind sicher, dass er ein Namensschild trug?»

«Ganz sicher. Ich erinnere mich, dass er Vertretungsarzt war.»

Lykke setzte sich ihr direkt gegenüber.

«Können Sie ihn beschreiben?»

Die Frau sah Lykke verzweifelt an.

«Das ist ja das Merkwürdige. Ich erinnere mich nur an seine Augen. Sie waren irgendwie stechend ... und dunkel.»

«Haarfarbe?»

«Er hatte eine grüne Operationshaube auf und einen Mundschutz halb über dem Kinn ...»

«Wie groß? Wie alt?»

Lykke bemühte sich, seine Enttäuschung nicht zu zeigen.

Die Krankenschwester setzte sich aufrecht hin und dachte angestrengt nach.

«Zwischen dreißig und fünfundvierzig», seufzte sie. «Und ungefähr eins achtzig, oder nein, nicht so groß.» Sie blickte Lykke unglücklich an. «Es tut mir so wahnsinnig leid, aber ich konnte doch nicht wissen, dass ...» Ihre Worte gingen in Schluchzen unter.

Lykke stand auf und legte ihr eine Hand auf die Schulter.

«Machen Sie sich keine Vorwürfe», sagte er.

Die Frau stellte den Becher ab und verbarg ihr Gesicht in den Händen.

Lykke drehte sich zur Tür um, und im selben Moment hatte er eine Idee.

«Erfassen Sie dort alle Geburten mit Namen und Zeitpunkt?»

Er deutete auf den PC-Bildschirm, der auf dem Schreibtisch leuchtete.

Der Mann links neben Kristin Sauge nickte.

«Zeitpunkt der Geburt, Geschlecht des Kindes und in welchem Zimmer Mutter und Kind nach der Geburt untergebracht sind?»

Erneutes Nicken.

«Wurden hier am Heiligabend männliche Kinder geboren?»

Der Pfleger ging zum PC und drückte ein paar Tasten.

«Zwei», sagte er. «Zwei Jungen und drei Mädchen.»

«Und die sind immer noch hier?»

«Wir entlassen sie nicht vor morgen früh.»

Kommissar Rolf Lykke drehte sich zu Lasse Viker um.

«Warum hat er nicht eins von denen genommen? Warum entschied er sich für einen Jungen, der zwölf Minuten zu spät geboren wurde?»

Lykke blieb in der Tür stehen und blickte den langen Gang hinunter.

«Ist dieses Zimmer abgeschlossen, wenn niemand hier ist?»

Er stellte die Frage, obwohl er die Antwort bereits kannte.

«Normalerweise nicht.»

65 | Ullern, am selben Nachmittag

Das Haus Ullernchausseen 19b war ein kleines, älteres Gebäude, umgeben von einem ausgedehnten Apfelgarten. Lasse Viker kontrollierte den Namen unter dem Klingelknopf.

«Muss ein anderer Eingang sein.»

Im selben Moment hörten sie Schritte auf dem festgetretenen Schnee, und ein junger Mann kam um die Ecke. Er wurde langsamer, als er die beiden Männer bemerkte.

«Michail Charlamov?»

Lykke stellte sich zwischen den Mann und das Gartentor.

«Wenn Sie meinen Vater suchen, der ist in Stockholm.»

«Polizei. Wir würden uns gern kurz mit Ihnen unterhalten.»

Lykke zeigte seinen Dienstausweis.

Der Mann wurde unsicher.

«Worum geht es?»

Lykke überhörte die Frage.

«Wohnen Sie hier?»

«Im Souterrain. Was ist denn los?»

Lasse Viker war auf dem Weg um die Hausecke.

«Hätten Sie etwas dagegen, uns einen Augenblick hineinzubitten?», fragte er freundlich.

Michail Charlamov breitete hilflos die Arme aus.

«Ich habe wohl keine andere Wahl, oder?»

Lykke antwortete nicht.

«Nein», sagte Viker kurz.

Michail schloss die Tür auf und ging in einen kleinen Flur voraus.

«Wer hat mich verpfiffen?», fragte er plötzlich.

Lykke musterte den jungen Mann. Sein Gesicht glänzte. War das wirklich das Ungeheuer, nach dem sie die ganzen letzten Wochen gesucht hatten? Konnte dieser anscheinend so nette junge Mann derselbe sein, der Dahl und Kulvik abgeschlachtet hatte und jetzt vermutlich ein neugeborenes Kind?

«Möchten Sie uns vielleicht etwas zeigen?», fragte er ruhig.

«Wie konnten Sie wissen ...?» Michails Stimme zitterte jetzt. «Ich habe es im Bad.»

«So?» Lykke nickte. «Nach Ihnen.»

Sie durchquerten ein kleines Wohnzimmer. Zwei große ausgestopfte Tierköpfe starrten von der Wand auf sie herab. Lykke war sich nicht sicher, aber er meinte, dass der eine wohl ein Gnu sein musste. Welcher Typ Mann Anfang dreißig hatte einen Gnuschädel an der Wand hängen?

«Hier.» Michail öffnete die Tür zum Badezimmer. «Die Birne ist kaputt.»

Wärme schlug ihnen entgegen.

«Das ist ja die reinste Sauna!», rief Viker aus und trat einen Schritt in den halbdunklen Raum.

«Ich habe eben geduscht.»

Seine Stimme trug kaum.

«Hier ist es.»

Der junge Mann reckte sich und hob einen Behälter von den Ausmaßen eines großen Gurkenglases vom Badezimmerschrank herunter.

«Was zum Teufel!»

Lykke starrte ungläubig auf den Inhalt. Wie ein Astronaut schwebte ein kleiner Körper in dem durchsichtigen Behälter. Winzige Finger wiegten sich in der klaren Flüssigkeit.

Lykke hob instinktiv die Hand vors Gesicht und sah Michail an.

«Was ist das?»

«Wie bitte?»

Michail setzte den Behälter auf der Kante des Waschbeckens ab. Seine Hände zitterten.

«Es ist doch nicht das erste Mal, dass …?»

«Ein Fötus?», unterbrach Lykke ihn.

Michail wischte sich den Schweiß von der Stirn.

«Deswegen sind Sie doch hier, oder nicht?»

Lykke musterte den jungen Mann prüfend.

«Das ist nicht das, wonach wir suchen, und ich glaube, das wissen Sie sehr genau.»

«Ach, nicht?»

Michail war im Begriff, seine Fassung wiederzugewinnen. «Ich habe nur das. Sie können meine Wohnung durchsuchen, wenn Sie wollen.»

Lykke schüttelte resigniert den Kopf. Langsam ging ihm der Zusammenhang auf.

«Sie haben das aus der Pathologie gestohlen?»

Michail nickte widerstrebend.

«Ich hatte ja vor, es zurückzubringen. Aber fast alle in meinem Semester haben was mitgehen lassen. Das gehört irgendwie dazu.»

«Mein Gott!»

Lasse Viker flüchtete ins Wohnzimmer.

«Wie alt ist der?»

Lykke nahm den Behälter und hielt ihn gegen das schwache Licht aus dem Flur.

«Zwischen achtzehn und neunzehn Wochen.»

Lykke schluckte.

«Ist das Alkohol?»

«Formaldehyd.»

«Ja, natürlich.»

Rolf Lykke richtete den Blick auf den jungen Mann.

«Ihr Vater ist Diplomat?»

«Ja, Chargé d'Affaires an der ukrainischen Botschaft.» In Michails Gesicht trat plötzlich ein wachsamer Ausdruck. «Er weiß nichts hiervon. Ich habe das erst seit ein paar Tagen.»

Lykke ging rückwarts aus dem halbdunklen Badezimmer.

«Sie interessieren sich für Tiere?»

Lasse Viker stand am Wohnzimmerfenster und zeigte auf einen der Tierköpfe an der Wand.

Michail versuchte zu lächeln.

«Eigentlich nicht. Das sind Jagdtrophäen meines Vaters aus seiner Zeit in Südafrika. Er meint, dass sie sich oben im Wohnzimmer nicht gut machen. In manchen Kreisen gilt das ja als politisch unkorrekt. Aber trennen kann er sich davon auch nicht, also muss ich hier unten damit leben. Das ist ein Teil der Miete, falls Sie verstehen, was ich meine ...»

Lykke verstand.

«Wo waren Sie in der letzten Stunde?», fragte er plötzlich.

Michail wirkte aufrichtig überrascht.

«Ich war im Krankenhaus, eine Freundin von mir hat gerade ein Kind bekommen, und danach habe ich mein Taxi an der Tankstelle Munchs gate abgeliefert, und in der letzten halben Stunde war ich hier, habe geduscht und mich umgezogen.» Er sah Lykke nervös an. «Wieso? Ist was mit meinem Vater?»

«Nein», sagte Lykke trocken. «Können Sie uns Namen und Telefonnummer des Taxibetreibers nennen?»

«Natürlich. Tom Johansen, 907 73 184. Er sitzt jetzt wahrscheinlich hinterm Steuer.» Michail machte eine kleine Pause. «Können Sie mir sagen, um was es eigentlich geht?»

Lykke und Viker wechselten einen Blick.

«Mona Dyrengs Kind ist verschwunden», sagte Viker langsam.

Lykke versuchte, die Reaktion in dem jungen Gesicht zu deuten.

«Verschwunden?»

«Jemand hat ihr Kind mitgenommen.»

Lasse Viker stützte sich auf eine Stuhllehne.

«Aber ich komme doch gerade aus dem Krankenhaus!» Michail lächelte verwirrt. «Ich habe den Kleinen doch vor einer Stunde noch gesehen!»

Lykke sah, dass dem jungen Mann die ganze Tragödie gerade erst bewusst zu werden begann.

«Wo ist Mona?»

«Im Krankenhaus. Man kümmert sich um sie.»

«Ich telefoniere kurz», sagte Viker.

Lykke nickte.

Der große Polizist verschwand im Flur.

«Kann es nicht sein, dass jemand das Baby vertauscht hat?» Michail sah Lykke beinahe flehend an. «Neugeborene sehen doch alle gleich aus ...»

«Leider nicht, das Kind ist weg. Ein Mann, der sich als Arzt ausgab, hat es mitgenommen.»

Michail sank aufs Sofa. Er war ganz weiß um die Nase.

«Aber ...»

«Wissen Sie, wer der Vater ist?»

Lykke fand eine Packung Kaugummi in der Manteltasche und nestelte an dem Silberpapier.

«Nein, sie wollte es nicht sagen. Ich glaube nicht, dass sie ihn besonders gut kannte, aber es muss jemand aus ihrem Heimatort sein, denn sie war schon schwanger, als sie nach Oslo gekommen ist.» Er blickte zu Boden, wiegte den Kopf in den Händen.

Viker tauchte wieder in der Tür auf.

«Stimmt alles.» Er steckte das Handy in die Tasche. «Der Taxibesitzer bestätigt seine Geschichte.»

So viel dazu, dachte Lykke. Jetzt waren sie genauso weit wie vorhin.

«Kann ich zum Krankenhaus fahren?» Michail war aufgestanden.

«Ja, natürlich. Mein Kollege bestellt einen Wagen, der Sie fährt. Lasse, ruf Parisa an und bitte sie, das Mädchen zu befragen, wenn das möglich ist», sagte er zu Viker gewandt. «Sie soll mal ein bisschen bohren. Vielleicht helfen Sie uns dabei», sagte er zu Michail. «Es könnte absolut entscheidend sein, dass wir den Vater finden.»

Michail Charlamov nickte.

«Ich werde es versuchen, aber gerade was das angeht, ist sie unheimlich stur ...»

«Und noch was, Lasse.» Viker hatte bereits das Handy am Ohr. «Sag Parisa, sie soll überprüfen, ob Høyner junior im vergangenen Jahr in Hammerfest war. Immerhin hat er ja Ingrid Kulvik geschwängert ...» Er hörte selbst, wie hilflos das klang.

Viker verschwand wieder nach draußen.

Lykke spürte ein plötzliches Unbehagen, ohne recht zu wissen, wieso. Dieses Gefühl überkam ihn hin und wieder, wenn er etwas übersah, etwas, das ihm zu schaffen machte, ohne dass er in der Lage war, es ins Bewusstsein zu zwingen. Er forschte in seinem Gedächtnis. Was war das nur, was ihn quälte? Es muss etwas sein, was der junge Mann gesagt hat, dachte er, oder etwas, was ich gesehen habe und was sich eingeprägt hat, aber nicht gut genug, dass ich es greifen könnte. Er ließ den Blick durch das kleine Zimmer schweifen. Ein verschlissener Dreisitzer aus braunem Cord, vermutlich von Ikea. Ein niedriger Glastisch mit Fingerspuren an den Rändern. Zwei einfache Stahlrohrstühle mit roter Stoffbespannung, ein Stapel Zeitungen auf dem

Fußboden neben der Tür und ein Regal voller Bücher, anscheinend medizinische Fachliteratur. Auf einem Rolltisch an der Wand standen ein kleiner Fernseher und zwei Lautsprecher mit Kabeln zu einem Gerät, das vermutlich ein iPod war. Er warf einen Blick auf den Gnukopf an der Wand. Die dunklen Glasaugen starrten ihn eindringlich an. Plötzlich hörte er Rigmors Stimme: *Wer das getan hat, ist kein Anfänger. Der hat das schon öfter gemacht.* Lykke stand wie erstarrt da. Chirurgen, Schlachter, Jäger – wieso war er nicht auf Tierpräparatoren gekommen? Wenn jemand mit einem Skalpell umgehen konnte, dann waren die es doch.

«Wurden die in Südafrika ausgestopft?»

Michail sah ihn beinahe ärgerlich an.

«Ja, wieso …?»

«Ach, nur so ein Gedanke.»

Rolf Lykke ging zum Fenster. Das Thermometer draußen zeigte minus zwölf Grad.

Er versuchte, seine Gedanken zu ordnen. Sie hatten die Eingeweide von zwei Menschen und einem Esel, aber keine Leichen. Konnte es wirklich sein, dass jemand im Begriff war, die Leichen für etwas so Morbides zu benutzen? Er beobachtete Lasse Viker, der draußen in der Kälte auf und ab ging, das Handy ans Ohr gepresst. War es möglich, Menschen auszustopfen? Er versuchte, sich zu erinnern, was er über die Ausgrabung von Mumien in den Pyramiden gelesen hatte. Aber die waren einbalsamiert gewesen. Lenin wurde immer noch im Mausoleum in Moskau zur Schau gestellt, doch er war sicher auch irgendwie einbalsamiert … Menschen ausstopfen? Für einen kurzen Moment sah er das neugeborene Kind vor sich, und ohne Vorwarnung spürte er Magensaft die Speiseröhre hinaufsteigen.

«Lasse!»

Er klopfte an die Fensterscheibe, um Viker auf sich aufmerksam zu machen.

«In ein paar Minuten wird ein Streifenwagen hier sein», sagte er zu Michail. «Es wäre gut, wenn Sie sich in den nächsten Tagen nicht aus Oslo entfernen würden.»

«Ich bleibe bei Mona», sagte Michail entschieden.

«Gut.»

Lykke merkte, dass ihm der junge Mann gefiel.

«Was ist?»

Lasse Viker stand im Flur.

«Sag Ted oder Darre oder am besten beiden, dass sie eine Aufstellung über alle Taxidermisten machen sollen, die es in Südostnorwegen gibt. Und zwar schnellstens.»

«Taxi...was?»

Viker kratzte sich ratlos die Bartstoppeln.

«Taxidermisten, Präparatoren, Ausstopfer, nenne es, wie du willst, aber verschaff uns einen Überblick. Und sag dem Team Bescheid, Besprechung in fünf Minuten.»

«Glauben Sie, es ist ein ...?»

In Michails Blick lag etwas Wachsames.

«Ich glaube vorläufig gar nichts», fiel Lykke ihm ins Wort. «Wir prüfen lediglich alle Möglichkeiten.»

«Aber wieso ...?»

Michail gab nicht auf.

«Sie verstehen sicher, dass es nicht sehr klug ist, über dieses Thema zu spekulieren», sagte Lykke abweisend. «Besonders nicht der Mutter gegenüber.»

Michail nickte, seine goldbraune Haut war aschfahl geworden.

Sie hörten, wie draußen auf der Straße ein Wagen anhielt.

«Das ist bestimmt Parisa.» Viker verschwand nach draußen.

«Kommen Sie.»

Lykke eilte zur Haustür.

Er wusste, dass die Zeit gegen sie arbeitete.

66 | Oslo, am selben Nachmittag

Ihm war warm, durch und durch warm. Jetzt war es bald geschafft. Es ist vorbei, Mama. Vater, Mutter und Kind. Sie hätte sich bekreuzigt. Er lächelte, schaffte es nicht, einen kleinen Schluchzer zu unterdrücken.

Er studierte die winzigen Hände. War fasziniert von der Farbe. Sie waren fast rosa. Alles war beinahe perfekt. Wenn nur nicht dieses ewige Geschrei wäre. Der Fotoapparat stand einsatzbereit auf dem Stuhl neben ihm. Wenn das Kind nur endlich aufhören würde zu weinen, dann könnte er das Foto machen. Er brauchte einen Gesichtsausdruck zur Vorlage. Einen Ausdruck, der Ruhe und eine Art Würde ausstrahlte. Auf dem Fußboden stand ein Päckchen mit Muttermilchersatz. Das hatte nicht geholfen. Der Junge schrie jetzt schon seit fast anderthalb Stunden ununterbrochen. Er betrachtete das kleine Bündel, das immer noch dick in die Babydecken des Krankenhauses eingewickelt war. Gleich würde er es auspacken. Er freute sich darauf, den nackten Körper zu sehen. In Gedanken führte er den Schnitt vom Nabel zwischen den Beinen hindurch bis hinauf in den Nacken. Die Kopfhaut musste von den Schläfenlappen aufwärts nach hinten gezogen werden. Das würde leicht sein. Die Haut war dünn, hatte nur eine minimale Fettschicht an der Innenseite. So leicht wie bei einem Otter, dachte er und lächelte das Kind an.

67 | Polizeipräsidium, am selben Nachmittag

Rolf Gordon Lykke musterte die vertrauten Gesichter rund um den Besprechungstisch.

«Lasse hat euch über den Stand der Dinge informiert?»

Sie nickten.

Lykke stand auf und nahm seinen gewohnten Platz am Fenster ein. Darre, Sadegh, Viker und Ted Eriksen folgten ihm gespannt mit den Augen.

«Ich weiß nicht mal, ob es möglich ist, Menschen auszustopfen», sagte Lykke. «Möglicherweise ist es eine verrückte Theorie, aber …» Er drehte sich zu ihnen um. «Uns läuft die Zeit weg. Habt ihr die Liste mit den Präparatoren?»

«Hier.» Ted Eriksen nahm einen Stapel Blätter hoch, der vor ihm lag. «Elf Leute in der weiteren Umgebung, sofern wir uns auf die beschränken, die das Präparieren als Beruf betreiben. Die hier habe ich aus den Gelben Seiten und aus dem Internet.»

«Fangen wir mit denen in Oslo an.»

Lykke ging rastlos eine Runde um den Tisch.

«Dann reden wir von vier.» Ted Eriksen verteilte Kopien der Listen. «Die mit Osloer Adresse habe ich angestrichen», fügte er hinzu.

Lykke studierte die Aufstellung einen Moment.

«Lasse und ich übernehmen die ersten beiden. Darre, du schnappst dir einen Beamten, Leiner oder Syversen, und nimmst dir die beiden nächsten Adressen vor. Parisa fährt zum Krankenhaus und vernimmt Mona Dyreng. Ruf mich sofort an, wenn du den Namen des Kindsvaters hast.»

Lykke erinnerte in seiner Rastlosigkeit an einen Fußballtrainer kurz vor einem entscheidenden Spiel.

«Ted, du bleibst hier und schickst die Leute zu den Adressen außerhalb von Oslo. Immer zu zweit. Bewaffnet, sicherheitshalber.» Lykke atmete durch. «Ich kläre das mit Breiby von unterwegs aus. Wir müssten sie alle innerhalb einer guten Stunde abgehakt haben. Es eilt, aber kein Blaulicht, verstanden? Also los!»

Als sie aufstanden, ging die Tür zögernd auf. Syversen, ein junger Beamter aus Sunnmøre, steckte den Kopf herein.

«Entschuldigung, aber der Pförtner sagt, dass TV2 vor der Tür steht. Sie haben gehört, dass ein neugeborenes Baby entführt worden ist. Sie wollen mit dir sprechen.»

Sein Blick blieb an Lykke hängen.

Rolf Lykke zögerte. Daran hätte er denken müssen. Natürlich war es unmöglich, die Entführung eines neugeborenen Babys von einer Entbindungsstation geheim zu halten. Und natürlich war das ein gefundenes Fressen für die Medien.

«Sag ihnen, wir geben eine Pressekonferenz um …» Er warf einen Blick auf die Uhr an der Wand. «Um 18.30 Uhr.

Dann können sie es noch in den Abendnachrichten bringen. Können wir sie damit hinhalten?»

Viker machte ein skeptisches Gesicht.

«Egal. Wir haben keine andere Wahl», sagte Lykke. «Wenn wir den Jungen bis dahin nicht gefunden haben, ist der Zug ohnehin abgefahren.»

68 | Nordstrand, am selben Nachmittag

«Per Rønne.» Lasse Viker kontrollierte die Adresse. «Sieht nicht so aus, als ob er zu Hause ist.»

Lykke musterte das große Einfamilienhaus. Alle Fenster waren dunkel, nur die Lampe über der Haustür leuchtete schwach.

«Wir versuchen es.»

Sie klingelten drei Mal, ohne irgendeine Reaktion zu bemerken. Lasse Viker stapfte durch den Schnee ums Haus.

«Nichts», berichtete er. «Der Typ ist hier auch mit keiner Büroadresse oder so verzeichnet.»

«Kann ich Ihnen helfen?»

Ein rotwangiger älterer Mann schaute misstrauisch von der Einfahrt zu ihnen herauf.

«Wir sind von der Polizei.»

«So?» Der Mann verhielt sich abwartend. «Ich bin der Nachbar gleich nebenan. Wollte nur mal nachsehen, was für Leute sich hier herumtreiben.»

Lykke zog seinen Dienstausweis aus der Tasche.

«Wissen Sie, wo Herr Rønne sich im Moment aufhält?»

Der Mann straffte die Schultern.

«Auf Gran Canaria. Sie sind jedes Jahr Weihnachten dort. Wir kümmern uns solange um die Post», sagte er und schloss den Briefkasten auf, als wollte er zeigen, dass er die Wahrheit sagte.

«Sind sie schon länger weg?»

Lasse Viker versuchte, den Schnee aus seinen flachen Winterschuhen zu entfernen.

«Sie sind einen Tag vor Heiligabend geflogen und bleiben bis 2. Januar. Wie jedes Jahr.» Der Mann zögerte. «Ist etwas nicht in Ordnung?»

«Nein, nein, wir wollten nur kurz mit Per Rønne reden. Wir brauchen den Rat eines erfahrenen Präparators.»

«Ach so.» Der ältere Mann lächelte. «Ja, da müssen Sie den Per fragen. Er arbeitet Tag und Nacht in seinem Keller. Ich glaube, es gibt kein Tier, das der nicht ausstopfen kann.»

«Vielen Dank, wir werden ihn dann anrufen.»

«Tun Sie das. Ich habe gestern Abend mit ihm telefoniert. Neunzehn Grad und Sonne, das könnten wir jetzt auch vertragen, was?»

Lykke ging zum Auto und sah auf die Uhr. 25 Minuten verschwendet. Er setzte sich auf den Beifahrersitz und griff nach den Zetteln.

«Vetlesens vei in Rognerud», sagte er kurz. «Mach das Blaulicht an, bis wir kurz vor dem Haus sind.»

Vetlesens vei 5c war ein mittelgroßes, ziemlich heruntergekommenes Steinhaus mit einer einfachen, neu gebauten Garage neben der Einfahrt. Hinter der Garage befand sich ein kleineres Haus mit Flachdach. Ein alter Nissan-Pick-up stand halb eingeschneit hinter der Garage. Die Fenster des Hauses waren erleuchtet. Zwei Vogelhäuschen hingen in einem Fliederbusch neben dem Briefkasten, und über dem Türgriff war etwas schief ein dicker Kranz aus Stechpalmenzweigen mit kleinen, blanken Glöckchen befestigt. Von drinnen war Musik zu hören.

«Hier ist auf jeden Fall jemand zu Hause.»

Lykke drückte den Klingelknopf, und sofort wurde die Tür aufgerissen. Ein sechs oder sieben Jahre altes Mädchen im Sonntagskleid starrte sie mit großen Augen an, bevor es sich abrupt umdrehte.

«Das sind nicht Oma und Opa. Das sind zwei Männer.»

Lykke wäre am liebsten wieder umgekehrt.

«'n Abend.» Ein stämmiger Mann in den Vierzigern tauchte in der Tür auf. «Kann ich Ihnen helfen?»

Der Mann trug dunkle, auffällige Koteletten. Wie ein Rockmusiker, dachte Lykke, und unter dem weißen, nicht mehr ganz glatten Hemd wölbte sich ein Bauch. Die Anzughose war mindestens zwei Nummern zu klein.

«Polizei.» Lykke zeigte seinen Dienstausweis. «Bitte entschuldigen Sie die Störung. Sind Sie Knut Mølbakk?»

Der Mann sah sie überrascht an.

«Ist was passiert?» Um seinen Mund erschien ein verunsicherter Zug.

«Nein, nein, wir wollten uns nur kurz mit Ihnen über Ihren Beruf unterhalten. Sie sind Präparator?»

Der Mann nickte.

«Ich habe Papiere für alle ausländischen Tiere, die ich ausstopfe», sagte er. «Wenn Sie nachsehen wollen, meine

Werkstatt ist da hinten.» Er zeigte zu dem kleineren Haus hinter der Garage.

Lasse Viker öffnete den Mund zu einer Antwort, aber Lykke kam ihm zuvor.

«Danke, wir würden gern einen Blick darauf werfen.»

In der geräumigen Werkstatt roch es schwach nach Klebstoff und Chemikalien. Arbeitstische und Gefriertruhen standen Seite an Seite, und die Wände waren voll von Werkzeugen, deren Namen Lykke nicht einmal hätte erraten können.

«Hoppla!» Viker stieß gegen eine Antilope, die am Rücken erst halb wieder zusammengenäht war. «Tut mir leid.»

Auf einem Tisch an der einen Wand waren kleine Schubladen aus Holz übereinandergestapelt, in denen sich Glasaugen in allen Farbvarianten befanden. Scheren, Messer und Skalpelle hingen leicht zugänglich überall herum, wohin man sich auch drehte und wendete. Es war offensichtlich, dass in der Werkstatt, so chaotisch und unaufgeräumt sie auf den ersten Blick wirken mochte, alles seinen angestammten Platz hatte. Ein Dachsfell war auf einer Art Trockenständer aufgespannt, und ein Tier, das vielleicht mal ein Reh gewesen war, lag in Plastik eingepackt auf einem Arbeitstisch. Es war steifgefroren.

Mølbakk folgte ihrem Blick.

«Ein südafrikanischer Springbock», sagte er. «Von einem Jagdverein aus Bærum. Ich habe ihn heute Vormittag aus der Gefriertruhe geholt und fange morgen damit an.» Er drehte sich um. «Moment, ich suche gleich mal die Papiere dafür heraus.»

Er zog die Schublade eines alten Archivschranks auf.

«Schon gut.» Viker klopfte ihm kameradschaftlich auf die Schulter. «Können wir uns kurz umsehen?»

«Aber ich habe die Papiere hier.»

Der Mann nahm einen Plastikhefter aus der Schublade.

«Wir glauben Ihnen», sagte Viker und öffnete den Deckel einer rostigen Gefriertruhe.

«Nerz?»

Lykke zeigte auf ein selbstgetischlertes Regal unter der Decke.

«Marder.»

Mølbakk steckte sich eine Prise Snus unter die Oberlippe und holte das kleine Tier herunter, das auf einem Birkenstamm stand und die Zähne fletschte.

«Im Frühjahr erlegt, deshalb ist das Fell ein bisschen zu hell, außerdem hat er die Räude. Sehen Sie mal.» Er zeigte mit einem kräftigen Finger voller Schwielen auf eine Stelle unter dem Schweif. «Das erste und einzige Tier, das ich selbst geschossen habe. Ist fast zwanzig Jahre her.»

Lykke sah auf seine Armbanduhr und wechselte einen raschen Blick mit Viker, als wollte er sichergehen, dass der Kollege aufpasste.

«Wie würden Sie einen Esel töten, wenn Sie ihn hinterher ausstopfen müssten?»

Lykke lehnte sich gegen einen Arbeitstisch und betrachtete den Mann in dem engen Anzug.

«Geht es darum? Um einen Esel?»

Lykke antwortete nicht.

Der Mann zögerte und verschob den Tabak unter der Lippe ein Stück.

«Tja, das Normalste wäre wohl, ihn zu erschießen, aber

wenn Sie mich so fragen … Ich würde ihn wahrscheinlich an eine Stelle locken, wo ich ihn ausnehmen könnte. Denn ist so ein Esel erst tot, ist es für einen Mann allein unmöglich oder jedenfalls verdammt schwer, ihn zu transportieren.»

Lykke nickte leicht.

«Und danach?»

«Sie meinen, wie ich ihn häuten würde?»

Knut Mølbakk ließ den Blick unsicher zwischen den beiden Polizisten hin und her wandern.

«Ja, wie?»

«Es gibt viele Arten, ihm das Fell abzuziehen, in der Regel beginnt man mit einem Schnitt unter dem Kinn, direkt über der Kehle, dann über die Brustpartie zwischen den Vorderbeinen hindurch und weiter bis zum Schweif und zu den Hinterbeinen. Wenn das getan ist, macht man einen Schnitt von den Achillessehnen aufwärts. Ich versuche immer, den Schnitt auf der Innenseite zu führen, damit man ihn nicht so leicht sieht. Wenn der Esel eine lange Mähne hat, würde ich wahrscheinlich oben ansetzen, hinter dem Kopf, dann seitlich an der Mähne entlang und den Kopf aufklappen. Wenn man das Ganze später montiert, ist es fast, als würde man eine Hose anziehen.»

Er lächelte.

«Was ist das?»

Lasse Viker hatte alle Gefriertruhen geöffnet und die Hand in einen selbstgezimmerten Kasten gesteckt, der voller Sägespäne war.

«Ein Trockner. Man legt die Haut hier hinein, und dann …»

«Und einen Menschen?», unterbrach Lykke.

Mølbakk stellte den Marder auf der Arbeitsplatte ab.

«Meinen Sie, einen Menschen ausstopfen?»

«Ja.»

Lykke suchte nach Reaktionen im Gesicht seines Gegenübers.

«Das ist an sich kein Problem», murmelte Mølbakk, nachdem er ein paar Sekunden überlegt hatte. «Jedenfalls würde ich das Ausstopfen selbst nicht als Problem betrachten. Menschenhaut unterscheidet sich nicht wesentlich von anderen Häuten. Problematisch ist nur, dass sie beim Trocknen dunkel wird. Man muss sie färben.»

«Aha?»

«Ich benutze einen Airbrush. Das ist eine Sprühpistole. Und Farben, die in Leder eindringen. Lifetone Hydromist. Man kann sie im Internet bestellen.»

«Macht es Probleme, dass wir kein Fell haben?» Lykke ließ den Mann keine Sekunde aus den Augen.

«Nein, wieso? Viele afrikanische Tiere haben auch nur wenig Fell.»

«Welches Werkzeug würden Sie benutzen?»

Lykke betastete etwas, das an ein Zahnarztinstrument erinnerte.

«Tja, bei einem Menschen würde ich alles benutzen, grobe Messer, feine Messer, Knochenscheren, Metallsägen, Fettscheren und eine Menge Pinzetten. Pinzetten nimmt man unter anderem für die kleinen Details, wie das Abtrennen von Augen und Nase, und beim Montieren, um die Haut … oder um die doppelte Hautschicht unter dem Lidrand einzurollen und alles schön an Ort und Stelle zu platzieren. Dasselbe gilt für die Lippenränder.»

«Und dann?»

Lykke hatte die Zahnarztpinzette beiseitegelegt.

«Ich würde versuchen, das Gesicht und die Haut unbeschädigt zu lassen.» Jetzt hatte den Mann der Eifer gepackt. «Man muss sozusagen die Größe des Kopfes im Verhältnis zum Hals abschätzen, um die Kopfhaut abzubekommen. Einen Streifen vom Nacken hinauf zum Scheitel ablösen. Der würde ja durch das Haar verdeckt werden.»

«Wissen Sie, ob irgendjemand schon einmal einen Menschen ausgestopft hat?»

Mølbakk schüttelte den Kopf.

«Ausgestopft nicht, aber als ich noch ein Kind war und wir in Dänemark wohnten, hat mein Vater als Präparator für die Schulbehörde gearbeitet. Unter anderem hat er daran mitgewirkt, Föten zu zerteilen und sie auf Glasplatten zu montieren, die im Unterricht verwendet werden sollten. Das war nicht besonders angenehm.»

«Nein, das glaube ich Ihnen aufs Wort.»

Lasse Viker blickte demonstrativ auf die Uhr, aber Lykke ließ sich nicht ablenken.

«Gibt es viele gute Präparatoren in Norwegen?»

Knut Mølbakk kratzte sich im Nacken.

«Im Großen und Ganzen sind wir ganz gut aufgestellt hier in Skandinavien, falls Sie das meinen. Ich selbst habe zweimal den zweiten Platz gemacht und einmal den dritten», ginste er. «Meinen allerersten Preis habe ich für den hier bekommen.» Er zeigte auf einen Dachs, der sie von einem Schrank herunter anfletschte. «Für das offene Maul gab's drei Extrapunkte. Ist eine Wahnsinnsarbeit, drinnen im Maul alles richtig hinzufriemeln, aber wenn man es raushat, gibt es dafür ordentlich Punkte.»

«Ich habe hier eine Liste», sagte Lykke und zog das Blatt mit den gelben Markierungen heraus. «Kennen Sie die Leute?»

Knut Mølbakk überflog die Liste.

«Das sind alles Bekannte, ja.» Er legte den Zeigefinger mitten auf das Blatt. «Dag Asbjørnsen und ich sind zwei Jahre zusammen in die Lehre gegangen. Er macht nicht mehr viel, nur ab und zu noch Kleinigkeiten für ein paar Zoohandlungen unten in der Stadt.»

«Und Sie kennen die alle gut?»

«Klar, so viele sind wir ja nicht. Ein paar Jahre lang hatten wir uns sogar zu einer Art Innung zusammengeschlossen, da waren alle von Ihrer Liste dabei und außerdem noch Sætershaugen, ein Kollege aus Hamar. Das ist ein ganz Eifriger, er kam jedes Mal extra mit dem Zug angereist, wenn wir Sitzung hatten. Obwohl, was heißt schon Sitzung ...?»

«Das sind also alle, die den Beruf im Großraum Oslo ausüben?»

Lykke deutete mit einem Kopfnicken auf die Liste.

«Ja. Das heißt, eigentlich fehlt noch Dorf. Eric Dorf. Er ist ein echt guter Mann, hat aber das Ausstopfen schon vor einer ganzen Weile mehr oder weniger aufgegeben.»

«Wieso das?»

Lykke und Viker wechselten einen Blick.

«Ach, wissen Sie, das ist eine lange Geschichte.» Mølbakk kratzte sich wieder den Nacken. «Der Kerl ist schon irgendwie seltsam, eigentlich nicht verkehrt, aber man wird nur schwer mit ihm warm, um es mal so zu sagen.» Er sah die beiden Polizisten an, als wollte er sich vergewissern, dass sie interessiert waren.

Lykke nickte aufmunternd.

«Vor ein paar Jahren hatte das Fram-Museum einen größeren Restaurierungsauftrag ausgeschrieben. Es ging um Eisbären und Pinguine, aber vor allem um Roald Amundsens Schlittenhund. In unseren Kreisen wurde eine ganze Menge über diesen Auftrag geredet. Klar, dass alle ihn haben wollten. Viel Arbeit und viel Ehre. Eric war geradezu besessen davon. Er interessiert sich ungemein für Polargeschichte, und ich glaube, er hat alles über Amundsen gelesen, was es gibt. Ihn reizte vor allem die Sache mit Amundsens Hund. Er meinte nämlich, der hätte die falschen Proportionen und er könnte es besser machen. Alle rechneten damit, dass er den Auftrag bekommen würde, aber dann ging er an einen Dänen. Eric war am Boden zerstört. Er meinte, jemand hätte hinter seinem Rücken schlecht über ihn geredet und dass er das Opfer eines Komplotts gegen ihn geworden war.»

«Stimmte das?»

Lykke massierte seine Nasenwurzel zwischen Daumen und Mittelfinger.

«Nicht dass ich wüsste. Der Däne war gut. Und der Hund ist ihm prima gelungen, ich habe ihn mir erst vor ein paar Monaten angesehen.» Mølbakk kratzte an einer Dose herum, die ein Pulver enthielt. Dextrine-Kleber, stand auf dem Etikett. «Aber das war noch nicht das Ende vom Lied. Etwas später im Herbst schickte er eine ganze Rehfamilie zur WM nach Denver. Eine der schönsten Arbeiten, die ich je gesehen habe.»

«Weltmeisterschaft im Ausstopfen?»

Lasse Viker sah Mølbakk fragend an.

«Ja, was glauben Sie denn? Wir haben norwegische und skandinavische Meisterschaften, EM und WM. Die WM findet immer in den USA statt, das ist ein großer Nachteil für uns Europäer, weil die Teilnahme so unglaublich teuer ist. Und außerdem gibt es immer eine Menge Brimborium mit Papieren und Zoll, und Anmeldegebühr kommt natürlich auch noch dazu. Es kostet einen das letzte Hemd.»

«Und weiter?» Viker wurde langsam ungeduldig.

«Eric wurde disqualifiziert.»

«Ach ja?» Viker konnte seine Gereiztheit nicht verbergen.

Mølbakk hatte offenbar nichts davon gemerkt, denn er machte eine lange Kunstpause, bevor er mit einem kleinen Lächeln weitersprach.

«Die Jury, und bei einer WM besteht sie immer aus Amerikanern, hatte ihn zunächst für den ersten Platz nominiert, ja, also das habe ich jedenfalls gehört, aber dann wurde er stattdessen disqualifiziert.»

«Warum?»

«Es kommt vor, dass Tiere zusammengenäht werden, bevor die Haut ganz trocken ist, das ist ein klarer Vorteil, weil sie dann elastischer ist und man kleine Fehler besser vertuschen kann. Die Preisrichter behaupteten, dass die Haut des Rehkitzes nicht durchgetrocknet war – und damit war er draußen.»

«Noch ein Komplott?»

Viker sah zum dritten Mal auf seine Uhr.

«Eric glaubte das jedenfalls.»

Mølbakk schob den Tabak unter seiner Oberlippe zurecht. «Ich glaube, ihm ist das alles zu viel geworden. Es soll ihm schon vorher nicht so besonders gegangen sein, habe ich gehört, und ...»

«Was genau haben Sie gehört?»

Lykke ignorierte, dass Viker im Hintergrund von einem Fuß auf den anderen trat.

«Ach, nichts weiter, nur …»

«Nur?»

«Einer aus dem Verband, Sætershagen, ist mit ihm zur Schule gegangen. Ich glaube, er war damals eine Klasse unter ihm, aber er erzählte, dass Eric jahrelang gemobbt wurde. Er lebte allein mit seiner Mutter. Und die Mutter, ich habe sie einmal getroffen, die hatte auf jeden Fall 'ne Schraube locker. War Mitglied bei Maranata und so was …»

«Wohnt er jetzt allein?»

«Ich denke schon. Er war mal mit einer Frau zusammen, aber ich glaube nicht, dass seine Mutter das toleriert hat. Es hat wohl nicht lange gehalten. Er ist aber auch ein komischer Kauz.»

«Was halten Sie denn persönlich von Eric Dorf?»

Mølbakk zögerte einen Moment.

«Ich kann nicht direkt sagen, dass ich ihn nicht mag, aber irgendwas stimmt nicht mit ihm. Er hat ein krankhaftes Bedürfnis nach Bestätigung, wissen Sie. Und gleichzeitig ist es ja oft so, dass Leute wie er nie die Anerkennung bekommen, die sie vielleicht verdient hätten.»

«Inwiefern?»

«Sie haben es allzu nötig, verstehen Sie?»

Lykke nickte. Er glaubte zu wissen, was der Mann meinte.

«Und was macht Dorf jetzt?»

«Nach der Sache bei der WM ist er immer verschrobener geworden, und viele seiner Kunden hörten auf, ihn zu beliefern.»

«Warum?»

«Weil er ihnen völlig überzogene Bedingungen diktierte. Er wollte zum Beispiel nur noch Tiere annehmen, die unmittelbar nach dem Erschießen in Plastik verpackt und eingefroren worden waren, und er machte totales Theater, wenn viel Schmutz und Blut am Fell war. Ist ja klar, dass man auf diese Weise nicht viele Kunden bekommt, ganz egal, wie gut man ist. Ich habe mit einem Mann gesprochen, der mit einem Ara-Papagei bei ihm war. Er ist gleich rückwärts wieder rausgegangen, als Eric darauf bestand, die Lebensgeschichte des Vogels zu hören. Er wollte wissen, was für eine Persönlichkeit der Papagei gehabt hatte. Man kann die Leute schon mit weit weniger vergraulen. Ich glaube, er arbeitet im Moment privat an einigen Arrangements. Er war immer angetan von mehreren Tieren in einer Gruppe.»

«Tierfamilien?»

«Ja, unglaublich aufwendig. Und sehr wenige Käufer.»

Mølbakk kratzte sich diskret die Achselhöhle. «Das ist wirklich schade, denn er ist gut, fast ein bisschen zu gut, würden wohl manche sagen.»

«Dorf... Ist er Deutscher?»

«Er nicht, aber sein Vater. Er hat sich aus dem Staub gemacht, als Eric zwei Jahre alt war oder so. Das hätte ich auch getan, bei der Frau. Sie ist letzten Winter gestorben. Sætershagen und ich waren bei der Beerdigung. Weiß eigentlich gar nicht, wieso, aber... ich hatte irgendwie das Gefühl, hingehen zu müssen. Er hatte ja keinen großen Bekanntenkreis. Ich glaube, in der Kirche waren nicht mal die ersten beiden Reihen besetzt.» Mølbakk schwieg ein paar Sekunden und strich dem Marder über das Fell. «Er hatte sein Leben lang mit seiner Mutter zusammengewohnt. Sie gingen jeden Sonntag gemeinsam in die Kirche. Also ... nicht, dass ich sie dort gesehen hätte ...»

Mølbakk grinste.

«Ich gehe ja nicht so oft in die Kirche, wollte ich damit sagen», fügte er hinzu, als die beiden Polizisten zur Tür gingen, ohne eine Miene zu verziehen.

69 | Oslo, am selben Abend

Er wusch seine Hände mit Seife unter heißem Wasser. Trocknete sie mit Papiertüchern aus dem Spender ab und wusch sie noch einmal. Das Wasser war fast kochend heiß. Die Hände mussten nicht nur sauber sein, sondern auch geschmeidig. Er öffnete und schloss die Fäuste mehrmals rasch hintereinander. Lächelte. Bereit. Bald war es vollbracht. Die Kamera auf dem Stativ. Der PC war eingeschaltet in Erwartung der Bilder, die der Welt zeigen würden, was er konnte. Schritt für Schritt. Er hickste, unfähig, das sprudelnde Glücksgefühl unter Kontrolle zu bringen. Er traf hier die Entscheidungen, er hatte die Macht. Der Polizist hatte ihn fast ein bisschen enttäuscht. Dass er die Zusammenhänge zwischen den beiden Morden erkannt hatte, war klar, das wäre ja auch noch schöner, bei so eindeutigen Spuren. Aber der Kommissar hatte die Verbindung zu dem Neugeborenen nicht gesehen. Damit hatte er ihn auf die Probe gestellt oder das Schicksal ...

Er beugte sich über das schlafende Kind und wickelte es vorsichtig aus der hellblauen Decke. Auf dem Beistelltisch neben ihm lag Sister Wendy Becketts Kunstgeschichte, aufgeschlagen bei Michelangelos berühmtem Gemälde von Josef, Maria und dem Jesuskind, *Die heilige Familie*. Es war absolut still im Zimmer. Einen Moment lang fürchtete er, das Kind könnte tot sein. Er beugte sich so tief hinunter, dass sein Gesicht fast den halboffenen Mund berührte. Der Junge atmete. Er war erleichtert. Aber warum sollte er auch nicht atmen? Es war erst vier Stunden und fünfundzwanzig Minuten her, seit er ihn geholt hatte. Zwar hatte der Kleine fast die ganze Zeit geschrien, aber von ein bisschen Geschrei starben Kinder doch nicht.

Er hatte versucht, ihm die Flasche zu geben, aber erst als er etwas von der lauwarmen Flüssigkeit auf den Zeigefinger tat und den Jungen daran saugen ließ, hörte das Weinen auf.

Er war enttäuscht gewesen, als er das Kind zum ersten Mal betrachtete. Es war so viel kleiner, als er erwartet hatte. Wo waren die Pausbäckchen und die blonden Locken, so wie auf dem Gemälde? Dieses Kind hier wirkte noch gar nicht richtig fertig. Fast keine Haare und das Gesicht rotfleckig und flachgedrückt. Die Augen waren nur Schlitze.

Er zog vorsichtig an der Decke, und ein roter, dünner Arm kam zum Vorschein. Er zuckte zusammen. Die Haut hing faltig um das Ellbogengelenk. Ein dürres Beinchen und noch eins. Froschbeine. Fast nirgends war Fleisch dran, nur schlaffe Haut, die viel zu groß für den schmächtigen Körper schien. Er spürte den Druck der dunklen Gedanken. So hatte er sich das nicht vorgestellt. Das Kind war ganz und gar nicht, wie es sein sollte – auf dem Bild. Er ballte die Fäuste und schluckte. Atmete tief ein. *Da pries ich die Toten, die längst gestorben sind, glücklicher als die Lebenden, die jetzt noch lebendig sind.* Er sprach die Worte vor sich hin, mit geschlossenen Augen, monoton und ohne Einfühlung. *Aber besser als beide ist der daran, welcher noch gar nicht geboren ist, weil er das leidige Tun, das unter der Sonne geschieht, nicht kennt.*

Er spürte, wie sein Atem ruhiger wurde, beugte sich erneut über das Kind, das nun halb auf dem Bauch lag, und zog ihm das weiße Krankenhaushemd aus. Der Junge begann sofort wieder zu schreien, als seine nackte Haut die kalte Metallplatte berührte. Er betrachtete den kleinen Körper einige Sekunden lang, bevor er ihn auf den Rücken drehte und sich hinunterbeugte, um die winzigen Fingernägel zu studieren. Er hielt abrupt inne. Ein leichtes Stöhnen entfuhr seinem halboffenen Mund. Das hier war völlig verkehrt. Seine Hände wurden schwer und sein Mund trocken. So sollte es nicht sein. Er starrte auf einen kleinen Punkt in der Mitte des schlaffen Bauches. Damit hatte er nicht im Entferntesten gerechnet. Der kleine Stummel der Nabelschnur war mit einem Pflaster an den Bauch geklebt. Die Verbindung zur Mutter. Das Kind und die Mutter. Jetzt ertönte auch ihre Stimme. Das Schlimme. Das er ertragen musste, um zu leben. Das Opfer. Immer wieder dieses Opfer, das für das Leben gebracht werden muss. Der Preis. Die Bezahlung. Das Opfer. Und dann die Stimme des kleinen Jungen: *Ich halte das aus, Mama. Ich verdiene mir das Leben ...*

Er ging hastig um den Arbeitstisch herum und ließ sich auf einen Holzstuhl fallen. Es *musste* getan werden, das wusste er. Auch wenn ich nicht mal aufrecht stehen kann. Ich kann sitzen. Mutter, Vater und Kind, Mutter, Vater und

Kind. Er wiederholte es, immer lauter – mit seiner eigenen Stimme. Dann wurde er ruhiger und schloss die Augen, stand auf und griff nach dem Skalpell. Kalt. Jetzt freut sie sich, dachte er und spürte die Kälte in der Hand. Die Kälte und die Ruhe.

70 | Oslo, am selben Abend

Lasse Viker schaltete die Innenbeleuchtung im Wagen an und hielt den handgeschriebenen Zettel von Mølbakk hoch.

«10b. Das Haus da muss es sein.»

Sie starrten auf eine große Villa, die ein Stück zurückversetzt inmitten eines großen Gartens lag.

«Das sind mindestens vier-, fünftausend Quadratmeter», murmelte Viker und musterte den eingezäunten Obstgarten. Eine dichte Hecke zog sich hinter dem Zaun um das gesamte Grundstück und versperrte den Einblick, abgesehen von der kleinen Lücke an der Auffahrt.

Viker stellte den Motor ab und machte das Licht aus. Sie blieben im Auto sitzen und spähten zum Haus hinauf. Hinter zwei Fenstern im Obergeschoss brannte Licht, ansonsten war alles dunkel.

«Nicht viel Weihnachtsschmuck zu sehen.»

Viker stieg aus und ging zu einem Briefkasten. Er öffnete den Deckel und kratzte das Namensschild frei von Eis.

«Eric Dorf, ja. Wo bleiben Ted und seine Leute?»

Um Lasse Vikers Mund erschien der entschlossene Zug, den Lykke von früheren kritischen Situationen kannte.

«Verdammter Schlendrian!» Lykke warf einen Blick auf die Uhr am Armaturenbrett. «Das kann doch nicht so lange dauern!» Er überlegte. «Geh mal eben eine Runde ums Haus und halte nach Fluchtwegen Ausschau.» Lykke zögerte. «Waffe?»

Viker klopfte auf seine Jackentasche und stapfte durch den hohen Schnee davon. Lykke zog sein Handy hervor und wählte Eriksens Nummer.

«Wo bleibt ihr denn?»

«Sind in zwei Minuten da.»

«Okay.»

Lykke stieg aus. Sein Mund war trocken. Er fischte eine neue Packung Kaugummi aus der Tasche und hatte Mühe, das Papier aufzureißen. Und das lag nicht an der Kälte.

Bei dem Gedanken an das neugeborene Kind fröstelte ihn. Er stampfte mit den Füßen. Es war schweinekalt. Ein roter Golf fuhr langsam vorbei und hielt vor einer Doppelgarage in zwanzig, dreißig Metern Entfernung. Ein Mann um die fünfzig stieg aus und starrte neugierig zu dem zivilen Polizeiauto und dem Mann hinüber, der anscheinend ohne Sinn und Zweck dort herumstand.

«Kennen Sie die Leute, die in 10b wohnen?»

Der Fremde zögerte und schloss sein Auto ab.

«Wieso?»

Lykke wartete, bis er so nah herangekommen war, dass er nicht schreien musste.

«Polizei», sagte er und zog seinen Dienstausweis hervor. «Stimmt es, dass Eric Dorf in diesem Haus wohnt?»

«Ja, das ist richtig.»

Der Mann sah Lykke neugierig an. «Ist was passiert?»

Lykke ignorierte die Frage.

«Kennen Sie ihn gut?»

«Wir grüßen uns, um es mal so zu sagen.»

Lykke drehte sich um und starrte zu dem weißen Haus hinauf. Nur die Spitze des Daches war über der verschneiten Hecke zu sehen.

«Was fährt er für ein Auto?»

Der Nachbar zögerte eine Sekunde.

«Einen Nissan Patrol. Diesel», ergänzte er.

«Schwarz?»

«Nein, dunkelblau-metallic.»

Der Mann sah Lykke unsicher an.

«Ich glaube nicht, dass er gestohlen ist. Jedenfalls hat er ihn schon die ganzen Jahre, seit ich hier wohne.»

«Es wäre mir lieb, wenn Sie es unterlassen würden, ihn anzurufen. Er muss nicht wissen, dass wir hier draußen sind.»

Der Mann war sofort wieder auf der Hut.

«Natürlich.»

Lykke murmelte vor sich hin und drehte sich um. Wo zum Teufel blieben Ted und Heltne bloß? Die Fahrt vom Präsidium nach Høyenhall sollte mit Blaulicht nicht länger als fünf Minuten dauern. Normalerweise hätte er nicht gezögert, ins Haus zu gehen. Zwei bewaffnete Männer reichten für gewöhnlich in solch einer Situation aus, aber dies war keine normale Situation. Ein Mann hatte zwei Menschen abgeschlachtet, war allem Anschein nach unberechenbar und ziemlich sicher im Besitz von weiteren Waffen außer Skalpellen und Fleischerbeilen.

In dem Moment klingelte sein Handy.

«Ja!»

«Wo seid ihr?» Ted Eriksen schien außer Atem zu sein.

«Wo *wir* sind?»

«Ja.»

«Wir stehen vor dem Haus Furuveien 10. Wo zum Teufel seid ihr denn?»

Es wurde für einen kurzen Moment still. Lykke hörte ihn im Hintergrund diskutieren. Dann war Eriksen wieder dran.

«Seid ihr in Oslo?», fragte er.

Lykke musste sich zusammenreißen, um ihn nicht anzuschreien.

«Wo sollten wir sonst sein?»

«Scheiße!»

«Wo seid ihr?», wiederholte Lykke.

«Wir sind im Furuveien in Bekkestua. Heltne ist hier ganz in der Nähe aufgewachsen, deshalb wusste er, wo das ist.»

Lykke atmete tief durch, bevor er antwortete.

«Kommt her, so schnell ihr könnt! Wir gehen jetzt rein!» Er sah auf die Uhr. Sie zeigte vier Minuten nach fünf. Das Kind war jetzt seit vier Stunden und fünfundzwanzig Minuten verschwunden. Konnte der Junge noch am Leben sein? Er dachte daran, was Mølbakk gesagt hatte. Eric Dorf wollte kein Tier präparieren, das nicht unmittelbar nach dem Erlegen tiefgefroren worden war. Er wollte es frisch haben, unbeschmutzt. Wie lange konnte ein neugeborener Säugling ohne Nahrung überleben? Fünf Stunden? Zehn? Plötzlich fiel ihm etwas ein, was Rigmor gesagt hatte. Dass Dahl möglicherweise bei lebendigem Leib ausgeschlachtet worden war. Wie lange dauerte es, bis ein Mensch, dem man die Eingeweide herausschnitt, verblutete? Vermutlich mehrere Minuten. Auf seiner Netzhaut tauchte das Bild eines ausgenommenen Fisches auf, der in einem Plastikeimer zappelte. Lykke räusperte sich und spuckte in den Schnee, nickte dem Mann mit dem Golf kurz zu und ging zurück zu seinem Dienstwagen. Der Nachbar stand da und starrte ihm ungeniert hinterher. Soll er doch, dachte Lykke, dann ruft er jedenfalls nicht an. Er bemerkte, dass sich mittlerweile kleine Eiskristalle auf der Windschutzscheibe gebildet hatten, blies sich warme Luft in die Fäuste und blinzelte zu dem Garten hinauf. Wo blieb Viker? Kaum hatte er das gedacht, kam die große dunkle Gestalt auch schon eilig durch den tiefen Schnee gestapft.

«Eine Hintertür zum Garten und oben eine Tür zu einer Veranda an der Nordseite», berichtete Viker atemlos.

Wer baut sich eine Veranda nach Norden?, dachte Lykke flüchtig, während er die Box zwischen den Vordersitzen aufschloss und seine Dienstwaffe herausnahm. Es war eine Smith & Wesson Kaliber 38. In den letzten fünf Jahren hatte er sie nur zu den obligatorischen Schießübungen benutzt. Lykke war ein ausgesprochen schlechter Schütze, und unter den Kollegen war es kein Geheimnis, dass er die vorgeschriebenen vierzig Trainingsstunden pro Jahr hasste, die jeder Beamte im Außeneinsatz absolvieren musste. Er steckte den Revolver in die Manteltasche.

«Ted Eriksen steht mit der Verstärkung in Bærum», sagte er leise.

«In Bærum?»

«Offenbar gibt es da auch einen Furuveien. Die sind

frühestens in zwanzig Minuten hier. Wir können nicht warten.»

«Wie kann man nur so bescheuert ...?»

«Bist du bereit?»

Lykke sah seinem Kollegen direkt in die Augen.

«Bereit.»

«Wir verhalten uns ganz normal», sagte Lykke und hörte, wie fremd seine Stimme klang. «Dieselbe Vorgehensweise wie bei Mølbakk.»

Viker wischte sich einen Tropfen unter der Nase weg.

«Okay.»

Ein schmaler Pfad war freigeräumt, trotzdem lag puderleichter Neuschnee in der Einfahrt. Er ist seit mindestens drei Stunden nicht mehr draußen gewesen, dachte Lykke und umfasste unbewusst den Griff seines Revolvers in der Manteltasche. Ein Stück die Straße hinab erklang plötzlich Kinderlachen. War der Julebukk schon unterwegs? Er musste wieder an seine Familie denken, an Ida und Sonja. An den beinahe unwirklichen Kontrast zu dem, was ihn und Viker vielleicht erwartete.

Ein großer Weihnachtskranz aus Stechpalmenzweigen hing an einem Nagel mitten in der Tür. Es gab keine Klingel. Aber Viker fand einen altmodischen Türklopfer versteckt unter dem Kranz.

«Der bekommt offenbar nicht viel Besuch», murmelte er leise. «Bist du so weit?»

Lykke packte den Revolvergriff fester, spuckte das Kaugummi aus und nickte kurz.

71 | Akershus-Universitätsklinikum, am selben Abend

Parisa Sadegh stand vor der Tür und versuchte vergeblich, sich zu überlegen, was man zu einer jungen Mutter sagt, deren neugeborenes Baby gerade entführt worden war.

Sie klopfte kurz und öffnete die Tür, ohne eine Antwort abzuwarten. Mona Dyreng lag auf der Seite, das Gesicht in ein großes Kissen vergraben. Eine Krankenschwester in den Vierzigern saß auf der Bettkante und strich ihr vorsichtig über die verschwitzten Haare.

«Schläft sie?»

Parisa hielt ihren Dienstausweis hoch und ging leise auf das Bett zu.

«Sie ist wach, aber sehr mitgenommen.»

Die Schwester sprach gedämpft und streichelte der jungen Frau weiter über den Kopf.

«Habt ihr mein Kind gefunden?»

Mona Dyreng setzte sich mit einem Ruck auf. Ihr Gesicht war vom Weinen geschwollen. Die rotgeränderten Augen starrten sie flehend an. Parisa schüttelte den Kopf und griff nach ihrer Hand.

«Sie müssen uns helfen. Schaffen Sie das?»

«Ich weiß nicht, wer es getan hat.»

Mona zitterte und schluchzte. Die Schwester sah Parisa streng an.

«Falls es nicht absolut notwendig ist, schlage ich vor, dass Sie das Gespräch verschieben», sagte sie fest. «Sie hat vier Stunden am Stück geweint.»

Parisa ließ die Hand nicht los.

«Ich kann Ihnen versichern», sagte sie und richtete ihre braunen Augen auf die Schwester, «dass es extrem notwendig ist.»

Die Krankenschwester zögerte.

«Na, wenn Sie das sagen, dann ...»

«Könnten Sie mich ein paar Minuten mit ihr allein lassen?»

Die Schwester wollte wieder protestieren, aber etwas im Blick der dunkelhaarigen Polizistin ließ sie einlenken.

«Fünf Minuten. Ich bin draußen auf dem Flur.»

Sie stand auf und verschwand auf leise quietschenden weißen Sandalen aus dem Zimmer.

Parisa drückte Mona Dyrengs Hand.

«Möchten Sie einen Schluck Wasser?»

Sie beugte sich zum Nachttisch mit der halbvollen Edelstahlkanne.

«Nein danke.»

Ihre Stimme war fast unhörbar.

«Alles, was ich jetzt mache, dient nur einem einzigen Ziel», sagte Parisa und wartete, bis sie wieder Blickkontakt mit Mona hatte. «Und das ist, Ihr Kind zu finden. Ich weiß, Sie glauben nicht, dass Sie mir helfen können, aber ich weiß aus Erfahrung, dass Sie sich vielleicht irren. Dass Sie möglicherweise etwas wissen, was Ihnen nicht bewusst ist.»

«Schon, aber ich kann doch nicht etwas wissen, was ...»

Mona begann wieder zu weinen, lautlos, so als wären ihre Energiereserven aufgebraucht.

«Vor allen Dingen müssen wir wissen, wer der Vater ist. In neun von zehn vergleichbaren Fällen hat es nämlich etwas mit dem Vater zu tun.»

Mona schluchzte.

«Er weiß es doch nicht mal!»

«Was weiß er nicht?»

«Dass er Vater geworden ist. Ich will doch nicht, dass mein Kind einen ... wie ihn zum Vater hat.»

«Warum?»

Mona wandte den Blick ab, und es schien fast, als schämte sie sich.

«Das ist nur ein Typ, mit dem ich auf einer Party zu Hause rumgemacht habe. Ich war betrunken und ...»

«Zu Hause?»

«Ja, in Hammerfest.»

Parisa ließ Monas Hand los und machte sich Notizen.

«Wieso wollen Sie nicht, dass das Kind einen wie ihn zum Vater hat?», fragte sie beinahe streng. Mona zögerte wieder.

«Er ist nicht ganz ...»

Parisa wartete.

«... nicht ganz normal», kam es endlich, bevor sie durchatmete. «Oder ... zuerst wirkte er interessant und ein bisschen ... geheimnisvoll, aber nach einer Weile wurde er regelrecht ... manisch.»

«Inwiefern?»

«Er redete von Gott ... redete und redete. Und ich dachte erst, er ist Mormone oder so was. Aber dann ...»

«Ja?»

Mona antwortete nicht.

«Wie lange waren Sie mit ihm zusammen?»

Sie begann wieder zu weinen.

«Wir waren eigentlich gar nicht zusammen. Wir haben

uns in einer Kneipe kennengelernt, und dann haben wir uns unterhalten und ...»

«Worüber haben Sie sich unterhalten?»

Mona rieb sich mit dem Handrücken die geschwollenen Augen.

«Über Umweltfragen und ... bedrohte Vogelarten, er wusste unheimlich viel über Vögel, und am Ende sind wir ... haben wir ...»

Parisa griff wieder nach ihrer Hand.

«Und nachdem wir ... zusammen gewesen waren, sprach er davon, dass er ein Auserwählter wäre ...»

«Auserwählt wofür?»

«Ich weiß es nicht, das sage ich doch! Er redete, als hielte er sich für ... Gott.»

Mona vergrub das Gesicht in dem Kissen. «Oder von Gott geschickt. Er erzählte, wie wichtig es sei, etwas zu opfern, um ein Recht auf Leben zu haben. Dass es wichtig sei, Schmerzen zu ertragen. Das sei der Preis. Da bin ich ... abgehauen ...»

«Wie heißt er?»

Keine Reaktion. Parisa Sadegh ließ Monas Hand los.

«Sie *wissen* nicht, wie er heißt?»

Mona Dyreng bohrte das Gesicht ins Kissen, ihr schmächtiger Körper wurde vom Schluchzen geschüttelt.

Parisa wechselte einen Blick mit der Schwester, die wieder ins Zimmer gekommen war. Sie beugte sich über den Kopf auf dem Kissen.

«Weiß er denn, wie Sie heißen?»

Das Schluchzen hörte urplötzlich auf.

Parisa griff wieder nach ihrer Hand und drückte sie.

«Ja», kam es endlich.

Parisa Sadegh richtete sich auf, sog den Geruch von Krankenhaus, Angst und Schweiß ein. Sie brauchten Ergebnisse. Jetzt! Ihr rechtes Bein wippte hektisch auf und ab.

«Warum sind Sie so sicher, dass nicht er Ihr Kind entführt hat?»

Mona starrte mit roten Augen zu ihr hoch.

«Weil ich ihm nie erzählt habe, dass ich schwanger bin!» Sie atmete in kurzen Stößen. «Ich konnte den Gedanken einfach nicht ertragen, dass er der Vater meines Kindes ist.»

«Wissen Sie denn wenigstens, wo er wohnt?»

Mona schüttelte wieder den Kopf.

«Er war nur für ein paar Tage in Hammerfest.»

«Und danach haben Sie ihn nie wieder getroffen?»

«Nein.»

«Sie haben ihm auch nicht erzählt, dass Sie nach Oslo ziehen würden?»

«Nein.»

«Und wie alt ist er, so ungefähr?»

«Weiß nicht.»

«Zwanzig? Dreißig? Vierzig?»

«Ich weiß es nicht!», fauchte Mona. «Können Sie mich nicht in Ruhe lassen!»

Parisa drückte die geballte Faust der jungen Frau.

«Ich verspreche Ihnen, er wird es nie erfahren, dass er Vater geworden ist, falls er mit dieser Sache nichts zu tun hat. Okay?»

Parisa beugte sich hinunter und wiederholte ihr Versprechen, flüsterte es Mona direkt ins Ohr.

«Ich verspreche es. Okay?»

Im selben Moment hörten sie eine erregte Diskussion auf dem Flur. Und plötzlich stand ein junger, dunkelhaariger Mann in der Tür, außer sich vor Sorge. Mit drei großen Schritten war er am Bett und umarmte Mona. Die Krankenschwester schüttelte resigniert den Kopf und drehte sich zum Fenster um.

«Mein Liebes. Alles wird gut», flüsterte Michail. «Alles wird gut.»

Aber Parisa sah in seinen Augen, dass er nicht glaubte, was er sagte.

72 | Furuveien, am selben Abend

Lykke zählte die Sekunden. Er tat es aus alter Gewohnheit, ganz automatisch. Bei neun hörten sie Geräusche von drinnen. Die Tür ging auf, und sie sahen in ein paar freundliche dunkle Augen. Der Mann mochte vielleicht Anfang vierzig sein. Er hatte braunes Haar. Die dünnen Stirnfransen hingen über einem sanften, beinahe kindlichen Gesicht. Sein Mund war klein und feminin, und weder Wangen noch Kinn zeigten eine Spur von Bartwuchs. Ein weinroter Morgenmantel reichte ihm bis fast zu den Füßen, die in abgenutzten Filzpantoffeln steckten. Trotzdem waren es die Hände, die Lykkes Aufmerksamkeit auf sich zogen. Sie waren ungewöhnlich klein und zierlich. Nicht unbedingt Frauenhände, sie erinnerten eher an Juwelier- oder Zahnarzthände. Wie geschaffen für feinmotorische Arbeiten.

«Wir sind von der Polizei», sagte Viker eine Idee lauter als nötig und zeigte seinen Dienstausweis. «Wir würden uns gern kurz mit Ihnen über Ihre Arbeit unterhalten.» Er hielt einen Moment inne. «Sie sind doch Eric Dorf, der Präparator?»

Der Mann lächelte freundlich und trat einen Schritt zurück.

«Ja, das bin ich. Was kann ich für Sie tun?»

Viker machte zögernd einen Schritt in den dunklen Flur hinein.

«Sind Sie allein?»

Viker war neben den Mann getreten, um einen Blick ins Wohnzimmer werfen zu können. Lykke behielt die rechte Hand in der Manteltasche.

«Ja, wieso?»

Es lag keine Spur von Nervosität in der hellen Stimme.

«Können wir uns ein wenig umsehen?»

Lykke ging ein paar Schritte auf das Wohnzimmer zu und bemerkte den schwachen Geruch von Chemikalien, ganz ähnlich wie bei Mølbakk.

«Haben Sie Ihre Werkstatt hier im Haus?»

Lykke beobachtete die Hände des Mannes, während er sprach.

«Ja, im Keller.» Eric Dorf runzelte die Stirn ein wenig. «Darf ich fragen, worum es geht?»

Seine Stimme hatte jetzt einen etwas härteren Klang.

«Wir sind auf der Suche nach einem Präparator», sagte Viker und zog die Liste hervor. «Kennen Sie jemanden von denen?»

Der Mann zog eine Brille aus der Tasche seines Morgenmantels, und Lykke bemerkte ein schwaches Zucken in Vikers rechtem Arm.

«Kannte», sagte Dorf und lächelte sanft. «Ich glaube, bei denen hier brauchen Sie nicht zu suchen, falls es um jemanden geht, dessen Papiere nicht in Ordnung sind.»

«Nicht, aha.»

Lykke spürte, wie ihn leise Zweifel beschlichen. Hatten Sie sich wieder mal geirrt? Der Mann zeigte nicht den geringsten Anflug von Unsicherheit.

«Haben Sie die schon alle kontaktiert?» Dorf zeigte auf die Liste.

«Wir sind dabei.»

Viker faltete das Papier zusammen und steckte es in die Tasche.

«Mein Name stand gar nicht dabei.»

Lykke zögerte keine Sekunde.

«Wir kommen von Knut Mølbakk. Er sagte uns, dass Sie auch auf der Liste stehen müssten, aber dass Sie im Begriff sind, Ihre ... Tätigkeit zu reduzieren.»

«Zu reduzieren?»

Dorf lächelte. Er hatte schöne Vorderzähne. Klein, aber regelmäßig und weiß, ohne sichtbare Füllungen. Alles an diesem Mann ist klein, dachte Lykke.

«Ich mache schon noch weiter, aber es ist mehr ein Hobby geworden.»

«Können wir Ihre Werkstatt sehen?», fragte Viker.

«Selbstverständlich, aber es ist dort ziemlich unaufgeräumt. Ich arbeite gerade an einem Rehbock. Schönes Exemplar, ich habe ihn gestern hereinbekommen.»

Eric Dorf ging voraus zu einer schmalen Tür am Ende des

Flurs, und Lykke konnte einen schnellen Blick in ein großes, dunkles Wohnzimmer werfen. Vor einem imposanten Kamin lag ein schwarzer Hund und starrte in die Flammen.

«Hier entlang.»

Sie folgten dem Mann eine steile Treppe hinunter und kamen in einen großen Raum mit grellen Neonlampen an der Decke. Der Raum ähnelte der Werkstatt von Mølbakk, war jedoch kleiner und niedriger. Auch hier dominierten Gefriertruhen das Bild, und überall lagen Werkzeuge und Häute herum. Der Rehbock, oder vielmehr seine Haut, lag wie achtlos hingeworfen über einem Arbeitstisch. Fleisch- und Fettreste hingen noch an dem braunen Fell.

«Kann ich einen Blick hineinwerfen?»

Viker zeigte auf die nächststehende Gefriertruhe.

«Bitte sehr, die meisten sind leer. Wenn Sie vor zwei Jahren gekommen wären, dann wären sie alle bis zum Rand voll gewesen.»

«Warum arbeiten Sie nicht mehr im selben Umfang wie früher?»

Zum ersten Mal nahm Lykke ein Anzeichen von Schwäche wahr. Nicht sehr deutlich, es war nur ein kleines Zucken in den Mundwinkeln, aber doch genug, um zu erkennen, dass der Mann verwundbar war.

«Ich hatte es satt, noch länger für unseriöse Kunden zu arbeiten», sagte Dorf mit flacher Stimme. «Die kamen mit Tieren an, die es nicht wert waren, ausgestopft zu werden.»

Plötzlich lächelte er.

«Auch wir Präparatoren haben eine Berufsehre, wissen Sie. Wir sind vielleicht keine Künstler im herkömmlichen Sinn, aber wir wollen doch stolz auf unsere Arbeiten sein können.» Er hatte nach einem Skalpell gegriffen, während er sprach. Es bewegte sich wie programmiert zwischen seinen kleinen Fingern auf und ab.

«Was ist das?»

Viker kam aus einer Gefriertruhe hoch, in der Hand einen gefrorenen Plastikbeutel.

«Eine Katze.»

«Sie stopfen Haustiere aus?»

«Ja, es gibt viele Leute, die sich ihre Haustiere ausstopfen lassen. Vor allem Katzen und Vögel.»

«Mein Gott!» Lasse Viker schüttelte resigniert den zerzausten Kopf.

«Wieso denn? So leben sie doch gewissermaßen ewig.»

Viker sah ihn skeptisch an.

«Elefantenzähne?» Lykke hatte zwei gigantische Stoßzähne entdeckt, die an einem Schrank lehnten, und hielt es für angebracht, das Thema zu wechseln.

«Ja, die Papiere dafür habe ich hier», sagte Dorf rasch und zog eine Schublade auf.

Viker kontrollierte pflichtschuldig die Einfuhrerlaubnis, während Lykke vor einem großen Wandspiegel stand und sein Spiegelbild betrachtete. Es war kein erhebender Anblick.

«Gibt es noch mehr Räume hier unten?», fragte er ohne Umschweife, als Eric Dorf die Papiere in die Schublade zurücklegte.

«Keine, die als Werkstatt benutzt werden. Aber ich habe eine Waschküche und zwei Vorratsräume ...»

«Können wir einen Blick hineinwerfen?»

«Natürlich, aber die importierten Tiere habe ich hier.»

«Wir sehen es uns trotzdem an.»

Lasse Viker bewegte sich bereits zur Tür.

«Wie Sie wollen.»

Dorf öffnete die Tür zur Waschküche und zeigte ihnen die Vorratsräume. Der eine war voller Konserven und Gläser mit eingemachtem Obst. Wahrscheinlich aus der Zeit, als die Mutter noch lebte, dachte Lykke. Der andere wurde als Holzkeller benutzt, eine große Axt steckte tief in einem Hackklotz. Viker musste viel Kraft aufwenden, um sie herauszuziehen. Dorf musste stärker sein, als er aussah. Lykke musterte die schmalen Schultern unter dem Morgenmantel. Ein kleines silbernes Kreuz schimmerte in Dorfs Halsgrube.

«Wir sind hier wohl fertig.» Viker war schon unterwegs zur schmalen Treppe. Aus seinem Blick sprach Frustration.

«Können wir den Rest des Hauses auch noch sehen?»

Sie machten eine schnelle Runde durch eine große, altmodische Küche, warfen einen Blick in das geräumige Wohnzimmer und gingen ins Obergeschoss. Vier große Schlafzimmer, davon zwei mit eingebauten Kleiderschränken, ein kleines Bad, das zuletzt vermutlich zusammen mit der Küche renoviert worden war, also vor zwanzig, dreißig Jahren, sowie eine Abstellkammer mit der größten Sammlung Putzeimer, die Lykke je gesehen hatte.

«Meine Mutter hat für ihr Leben gern geputzt», sagte Eric Dorf und lächelte flüchtig. «Möchten Sie den Dachboden auch noch sehen? Das ist schnell gemacht.»

Er zog eine Leiter aus einer Luke in der Decke. Viker kletterte hinauf, reckte den Hals über den Rand und kam wieder herunter.

«Nichts.»

«Wie gesagt, ich habe keine verbotenen Tiere. Alle Papiere sind in Ordnung. So habe ich es immer gehalten.»

Wieder dieses feine Lächeln.

Lykke wollte gerade wieder die Treppe hinuntergehen, zögerte jedoch. Da war etwas in Dorfs Blick, wenn er lächelte. Etwas Eifriges und beinahe Triumphierendes, etwas, was er nicht unterdrücken konnte. Seine Körpersprache war immer noch gelassen, aber der Blick brannte. Intensiv. War es das, was die Krankenschwester gemeint hatte?

«Kann ich Ihnen vielleicht einen Kaffee anbieten?»

«Äh, nein danke, ich glaube nicht.»

Viker hatte es plötzlich eilig, die Treppe hinunterzukommen. «Wir haben noch mehr auf unserer Liste», log er.

Dorf gab ihnen zum Abschied die Hand und wünschte ihnen viel Erfolg. Ein fester, trockener Händedruck, bevor er die Tür leise hinter ihnen schloss.

«Verdammte Scheiße!»

Lasse Viker zog seine Dienstwaffe und nahm die Munition heraus, bevor er sie wieder in die Tasche steckte. Lykke drückte die Kurzwahltaste für Teds Handynummer und wies ihn ohne weitere Erklärung an, direkt zum Präsidium zu fahren.

«Verdammte Scheiße!», wiederholte Viker, diesmal lauter, als sie außer Hörweite waren.

«Hast du seinen Blick gesehen?», fragte Lykke und versuchte, das Kinn im Mantelkragen zu vergraben, um sich vor der Kälte zu schützen.

«Ich scheiß auf seinen Blick. Da waren keine ausgestopften Menschen. Die hätten wir gefunden!»

Sie stiegen frierend ins Auto, in dem es inzwischen genauso kalt war wie draußen.

«So ein Mist!»

«Er war unglaublich scharf darauf, uns alles zu zeigen», fuhr Lykke fort. «Als wollte er uns hundertprozentig davon überzeugen, dass er nichts zu verbergen hat.»

Lasse Viker drehte den Zündschlüssel um. Es sah nicht so aus, als hätte er ein Wort von dem gehört, was Lykke gesagt hatte.

«Er fährt einen dunkelblauen Nissan Patrol», murmelte Lykke vor sich hin.

«Alle Präparatoren fahren große Lieferwagen», sagte Lasse Viker missmutig, «und fast die Hälfte davon ist blau oder schwarz.»

Sie fuhren los. Die beiden Polizisten schwiegen und starrten in die eisige Dunkelheit. Lykke warf einen Blick aufs Armaturenbrett. Minus dreiundzwanzig Grad, das musste doch fast ein neuer Kälterekord sein?

Viker fuhr beinahe verbissen drauflos, bog am Kreisverkehr bei Ryen auf den Ringveien Richtung Norden und passierte das Einkaufszentrum Manglerud. Lykke starrte auf den Weihnachtsmann mit dem großen nickenden Rentier und fragte sich, ob Eric Dorf jemals ein Rentier ausgestopft hatte. Eric Dorf. Irgendwas stimmte nicht mit dem Mann.

Sie fuhren schweigend.

«Burger?», fragte Viker schließlich.

«Nein.»

«Sicher?»

«Ja.»

Sie bogen Richtung Ullevål ab und fuhren am McDonald's in Sogn vorbei.

«Was machen wir jetzt?»

Viker stellte die Heizung auf vierundzwanzig Grad ein. Lykke überlegte. Es gab noch genügend Präparatoren auf ihrer Liste.

«Die Suche ausweiten», sagte er kurz.

Er hörte ein leises Stöhnen von seinem Nebenmann.

«Du musst in 46 Minuten eine Pressekonferenz im Präsidium abhalten.»

«Scheiße!»

Lykke zog sein Handy hervor.

«Das soll Ted machen.»

Er drückte die Kurzwahltaste. An der Shell-Tankstelle in Ullevål ließ sich ein Mädchen auf Skiern von zwei Hunden in vollem Lauf ziehen. Lykke betrachtete das Gespann. Und plötzlich zuckte er zusammen. Das war es!

«Was für einen Hund hatte Henki Haraldsen?», rief er.

Viker ging sofort vom Gas.

«Einen schwarzen Labrador», sagte er. «Wieso?»

«Kehr um!», sagte Lykke.

Viker folgte seiner Anweisung sofort.

«Der Köter vor dem Kamin. Der hat sich nicht umgedreht, als wir gekommen sind.»

«Hä?»

«Hast du jemals einen Hund gesehen, der nicht mal mit den Ohren zuckt, wenn Wildfremde das Haus betreten?»

«Wovon redest du eigentlich?»

Lykke verhaspelte sich beinahe, er konnte die Worte kaum schnell genug herausbringen:

«Der schwarze Hund, der bei Dorf vor dem Kamin lag, war Henki Haraldsens Labrador! Und er war mausetot. Fahr zu!»

Viker gab Gas und scherte auf den Ringveien. Ein Trailer mit viel zu hoher Geschwindigkeit tutete wütend ins Horn.

«Blaulicht raus!», rief Viker.

«Verdammter Idiot!» Lykke schüttelte die Faust in Richtung des Trailerfahrers, der ihm sofort den Mittelfinger zeigte.

«Haalloo!»

Erst jetzt wurde Lykke bewusst, dass er immer noch das Telefon in der Hand hielt.

«Ted?»

«Ja, was macht ihr da eigentlich?»

Ted Eriksen hatte offenbar Teile der Unterhaltung mitgehört.

«Wo seid ihr?», bellte Lykke.

«Auf dem Weg in die Garage. Und wo seid ihr?»

«Fahr zum Furuveien 10b», rief Lykke. «Sag auch Parisa und Darre Bescheid. Der Mann ist Präparator und heißt Eric Dorf!»

«Unser Mann?»

«Unser Mann! Und wie!»

Lykke riss die Box neben seinem Sitz auf und kontrollierte den Revolver. «Ich *wusste*, dass mit dem Kerl was nicht stimmt.»

Viker antwortete nicht. Er fuhr, wie er noch nie gefahren war. Neun Minuten später kamen sie rutschend und schleudernd vor dem großen Haus zum Stehen, das jetzt vollständig dunkel war.

«Ist er abgehauen?»

Viker warf einen Blick die schlecht beleuchtete Straße hinunter.

«Der ist im Keller», sagte Lykke hart. «Komm!»

Die beiden Polizisten trabten zum Haus hinauf. Und wieder brummte es hektisch in Lykkes Manteltasche. Er fluchte unterdrückt, schaltete das Handy stumm und nickte dem Kollegen zu. Sie gingen zu beiden Seiten der Tür in Position.

«Schaffst du die beim ersten Versuch?», flüsterte Lykke und hob die Hand mit dem Revolver. Viker grinste.

«Worauf du wetten kannst!»

Sieben Sekunden später baumelte die Tür in ihren Angeln. Viker stürmte die Kellertreppe hinunter, mit Lykke dicht auf den Fersen.

«Polizei!», brüllte Viker und trat die Tür zur Werkstatt auf.

Vor ihnen stand Eric Dorf in einer blauen Jeans und mit Plastikschürze vor dem Bauch. Verschwunden der weinrote Morgenmantel, verschwunden auch das freundliche Lächeln.

«Was wollen Sie?»

Lykke sah, dass der Mann die kleinen Hände über der Schürze zu Fäusten geballt hatte.

«Wir wollen wissen, wo Sie das Kind versteckt haben», sagte er so beherrscht wie möglich.

«Welches Kind?» Dorf versuchte ein Lächeln, aber es hatte wenig Ähnlichkeit mit dem, das er ihnen fünfundzwanzig Minuten zuvor geboten hatte. Die Selbstsicherheit war verschwunden. Lykke sah die Pulsader an seinem Hals pochen.

«Sie wissen verdammt gut, was wir meinen.»

Viker machte ein paar drohende Schritte auf den kleinen Mann zu.

«Lasse, stopp!»

Lykke merkte plötzlich, dass er immer noch mit erhobenem Arm dastand, und senkte den Revolver.

«Wir wissen, dass Sie heute ein Kind aus dem Krankenhaus in Lørenskog entführt haben», sagte er. «Das Spiel ist aus. Geben Sie das Kind heraus.» Lykke hörte selbst, wie gestelzt das klang. «Wo ist der Junge!»

Eric Dorf öffnete die geballten Fäuste. Es war deutlich, dass er im Begriff war, sich von dem Schreck zu erholen.

«Ich habe keine Ahnung, wovon Sie reden», sagte er, ruhiger jetzt.

«Ich werde dir zeigen, wovon wir reden!»

Lasse Viker packte Dorf mit beiden Händen am Hemdkragen, hob ihn einen Meter hoch und presste ihn an die Wand. Die schmächtige Gestalt hing wie eine Puppe in seinen kräftigen Armen.

«Schluss jetzt!»

Lykke ging einige Meter in den Raum hinein und musterte die massiven Mauern.

«Setzen Sie sich dahin.»

Er zeigte auf den einzigen Stuhl im Raum. Dorf setzte sich gehorsam.

«Was gibt Ihnen überhaupt das Recht, auf diese Weise hier hereingestürmt zu kommen?»

«Halten Sie den Mund!»

Es gab keine weiteren Türen im Raum, nur ein kleines Kellerfenster, das vermutlich auf den Hinterhof hinausging, ansonsten überall nur solides Mauerwerk. Und der große Spiegel.

«Wieso haben Sie einen Spiegel hier unten?»

Lykke musterte den Mann auf dem Stuhl. Dorf schwitzte. Auf seinem Hemd bildeten sich große Flecken.

«Den brauche ich für meine Arbeit. Er ist nützlich, wenn ich nähe ... ich kann das Tier aus verschiedenen Winkeln sehen.»

Lykke machte einen Schritt auf den Spiegel zu, einige matte Stellen am Rand hatten seine Aufmerksamkeit erregt. Er beugte sich vor. Kein Zweifel. Das waren Fingerabdrücke.

«Lasse, sieh mal.»

Dorf versuchte aufzustehen, aber Vikers schwere Hand presste ihn zurück auf den Stuhl. Lykke studierte die Abdrücke, packte den Spiegel an beiden Seiten, genau dort, wo die Fingerspuren waren, und hob ihn an.

Der Spiegel war erstaunlich leicht und nur an einem einzigen Haken befestigt. Lykke war nicht überrascht, als dahinter eine Tür in der Mauer zum Vorschein kam. Dorf saß wie erstarrt auf seinem Holzstuhl und hatte die Augen geschlossen. An seinem Hals breitete sich eine flammende Röte aus.

«Vertraue deine Werke dem Herrn an, so werden deine Pläne gelingen», salbaderte er mit nasaler Fistelstimme.

Lykke sah ihn an und zögerte. Der Mann wirkte wie in Trance. Plötzlich schlug er die Augen auf und starrte ihn an, mit fanatischem, brennendem Blick.

«Was ist mit dir?», rief er gebieterisch. «Bist *du* willig, zu opfern?» Sofort schloss er die Augen wieder. *«Und Abraham streckte seine Hand aus und fasste das Messer, seinen Sohn zu schlachten. Denn siehe, auch der Herr opferte seinen eigenen Sohn – um der Menschen und des Lebens willen ...»*

Die Worte flossen in demselben leiernden, nasalen Tonfall aus ihm heraus, und Lykke trat näher an ihn heran, um das rotfleckige Gesicht zu betrachten. Ein widerwärtiger Verdacht stieg in ihm auf – Theater? Misshandlung? Krankheit?

Er drehte sich abrupt zur Tür um, legte die Hand auf die Messingklinke und atmete tief durch.

«Pass auf ihn auf», flüsterte er und zog die Tür auf. Sie war ungewöhnlich schwer, schallisoliert, wie es früher in Arztpraxen üblich war. Er betrat einen kleinen Gang, fast ein Tunnel mit dickem, unverputztem Mauerwerk um ihn herum. Einen Meter vor ihm versperrte eine weitere Tür den Weg. Lykke packte resolut die Klinke und zog.

Der Anblick war grotesk wie das Finale in einem Horrorfilm. Und genauso jenseits aller Realität.

Mitten in dem großen, quadratischen Raum stand Reidar Dahl auf einer kleinen Plattform und lächelte ihn mit glänzenden Augen an, gekleidet in ein altes, zerrissenes Gewand, wie ein Hirte – und mit einem kleinen Lamm, das er an die Brust drückte. Lykke starrte ihn an, gleichermaßen fasziniert wie abgestoßen. Unter den langen Fingernägeln saß noch etwas Schmutz, oder war er extra dort platziert worden? Um den Mann echt wirken zu lassen – oder lebendig, dachte Lykke schaudernd.

Neben Dahl saß Ingrid Kulvik auf einem einfachen Hocker. Genauso lebendig im Tod. Sie beugte sich vor und blickte lächelnd in eine hölzerne Krippe. Ihr Haar fiel locker auf einen altertümlichen braunen Kittel herab. Sie und Dahl trugen einfache Ledersandalen, deren lange Riemen die Beine hinauf gebunden waren. An einem ramponierten Futtertrog im Hintergrund stand der Esel und betrachtete die Menschen mit großen, blanken Augen.

Kommissar Rolf Gordon Lykke stand wie angewachsen, unfähig, sich zu rühren. Mit allem hatte er gerechnet. Auch damit. Und doch wieder nicht.

«Eine Weihnachtskrippe», murmelte er, ohne zu merken, dass ihm die Stimme versagte. «Dieser Geisteskranke hat eine Weihnachtsdekoration gebaut.»

Er schluckte krampfhaft, um sich nicht zu erbrechen.

Im Raum nebenan kämpfte Viker darum, Ruhe zu bewahren. Die Stille dort drinnen kostete ihn den letzten Nerv. Was machte Lykke da eigentlich?

Er versuchte, sich auf Dorf zu konzentrieren.

«Was zum Teufel haben Sie mit den Leuten gemacht? Was haben Sie Ihnen getan?»

Dorf antwortete nicht, saß nur still da, mit geschlossenen Augen, und murmelte Unverständliches.

«Verdammter Mistkerl!»

Lasse Viker musste sich beherrschen, um den Mann nicht in Stücke zu reißen. Immer noch kam kein Laut aus dem Nebenraum. Dann durchbrach ein leises Wimmern die Stille, und Lasse Viker reagierte, wie jeder normale Mensch es tun würde, auch ein erfahrener Polizist. Er blickte in die Richtung, aus der das Geräusch gekommen war, und machte einen Schritt auf die offene Tür zu.

Aus dem Augenwinkel sah er eine Zehntelsekunde zu spät, wie Dorf sich aufrichtete, beide Hände unter die Plastikschürze steckte und im nächsten Moment eine Pistole hervorzog.

Lasse Viker versuchte, schnell zu denken. Das Kind hatte gewimmert, also lebte es noch, und das war das Einzige, was zählte. Es erfüllte ihn mit einem seltsam abgeklärten Gefühl, zu wissen, was er tun musste. Er konnte nicht zulassen, dass Dorf sein Werk vollendete. Langsam ging er auf den kleinen Mann zu.

«Die Pistole», sagte er und registrierte automatisch, dass es eine 9-mm-Luger Po8 war. «Geben Sie mir die Pistole. Es gibt nichts mehr, was Sie noch tun können.»

Er hatte mit einer Antwort gerechnet, irgendeiner Form von Reaktion, aber Dorf glotzte ihn nur weiterhin an, die Waffe nach wie vor starr auf seine Brust gerichtet. Lasse Viker dachte an seine eigene Dienstwaffe, die er in seine Manteltasche zurückgesteckt hatte, bevor er Dorf wenige Minuten zuvor gepackt und hochgehoben hatte. Die Chance, jetzt daranzukommen, war gleich null.

«Was können Sie jetzt noch erreichen?», fragte er. «Die Leben, die Sie ausgelöscht haben ... ist das nicht genug?» Viker wusste nicht, woher er die Worte nahm, er sprach einfach weiter. Er hatte keine Angst, dachte nur an das kleine Lebewesen dort drinnen und daran, dass der Mann auf keinen Fall noch einmal in den Raum hineindurfte.

Er sah zu seiner Überraschung, dass Dorf lächelte, ein mitleidiges, überhebliches Lächeln.

«Was wissen Sie denn schon? Wissen Sie überhaupt, was ich vollbracht, was ich geschaffen habe? Sie haben doch keine Ahnung, was noch zu tun bleibt. Sie wissen doch nicht einmal, was da drinnen ist.»

Lasse Viker musste ihm recht geben. Er konnte sich tatsächlich nicht vorstellen, was Lykke im Moment vor Augen hatte.

«Sagen Sie es mir», sagte er.

Er sah, dass Eric Dorf sich sammelte.

«Ich habe ein Werk geschaffen», sagte er. «Ein Werk, das den Herrn preist. Mit meinem eigenen Herzblut. Endlich ist die Familie vereint. Und ich habe es vollbracht.»

Lasse Viker begriff nicht, wovon der Mann sprach, bewegte sich aber ganz langsam auf ihn zu. Er durfte die Initiative nicht aus der Hand geben, er musste handeln, er konnte nicht zulassen, dass Dorf die Kontrolle behielt. Er stand jetzt dicht vor ihm.

Dann begegnete er Dorfs Blick zum letzten Mal, er konnte erkennen, dass Dorf im Begriff war, einen Entschluss zu fassen. Lasse Viker bereitete sich auf das Schlimmste vor und warf sich nach vorn. Mit einer schnellen Bewegung richtete Eric Dorf die Pistole auf sein eigenes Auge und drückte ab.

Dorfs Hinterkopf explodierte in einem Sprühregen aus Blut, Knochensplittern und Gehirnmasse. Die ganze Gestalt wurde rückwärts gegen die Wand geschleudert, an der sie langsam zu Boden rutschte.

Lykke hatte Teile des Dialogs mitbekommen und war bereits auf dem Weg zur Tür, als der Schuss fiel. Jetzt stand er in der Türöffnung.

«Was zum Teufel machst du denn?»

«Lebt das Kind?», fragte Viker. «Ich habe es wimmern gehört. Deshalb ist es passiert. Weil ich gehört habe, dass es lebt.»

Sie standen da und sahen auf die Leiche des Mannes hinunter, den sie zwei aufreibende Wochen lang gejagt hatten.

«Ruf den Rettungswagen», sagte Lykke, obwohl ihnen beiden klar war, dass für Eric Dorf jede Hilfe zu spät kam.

Lykke ging vor Viker durch den engen Gang.

«Mach dich auf was gefasst ... Ach, vergiss es. Auf so was kann man sich nicht vorbereiten.» Beim Anblick der beiden Figuren im Raum ging ihm wieder auf, wie lebensecht sie waren. Dieser Dorf war wirklich gut, durchzuckte es ihn gegen seinen Willen. Der makabre Anblick hielt Lasse Viker nicht auf. Mit einem Satz war er an der Krippe, und Lykke sah, wie sein Gesicht vor Erleichterung beinahe zerfloss.

Teilweise verborgen unter einer dünnen Schicht Stroh lag ein nackter kleiner Junge und blinzelte zu ihnen hinauf. Viker lächelte breit.

«Soll ich ihn hochnehmen?»

«Vorsichtig.»

Lykke sah besorgt auf das kleine Geschöpf hinunter, das beinahe vollständig in Vikers riesigen Pranken verschwand. Lasse Viker hob das Kind behutsam heraus und legte es sich in die Armbeuge.

«He, kleiner Tarzan», flüsterte er.

«Ich rufe das Krankenhaus an», murmelte Lykke verlegen.

«Sieh mal, er hat ihn gefüttert.»

Viker trat gegen einen Karton mit Muttermilchersatz. «Warum um Himmels willen hat er das nur getan? Ich meine, wenn er ...?»

Lykke antwortete nicht. Er ging vor Ingrid Kulvik in die Hocke und murmelte leise: «Was hat er mit dir gemacht?», während er ihr über die Haare strich. Noch vor zwei Wochen hatte sich die junge Frau darauf gefreut, das ewige Gelübde abzulegen. Und nun saß sie hier. Beraubt aller Träume und allen Lebens. Innerhalb desselben religiösen Rahmens – perverser konnte Zynismus nicht sein. Rolf Lykke schloss die

Augen. Er hielt es nicht mehr aus, diese seltsame Unwirklichkeit von lebenden Toten anzusehen. Er brauchte eine Pause, nur ein paar Sekunden ...

Das Wimmern des Kindes erinnerte ihn an seine Pflicht. Er zog sein Handy hervor. «Einen Rettungswagen mit Kinderarzt aus Lørenskog. Sofort!» Er hörte seine eigene Stimme nicht. Sein Blick fiel auf eine Spiegelreflexkamera auf einem Stativ – gerichtet auf die Weihnachtskrippe. Selbstauslöser, dachte er und ließ den Blick weiterwandern zu einem weißlackierten Schreibtisch in der Ecke des Raums. Die Tischplatte war bedeckt mit zahlreichen großen Schwarzweißfotos, einige waren auch an die Wand gepinnt. Er trat näher heran und sah Aufnahmen von Reidar Dahl und Ingrid Kulvik, drei Fotos vom Esel waren dabei, zwei Aufnahmen im Profil und eine direkt von vorn.

Auf einem der Fotos stand Reidar Dahl leicht vornübergebeugt mit einem Stapel Blätter im Arm, vermutlich ein Manuskript, aufgenommen in Dahls Wohnzimmer.

Lykke drehte sich zu dem präparierten Schauspieler um, der in genau derselben theatralischen Pose an der Krippe stand, nur dass er jetzt ein Lamm hielt. Er spürte, wie die Übelkeit zurückkehrte. Eric Dorf hatte Reidar Dahl dazu gebracht, mit dem Manuskript zu posieren, um ein Vorbild zu haben, nach dem er arbeiten konnte. Kalt und berechnend. Professionell. Er sah den Reflex des Blitzes auf dem Bild und musste an etwas denken, was Henki Haraldsen gesagt hatte. Die Lichtblitze! Das war natürlich der Fotoblitz gewesen.

Lykke blätterte weiter durch die Fotos. Die meisten waren Aufnahmen vom Kind. Auf allen schrie der Junge zornig. Das hat ihm wahrscheinlich das Leben gerettet, dachte

Lykke und begann, die Schubladen aufzuziehen, eine nach der anderen. Alle waren vollgestopft mit Papierabzügen in verschiedenen Größen. Mehrere zeigten kleine Löcher von Reißzwecken. Eric Dorf hatte offenbar seine eigene Galerie gehabt. Aber erst in der vierten Schublade fand er, wonach er gesucht hatte: fünf Bilder von Henki Haraldsen, der auf einer Schicht nassem, zerrissenem Zeitungspapier lag, die Augen weit offen mit gläsernem Blick. Neben ihm im Schnee eine leere Schnapsflasche und ganz unten am Bildrand ein schwarzer Schatten, der seine Füße verbarg. Lykke nahm an, dass es der Hund war.

Die letzten beiden Fotos zeigten Henki Haraldsen mit amputiertem Bein. Lykke biss die Zähne zusammen. Der Oberschenkelstumpf war in der dunklen Blutpfütze kaum zu erkennen. Und das abgesägte Bein selbst lag im Schnee neben der Flasche, immer noch in Militärhose und mit dem Winterstiefel am Fuß. Das Foto musste nur Sekunden nach der Amputation entstanden sein. Lykke sah hinüber zu Ingrid Kulvik. Hatte er ihr die Organe bei lebendigem Leib entfernt?

«Sieh mal, seine Decke», rief Viker und wedelte mit einem hellblauen Baumwolltuch.

Lykke antwortete nicht, legte die Fotos von Henki in die Schublade zurück und konzentrierte sich auf die Bilder an der Wand. Ingrid Kulvik war ihm auf dem Fußweg entgegengekommen, im Hintergrund der zugefrorene Fluss. Sie sah verängstigt aus und starrte direkt in die Kamera. Genau in dem Moment hat sie Dorf entdeckt, dachte Lykke und wurde von Ted Eriksens Stimme aufgeschreckt, der gerade die Treppe herunterkam.

«Hier drinnen!», rief Viker.

Ted und Parisa standen plötzlich in der Tür, direkt hinter ihnen erschienen Darre, Heltne und zwei Beamte von der Kriminalbereitschaft.

«Ach du Scheiße!»

Ted Eriksen schluckte schwer.

«Er war wirklich ein Irrer», murmelte Parisa, und niemandem fiel auf, dass sie plötzlich schwedisch sprach. Nicht einmal ihr selbst.

Ted Eriksen ging zu Reidar Dahl und legte ihm vorsichtig die Hand auf die Stirn, zog sie aber gleich wieder zurück.

«Wie eine Puppe», sagte er verblüfft.

Aus dem Raum nebenan hörten sie, wie Darre sich übergab.

Parisa hatte ihre Fassung wiedergefunden, sie streckte die Arme nach Viker aus, der immer noch damit beschäftigt war, den Säugling in die Decke einzuwickeln.

«Soll ich ihn dir abnehmen?»

«Dem geht es gut, wo er ist», sagte Viker abweisend.

«Dorf war der Vater des Kindes», sagte Parisa und drehte sich zu Lykke um. «Ich habe andauernd versucht, dich anzurufen.»

«Ja», erwiderte er geistesabwesend. «Das wurde mir auch klar, als ich hier reinkam. Aber ich hätte schon darauf kommen müssen, als ich erfuhr, dass er sich für keinen der beiden Jungen entschieden hat, die am Heiligabend geboren wurden. Warum hat sie uns seinen Namen nicht sofort genannt?»

«Sie dachte, er wüsste nicht, dass sie schwanger war. Und sie hatte beschlossen, dass er es niemals erfahren sollte.»

Parisa strich sich übers Haar. «Außerdem kannte sie nur seinen Vornamen.»

«Seht mal!»

Eriksen beugte sich über einen Laptop, der auf einem kleinen Beistelltisch stand. «Kein Zweifel, dass er Bilder von der ganzen Herrlichkeit ins Internet stellen wollte.» Er checkte das Logprotokoll und schüttelte überrascht den Kopf. «Nur YouTube.»

Lykke antwortete nicht. Er hatte einen Umschlag entdeckt, der als Lesezeichen aus einer abgenutzten Bibel auf dem Schreibtisch herausragte. Er öffnete ihn und überflog die Zeilen.

«Er hat sie beobachtet», sagte er und drehte den Umschlag um. «Ihren Briefkasten auch. Das ist ein Brief vom Ullevål-Krankenhaus. Mit Termin und allem.» Er steckte den Brief in die Tasche und blickte zum Buch auf dem Schreibtisch. Die Bibel war beim Psalter aufgeschlagen. Lykke blätterte weiter. Die Seiten waren voller Unterstreichungen, und an mehreren Stellen waren Sätze durchgestrichen und durch andere Formulierungen ersetzt worden, die säuberlich mit Bleistift am Rand notiert waren.

«‹Viele sagen von meiner Seele: Sie hat keine Hilfe bei Gott›», las Lykke und blätterte weiter: «‹Du hassest alle Übeltäter, du bringst die Lügner um ... Erzittere vor Furcht und sündige nicht.›»

Er sank auf den Stuhl hinter dem Schreibtisch und fühlte, wie die Puzzleteilchen an ihren Platz fielen.

Eine Stunde später saßen Lykke und Viker immer noch unten in dem Raum, den sie inzwischen «die Krypta» nannten.

Ted Eriksen stand über den PC am Schreibtisch gebeugt, und um sie herum hatten die Kriminaltechniker die Arbeit aufgenommen. Sie hatten eine lange Nacht vor sich. Lykke war in Dorfs Aufzeichnungen und Notizen vertieft und hatte kaum ein Wort mit Viker gewechselt, seit Parisa mit dem Kind zum Krankenhaus in Lørenskog gefahren war.

Lasse Viker merkte, dass er immer rastloser wurde. Er arbeitete jetzt seit sechs Jahren mit Lykke zusammen und wusste, dass er ihn besser nicht stören sollte. Aber es war der erste Weihnachtstag, und er hatte seit zwei Tagen fast kein Auge zugetan.

«Und? Findest du was raus?», fragte er endlich, und zu seiner großen Überraschung hob Lykke den Blick.

«Es ist fast unmöglich zu begreifen, wie er dachte», begann er.

«Aber sein eigenes Kind töten, um eine Weihnachtsdekoration zu bauen?» Lasse Viker sprach ausnahmsweise einmal leise. «Der Kerl muss doch geglaubt haben, er sei Gott?»

«Er glaubte das Gegenteil.»

«Was meinst du damit?»

«Dass er Gottes *Diener* war. Ein armseliger Wicht, der es nicht verdiente zu leben – der leiden und opfern musste ... leiden und opfern ...»

Lykke verstummte abrupt, drehte sich um und sah nüchtern zu Ted Eriksen hinüber.

«Jetzt kannst du mit deinem Profiler kommen. Hier hat er reichlich zu graben.»

«Äh ... was?»

Eriksen sah ihn fragend an.

«Wenn man mit dem Gefühl aufwächst, nichts wert zu sein», fuhr Lykke fort, «wenn man ständig zu hören bekommt, dass man das Schlimmste aushalten muss, es ertragen muss, weil man nichts anderes verdient hat, weil ...» Lykke fuhr sich mit einer Hand durchs Haar und merkte, wie ihn seine Kräfte verließen. «Ich glaube ...»

«Was zum Teufel ist das denn?», fiel Eriksen ihm ins Wort und gab dem Beistelltisch einen Fußtritt. Er bückte sich und hob etwas vom Boden auf, um gleich darauf entsetzt zurückzuweichen.

«Das Bein von dem Säufer!»

Lykke beugte sich hinunter und zerrte das behaarte Bein ein Stück weiter hervor. Die drei verbliebenen Zehen hatten gelbe Nägel, die völlig verkrümmt waren.

«Sein Name ist Henki Haraldsen», sagte Lykke trocken.

Es wurde still.

«Aber wieso das Bein?», fragte Viker schließlich.

«Als Probestück?»

Lykke sah die beiden anderen an. «Der Kerl war Perfektionist. Wollte wohl etwas haben, an dem er üben konnte. Den Farbton ausprobieren? Wer weiß.»

«Was für ein Irrer!»

Viker hatte sich an die offene Tür gestellt und betrachtete Eric Dorf, den Perfektionisten, der immer noch in derselben unmöglichen Stellung an der Wand saß, bedeckt von dunklem, geronnenem Blut, einem erstarrten Lavastrom aus dem Krater im Schädel. Ein Kriminaltechniker kroch auf allen vieren herum und suchte den Fußboden ab. Die leere Hülse, dachte Viker. Zwei junge Rettungssanitäter warteten geduldig darauf, den Raum betreten zu können.

«Und die Niere?», sagte Lasse Viker mehr zu sich selbst.

Lykke klappte die Bibel zu, ließ sie in einen durchsichtigen Plastikbeutel fallen und reichte sie dem Kriminaltechniker.

«Kein Ahnung», sagte er. «Vielleicht hat er sie gegessen, was weiß ich. Ist nicht mehr so wichtig.»

Viker warf einen letzten Blick auf Dorf, bevor er Kurs auf die Kellertreppe nahm.

«Sind wir hier fertig?»

Lykke nickte.

«Fertig.»

Oben im Wohnzimmer lag der schwarze Hund immer noch regungslos da und starrte in den Kamin.

«Sagen wir Haraldsen, dass wir seinen Hund gefunden haben?», fragte Viker.

«Ich glaube, das lassen wir», erwiderte Lykke.